विनीत बाजपेयी

हड़प्पा

रक्त-धारा का श्राप

TreeShade Books
www.treeshadebooks.com

हड़प्पा

रक्त-धारा का श्राप

TreeShade Books
www.treeshadebooks.com

First published in English as *Harappa: Curse of The Blood River* by Tree Shade Books in 2018
First published in Hindi as *Harappa: Rakt-Dhara ka Shraap* by Tree Shade Books in 2019

Hindi Translation by Urmila Gupta
Cover Design by Munisha Nanda
ISBN: 9788193642436

Typeset by PrePSol Enterprises Pvt. Ltd.
Printed by Gopsons Papers Pvt. Ltd., Noida

TreeShade Books
Corporate Park, Sector 142, Noida,
Uttar Pradesh - 201305, India
Email - publish@TreeShadeBooks.com
www.TreeShadeBooks.com

प्यारी मुनीशा के लिए

हड़प्पा की प्रशंसा में

डैन ब्राउन के ही रचना संसार की तरह, लेखक विनीत बाजपेयी ने एक दिलचस्प कहानी बुनी है... हज़ारों तथ्यों का परिचय कराकर, वह उन्हें एक साथ पिरोने में कामयाब हो पाते हैं... अतुलनीय... पाठकों के लिए न भुलाए जा सकने वाला अनुभव।

—हिन्दुस्तान टाइम्स

बहुत ही ख़ूबसूरती से लिखा...

—गुरुदेव श्री श्री रवि शंकर
(आर्ट ऑफ लिविंग)

एक हैरतंगेज कहानी... हड़प्पा निश्चित रूप से अगली बाहुबली बन सकती है।

—माला रामकृष्णन
चीफ कमिश्नर (सेवा निवृत), इनकम टैक्स, मुंबई

कहानी कहने का विनीत का स्टाइल और पृष्ठभूमि (पाठक को) डैन ब्राउन की याद दिलाता है, लेकिन विजन और कल्पना के मामले में विनीत उन्हें पीछे छोड़ देते हैं।

—ikreatepassions.com

विनीत ने भारत में फिक्शन लेखन का स्तर बढ़ा दिया है। बेशक वो भारत के नए लिटरेरी सुपरस्टार हैं।

—भारत जोशी

लेखक, नेविगेटिंग इंडिया

विनीत... हड़प्पा के बारे में एक अलग सच बुनते हैं... एक महान कलाकृति!

—94.3 एफएम, रेडियो वन

बाजपेयी आपको एक रहस्यमयी उद्घाटन के लिए तैयार कर देते हैं... अपने बेहतरीन लेखन में उन्होंने हड़प्पा को गढ़ा है।

—thebigfatboho.com

हड़प्पा... इतिहास, पुराण, धर्म और अपराध का मिश्रण।

—afaqs.com

संभावनाओं से भरे लेखक विनीत बाजपेयी का बेहतरीन उपन्यास। पूरी सीरिज पढ़ने के लिए अभी से बेक़रार हैं।

—संध्या अय्यर

एडिटर-इन-चीफ, जैको पब्लिशिंग हाउस

हड़प्पा के बाद, विनीत बाजपेयी हर उस भारतीय के लिए रॉक-स्टार बन गए हैं, जो भारतीय साहित्य की इतिहास श्रेणी में बेहतरीन शोध की, बढ़िया किताबें पढ़ना पसंद करते हैं।

—सुमीत खन्ना

चीफ एग्जिक्यूटिव ऑफिसर, Surgivisor

हड़प्पा... डैन ब्राउन की शैली में, सचाई के द्वारा छोड़े गए विरामों को फिक्शन द्वारा पूरा किया गया है।

—मिड डे

मैनेजमेंट पर लिखी विनीत की पिछली किताबें पढ़कर अंदाजा भी नहीं लगाया जा सकता था कि वो लेखक *हड़प्पा* जैसी किताब भी लिख सकता है। *हड़प्पा* में कहानी और घटनाओं को इतनी ख़ूबसूरती से बुना गया है, जो पाठक को तत्कालीन सभ्यता में ले जाता है। किताब बहुत दिलचस्प है और इस पर एक कामयाब फिल्म बनाई जा सकती है। हमारी सभ्यता, इतिहास और संस्कृति को खोजने का यह बढ़िया प्रयास है।

—प्रतुल गौर
चीफ फाइनेंशियल ऑफिसर, TBWA

लेखन चुस्त, दिलचस्प है और कहानी प्यार, भाईचारे, नफरत, वासना और भरोसे के भावों से भरी हुई है। लेखक हर चैप्टर का अंत किसी ऐसे मोड़ पर करता है कि पाठक और पढ़ने को बेक़रार हो उठता है। और सबसे अधिक मजेदार है वाराणसी का वर्णन, जहां मेरे जैसे जो घुमक्कड़ नहीं गए हैं, उनकी जाने की तड़प बढ़ जाती है।

—thereaderscosmos.in

इसकी पांडुलिपि पढ़ते ही मैं जान गया था कि *हड़प्पा* एक बड़ी ब्लॉकबस्टर साबित होने वाली थी। और किताब की रिलीज के 60 दिन बाद ही यह बात सच हो गई। समकालीन साहित्य की एक जबरदस्त मिसाल।

—विवेक मेरकानी
मैनेजिंग डायरेक्टर, Magnon eg+

हड़प्पा... इतिहास, पुराण और कल्पना का मिश्रण है... कहानी में स्क्रीनप्ले के विजुअल्स उभरकर आते हैं।

—एशियन एज

फिक्शन चाहने वालों को हड़प्पा जरूर पढ़नी चाहिए। इसकी पेचीदा कहानी सभ्यता के रहस्य के प्रति आपका सम्मोहन बनाए रखती है। इंडियन फिक्शन के संसार में विनीत निश्चित रूप से श्रेष्ठ संस्करण हैं।

—कृष्ण मोहन
संस्थापक, नाइन ट्राएंगल

प्रत्येक कुछ सालों में एक किताब आती है और पूरा परिदृश्य ही बदलकर रख देती है। इंडियन थ्रिलर लेखन का आंकलन अब *हड़प्पा पूर्व* और *हड़प्पा पश्चात* के संदर्भ में किया जाएगा।

—वरुण बाजपेयी
मैनेजिंग डायरेक्टर, जेएम फाइनेंशियल

हड़प्पा 3700 साल पुराने और आधुनिक किरदारों को साथ में लाते हुए एक जबरदस्त षड्यंत्र को गढ़ती है—एक ही साहित्यिक थ्रिलर में सब मौजूद है।

—टाइम्स ऑफ इंडिया

'हड़प्पा' अतुलनीय रचना है। यह ऐतिहासिक और पौराणिक फिक्शन का बेहतरीन संयोजन है...

—दीप्ति पटेल
संस्थापक, वर्डफेमस लिटरेरी एजेंट्स

हड़प्पा किसी नए लेखक की सबसे तेजी से बिकने वाली किताब है, जिसे हमने डिस्ट्रीब्यूट किया... इसने इंडस्ट्री में एक नया कीर्तिमान स्थापित किया।

—गौरव सभरवाल
संस्थापक, uRead.com

आभार

सबसे पहले, मैं उन करीबी साथियों का आभार व्यक्त करना चाहूंगा जिन्होंने हड़प्पा को संभव बनाया—वो साथी हैं,*किताबें*। जी हां, आपने सही पढ़ा। 'किताबें'।

हड़प्पा जैसी गूढ़ कहानी को कहना सालों से मेरे बिस्तर के पास रखी अनेकों किताबों से मिले अभूतपूर्व ज्ञान की वजह से ही संभव हो पाया है। मैं उन सभी लेखकों का आभार व्यक्त करना चाहूंगा, जिन्होंने अपनी कल्पना और काम के जुनून की वजह से इस दुनिया को और सुंदर बनाया।

हालांकि उन सबका अलग-अलग नाम ले पाना बहुत मुश्किल रहेगा, मैं उनमें से कुछ का नाम जरूर यहां लेना चाहूंगा। डायना एल. ऐक का उनकी उल्लेखनीय किताब *बनारस सिटी ऑफ लाइट* के लिए धन्यवाद। विलियम डैलरिम्पल का उनकी सभी अतुलनीय किताबों के लिए आभार। रॉबर्ट ई स्वोबोदा की किताब *अघोर: एट द लेफ्ट हैण्ड ऑफ गॉड*। और भी बहुत से बेहतरीन लेखक, जिनकी लेखन शैली से बेशक मैं प्रेरित हुआ—ग्रेगरी डेविड रॉबर्ट्स, डैन ब्राउन, अश्विन सांघी, अरुण शौरी, होल्गेर कर्स्टन... सभी का बहुत-बहुत धन्यवाद। उल्लेखित सभी लेखकों से सीखा ज्ञान *हड़प्पा* में प्रतिबिंबित हुआ है। कम से कम मैं ऐसी उम्मीद करता हूं।

पिछले तीन दशकों में मैं बहुत से बेहतरीन संस्थानों से जुड़ा रहा हूं, और मैं उनमें से हरेक के प्रति तहेदिल से आभार प्रकट करना चाहता हूं। एयर फ़ोर्स बाल भारती स्कूल, हंसराज कॉलेज, दिल्ली यूनीवर्सिटी, लाल बहादुर शास्त्री इंस्टीट्यूट ऑफ़ मैनेजमेंट, GE कैपिटल, Magnon ग्रुप, TBWA, eg+ वर्ल्डवाइड, ऑमनिकॉम ग्रुप, जैको पब्लिशिंग हाउस और टेलेंटट्रैक। इन बेहतरीन संस्थानों में मैं जिन लोगों से मिला, जिनसे शिक्षा ली और जिनके साथ काम किया, उन्होंने मेरे विचारों और आस्थाओं को एक आकार दिया, वही *हड़प्पा* के लेखन में बौद्धिक ईंधन बना।

कुछ और लोग जिन्होंने *हड़प्पा* के विभिन्न स्तरों पर मेरी मदद की, उनका भी मैं यहां आभार व्यक्त करना चाहता हूं। मेरी प्यारी पत्नी मनीषा, जिन्होंने इस किताब के लिए आकर्षक कवर डिजाइन किया। मेरा भाई वरुण, जिसने एडिटिंग के समय मदद की। किताब के ब्लर्ब में अपना योगदान देने के लिए तनुज नन्दा, डैनी जोसफ, अपूर्व आर्य और रुक्मिणी चावला कुमार का आभार। बेहतरीन टाइपिंग के लिए राहुल कनोनिया का आभार। किताब के हर कदम पर साथ देने और इसकी सफलता में अटूट विश्वास रखने वाले विवेक मेरानी का धन्यवाद। प्रोडक्शन प्रोसेस में मदद के लिए अमित कुकरेजा का आभार। किताब के प्रचार के लिए आशुतोष नेगी, नितिन नरेश, आयुष गुप्ता और डैनी जोसफ (एक बार फिर से!) का आभार।

प्यारे दोस्त मनीषी सिंह, गौरव भाटिया, प्रशांत मिश्रा, जॉयदीप कालरा, नवेद अकील, सुनील आहूजा, विकास मिश्रा—तुम सब मेरी ताकत और प्रेरणा हो।

कुछ मार्गदर्शकों के बिना *हड़प्पा*, और मेरे जीवन की अन्य उपलब्धियां भी हासिल नहीं हो सकती थीं: मनोज घई, निशिष झा, नवीन चावला और प्रवीण पुरी।

मेरे माता-पिता और मेरा परिवार, मेरी दुनिया है, मेरी आत्मा का आधार। मुझे मिले प्यार के लिए मैं उनका ऋणी हूं। मेरी जिंदगी का प्रकाश है मेरी बेटी वंदिता, और प्यारी भतीजियां वेदिका और अदिति चमकते सितारे हैं।

उत्थिष्ठा!

उठो।

विनीत बाजपेयी

चेतावनी

यह उपन्यास, कल्पना और किस्सों पर आधारित है, जिसे महज मनोरंजन के दृष्टिकोण से लिखा गया है। यद्यपि विषय के साथ विविध धर्मों, इतिहास, संस्थान, आस्थाओं और मिथकों का संदर्भ दिया गया है, लेकिन इसका लक्ष्य सिर्फ कहानी को अधिक समृद्ध और दिलचस्प बनाना था। लेखक सर्वधर्म में विश्वास रखता है, और सभी को बराबर मान और सम्मान देता है। कहानी में इस्तेमाल किए गए किसी ऐतिहासिक या पौराणिक तथ्यों की पुष्टि का वो दावा नहीं करता।

परिचय

2017, नई दिल्ली:

विद्युत शास्त्री, दिल्ली के एक युवा उद्यमी को अचानक उसके 108 वर्षीय परदादा का बुलावा आता है। उसके परदादा अपनी मृत्युशैय्या पर हैं। भारत की प्राचीन नगरी, काशी (बनारस) के बुजुर्ग मठाधीश विद्युत को एक प्रागैतिहासिक अभिशाप के बारे में बताना चाहते हैं। ऐसा अभिशाप जिसने हज़ारों साल पहले न सिर्फ एक सभ्यता को भस्म कर दिया, बल्कि उसके सत्य को भी मिटा दिया।

अब तक।

बुजुर्ग ब्राह्मण द्वारका शास्त्री बनारस के शिव मंदिर की जटिल भूल-भुलैया के गुप्त तहखाने की रक्षा करने वाली श्रृंखला की अंतिम कड़ी हैं। वहां कूट शब्दों में हाथ से लिखा, 3500 साल पुराना, संरक्षित संदेश दबा हुआ था। उस पर संस्कृत का एक दोहा लिखा था, साथ ही एक भविष्यवाणी कि शख संवत में रोहिणी नक्षत्र की किसी खास पूर्णिमा को, उनके ही वंश का कोई व्यक्ति, जो अपने पूर्वजों के पाप से अछूता है, इस काले रहस्य से पर्दा उठाएगा। वो मानवजाति के इतिहास के सबसे दागदार कलंक का अंत करेगा।

इसी कारण से विद्युत के परदादा ने उसे बुलाया था।

वो खास समय आ पहुंचा था।

विद्युत को उसकी पिछली तीन पीढ़ियों ने काशी से दूर रखा था, क्योंकि वो सभी उस श्राप को ढो रहे थे। वो श्राप और किसी का नहीं, बल्कि उसके अपने पूर्वज विवास्वन पुजारी का था, जिसने 3700 साल पहले अपने लोगों, अपनी सभ्यता के साथ धोखा किया था। उसने दुनिया के पहले विकसित नगर, हड़प्पा के विनाश का द्वार खोल दिया था।

लेकिन उससे भी बड़ा अपराध उसने ज्ञान की महान नदी के साथ किया था। उसने उस नदी को *रक्त-धारा* में बदल दिया था।

1700 ईसापूर्व, हड़प्पा:

ज्ञान और वैदिक जीवन शैली का अनुसरण करने वाला नगर, हड़प्पा दुनिया का सबसे शक्तिशाली राज्य है। विवास्वन पुजारी को हड़प्पा के प्रधान पुजारी बनाए जाने की घोषणा बस होने ही वाली है—आर्यवर्त में इस पद को सबसे शक्तिशाली पद माना गया है। इस पवित्र और इच्छित पद तक पहुंचने के लिए उसने आधी सदी तक कड़ा परिश्रम किया।

लेकिन कुछ भारी गड़बड़ हुई थी।

उसका प्रतिद्वंद्वी, जो कभी उसका मित्र हुआ करता था, चालाक पंडित चंद्रधर और उसकी सुंदर सम्मोहक पत्नी ने मेसोपोटामिया के तीन लंबे चेहरे वाले जादूगरों, जिनकी आंखों में पुतलियां नहीं थीं, के काले जादू का इस्तेमाल किया। उन्होंने विवास्वन पुजारी को एक भयानक षड्यंत्र में फंसाते हुए नयनतारा का हत्यारा घोषित कर दिया। सुंदर नर्तकी नयनतारा की पहचान उसकी कोहनी से ऊपर पहनी जाने वाली चूड़ियां थीं। ये चूड़ियां वो अपने शक्तिशाली और प्रभावशाली मेहमानों के सामने नृत्य करते समय पहनती थी।

सार्वजनिक न्यायालय में विवास्वन को दंडित ठहराकर, उसे हड़प्पा के मृत कारावास में डाल दिया गया, जहां उसने प्रतिशोध का प्रण लिया। ये प्रतिशोध चंद्रधर के विरुद्ध नहीं था। उस भयानक षड्यंत्र के विरुद्ध भी नहीं। ना उस न्यायाधीश के विरुद्ध, जिसने उसे दोषी करार दिया और न ही मेसोपोटामिया के उन काले जादूगरों

के विरुद्ध। उसने पूरे हड़प्पा से प्रतिशोध लेने की शपथ ली! उसके मामले की सुनवाई विशाल स्नानागार पर हुई थी। वहां लोगों ने उस पर थूका और पत्थर बरसाए, उन्हीं अपने लोगों ने, जिनके लिए उसने अपना पूरा जीवन समर्पित किया था। उसकी संपत्ति को कब्जे में ले लिया गया और उसके प्यारे परिवार को जंगलों में भटकने के लिए मजबूर कर दिया गया। वो नफरत से चिल्लाया और उसने स्वयं अपने रक्त से कारावास की दीवार पर 'प्रतिशोध' लिखा।

पुर्तगाल, 1578 ईसवी:

पुर्तगाल के पंचम राजा इमानोएल को वैटिकन की तरफ से एक तात्कालिक पत्र मिला। पत्र में उस महान पादरी ने स्वयं एक ऐसे सच का जिक्र किया था, जिसके सामने आने से दुनिया हमेशा के लिए बदल जाएगी। भारत के पश्चिमी तट की रेत में दबे रहस्य को ढूंढ़कर, दुनिया से उसका नामोनिशान मिटाना जरूरी है। ये रहस्य एक बार फिर से उस खोए हुए संपन्न नगर के बारे में है, जो पौराणिक नदी के किनारे बसा था। एक बार फिर से! मानव इतिहास का यह अध्याय हमेशा के लिए नष्ट हो जाना चाहिए। चर्च के नेतृत्व का अस्तित्व ही इसी पर टिका है।

इस अंत के लिए सम्राट को तलवार के भारी बल के इस्तेमाल की सलाह दी जाती है। राजा इमानोएल ने भारत के शांत प्रदेश गोआ में दो सौ युद्धपोत का घातक बेड़ा भेजा। वहां के निवासी मानव प्रजाति के इस बहुमूल्य रहस्य से अनजान थे, जो गोआ की कड़ी सुरक्षाओं वाले मंदिर के तहखानों में दबा हुआ था। और वो ये भी नहीं जानते थे कि उनकी कहानी उप-महाद्वीप के रक्तरंजित पन्नों में दर्ज होने वाली है।

1856 ईसवी, बैरकपुर:

ब्रिटिश समाजशास्त्री और ईस्ट इंडिया कंपनी का मुलाज़िम, वेन एशब्रूक अपने वरिष्ठ, कर्नल मार्क सेंडर्स से आधी रात को मिलने गया। उसने कोई ऐसी खोज की थी जिसके बारे में तुरंत बात करना ज़रूरी था। सचाई वास्तव में उससे पूरी उलट थी, जो उससे

उसकी *इंडिया डायरी* और कागजातों में दर्ज करने को कही गई थी। वह धरती का सबसे बड़ा झूठ था। आर्यों के हमले के बारे में अब तक वेन को जो बताया गया था, वो पूरी तरह गलत था। यह उस संप्रदाय की नस्लीय श्रेष्ठता के बारे में था जिसने भारत आकर उपनिवेश बसा लिया था। वेन को अब ऐसे स्रोत और ग्रंथ मिल गए थे जो आर्यों की क्षमता के बारे में अविश्वसनीय सचाई बयां कर रहे थे। वेन जानता था कि यह सच दुनिया के धर्म और राजनीति के मूलभूत स्रोतों को ही बदल देगा।

लेकिन जब कर्नल सेंडर ने वेन को चुप रहने की नसीहत देते हुए परिणाम की चेतावनी दी तो मानो वेन के पैरों तले जमीन ही खिसक गई। सेंडर चाहता था कि वेन आर्यों के बारे में सब भूलकर वही पुराने, झूठे तथ्यों को अपनी डायरी में दर्ज करे। सेंडर ने कहा कि वास्तव में इसके पड़ने वाले प्रभाव के बारे में वेन को कोई अंदाजा नहीं है, और वो ये भी नहीं सोच सकता कि इसके पीछे किसका हाथ है। वेन हां में सिर हिलाकर सेंडर के पास से आ गया, लेकिन उसकी अंतरात्मा उसे इसकी इजाज़त नहीं दे रही थी। उसने *कलकत्ता ट्रिब्यून* में सच छपवाने की कोशिश की।

वेन का क्षत-विक्षत शव राइटर्स बिल्डिंग सेक्रेट्रीएट के सामने एक पेड़ पर लटका हुआ था। अखबारों ने इसे दो भारतीय सिपाहियों की हिंसात्मक कार्यवाही माना था। लेकिन सच कुछ और था। अधिक भयानक।

रक्त की प्यास वाली भविष्यवाणी फिर से अपना सिर उठाने वाली थी।

प्रस्तावना

1700 ईसापूर्व

मीलों तक फैले निर्जन प्रदेश में वो अकेला इंसान था। उस तूफानी और असामान्य रूप से डरावनी रात के अंधेरे में वो मुश्किल से ही कुछ देख पा रहा था। खासकर उसके बहते रक्त, आंसू और पसीने के साथ इस बेमौसम की मूसलाधार बरसात ने उसके लिए कुछ भी देख पाना बहुत मुश्किल बना दिया था। इस स्याह काली रात में मुंडे सिर और नंगी छाती वाला वो ब्राह्मण किसी उन्मादी की तरह अपनी कुल्हाड़ी से धड़ाधड़ वार किए जा रहा था। वो उन मोटी रस्सियों में से एक को काटने की कोशिश कर रहा था, जिन्होंने हाल ही में बने मानव-निर्मित, पर्वत-समान बांध को थामा हुआ था। हालांकि पत्थर, ईंट, धातु और लकड़ी से बने वो विशाल भारी खंड नदी की धारा मोड़ने के उद्देश्य से बनाए गए थे, लेकिन सच पूछो तो वो उद्दंड समुद्र में बड़ी सूनामी को भी रोक सकते थे। लेकिन नदी भी जब अपनी रवानगी पर होती है, तो वो भी किसी समुद्र से कम नहीं होती।

मूसलाधार बरसात के बीच वो इंसान स्वयं से ही कुछ बड़बड़ाए जा रहा था, मानो उस पर कोई दैवीय शक्ति का प्रभाव हो, और सालों की साधना और वैदिक अनुशासन से प्राप्त की शक्ति के हर कण को वो इस कार्य में झोंक रहा था। मोटी रस्सी

पर वो तीव्रता से प्रहार किए जा रहा था, इसमें उसकी उंगलियां भी बुरी तरह छिल गई थीं और उनसे रक्त बह रहा था। जब वो और सांस नहीं ले पाया तो अपना सिर पीछे कर आसमान की तरफ देखने लगा। बारिश की मोटी बूंदें उसके चेहरे पर थपेड़े की तरह पड़ रही थीं। जब बेरहमी से गिरते उस पानी ने उसकी पलकों से कीचड़ हटा दी तो लंबी आह भरकर वो आसमान चीर देने वाली आवाज में चिल्लाया। शायद यह उसकी हाल में कलंकित हुई आत्मा की भगवान के सामने अपनी पीड़ा रखने की कोशिश थी। लेकिन वह जानता था कि बहुत देर हो चुकी थी। भगवान भी उसके कृत्यों से आतंकित थे और उसे माफ नहीं करने वाले थे। ना ही कोई और उसे माफ करने वाला था।

उसने अपनी छोटी कुल्हाड़ी से वापस से रस्सी को काटना शुरू कर दिया, पहले से भी अधिक उत्तेजना से। वह जानता था कि पिछले एक घंटे से भी अधिक समय से वो एक संयुक्त गांठ को काटने की कोशिश कर रहा था। वो रस्सियां विशेष तौर पर तैयार की गई थीं, कभी स्वयं उसी के निर्देशों पर। वह जानता था की ऐसी ही हज़ारों गाठों के माध्यम से, ईंट, कांसे और पत्थर से बने ऐसे 998 स्तंभ और खड़े थे जिन्होंने इस अटूट विशाल बांध को सहारा दिया हुआ था। और कि अगर हज़ारों आदमी भी दिन-रात काम करें तो भी इसे खोलने में कई सप्ताह लग जाएंगे। 999 के आंकड़े की ये अद्भुत कारीगरी स्वयं उसी की सावधान नज़रों, अभियांत्रिकी दक्षता और ज्योतिषीय मार्गदर्शन के अनुसार संपन्न हुई थी। *वह कर क्या रहा था? क्या वो पागल हो गया था?* वह जानता था कि वह इस विशाल बांध का कुछ नहीं बिगाड़ सकता था। लेकिन फिर भी वो बेतहाशा अपनी कुल्हाड़ी से वार किए जा रहा था।

मीलों तक फैले इस निर्जन में, गरजते बादलों के बीच खड़ा यह आदमी, विवास्वन पुजारी, स्वयं दशकों तक एक देवता के रूप में पूजा जाता रहा था। कभी हड़प्पा का सूरज माना जाने वाला यह आदमी, आज किसी भूत की तरह दिखाई दे रहा था। अपने कृत्य के भयानक परिणाम के बारे में सोचकर वह अत्यधिक पीड़ा और पछतावे से गुजर रहा था, वह ऐसा पाप करने जा रहा था, जिसकी भरपाई कभी संभव नहीं थी। वह रोते हुए, बुदबुदाते हुए, रस्सी काटे ही जा रहा था। और फिर उसे वो सुनाई दिया।

शुरुआत हो चुकी थी।

शक्तिशाली नदी की असामान्य हुंकार, कहीं दूर से आती हुई, लेकिन उस आवाज ने उसके रक्त को जमा दिया। कभी पोषण और स्नेह देने वाली, दया की प्रतिमान,

मातृस्वरूप नदी एक प्यासी रक्त-धारा की तरह मानो अपने ही बच्चों को निगलने के लिए व्याकुल हो उठी थी। ज्ञान की उस नदी को उसके अपने प्यारे बच्चों द्वारा ही छला गया था। उसके देवता बेटे, विवास्वन पुजारी ने ही उसको छला था।

कभी सदाचारी और अजय रहे विवास्वन पुजारी ने कुल्हाड़ी को अपने हाथ से फिसल जाने दिया और वह गीली जमीन पर थप्प की आवाज के साथ गिर गई। वो जड़ खड़ा हुआ उसी दिशा में देख रहा था, जहां से विकराल रूप धरे हुए उसकी मां प्रकट होने वाली थी। वो जान गया था। वो जानता था कि उसके हवन कुंड में पहली आहुति उसी के रक्त की गिरने वाली थी। अचानक, वह उसके प्रति सहज हो गया।

उसे स्वयं में आराम और राहत का अहसास हुआ। उसे कुछ आस बंधी। शायद उसकी मां उसकी जिंदगी लेकर बाकियों को क्षमा कर दे। वह घुटनों के बल गिर गया, अपनी तरफ से समर्पण में हाथों को खोलते हुए, हथेलियों को पसारे। बरसात ने उसके तने हुए और घायल शरीर को साफ करते हुए उसकी दागदार चेतना को भी साफ कर दिया। मानो प्रकृति विवास्वन पुजारी को उसका अंतिम स्नान करा रही थी।

'हे मां, मेरे प्राण हर लो! मैं आपके क्रोध का भागी हूं। और मैं स्वयं को आपके चरणों में समर्पित कर रहा हूं!' वह चिल्लाया और आसमान में चमकती बिजली ने मानो नाराज होकर उसे तमाचा लगाया। मानो भगवान ने इस गिरे हुए देवता की अर्जी ठुकरा दी।

वह फिर से चिल्लाया, और इस बार उसकी आवाज निराशा और सुबकियों के बीच टूटकर रह गई, *'अपने हताश बच्चे की विनती नहीं सुनोगी मां?! मेरे प्राण ले लो लेकिन दूसरों को माफ कर दो! उन्होंने ऐसे पाप नहीं किए हैं, जैसे तुम्हारे बेटे ने किए हैं। मुझे मार दो!!!'*

आसमान फिर से रौशन हुआ। कुछ पल के लिए ऐसा लगा मानो दिन निकल आया हो। खामोश रौशनी विवास्वन पुजारी के रक्त, पसीने से सने, विक्षिप्त चेहरे पर पड़ी। और फिर वही हुआ। बादल की गरज सूरज फटने के समान तीक्ष्ण थी।

भगवान इंकार कर रहे थे!

विवास्वन पुजारी को चेहरे पर हवा का तेज झोंका महसूस हुआ और उसने बांध के दूर कोने से जल के बड़े से पहाड़ को प्रकट होते देखा, उसी दिशा में जहां वो अपने घुटने टिकाए बैठा था। जल की वो धारा ऐसी प्रतीत हो रही थी, मानो कई सिरों वाला अजगर अपने शिकार की तरफ बढ़ रहा हो। नदी का कोलाहल, अभी कुछ पल पहले

गरजते बादल से भी तेज था। विवास्वन पुजारी वहां स्तब्ध बैठा था, इस अंधेरे में भी वो जल के उस विशाल पर्वत की छाया देख पा रहा था। वो उस सुमेरु पर्वत के सामने एक छोटी सी चींटी की तरह महसूस कर रहा था, मातृस्वरूप नदी की आसमान जितनी ऊंची, सूनामी की लहर उसे निगलने से बस कुछ ही पल दूर थी।

विवास्वन पुजारी पिछले कुछ दिनों में अपने मार्ग से भटक गया था। बदले की अंधी आग में उसने जीवन भर की चमक को गंवा दिया था। लेकिन वह था तो विवास्वन पुजारी ही। एक देवता! दूसरे विद्वत योगियों की तरह ही उसने तुरंत अपनी आत्मा को अपनी कुण्डलिनी में एकाग्र किया, अपनी धड़कनों को थामा और अपने नश्वर शरीर को मृत्यु के लिए तैयार किया। जल में हमेशा के लिए समा जाने से पहले उसने अपने मन में, शांति से अंतिम प्रार्थना बुदबुदाई।

'हे मां, उन्हें क्षमा कर देना। उन्हें मेरे पापों की सजा मत देना। उन्हें माफ कर देना मां!'

पानी की विनाशकारी लहर ने देवता विवास्वन पुजारी को निगल लिया, जैसे कोई विशालकाय हाथी पैरों तले मसलकर सूखी टहनी का अस्तित्व ही खत्म कर देता है। भगवान, रक्तरंजित नदी, काली रात, इंद्र की गर्जना, निर्जन भूमि का विस्तार और बेरहमी से पड़ती बारिश उस महान आदमी के अंत के मूक साक्षी बने। लेकिन विवास्वन पुजारी की मौत का प्रभाव इस धरती से यूं ही नहीं मिटने वाला था। यह तो शुरुआत थी। वह नफरत, छल, षड्यंत्र और हिंसक झड़पों में हज़ारों सालों तक जीवित रहने वाला था। सिर्फ आर्यवर्त ही नहीं, बल्कि संपूर्ण पृथ्वी पर ईश्वर के नाम पर चलने वाले रक्तपात में उसका भय लक्षित होना था। उसकी मौत या इंसानी रूप भी उसे इस अभिशाप से मुक्त नहीं करने वाला था।

नदी ने अपना निर्मम प्रवाह जारी रखा। विवास्वन पुजारी की अंतिम विनती के बावजूद, रक्तरंजित नदी ने उन्हें क्षमा नहीं किया।

शक्तिशाली नगर हड़प्पा को सरस्वती ने उसके प्रत्येक निवासी के साथ हड़प लिया। वहां कुछ नहीं बचा।

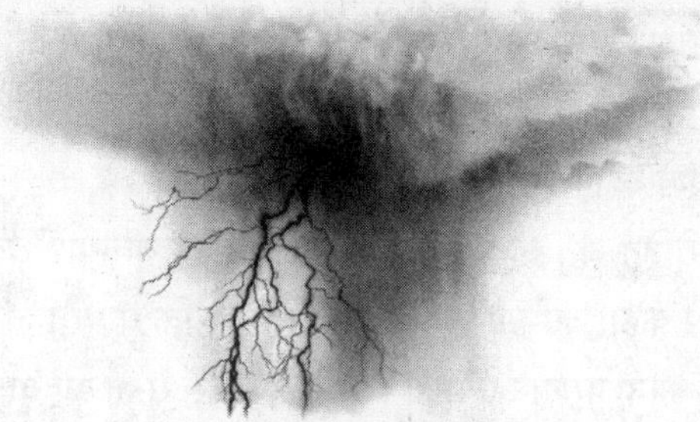

दिल्ली, 2017

विद्युत

फोन की घंटी लगातार बज रही थी। विद्युत और दामिनी गहरी नींद में थे और उठकर फोन सुनने का दम किसी में नहीं था। सुबह के साढ़े चार बजे थे। फोन लगातार बज रहा था। दामिनी ने विद्युत को धीरे से हिलाया।

'विद्युत... उठो ना। तुम्हारा फोन बज रहा है।'

'हम्म...' विद्युत बुदबुदाया।

'अरे, प्लीज़ उठो ना,' दामिनी ने आंखें बंद किए हुए ही उसे झकझोरा।

विद्युत ने बेड की साइड टेबल की तरफ हाथ बढ़ाते हुए फोन टटोला।

'इस टाइम कौन फोन करता है यार?! हेल्लो...!' फोन उठाते ही विद्युत चिल्लाने वाला था।

अब कमरे में सन्नाटा था। विद्युत फोन सुनते हुए ही बिस्तर पर बैठ चुका था और फोन करने वाले व्यक्ति की बात बड़े ध्यान से सुन रहा था। उसका मजबूत बदन उसकी भौंहों की तरह ही तनता दिख रहा था।

'बेबी, सब ठीक है ना?' दामिनी ने जानना चाहा।

विद्युत ने धीमे से उसकी बांह दबा दी, ये इशारा था कि उसे इस समय शांति चाहिए। दामिनी विद्युत को बहुत अच्छी तरह जानती थी। दामिनी ने आंखें खोलकर विद्युत को देखा। विद्युत ने फोन मजबूती से कान के पास सटा रखा था, उसके दांत भिंचे थे और आंखें ध्यान की मुद्रा में बंद थीं।

'लेकिन पुरोहित जी, आपने मुझे पहले क्यों नहीं बताया?' विद्युत ने फोन पर मौजूद आदमी से कहा। दामिनी को अंदाजा नहीं था कि ये पुरोहित जी कौन हैं और अचानक विद्युत इतना परेशान क्यों हो गया है। ध्यान से सुनते हुए वो अपनी कोहनियों के बल उठी।

'उनके पास कितना समय है, पुरोहित जी?' विद्युत ने बेचैनी से पूछा। कुछ पल रुककर उसने कहा, 'शाम तक मैं वहां पहुंच जाऊंगा।'

विद्युत ने फोन रख दिया और अपना सिर बिस्तर के सिरहाने पर टिका दिया, उसकी नजरें छत पर टिकी थीं। उसकी मजबूत छाती, बांह और कंधों के साथ उसकी तेजमयी रंगत उसे शाही, गरिमामयी वंशावली का अंश बताती थी। उसकी तेज आंखों और तराशे हुए नैन-नक्श पर उसके लंबे, हल्के भूरे बाल खूब फबते थे। विद्युत हर अंश से अपने नाम का ही द्योतक प्रतीत होता था—विद्युत या बिजली! लेकिन यकीनन उसके व्यक्तित्व में ग्रीक-देवता सी छवि के अलावा भी कुछ खास था।

दामिनी जानती थी कि वो एक रहस्यमयी और मजबूत इंसान से प्यार करती थी, लेकिन फिर भी उसने कभी इस बारे में उससे कुछ नहीं कहा, मन ही मन एक दिन उसे विद्युत से शादी की उम्मीद थी। वह जानती थी कि विद्युत दूसरे लड़कों और आदमियों जैसा नहीं था, जिनसे वह दिल्ली विश्वविद्यालय के उत्तरी परिसर के हंसराज कॉलेज में किसी समारोह के दौरान मिली थी। इस खिली रंगत, मजबूत कदकाठी, गहरी-भूरी आंखों (ऐसी जिन्हें बाइबिल में विजेता कहा गया है) और चेहरे के गंभीर भावों (ऐसे जैसे दुनिया का नेतृत्व करने के लिए ही पैदा हुआ है) वाले आदमी को मन ही मन अपना बनाने के अलावा भी दामिनी को अहसास था कि विद्युत में कुछ असामान्य बात तो थी। और वो था भी असामान्य। विद्युत में कमाल के टैलेंट के साथ ही दक्षता, आध्यात्मिकता और महत्वकांक्षा

भी थी। वो 34 वर्ष की युवावस्था में ही कामयाब उद्यमी बन चुका था। वो संगीतज्ञ था, कवि, लेखक, पेंटर, मार्शल आर्ट जानता था, खूब मजे की पार्टी देता था और स्वभाव से ही उसमें नेतृत्व की क्षमता थी। उसके दोस्त प्यार से उसे वीडियो बुलाते थे। दामिनी को कभी-कभी उसके दोस्तों को लेकर ही चिंता होती थी।

'बेबी तुम ठीक हो ना?' उसने एक पल बाद प्यार से पूछा। 'ये पुरोहित जी कौन हैं और तुम आज शाम तक कहां पहुंचने वाले हो?'

'वाराणसी। या काशी या बनारस... जैसा कि लोग इसे पुकारते हैं,' विद्युत ने जवाब दिया, उसकी नजरें अभी भी छत पर ही टिकी थीं।

'बनारस क्यों? और वो भी यूं अचानक...?'

'एकदम अचानक नहीं, दामिनी... लेकिन मैं इस तरह बुलाए जाने की उम्मीद नहीं कर रहा था। मुझे तो कभी काशी लौटना ही नहीं था।'

कमरे में सन्नाटा था। दामिनी विद्युत की रहस्यमयी और अधूरी सी बात को अविश्वास से सुन रही थी। वो ऐसे तो बात नहीं करता था। और न ही दामिनी के अंदर का पत्रकार इस जवाब के इंतजार में सदियों तक सब्र से बैठने वाला था। उसने सजगता से बैठते हुए अपने बालों का जूड़ा बना लिया और अपनी हेयर पिन को दांतों के बीच दबा लिया, जैसे कि सुंदर और विश्वस्त महिलाएं करती हैं, और नरमी किंतु दृढ़ता से अपने सवालों की झड़ी लगा दी।

'काशी? तुम्हारा मतलब बनारस... या वाराणसी... या जो भी कहो! तुम्हें वहां क्यों जाना पड़ेगा, बेबी? तुम क्या उम्मीद नहीं कर रहे थे? और भगवान के वास्ते... तुम क्यों *कभी* उस जगह पर नहीं लौटने वाले थे? और लौटने से तुम्हारा क्या मतलब है? तुम वहां गए ही कब? और हमने इस बारे में कभी बात क्यों नहीं की? क्या तुम मुझे सब बता सकते हो?' उत्सुकता के साथ-साथ दामिनी की बेचैनी भी अब बढ़ गई थी।

विद्युत ने मुड़कर उसे देखा, मानो फोन बजने के बाद से अब पहली बार उसे दामिनी की मौजूदगी का आभास हुआ था।

'हमने इस बारे में बात नहीं की क्योंकि यह महत्वपूर्ण नहीं था। काशी का चैप्टर मेरे लिए बंद हो चुका था। बीते सालों में जब भी मैंने वहां जाने की कोशिश की, मुझे वहां जाने से रोक दिया गया। और अब जब मैं अतीत के प्रेत के बिना जीना सीख गया हूं, तो उन्होंने मुझे बुलावा भेज दिया?!' विद्युत ने अविश्वास से हंसते हुए कहा।

इससे पहले कि दामिनी इन सुनी हुई बातों को समझ पाती, विद्युत बिस्तर से उठकर अपनी अलमारी के पास चला गया। उसने सिगरेट का डिब्बा उठाया और

एक सिगरेट सुलगा ली। अब दामिनी सच में परेशान हो गई थी। विद्युत ने आज नौ महीने बाद सिगरेट को अपने मुंह से लगाया था। और वो समझ गई थी कि जरूर कोई गंभीर बात थी। उसकी नजरें खामोशी से विद्युत को उसके, गुड़गांव स्थित आलीशान पेंटहाउस की बालकनी की तरफ जाता देख रही थीं। दामिनी भी यहीं विद्युत के साथ रहती थी। वो भी चुपचाप जाकर, रेलिंग के सामने, विद्युत के पास जाकर खड़ी हो गई। दामिनी ने छोटा और झीना सा गाउन पहन रखा था, जिसमें से उसकी दुबली और आकर्षक फिगर दिखाई दे रही थी। दामिनी बदन से भी उतनी ही सुंदर थी, जितनी वो बुद्धिमान थी। उसने एक शब्द नहीं कहा। विद्युत मानो किसी और ही दुनिया में था। और जबसे वो विद्युत को जानती थी, आज उसने पहली बार उसे डरा हुआ देखा था। उसके डर का कारण वो नहीं जानती थी।

हिंदू धर्म में काशी को सबसे पवित्र नगर माना गया है, जहां पृथ्वी का संभवतः सबसे प्राचीन धर्म और जीवन शैली विद्यमान है। मूल रूप से इसे काशी और वाराणसी कहा जाता था, जबकि हज़ारों साल पहले इसका नाम पहले बाराणसी और फिर पाली साहित्य के प्रभाव में बनारस कर दिया गया। हिंदू पौराणिक ग्रंथों में कहा गया है कि जब भीषण बाढ़ पूरी दुनिया को तबाह कर देगी और प्रलय का दिन आ पहुंचेगा, तब स्वयं भगवान शिव अपने त्रिशूल की नोंक पर काशी को उठाकर इसकी रक्षा करेंगे। 10,000 से अधिक शरद देख चुका ये नगर, वाराणसी विश्व के महान रहस्यों के ज्ञाताओं का घर रहा है। यह नगर ग्रह के भीषणतम पापों का संरक्षक भी है।

नई दिल्ली से वाराणसी की फ्लाईट 90 मिनट की थी। विद्युत दोपहर 3 बजे की फ्लाईट लेने वाला था, ताकि शाम 6 बजे तक पुरोहित जी के पास पहुंच जाए। उसके पास ऐसे वफादार दोस्त और सहकर्मी थे, जो उसके काम संभाल सकते थे। वो भी अपने दोस्तों और सहकर्मियों के लिए उतना ही कर्मठ था। विद्युत और उसकी करीबी टीम एक संयुक्त तत्व की तरह काम करते थे, जो बहुत कम शब्दों में बयां बात को भी तत्परता से समझ लेते थे। अधिकतर चीजें नजरों के एक बार मिलने या फोन पर दो शब्दों के संदेश से ही पूरी हो जाती थीं। विद्युत का खास दोस्त बाला, बालकृष्णन, उसका सबसे विश्वस्त और शायद इकलौता आदमी था, जिस पर विद्युत आंख मूंदकर

भरोसा करता था। बाला न सिर्फ कंपनी में विद्युत के बाद दूसरा सुपीरियर था, बल्कि वो विद्युत का बेस्टफ्रेंड भी था। आर्मी सर्विस के अपने छोटे से कार्यकाल में बाला एक कर्मठ ऑफिसर रहा था। बाला जटिल फाईनेंशियल मॉडल को भी उसी सहजता से क्रैक कर लेता था, जिस सहजता से वो मल्लयुद्ध में अपने विरोधी की पसलियां तोड़ता था। और वो विद्युत को पूजता था। वह विद्युत से प्यार करता था।

विद्युत की एक कॉर्पोरेट सिक्योरिटी कंपनी थी, जहां वो मल्टीनेशनल क्लाइंट्स की तकनीक आधारित जासूसी से सुरक्षा करता था। विद्युत ने अपनी कंपनी एक छोटे स्टार्टअप के तौर पर शुरू की थी, जो अब इंडिया की नामी सिक्योरिटी कंपनी में से एक थी। कंपनी की सफलता ने विद्युत को काफी लोकप्रिय बना दिया, और कॉर्पोरेट इंडिया के ताकतवर वर्ग पर भी उसका दबदबा छा गया। कद्दावर राजनेताओं, जिन्हें शायद तकनीकी जासूसी से सुरक्षा की जरूरत बिजनेस हाउस से भी अधिक थी, ने भी उसकी कंपनी के उत्पादों की जरूरत को भांप लिया, और उसकी सेवाएं लेने लगे। उनमें से बहुतों के स्पीड डायल पर अब विद्युत का ही नंबर था। विद्युत को अपने सोशल लंच और गार्डन पार्टी में बुलाने में वो गर्व महसूस करते। बहुत कम उम्र में ही विद्युत एक प्रभावशाली आदमी बन गया था। लेकिन जो लोग उसकी वंशावली जानते थे, पुरोहित जी जैसे लोग, उनके लिए यह हैरानी की बात नहीं थी। विद्युत कोई साधारण इंसान नहीं था। उसे साधारण होना भी नहीं था।

कैजुअल ग्रे टी-शर्ट और ब्लू जींस में विद्युत अपनी वास्तविक उम्र से काफी कम लग रहा था। वो बस एक-दिन के हिसाब से कम कपड़े पैक कर रहा था। दामिनी इस सारे घटनाक्रम से काफी परेशान थी, लेकिन उसने चेहरे पर दृढ़ और सुंदर मुस्कान कायम रखी थी। विद्युत बीच-बीच में उसे देखते हुए, प्यार से मुस्कुरा देता या शरारत से आंख मार देता। वो उसे सामान्य करने की कोशिश करते हुए यह जताना चाहता था मानो कुछ हुआ ही नहीं है। जबकि वास्तविकता वो दोनों ही जानते थे।

जल्दी से सामान पैक करने के बाद, विद्युत कुछ पल के लिए ठिठका और खड़ा होकर खिड़की के बाहर घूरने लगा। अब तक बाला ने उनके घर में घुसकर, फ्रिज से अपने लिए नारियल पानी का कार्टन भी निकाल लिया था। डाइनिंग चेयर पर बैठकर

अब वो खामोशी से अपना ड्रिंक पी रहा था। विद्युत और दामिनी, दोनों को ही अपने घर में बाला की मौजूदगी की आदत पड़ चुकी थी, और उन्हें उसका आना पसंद भी था। वो उनके परिवार का ही हिस्सा था।

विद्युत ने बाला को देखा।

'हाय बाला।'

'हे वीडियो।'

'क्या हो रहा है यार? खाना-वाना खाया?' विद्युत ने पूछा।

'हां, हां...' बाला ने अपने दोस्त को देखे बिना ही जवाब दिया। आज के लिए इतना ही प्यार काफी था। लेकिन विद्युत के लिए इसके काफी मायने थे।

आगे जो हुआ उसने दामिनी को डरा दिया और वो उसकी कल्पना से भी परे था। विद्युत अपनी स्टडी की तरफ गया और वहां से महा-पंचांग निकाल लिया। दामिनी डर से जम गई और उसका गला सूख गया। पिछली बार विद्युत ने पंचांग अपनी जिंदगी के सबसे भयानक दिन पर निकाला था। उस दिन विद्युत ने अपनी प्यारी मां को हमेशा के लिए खो दिया था! अपने आधुनिक कपड़ों, रहन-सहन, चमचमाती कार, तकनीकी कंपनी के बावजूद विद्युत वैदिक ज्योतिष का ज्ञाता था। वो उसी दक्षता से लोगों की कुंडलियां पढ़ लेता था, जिस कुशलता से सॉफ्टवेयर के कोड्स को खोलता था।

दामिनी ने डर से खुले अपने मुंह को दोनों हाथ रखकर ढांपा। विद्युत ने ये देखा लेकिन उसे राहत पहुंचाने की कोई कोशिश नहीं की। वो एक बार फिर से किसी और ही दुनिया में प्रतीत हो रहा था। उसने पंचांग को डाइनिंग टेबल पर बाला के सामने फैला दिया, और कोई संस्कृत मंत्र बुदबुदाते हुए उस बड़े से चार्ट पर झुक गया। उसका पंचांग मार्किट में मिलने वाले सामान्य पंचांग की तुलना में अधिक जानकारी समेटे हुए था। हिमालय की एक हिंदू मोनेस्ट्री से विद्युत का दोस्त गोपाल हर साल ये प्रमाणिक पंचांग उसके लिए भेजता था। यही तो वास्तविक बात थी। इसका अध्ययन, इसकी व्याख्या और इसे रखने का अधिकार सिर्फ वैदिक ज्योतिष के प्रमुख पंडितों को ही था। विद्युत उनमें से एक था। और गोपाल विद्युत के उन रहस्यमयी दोस्तों में से था, जिन्हें लेकर दामिनी शंकालु थी।

बाला दामिनी के चेहरे पर परेशानी और आंखों में आंसू देख पा रहा था। उसने अपना हाथ विद्युत के हाथ पर रखा और नरमाई किंतु दृढ़ता से पूछा, 'तुम क्या कर रहे हो यार? तुम्हें अभी इसकी क्या जरूरत है?'

विद्युत ने जवाब नहीं दिया। दामिनी से अब और सहा नहीं जा रहा था। वो भागकर विद्युत के पास गई और मजबूती से उसकी बांह पकड़कर उसे अपनी तरफ खींचा।

'तुम क्या कर रहे हो, बेबी?' वो चिल्लाई, वो कभी भी फफककर रो पड़ने वाली थी।

इस तरह परेशान किए जाने को लेकर एक पल को तो विद्युत के चेहरे पर झल्लाहट दिखी, लेकिन जल्दी ही उसने स्वयं को शांत कर लिया। उसे अहसास हुआ कि अब तक उसे दामिनी से खुलकर बात कर लेनी चाहिए थी। पुरोहित जी के फोन आने के बाद से वो अजीब तरह से बर्ताव कर रहा था, और दामिनी के प्रति उसका प्यार उसे उससे सब कुछ साझा करने की मांग कर रहा था। या *लगभग* सबकुछ।

'यहां आओ बेबी,' विद्युत ने प्यार से दामिनी की बांह खीचते हुए कहा और उसे डाइनिंग टेबल के पास पड़े काउच पर बिठाया। 'मैं दो मिनट में तुम्हें वो बता सकता हूं, जो अभी जरूरी है, या तुम्हें सब कुछ समझाने की कोशिश कर सकता हूं। लेकिन सब समझाने के लिए तो शायद दो दिन भी कम पड़ जाएंगे,' उसने कहा।

दामिनी बस प्यार से विद्युत को देख रही थी, उसकी आंखें भीगी थीं और सुंदर चेहरे पर कुछ तनाव था, वो अपने आंसू रोकने की भरसक कोशिश कर रही थी।

'अगर मैंने तुम्हें सब बता भी दिया, दामिनी, तो तुम उस पर यकीन नहीं कर पाओगी। तुम्हें लगेगा कि विद्युत पागल हो गया है। शायद तुम मुझे किसी साइकिएट्रिक के पास भी ले जाना चाहो, अगर पहले ही तुमने मेरे लिए किसी पागल के डॉक्टर से टाइम नहीं ले लिया हो तो!' इस गंभीर माहौल को कुछ हल्का बनाने की कोशिश में विद्युत धीमे से हंसा, लेकिन कोई फायदा नहीं हुआ। दामिनी अभी भी उसे अविश्वास और डर से घूर रही थी।

'बेबी, बस मुझे बताओ कि ये चल क्या रहा है। तुम्हारा प्यार काफी मजबूत है, और वो ये सब संभाल सकता है,' दामिनी ने अपनी तरफ से बात संभालते हुए कहा। 'मैं अब तक तुम पर दबाव नहीं डालना चाहती थी, लेकिन मैं तुम्हें अच्छी

तरह जानती हूं। अगर कोई सीरियस बात नहीं होती तो तुम पंचांग निकालते ही नहीं।'

विद्युत एक पल के लिए खामोश रहा। फिर उसने दामिनी की मुलायम कलात्मक उंगलियों को अपने हाथों में लिया और अपने घुटनों के बल, फर्श पर, सोफे के सामने बैठ गया। उसने अपना सिर झुकाकर, मुस्कुराते हुए उसे देखा, ये वास्तविक मुस्कान थी। उसने प्यार से उसके हाथ को चूमकर कहा, 'दामिनी, मैं आधा इंसान और आधा भगवान हूं।'

पेरिस, 2017

'उस कमबख्त आर्य-पुत्र को मार डालो।'

रेग मारिअनी की लुफ्थांसा फ्लाइट चार्ल्स दे गॉल एयरपोर्ट पर लैंड हुई। उसने अपनी फर्स्ट क्लास की खिड़की से झांककर पेरिस की बारिश भरी शाम देखी। वो वहां नजारे देखने नहीं आया था। वो काम के सिलसिले में वहां आया था।

उम्र के लगभग पैंतालीसवें साल में चल रहा रेग एक लंबा और सुसज्जित आदमी था। एयरपोर्ट को तेजी से पार करते हुए वह गेट नंबर 6 से बाहर आया और उसके इंतजार में खड़ी ब्लैक मर्सिडीज बेंज एस 500 में जा बैठा। उसने ड्राइवर को रु दे रिवोली के होटल रेजिना में चलने का निर्देश दिया। पचपन मिनट की ड्राइव और एक विनम्र से चेक-इन के बाद, रेग पेरिस के आलीशान होटल के अपने लग्जरी सुइट में था, जहां से लूव्र म्यूजियम दिखाई दे रहा था। रेग को पैसों की कोई चिंता नहीं थी। दुनिया का सबसे अमीर संस्थान उसका खर्चा उठा रहा था।

भव्य इटैलियन सुइट में शॉवर लेने और एक सिगरेट सुलगा लेने के बाद, रेग अपने निर्धारित डिनर के लिए निकल लिया था। डिनर पर उसे एक आदमी से मिलना था, जो अपने नाम नहीं, बल्कि ओहदे से जाना जाता था—मास्केरा बिआंका। जिसे रेग दुनिया में सबसे खतरनाक इंसान मानता था। या दूसरा सबसे खतरनाक। दुनिया का सबसे खतरनाक आदमी वो था, जिसने रेग को रोम से पेरिस भेजा था। हाथ से लिखे एक पत्र के साथ।

·||卐||·

मास्केरा बिआंका चालीस साल का आकर्षक आदमी था, जिसके सुंदर नैन-नक्श लगभग लड़की का आभास कराते थे, और आंखें तो इतनी तेज महसूस होती थीं मानो लोहे को भी पिघला दें। वह महंगे बार में सहज और अकेले बैठा था। उसकी टेबल पर वोदका के साथ इंडियन ब्रांड की सुलगी हुई सिगरेट रखी थी। इंडिया से कोई परिचित नियमित रूप से उसके पसंदीदा भारतीय तंबाकू की सप्लाई उस तक पहुंचा देता था। बार में ठीक-ठाक लोग थे, हालांकि उसमें मर्दों की अपेक्षा महिलाओं की संख्या अधिक थी। मास्केरा ने रेग को रेस्टोरेंट में आते देख मुस्कुराकर उसकी तरफ हाथ हिलाया। वो दोनों पहली बार एक-दूसरे से नहीं मिल रहे थे।

उसने रेग का अभिवादन गर्मजोशी से हाथ मिलाकर और मेनू में से सबसे महंगी वाली डबल वोदका मंगवाकर किया। मास्केरा ने रेग की तरफ अपनी इंडियन सिगरेट का पैकेट भी बढ़ाया। रेग ने मुस्कुराते हुए उसे लिया और कुछ झिझक के साथ पूछा, 'तो आप अभी भी अपने भारतीय एम्प्लॉई के संपर्क में हैं?' मास्केरा ने रेग की सिगरेट जलाई और मुस्कुराकर जवाब दिया, 'एम्प्लॉई नहीं। दोस्त! मैं सिर्फ दोस्तों के साथ काम करता हूं, रेग। तुम्हें तो यह पता होना चाहिए।'

रेग ने हंसते हुए हां में सिर हिलाया। वह जानता था कि मास्केरा का कोई दोस्त नहीं था।

·||卐||·

'तो मैं तुम्हारी क्या मदद कर सकता हूं?' मास्केरा ने पूछा।

'आप जानते हैं कि मैं किसके लिए काम करता हूं। और आप ये भी जानते हैं कि इतने सालों से मेरे मालिक और मार्गदर्शक को क्या चीज परेशान कर रही है।'

मास्केरा ने तेजी से सिर हिलाया, यह जताते हुए कि वो हालात से पूरी तरह वाकिफ था। जबकि मास्केरा बिलकुल सहज दिखाई दे रहा था, लेकिन रेग परेशान था कि उसके स्टेटस और व्यवसाय का आदमी यूं पब्लिक बार में अकेला कैसे बैठा है। रेग ने उम्मीद की थी कि मास्केरा के साथ तो अमेरिकी प्रेजिडेंट से भी अधिक गार्ड होंगे। लेकिन उसने अपनी बात जारी रखी।

'यकीनन अब हालात और गंभीर हो गए हैं। उन्होंने *उसे* कबीले के मुख्यालय में बुलवा लिया है।'

मास्केरा ने सिर हिलाना बंद कर दिया और उसकी आंखें जड़ हो गईं। उसके जितना बुद्धिमान आदमी भांप सकता था कि अब भविष्यवाणी सच होने का समय आ गया था।

'तो बड़े भाई क्या चाहते हैं?' कुछ पल ठहरकर मास्केरा ने पूछा, वो रेग के बॉस को 'बड़े भाई' कह रहा था।

रेग ने शांति से हाथ से लिखा वो पत्र निकाला, जिसे वो रोम से लेकर आया था। पत्र सील लिफाफे में था, उसने लिफाफा मास्केरा की तरफ बढ़ा दिया। मास्केरा ने पत्र खोला और एक सैकंड से भी कम समय में संदेश पढ़कर, पत्र वापस रेग को दे दिया। एक पल सोचने के बाद, मास्केरा ने वोदका का गिलास उठाया और पूरा गिलास एक घूंट में खाली कर दिया। उसने अपनी इंडियन सिगरेट का आखरी कश खींचा और उसे एशट्रे में मसल दिया।

कुछ पल रुकने के बाद मास्केरा ने रेग के बॉस की बात करते हुए कहा, 'बड़े भाई जानते हैं न कि ये आसान नहीं होगा? यह... यह... *आदमी* यूं ही आसानी से नहीं मरने वाला।'

'हां उन्हें पता है,' रेग ने जवाब दिया। 'वो जानते हैं, क्योंकि पहले उन्होंने अपनी तरफ से कोशिश करके देख ली है। उससे बात नहीं बनी। अगर ये काम आसान होता तो वो यूं मुझे आपसे मिलने नहीं भेजते।'

मास्केरा ने रेग की आंखों में घूरने वाली नजरों से देखा। कुछ पल बाद वो मुस्कुराकर बोला, 'समझो काम हो गया, रेग। बड़े भाई को बता देना।'

यह कहकर मास्केरा अपनी कुर्सी से उठा और किसी पुराने दोस्त की तरह रेग से हाथ मिलाया। जैसे ही वो चलने के लिए मुड़ा, रेग और रेस्टोरेंट में बैठे अन्य चार

मेहमानों ने पाया कि अचानक सारे लोग अपनी सीटों से खड़े होकर चल दिए थे। तब जाकर रेग को अहसास हुआ कि वहां मौजूद 50 लोगों में से 45 मास्केरा के सिक्योरिटी गार्ड थे। वे सब एक साथ खड़े होकर बार से बाहर निकल गए, मास्केरा उनके बीच में ही कहीं गुम हो गया। रेग जान गया था कि बार में कम से कम 100 छिपी हुई ऑटोमैटिक बंदूकें भी तैनात रही होंगी, जब वो और मास्केरा बात कर रहे थे। अपने पिछले अनुभवों से रेग जानता था कि मास्केरा का हर गार्ड अपने साथ कम से कम दो हथियार लेकर चलता है।

रेग मास्केरा से हमेशा भयभीत रहता था। हालांकि वो जानता था कि मास्केरा यूरोप का सबसे भयानक और रहस्यमयी माफिया बॉस था, लेकिन इस आदमी में कुछ और था जो रेग को खटकता था। कुछ भयानक।

रेग का ध्यान उस मुड़े हुए कागज पर आया जिसे मास्केरा ने पढ़कर लौटाया था। उसने उसे उठाया और उस पर अपने शक्तिशाली मार्गदर्शक की जानी-पहचानी राइटिंग देखी।

उस नोट में लिखे चंद शब्दों को पढ़ते हुए उसने एक बार भी पलक नहीं झपकाई—*उस कमबख्त आर्य-पुत्र को मार डालो।*

बनारस, 2017

काशी: प्राचीनतम नगरी

वाराणसी का बाबतपुर स्थित लाल बहादुर शास्त्री इंटरनेशनल एयरपोर्ट मुख्य शहर से 26 किलोमीटर दूर, उत्तरपश्चिम की ओर पड़ता है। विद्युत फ्लाईट से उतरा और सीधे जाकर पहले से इंतजार में खड़ी कैब में बैठ गया, जो उसके ऑफिस से उसके लिए बुक की गई थी। उसकी टीम जानती थी कि विद्युत के लिए समय पैसों के जितना ही कीमती है और वो एक मिनट भी टैक्सी की तलाश में खराब नहीं करना चाहेगा। वह एक-एक पल का हिसाब रखता था। उसे उम्मीद थी कि उसके लिए कोई फास्ट और क्लासी कैब बुक की गई होगी। और सच में कैब वैसी ही थी। उसे उम्मीद थी कि ड्राइवर को पता होगा कि विद्युत को जाना कहां था। और ड्राइवर को उसकी मंजिल पता थी।

विद्युत की एग्जीक्यूटिव असिस्टेंट रिया अपने काम में परफेक्ट थी। इससे भी अधिक वो विद्युत का सम्मान करती थी, उसे पूजती थी। और उसके समय की भी कद्र करती थी। और वो उसे चाहती भी थी। विद्युत का ऐसा ही प्रभाव बहुत सी महिलाओं पर पड़ता था। जैसा कि 3,700 साल पहले, किसी दूसरी धरती पर उसके एक पूर्वज का था।

सफेद रंग की बीएमडब्ल्यू एसयूवी तेजी से एयरपोर्ट से निकली और जल्द ही शुरुआती कुछ किलोमीटर भी पार कर लिए। विद्युत ड्राइवर के बराबर में ही बैठा था। उसने काली टीशर्ट, नीली जींस के साथ चमचमाते सनग्लासेस लगाए हुए थे। उसकी कलाई में शानदार रोलेक्स घड़ी बंधी थी। कार का ड्राइवर जहां कुछ असहज था, वहीं उत्साहित भी था। उसे कभी विद्युत जैसे पैसेंजर को साथ ले जाने का मौका नहीं मिला था। वो पूरी तरह समझ तो नहीं पा रहा था, लेकिन उसे अपनी सवारी के आसपास शक्तिशाली ऊर्जाओं का अहसास तो हो रहा था। पारस स्वयं को और नहीं रोक पाया।

'सर, आप दिल्ली से हैं?'

'हम्म,' विद्युत बुदबुदाया, वो तेजी से अपने स्मार्टफोन पर बिजनेस ईमेल के रिप्लाई कर रहा था।

'सर आप बनारस में छुट्टियों के लिए आए हैं?'

'नहीं।'

कैब का ड्राइवर समझ पा रहा था कि उसकी सवारी बात करने के मूड में नहीं थी। वह वैसे भी किसी पर दबाव नहीं डालता था। लेकिन जाने क्या बात थी कि वो इस आकर्षक युवक को अपना परिचय देना चाह रहा था।

'सर मेरा नाम पारस पांडेय है।'

विद्युत ने अब मुस्कुराकर पारस पांडेय की तरफ देखा। ताकत और अपनी ही दुनियादारी में खोए रहने के बावजूद विद्युत लोगों से मिलता बहुत अच्छी तरह था। उसे पारस के बातचीत शुरू करने की कोशिश का अहसास हुआ, और विद्युत जैसा इंसान कभी किसी का दिल नहीं तोड़ सकता। अपने संपन्न और रहस्यमयी रूप से शक्तिशाली पेसैंजेर का ध्यान अपनी तरफ देख पारस बहुत खुश हुआ।

'हेल्लो पारस। मेरा नाम विद्युत है,' विद्युत ने अपना हाथ पारस की तरफ बढ़ाते हुए कहा, जिसने बड़े जोश और उत्साह से उसे थाम लिया। हाथ मिलाते हुए पारस विद्युत को देखकर मुस्कुराया, लेकिन इस हाथ को पकड़ने में उसे एक सम्मान का अहसास हो रहा था। ऐसा पहली बार नहीं था, जब उसे किसी दिव्य भाव को यूं पास से महसूस करने का अवसर मिला था।

'सर, आप बनारस में कब तक हैं?' पारस ने टूरिज्म बिजनेस में दक्ष इंसान की तरह पूछा।

'एक दिन के लिए।' विद्युत ने जवाब दिया।

'अरे नहीं सर... आप बनारस से, प्रभु भोलेनाथ की नगरी से उनकी मर्जी के बिना नहीं जा सकते,' पारस ने खुशी से कहा।

लेकिन पारस नहीं जानता था कि उसकी ऐसे ही कही हुई बात विद्युत के लिए खतरनाक भविष्यवाणी बन जाएगी, विद्युत शायद वहां से जीवित नहीं लौटने वाला था।

बनारस की कालोनियों और मौहल्ले के नाम बहुत अजीबो-गरीब हैं—नाथी-इमली, लाहुरा-बीर, कबीर-चौरा, विश्वनाथ-गली, बांस-फाटक, धूप-चंडी, अस्सी, गदौलिया, लंका इत्यादि। लेकिन बहुत कम लोग जानते हैं की हर नाम का एक खास इतिहास और अपनी धरोहर है। उदहारण के लिए, कबीर-चौरा वहां स्थित है, जहां महान उपदेशक और संत कवि कबीर के अनुयायियों ने उनकी स्मृति में आश्रम बनवाया है (हालांकि यह स्वयं संत कबीर के सिद्धांतों के विरुद्ध था, जिन्होंने भक्त और भगवान के बीच हर संस्थान का विरोध किया था)। इसी तरह अस्सी नाम प्राचीन अस्सी नदी के नाम पर पड़ा था और यह यज्ञ, बलिदान के लिए प्रमुख घाट से भी जुड़ा है। वाराणसी का नाम स्वयं आदिकालीन वरुणा नदी के नाम पर ही पड़ा है। वाराणसी में कुछ भी हल्का या उथला नहीं है। कुछ भी नहीं। हल्कापन सिर्फ उन संदेही नजरों में है जो इसके महत्व को नहीं जानती हैं।

पारस जानता था कि विद्युत की मंजिल पूरे वाराणसी का सबसे ताकतवर और रहस्यमयी हिंदू आश्रम, देव-राक्षस मठ था। वह घबराया हुआ था कि मेजबान और कोई नहीं बल्कि सबसे खतरनाक ब्राह्मण पुजारी, द्वारका शास्त्री था, जो इस शक्तिशाली मठ का स्वामी था। यद्यपि वाराणसी के अधिकांश मठ, अखाड़े और गुरुकुल अपने आप में कुछ रहस्य दबाए हुए हैं, लेकिन फिर भी द्वारका शास्त्री का मठ सबसे अधिक रहस्यमयी है। और यह आधुनिक, शहरी युवक मानो सीधे उस अग्नि में प्रवेश करना चाहता था। पारस को अहसास हुआ कि उसे विद्युत को चेतावनी देनी चाहिए।

'विद्युत सर, आप उस जगह पर क्यों जा रहे हैं? वह बहुत... आप समझ रहे हैं, बहुत डरावनी है,' पारस ने सलाह दी, लेकिन उसकी आवाज से वो सलाह से अधिक चेतावनी लग रही थी। उसने आगे कहा, 'द्वारका शास्त्री जी एक संत हैं... लेकिन वो बहुत ही गुस्सैल

हैं। आप समझते हैं, वो बात-बात पर श्राप दे देते हैं? और उनका श्राप कभी खाली नहीं जाता।'

पारस हैरान था क्योंकि इतनी गंभीर चेतावनी का उसकी सवारी पर कोई असर दिखाई नहीं दे रहा था। सड़क पर टिकी विद्युत की नजरों ने एक पल को भी पलक नहीं झपकाई थीं। पारस सोच रहा था कि उसके पास बैठा यह व्यक्ति या तो बेखौफ था या मूर्ख। या फिर कुछ और।

वाराणसी शहर में गुजर-बसर हर किसी के बस की बात नहीं है। शहर में अधिकतर आपको बदबू, गंदगी, भीड़भाड़, ट्रैफिक, गरीबी और बदसूरत व घिनौनी चीजें देखने को मिल जाएंगी। यहां वो सब है जिसे मानवजाति के लिए सही नहीं माना गया है। लेकिन फिर भी, बेशक यह दुनिया के सबसे शानदार शहरों में विद्यमान है। इसकी बाहरी डरावनी परत के ठीक नीचे, मानव को ज्ञात अब तक के सबसे शांत, अध्यात्म, रहस्यमयी शक्तियां और सिद्धांत मौजूद हैं। देखा जाए तो यह उस ब्रह्मांड की तरह ही है, जिसमें हम रहते हैं—जिसकी बाहरी परत अंधियारी और निर्दयी है, लेकिन अंदरूनी भाग शांत और मनोरम है। समय की शुरुआत से ही प्राचीनतम नगरी काशी ब्रहमांड के इसी तत्व का प्रतिनिधित्व कर रही है। लेकिन जिन्हें नेमत प्राप्त है, वही इसका दिव्य स्वरुप देख पाते हैं।

शहर की एक तंग गली में पारस ने कार रोक दी, वो वहां से और आगे नहीं जा सकती थी। उसने विद्युत को द्वारका शास्त्री मठ के करीब उतार दिया, जो यहां के सबसे बड़े काशी-विश्वनाथ मंदिर के पास ही था। हमेशा ही भीड़भाड़ और साइकिल-रिक्शा के शोर से भरे रहने के बावजूद इस जगह की पवित्रता को दुनिया भर में स्वीकार किया गया है। यहां तक कि पारस ने भी निर्धारित जगह पर विद्युत को उतारने के बाद, कोई प्रार्थना बुदबुदाते हुए श्रद्धा से अपना हाथ माथे को लगाया था। तंग गली से गाड़ी निकालते हुए, पारस अपना सिर खिड़की से बाहर निकालते हुए चिल्लाया, 'विद्युत बाबू, मेरा नंबर है 98456738917... कुछ जरूरत हो तो मुझे फोन कीजिएगा।' विद्युत ने मुस्कुराकर हां में

सिर हिला दिया। उसकी याददाश्त बहुत तेज थी, बिलकुल फोटोग्राफिक या इस मामले में तो फोनोग्राफिक मेमोरी थी।

कमर पर छोटा सा पिट्ठू बैग लटकाए, विद्युत तेजी से उन तंग और गीली गलियों में चल पड़ा, जो उस रहस्यमयी और डरावने मठ की ओर जाती थीं। विद्युत यहां पच्चीस साल बाद आया था, लेकिन उसे हर गली आज भी अच्छी तरह याद थी। कुछ भी नहीं बदला था। रिहायशी मकानों के बीच बनी ये संकीर्ण गलियां सैकड़ों साल पहले बनी थीं। लगभग हर दीवार पर ही हिंदू देवी-देवता की तस्वीर और चित्र बने हुए थे, जिनके सुंदर रंगों में निर्बाध प्रेम और भक्ति की अभिव्यक्ति हो रही थी। मंदिर की अगरबत्तियों के साथ मिली गेंदे के फूल की वही जानी-पहचानी खुशबू वहां फैली थी। वाराणसी के लगभग हर घर में एक छोटा सा मंदिर था, जिसमें रोज पूजा-अर्चना की जाती थी। उसी तरह के लोग उसके पास से गुजर रहे थे, देखने में गरीब, लेकिन एक खास किस्म के संतुष्ट। आने-जाने वालों में मानो हर तीसरा आदमी पुजारी था। विद्युत अपनी मंजिल जानता था, या ये भी कह सकते हैं कि मंजिल विद्युत को पहचानती थी! कुछ मिनट चलने के बाद, विद्युत जान गया था कि अब वो अपनी मंजिल के करीब था। जैसे-जैसे वो अपने लक्ष्य के करीब पहुंच रहा था, उसकी धड़कन बढ़ती जा रही थी। ये किसी डरे या घबराए हुए आदमी की धड़कन नहीं थी। ये तो खुशी की वो आहट थी, जो काफी समय बाद अपने परिवार से मिलने पर होती है। और विद्युत जानता था कि वो घर लौट रहा था—उसका *वास्तविक* घर।

विद्युत पत्थर के बने, बड़े से धनुषाकार द्वार के सामने खड़ा था, यह देव-राक्षस मठ का प्रवेश द्वार था। द्वार पर सुंदर नक्काशी में आकर्षक डिजाइन, आकृति व पैटर्न्स उकेरे गए थे। एक नजर देखते ही ये आपके होश उड़ा देता था, लेकिन इसकी वास्तविक कहानी इस पर बनाई लघु आकृतियों से झलकती थी। ध्यान से देखने पर उन आकृतियों की ताकतवर, डरावनी और अमर कहानी पता चलती थी। हालांकि विद्युत उस द्वार में कोई डर या ताकत नहीं देख पा रहा था। वहां उसके लिए सिर्फ प्यार था, एक स्नेह भरा आलिंगन। वह गेट के एक छोर के नजदीक गया और उस पर प्यार से अपनी उंगलियां फिराने लगा, वैसे ही जैसे लाड़ से बच्चे अपने प्यारे बाबा के गाल छेड़ते हैं। जब विद्युत

इस दरवाजे से जुड़ी यादों और प्यार में खोया हुआ था, तभी उसे एक कड़क आवाज सुनाई दी, 'इस द्वार को छूने की तुम्हारी हिम्मत कैसे हुई?'

विद्युत मुड़ा तो उसे एक पच्चीस-तीस साल का नौजवान दिखाई दिया, मजबूत कद-काठी का, हिंदू संतों की तरह भगवा लिबास पहने, गुस्से में उसकी तरफ बढ़ता हुआ। उसने उसके माथे पर रोली का तिलक लगा भी देखा। उससे भी अधिक खतरनाक था, उसके हाथ में पकड़ा हुआ त्रिशूल। बांस में धंसा हुआ, चमकती स्टील का पैना त्रिशूल, जिसके खुले हुए तीनों सिरे लड़ाई के लिए एकदम तैयार जान पड़ रहे थे। लेकिन विद्युत पर इसका कोई असर दिखाई नहीं दे रहा था।

'तुम हो कौन, और क्या सोचकर तुमने इस पवित्र स्तंभ को छूने की कोशिश की?' उस युवक ने ललकारा। विद्युत ने ध्यान दिया कि वो अच्छे नैन-नक्श वाला आकर्षक इंसान था।

'तुम इस स्तंभ और द्वार के बारे में कितना जानते हो, भाई?' विद्युत ने एक नरम मुस्कान से पूछा।

वो युवक इस अजनबी की गुस्ताखी और निडरता से हैरान था। लेकिन विद्युत में उसे एक अपनापन सा महसूस हो रहा था। वो इसकी वजह समझ नहीं पा रहा था।

'यह द्वार 800 साल से भी अधिक पुराना है,' युवक ने जवाब दिया, उसकी आवाज में नाराजगी का पुट अभी कम नहीं हुआ था।

'और...?' विद्युत ने पूछा।

'और से तुम्हारा क्या मतलब है? यह एक खास किस्म के पत्थर से बना है।'

'और...?'

'और अगर तुम इसी समय यहां से दफा नहीं हुए तो मैं अभी तुम्हारा ये शहरी थोबड़ा तोड़ दूंगा!' युवक गुर्राया।

विद्युत ने उस युवक की आंखों में देखा, कुछ पल ठहरा और फिर पूरे विश्वास से कहा।

'इस द्वार का निर्माण वर्ष 1253 में मठाधीश श्री भैरव शास्त्री की कड़ी निगरानी में हुआ था। जो पत्थर इस सुंदर द्वार की नक्काशी में इस्तेमाल हुए हैं वो कन्नौज के महाराज ने उपहार में दिए थे, जिनका वजन 1008 टन था। इस द्वार के प्रमुख वास्तुकार थे पंडित रमाकांत दीक्षित, जिन्होंने मथुरा के 27 बेहतरीन कारीगरों को काम पर लगाया था और लगातार 3 साल तक काम चलने पर यह मास्टरपीस पूरा हो पाया था। वर्ष 1256 में इसे स्थापित किया गया था और इसका मुहूर्त स्वयं काशी-नरेश ने किया था।'

वो युवक बुत बना खड़ा था। 'कौन हो तुम?' उसके खुले मुंह से बस इतना ही निकल पाया।

'मेरा नाम विद्युत शास्त्री है।'

युवक अविश्वास से मानो जम गया। विद्युत ने गौर किया कि कुछ ही पलों में उसकी आंखें भर आई थीं। इससे पहले कि विद्युत कुछ कह पाता, वो युवक विद्युत के पैरों में गिर पड़ा। विद्युत दुविधा में था, और उस युवक ने श्रद्धा और समर्पण के भाव से उसके पैर पकड़ लिए थे। और इससे पहले कि विद्युत झुककर उसे उठा पाता, वो उठा और दीवानों की तरह आश्रम में अंदर की तरफ भाग गया।

'वो आ गए हैं! वो आ गए हैं! वो आ गए हैं!' मठ की अंदरूनी गलियों में गुम होता हुआ वो युवक खूब तेज आवाज में चिल्ला रहा था।

वो विद्युत के आने का इंतजार कर रहे थे। सदियों से।

हड़प्पा, 1700 ईसापूर्व

आखरी देवता

विवास्वन पुजारी ने सिंधु के पवित्र और निर्मल जल में स्नान किया। सिंधु महानदी सरस्वती की उपनदी है, जो हड़प्पा के सामने से बहती थी। हड़प्पा इस जीवन और ज्ञान देने वाली ताकतवर नदी को पूजता था। विशाल महानगर के निवासी जितना नदी को पूजते थे, उतना ही उसे प्यार भी करते थे, और वो लोग प्यार से इसे सारा मां पुकारते थे।

हड़प्पा और उसके पास व दूर की सभ्यताएं, जैसे मोहन जोदड़ो और लोथल भी सरस्वती पर निर्भर करती थीं। नदी उन्हें पीने का पानी, सिंचाई, आवागमन, मछली और औषधि के साथ ही दुश्मनों की चढ़ाई से भी बचाती थी। इसके पवित्र किनारों पर कई पावन कार्य संपन्न किए जाते थे। सरस्वती हड़प्पा समाज की आत्मा थी।

परसों विवास्वन पुजारी की जिंदगी का सबसे बड़ा दिन साबित होने वाला था। पचपन साल का वो आदमी देखने में पैंतीस साल से एक भी दिन बड़ा नहीं दिखाई देता था। गौर वर्ण की उसकी त्वचा असामान्य तेज से चमकती थी और उसका चौड़ा माथा प्रभावशाली राजवंश का प्रतीक था। अपने अनेक नेक कार्यों की वजह से

हड़प्पा का सूर्य कहलाने वाला आदमी नरमदिल था, और आनंद से अधिकारों भरे अपने जीवन को जी रहा था। उसका शरीर किसी कुशल खिलाड़ी की तरह चुस्त था और उसकी कसी हुई मांसपेशी उसके शानदार अंगवस्त्र के नीचे से चमक रही थी। विवास्वन पुजारी सिर्फ प्राचीन ग्रंथों, मंत्रों और श्लोकों का ही ज्ञाता नहीं था, बल्कि वह स्वयं वेदों के रचयिता में से भी एक था। वेद साहित्य, विज्ञान और अध्यात्म का सर्वाधिक समकालीन कार्य है। ऐसा माना जाता था कि उसे स्वयं आदिम ऋषि का आशीर्वाद प्राप्त था, वो ऋषि जिन्हें शिव और शक्ति के साथ में सृष्टि का रचयिता माना जाता था। विवास्वन पुजारी इंसान नहीं था। वो एक दिव्य रूप था। वो धरती पर जन्म लेने वाला आखरी देवता था।

या तब ऐसा माना जाता था।

अपने शानदार अध्ययन कक्ष में चंद्रधर बेचैनी से चक्कर लगा रहा था। यद्यपि वो स्वयं इस घटनाक्रम से खुश नहीं था, लेकिन इस समय उसकी वास्तविक चिंता कुछ और थी। प्रखर बुद्धिमान चंद्रधर अध्यात्म और विज्ञान का श्रेष्ठ ज्ञाता था। हड़प्पा समाज में चंद्रधर दूसरा सबसे प्रभावशाली व्यक्ति माना जाता था। वह राज्य का मुख्य कोषाध्यक्ष था। वह पुरोहिती परिषद का कार्यकारी मुखिया भी था। इससे भी अधिक महत्वपूर्ण, वह हड़प्पा की दुग्ध-संपदा के संरक्षकों, 'गोपालकों' का भी प्रमुख था। जिसके भी हाथ में इसका नियंत्रण होता था, उसी के हाथ में हड़प्पा का मुख्य नियंत्रण समझा जाता था। और फिर भी राज्य का दूसरा सबसे प्रभावशाली व्यक्ति इस समय ईर्ष्या से ग्रस्त था। उसे हड़प्पा के पहले सबसे प्रभावशाली इंसान से जलन हो रही थी। उसे अपने परम मित्र से जलन हो रही थी, स्वयं अपने बहनोई से ईर्ष्या हो रही थी।

चंद्रधर को और किसी से नहीं स्वयं ताकतवर विवास्वन पुजारी से जलन हो रही थी।

लेकिन अभी चंद्रधर की वास्तविक परेशानी कुछ और थी। उसकी वास्तविक परेशानी इस समय उसकी पत्नी, प्रियम्वदा थी। प्रियम्वदा का शाब्दिक अर्थ मधुर भाषी होता है, लेकिन बदकिस्मती से उसमें ऐसा कोई गुण नहीं था। वो उसकी जिंदगी का सबसे बड़ा जंजाल थी। नरमदिल और दयालु चंद्रधर के विपरीत प्रियम्वदा हर चीज और हर इंसान से नफरत करती थी। चंद्रधर को डर था कि उसके मन का ये

मैलापन धीरे-धीरे उसे ऐसे दैत्य में बदल रहा था, जिसे कभी हड़प्पा ने नहीं देखा था। वो उससे नफरत करता था। लेकिन फिर भी, दिल ही दिल में वो उसे पागलों की तरह चाहता भी था। वो उसके बिना जी नहीं सकता था।

प्रियम्वदा ने अध्ययन कक्ष में प्रवेश किया, जहां चंद्रधर बावलों की तरह चक्कर काट रहा था। चंद्रधर को प्रियम्वदा के सुंदर और मुस्कुराते चेहरे के पीछे उसकी उफान मारती नफरत दिखाई दे रही थी।

'बधाई हो पंडित चंद्रधर,' उसने खुशी से कहा, और फिर नागिन की तरह फुफकारी, 'तुम फिर से हार गए, मूर्ख!'

विवास्वन पवित्र सिंधु-सरस्वती घाट की सीढ़ियां चढ़कर, इंतजार में खड़े राज्य-रक्षकों के पास आया। उन्होंने चमकते सूरज के प्रतीक वाली पताका को उसके सम्मान में ऊंचा उठा लिया था। हर परिस्थिति में विवास्वन पुजारी की सुरक्षा करना उनका कर्तव्य था। लेकिन अपने कर्तव्य से अधिक, विवास्वन पुजारी के नजदीक रहना उनके लिए आशीर्वाद समान था। आखिरकार विवास्वन हड़प्पा सभ्यता की सबसे अमूल्य निधि था।

आर्यवर्त के दस भिन्न कबीलों को ऐतिहासिक शांति संधि के तहत एक करने वाले विवास्वन पुजारी ने हड़प्पा के लिए अतुलनीय योगदान दिए थे। विवास्वन ही वो था जो हड़प्पा में पहले पांच हज़ार अश्व लेकर आया था, और हड़प्पा की सेना को विश्व की सबसे शक्तिशाली फौज में बदल दिया था। ऐसा उसने दूर पश्चिम से आए ताकतवर हमलावर, सुरा को हराने के ठीक बाद किया था। दूर देश से आया वो हमलावर अपनी ही अलग भाषा में बात करता था। दूर तक फैले साम्राज्य में विवास्वन की पूजा की जाती थी, और लोग जानते थे कि वो कोई सामान्य इंसान नहीं था। कोई भी नश्वर इंसान वो सब नहीं कर सकता था, जो विवास्वन पुजारी ने कर दिखाया था। वो वास्तव में एक देवता—आधा इंसान, आधा भगवान—था।

विवास्वन आज प्रफुल्लित था। उसे हड़प्पा का मुख्य पुजारी चुना गया था और उच्च परिषद, दिव्य सप्तऋषि से आशीर्वाद प्राप्त कर, वो अगली सुबह वास्तव में राज्य का सम्राट बन जाने वाला था। 'सम्राट' ताकतवर लोकतंत्र, हड़प्पा में कोई अधिक वजन वाली उपाधि नहीं थी, जिसे विवास्वन पुजारी और पंडित चंद्रधर ने बड़ी मेहनत से गढ़ा था, अपितु वहां का नियंत्रण मुख्य पुजारी के हाथ में था।

हालांकि हर कोई इस समारोह से इतना खुश नहीं था।

प्रियम्वदा तो बिलकुल नहीं।

विवास्वन पुजारी अपने विशाल, फिर भी साधारण घर में घुसा। हड़प्पा के केंद्र में बना हुआ वो विशालकाय ढांचा था, जिसकी महत्ता नगर में निसंदेह विवास्वन पुजारी के ही समान थी। लेकिन फिर भी देखने में यह एक सौम्य कुटीर की भांति ही लगता था—उस परिवार की शरणस्थली, जो गहन तपस्या करते हुए ईश्वर और उसके अनुयायियों की सेवा में लगा था।

घर में घुसते ही विवास्वन की मनोहर और समर्पित पत्नी, संजना ने उसका अभिवादन किया। सभी संजना से स्नेह करते और उसे पूजते थे, इसका कारण सिर्फ विवास्वन पुजारी की पत्नी होना ही नहीं था, बल्कि संजना के अपने व्यक्तित्व, समाज सेवा और वेदों के उसके असीम ज्ञान की वजह से भी।

संजना ने विवास्वन के लिए सुबह का भोज परोसा, तब तक उनका बेटा मनु भी भोज के लिए आ गया। मनु का नाम वेदों में वर्णित प्रथम मानव के नाम पर रखा गया था। मनु बाईस वर्षीय सुदर्शन और अच्छी कद-काठी का युवा था। उसे अपने पिता पर बहुत गर्व था, और उसके पिता को उस पर।

'तो मनु, अथर्ववेद का अध्ययन कैसा चल रहा है?' विवास्वन ने केले के पत्ते पर से, उंगलियों से खीर खाते हुए नरमी से पूछा। 'तुम जानते हो ना कि ये सबसे महत्वपूर्ण विज्ञान है, जो तंत्र-मंत्र के अभ्यास और अलौकिक संसार के ज्ञान में काम आता है?'

'जी पिताजी, मैं इस पर बहुत ध्यान दे रहा हूं, इसमें मेरी गहन रुचि भी है,' मनु ने जवाब दिया। 'हालांकि इसमें आत्मा-जगत के कुछ डरावने तत्व भी हैं, जो मुझे आप ही से सीखने होंगे,' मनु ने कुछ विनोद करते हुए कहा। वो अच्छी तरह जानता था कि युवा प्रशिक्षुओं के लिए काला-विज्ञान सीखने की मनाही होती है। लेकिन उसे अपने पिता, महान विवास्वन पुजारी से परिहास करने में मजा आता था।

'तुम्हें मेरी तरफ से एक कड़क चपत की जरूरत है। कितने दिनों से तुम्हें खुराक नहीं मिली है?' विवास्वन ने भी हंसते हुए पूछा। वह जानता था कि उसका बेटा मजे ले

रहा था। दोनों खुलकर हंसे और विवास्वन ने मनु के मुंडे हुए सिर को प्यार से सहलाया। वह मनु और संजना को अपनी जिंदगी से भी अधिक चाहता था।

मनु के सामने बैठी संजना, बार-बार अपने बेटे के केले के पत्ते में खीर, शाकाहारी भोजन और पूरी परोस रही थी। विवास्वन और मनु के बीच सूर्य और प्रकाश का सा रिश्ता देखना उसकी जिंदगी का सबसे बड़ा सुख था। विवास्वन पुजारी का परिवार प्यार, भरोसे, सादगी और घनिष्ठता का उदाहरण था। मानो स्वयं सारा मां और ईश्वर ने इस सुंदर परिवार की रचना की हो। संजना रोज कई घंटों तक इस आशीर्वाद के लिए भगवान का आभार व्यक्त करती।

लेकिन भगवान संजना को निराश करने वाले थे। बुरी तरह से।

एक काली शक्ति ने इस ताकतवर, फिर भी सौम्य, पावन परिवार के विरुद्ध अपना मनहूस कार्य शुरू कर दिया था। दूर जंगलों में छिपी एक गुफा एक बेरहम काले जादू की गवाह बनने वाली थी। मेसोपोटामिया के तीन अंध-मायावी पागलों की तरह हंसते हुए, इंसानी रक्त में नहाकर उस खूंखार कृत्य के लिए तैयार हो गए थे। उनके मंत्रों की हुंकार जंगल में गूंज रही थी, जिसने उस निर्जन प्रदेश के हर पशु, पक्षी, वनस्पति और कीट को मार दिया था। उन तीनों को वहां बुलवाया गया था, और उन्होंने काली ताकतों और हिंसक, असंतुष्ट आत्माओं की सारी फौज को करो-या-मरो अभियान के लिए इकट्ठा कर लिया था।

उस देवता को मिटा पाना इतना आसान नहीं होने वाला था।

बनारस, 2017

रोमी परेरा

उस रेलवे कोच में तपती गर्मी और चिपचिपाहट थी। दुबला-पतला, चश्मे वाला युवा ट्रेन के सैकंड क्लास कंपार्टमेंट में इधर से उधर धक्के खा रहा था। वो इतना नाज़ुक दिखाई दे रहा था कि गर्माहट भरे उस डिब्बे में हर कोई ही उसे धकिया रहा था। पोंडिचेरी से बनारस पहुंचने के लिए वो पहले ही कई ट्रेन बदल चुका था। देखने में रोमी ऐसा लग रहा था मानो सीधे इंडिया के मशहूर इंजीनियरिंग कॉलेज के हॉस्टल से निकलकर आ रहा था। वह मरियल सा था, मोटा काला फ्रेम का चश्मा चढ़ाए, बिखरे बाल, गोरा रंग और मासूम दिखने वाला चेहरा।

रोमी का व्यक्तित्व एक असुरक्षित, दब्बू लड़के का था। वो किसी का भी सामना नहीं कर सका था, उसने मुंबई पुलिस से सेवानिवृत अपने बेरहम पिता के अत्याचारों के विरुद्ध भी कभी आवाज नहीं उठाई थी। परेशानी में बीते बचपन में उसे लगभग रोज ही अपने शराबी और हिंसक पिता से पिटना पड़ता था। इस वजह से वह एक नरम लेकिन जटिल युवा में तब्दील हो चुका था। वो किसी भी चीज और किसी भी इंसान

से डर जाता था। अपनी कमजोर और मीठी आवाज में कुछ भी बोलने से पहले वो हकलाता था।

जब रोमी तेरह साल का था, तब उसके पिता की मृत्यु एक अजीब सी घरेलू दुर्घटना में हो गई थी। रोमी की मां उसके जन्म के महज दो साल बाद ही उसे और अपने आधे पागल पति को छोड़कर चली गई थी। जमींदार परिवार से होने के नाते, रोमी को पिता की मृत्यु के बाद अपने पिता की काफी संपत्ति मिली थी। शराबी और पतित पिता का क्रियाकर्म करते हुए रोमी की आंखों से एक भी आंसू नहीं निकला था। उसके दूर के रिश्तेदारों ने इसका कारण गहरे आघात को माना था।

रोमी ने अपने इंजीनियरिंग बैच में सबसे अधिक नंबर प्राप्त किए थे। स्कूल में या फिर इंजीनियरिंग कॉलेज में उसका कोई दोस्त नहीं था। सारी क्लास उसका मजाक बनाया करती थी। यहां तक कि प्रिया भी सबके साथ उस पर हंसती थी। *प्रिया भी*। भाषा पर रोमी की अच्छी पकड़ थी और जब क्लास के सबसे आकर्षक और लोकप्रिय लड़के, राहुल ने आत्महत्या की तो क्लास के बाकी छात्रों ने रोमी से ही उसकी श्रद्धांजलि लिखने की विनती की। रोमी ने बढ़िया सा नोट लिखकर प्रिया के गर्ल्स हॉस्टल रूम के बाहर छोड़ दिया। बाकी छात्रों ने रोमी के इस काम की तारीफ की, क्योंकि प्रिया राहुल की गर्लफ्रेंड थी। इसके बावजूद भी उन लोगों ने उसका मजाक उड़ाना बंद नहीं किया।

लेकिन वो इस बात का अंदाजा नहीं लगा पाए कि रोमी के पिता और प्रिया के बॉयफ्रेंड, दोनों की मौत रहस्यमयी हालात में हुई थी। बेरहमी से।

जब ट्रेन वाराणसी के बड़े से स्टेशन पर रुकी तो रोमी ट्रेन से बाहर निकलने की कोशिश करने लगा। उसका दुबला और डरा हुआ बदन दबते-दबते, रास्ते में सबसे माफी मांगते हुए कंपार्टमेंट के दरवाजे तक जाने की कोशिश कर रहा था। निकलते हुए उसका पैर एक विशालकाय काले आदमी के पैर पर पड़ गया। गुस्से में आ उस आदमी ने गालियां देते हुए रोमी के मुंह पर तमाचा मार दिया। रोमी के मासूम चेहरे से उसका काले फ्रेम वाला चश्मा, तकरीबन गिरने ही वाला था।

'सॉरी सर,' रोमी ने लगभग रोते हुए कहा और अपना चश्मा ठीक करने की कोशिश करने लगा। बैंगनी कमीज पहने आदमी, विजेता के आत्मविश्वास से फुंफकारा। आसपास मौजूद लोगों ने ऐसे मुंह फेर लिया मानो कुछ हुआ ही नहीं।

वाराणसी स्टेशन के प्लेटफार्म नंबर 3 पर रोमी को लगभग धक्के मारकर उतारा गया। वो बड़ी मुश्किल से संतुलन बना पाया, और अपने बैकपैक को पीठ पर संभाला। रोते हुए रोमी ने स्वयं को शांत किया, अपनी आंखें पोंछीं और अनिश्चित कदमों से प्लेटफार्म से बाहर की तरफ चल दिया। देखने में उसकी हालत बहुत खराब लग रही थी। हर कोई जानता था कि रोमी पूरी तरह से हारा हुआ इंसान था, जिसमें न कोई ताकत थी, न प्रतिभा।

जैसे ही ट्रेन आगे बढ़ी, तो उस काले आदमी की बैंगनी कमीज उसी के रक्त में तर हो रही थी। भीड़भाड़ में किसी शातिर हत्यारे ने उसका गला रेंत कर वहां महज एक सेंटीमीटर का घाव छोड़ दिया था। लेकिन वो घाव इंसान को धीमी और दर्दनाक मौत देने के लिए काफी था।

हर कोई जानता था कि रोमी पूरी तरह से हारा हुआ इंसान था, जिसमें न कोई ताकत थी, न प्रतिभा।

सिवाय इसके कि वो दुनिया के सबसे शातिर और बेरहम कातिलों में से एक था।

और मास्केरा बिआंका, या इटली के सफ़ेद मुखौटे ने इसे भांप लिया था।

बनारस, 2017

'किसी ने तुम्हें याद नहीं किया...?'

विद्युत के सामने रखी गर्मा-गरम खस्ता कचौड़ियां और रसभरी जलेबियों को देख स्वयं को रोक पाना मुश्किल था। उन्हें मशहूर बसंत महल हलवाई से मंगवाया गया था। विद्युत के पिछले कुछ घंटे मठ में बीते उसके बचपन की खुशनुमा यादगार थे।

युवक के चिल्लाने से पुरोहित जी हड़बड़ाहट में मठ के गेट से बाहर निकले थे। विद्युत की पहली झलक देखते ही उनका सब्र छूट गया। उन्होंने विद्युत को देखा और वो बच्चों की तरह सुबक उठे, जैसे बरसों पुराने प्यार से मिल रहे हों। और क्यों नहीं? विद्युत उनके लिए बेटे की तरह ही था। अपने पिता कार्तिकेय को खो देने के बाद विद्युत की जिंदगी में पिता समान कोई था, तो वो पुरोहित जी ही थे।

कसकर गले लगाने और प्यार बरसाने के बाद; गिले-शिकवे और ये साबित करने कि कौन दूसरे से अधिक प्यार करता है, के बाद पुरोहित जी ने विद्युत को देव-राक्षस मठ के पवित्र एकांत कक्ष में बुलाया। हालांकि इस जगह किसी को भी जाने की आज्ञा नहीं थी, लेकिन पुरोहित जी के मन में इसे लेकर कोई संदेह नहीं था। वैसे भी विद्युत

इस वंश का मालिक और सर्वेसर्वा था, और इस मठ की आध्यात्मिक ताकतों ने ही उसे यहां अपनी जगह लेने के लिए बुलवाया था।

और फिर खान-पान से इसकी शुरुआत हुई। जैसे मां अपने दूर से आए बच्चे पर लाड़ लुटाती है, वैसे ही पुरोहित जी और उनके अनुयायियों ने विद्युत के दुलार में खाने की मेज को स्वादिष्ट व्यंजनों से भर दिया। वाराणसी वैसे भी खाने के शौकीनों के लिए जन्नत है और विद्युत के लिए शहर का चुनिंदा शाकाहारी खाना परोसा गया था।

इसकी शुरुआत कचौड़ियों से हुई—खस्ता गोल-गोल कचौड़ियां, जिनमें दाल और मसाले भरे हुए थे। इसके स्वाद को किसी भी शब्द से बयां नहीं किया जा सकता। इसके बाद बारी आई सबके प्यारे समोसे की। समोसा मैदे की परत में आलू और मसाले भरकर तिकोनी शेप में बनाकर तला जाता है। इसका स्वाद भी गजब का है। फिर बनारस की मशहूर टमाटर-चाप आई, तले टमाटर, आलू, काली मिर्च, प्याज और भारत के बेहतरीन मसालों की गाढ़ी डिश। ये डीप फ्राई नहीं बल्कि कम तेल में फ्राई की जाती है। लेकिन बहुत ही स्वादिष्ट। विद्युत को हर व्यंजन को दो-दो बार खिलाया गया। और फिर बारी आई बनारस की मशहूर मिठाई की।

बनारस की दूध से बनी मिठाइयों पर पूरा महाकाव्य रचा जा सकता है। एशिया में शायद कलकत्ता (अब कोलकाता) ही दूसरा ऐसा शहर होगा, जो बनारसी मिठाइयों की विविधता और विशिष्टता की बराबरी कर सकता हो। मिठाइयों का अनुभवी और चाहने वाला बनारसी मिठाई को देखकर या सूंघकर पहचान सकता था। विद्युत के लिए खास लौंग-लता लाई गई... लौंग के फ्लेवर की मावे से तैयार की गई मिठाई। और फिर जलेबी और खीर-कदम—जिसे चीनी में भीगे पनीर के ऊपर मावे की परत चढ़ाकर तैयार किया जाता है।

विद्युत पूरी तरह फिट इंसान था, जो गर्मियों में रोज मीलों दूर तक तैराकी और सर्दियों में अपने ट्रेडमिल पर ही लगभग मैराथन जितना दौड़ लिया करता था। वह हर सुबह गहन प्राणायाम का भी अभ्यास करता था। उसका फिटनेस लेवल इतना हाई था कि बनारस का तेल या मिठाई उसे हरा नहीं सकते थे। लेकिन फिर भी इतना स्वादिष्ट खाना खाकर विद्युत चलने की हालत में नहीं रहा था! उसने जी भरकर खाया, खासकर खाने के साथ परोसे गए प्यार की खातिर।

वो बनारस को उसी तरह जी रहा था, जिस तरह तीन दशक पहले जीता था।

विद्युत अपने बचपन के बहुत से दोस्तों से दोबारा मिला। भयानक सा त्रिशूल उठाए जो युवा खड़ा था, वो कोई और नहीं बल्कि पुरोहित जी का बेटा सोनू था। अब तक उस पर भी पूरी तरह विद्युत का जादू चल चुका था और वो खुशी से बार-बार विद्युत के गले लगे जा रहा था। जब भी सोनू मासूमियत से ऐसा करता, तब विद्युत बस प्यार से हंस देता। वहां बलवंत भी था, जिसे विद्युत बचपन में मजाक से 'इंसानी मशीन' कहा करता था। वो देखने में विशालकाय था, लड़ाई के लिए हमेशा तैयार रहने वाला क्षत्रिय। वो कभी मुस्कुराता नहीं था। हंसी क्या है, वो जानता भी नहीं था। इंसानों की खुशी जैसे विचार से वो अनजान था। लेकिन वो एक संरक्षक था। और भारत की प्राचीन मार्शल आर्ट, कलारिपयट्टू में मास्टर। इस प्राचीन कला का संस्थापक स्वयं मुनि-योद्धा परशुराम को माना गया है।

उसके बाद विद्युत गोवर्धन दादा से मिला—आयुर्वेदिक वैद्य, जिन्हें आंखों से कम दिखाई देता था। वो जरा भी नहीं बदले थे, बस उनके बाल कुछ अधिक सफेद हो गए थे। फिर विद्युत अपने नर्सरी के दोस्त बीजी से मिला, जो अब स्कूल में मास्टर था। वो सब बड़े स्नेह और लाड़ से मिले।

और फिर उसने सुंदर नैना को देखा।

नैना की बादामी-भूरी आंखें और उसकी मगरूर, मगर आत्मीय प्रस्तुति को देख, विद्युत पल भर को ठगा सा रह गया। वो बेबाकी से उसकी तरफ आई, और बिना उस पर से नजरें हटाए, विनम्रता से नमस्ते में झुकी। सामान्य परिस्थितियों में तो विद्युत ने गले लगाकर उसका स्वागत किया होता। लेकिन यह मठ था। और विद्युत यहां दशकों बाद आया था। वह यहां के कायदों पर चलना चाहता था, भले ही नैना उसकी बचपन की दोस्त थी।

नैना वैसी बिलकुल भी नहीं लग रही थी, जैसी विद्युत ने उम्मीद की थी। बनारस जैसे पारंपरिक शहर की लड़की, खासकर तब जब उसका पालन-पोषण रूढ़िवादी ब्राह्मण परिवार में हुआ था, नैना में एक मोहक आकर्षण था। उसकी सांवली रंगत में एक चमक थी, और उसके नैन-नक्श में दैवीय गुण। उसकी आंखें बड़ी और तेज

थीं। भरे-भरे होंठ, छोटी पर तीखी नाक और गहरे भूरे बाल, जो निचले छोर पर स्वाभाविक रूप से घुंघराले थे। उसके कपड़े सामान्य थे, पूरी तरह से ढंके हुए... लेकिन फिर भी एक रहस्यमयी कामुकता लिए। किंतु इन सबसे अधिक नैना के असामान्य आत्मविश्वास ने विद्युत का ध्यान आकर्षित किया। उसके हाव-भाव कुछ ऐसे थे मानो वो वहां मौजूद हर इंसान और चीज की स्वामिनी हो।

'नमस्ते विद्युत,' नैना ने अपनी हथेलियों को जोड़ते हुए कहा, उसकी आंखों में चमक थी।

'नमस्ते नैना,' विद्युत ने खुलकर मुस्कुराते हुए कहा।

'तो दिल्ली की कॉर्पोरेट जगत की हस्ती ने हम नाचीजों से मिलने का समय कैसे निकाल लिया?'

ठहाका मारकर हंसते हुए विद्युत ने कहा, 'वैसे, लग तो यूं रहा है कि यहां किसी ने मुझे याद ही नहीं किया।'

नैना ने अपना सिर एक तरफ झुकाया और शरारत से बनावटी मुस्कान देते हुए कहा, 'पूरा विश्वास है ना विद्युत? किसी ने तुम्हें याद नहीं किया?'

अचानक पुरोहित जी ने विद्युत को बुला लिया।

नैना धीरे से मुड़ी, उसकी नजरें कुछ पल विद्युत पर ही टिकी रहीं।

जब विद्युत अभी संपन्न हुई खातिरदारी का जिक्र करने लगा तो पुरोहित जी अपनी हंसी रोक नहीं पाए।

'मुझे अपना हाजमा और भी दुरुस्त करना होगा, पुरोहित जी,' विद्युत ने अपने कसे हुए पेट पर हाथ फेरते हुए कहा।

'कोई बात नहीं। गोवर्धन के पास यकीनन तुम्हारे लिए कुछ होगा,' पुरोहित जी ने हंसते हुए ही जवाब दिया।

फिर धीरे-धीरे पुरोहित जी गंभीर हो गए। अपने अंगवस्त्र से अपना चेहरा पोंछते हुए, मानो अपनी ही उदासी मिटा रहे हों, उन्होंने कहा, 'विद्युत, तुम्हें अपने आप को तैयार करना होगा।'

'किस बात के लिए पुरोहित जी?'

पुरोहित जी ने हल्की हैरानगी से विद्युत को देखा।

'अपनी मीटिंग के लिए, विद्युत।'

'कौन सी मीटिंग, पुरोहित जी?' विद्युत ने सपाट पूछा।

स्वयं को शांत करने के लिए पुरोहित जी एक पल को ठहरे। वो कुछ परेशान दिखाई दे रहे थे। कुछ देर ठहरकर उन्होंने कहा, 'द्वारका शास्त्री जी के साथ तुम्हारी मीटिंग के लिए, विद्युत। अपने परदादा के साथ मुलाकात के लिए।'

विद्युत हमेशा से जानता था कि द्वारका शास्त्री से मिलना किसी सामान्य बुज़ुर्ग का अपने परपोते से मिलना नहीं था। लेकिन फिर भी उसने पूछ लिया, 'मुझे किस तरह की तैयारी की जरूरत है, पुरोहित जी?'

'तुम्हें एक यज्ञ करना होगा और पूरी रात दिव्य मंत्र का 1008 बार उच्चारण करना होगा।'

विद्युत चौंका। 'लेकिन पुरोहित जी, मैं नियमित रूप से ध्यान लगाता हूं, समर्थ तांत्रिक हूं, प्राणायाम का अभ्यास करता हूं और बचपन में जो आठ सिद्धियां आपने मुझे सिखाई थीं, उनमें भी अब मैं मास्टर हो गया हूं। फिर मुझे कैसे यज्ञ की जरूरत?' विद्युत ने कुछ उत्तेजना और कुछ अहंकार से कहा, विद्युत को पहले ऐसा कभी महसूस नहीं हुआ था।

पुरोहित जी की क्रोधित नजरें विद्युत की नजरों पर टिकी थीं। वो अब अपने गुस्से पर काबू नहीं रख पा रहे थे। अचानक ही वो अपने स्वभाव के विपरीत भड़क गए, 'तुम जानते भी हो तुम किससे मिलने वाले हो, अहंकारी मूर्ख?! आज धरती पर द्वारका शास्त्री ही सबसे शक्तिशाली आत्मा हैं। भले ही वो अभी अपनी मृत्यु शैय्या पर हों, लेकिन फिर भी तुम उनका तेज सहन नहीं कर पाओगे!' अब तक पुरोहित जी तेज आवाज में चिल्ला रहे थे।

वहां कुछ पल खामोशी रही। विद्युत जानता था कि उसने सीमा पार कर दी थी। शांत और गंभीर पुरोहित जी यूं अपना संतुलन नहीं खोते, जब तक कि हालात काबू से बाहर ना हों।

स्वयं को वापस से शांत करते हुए पुरोहित जी ने नर्म लहजे में कहा, 'मैं जानता हूं कि तुम कौन हो, विद्युत। मैं जानता हूं कि तुम्हारी नियति में भी अपने महान पूर्वज विवास्वन पुजारी की तरह देवता बनना लिखा है। लेकिन बेटा एक पल के लिए भी मत भूलो—द्वारका शास्त्री एक इंसान, योगी, देवता और राक्षस का अद्भुत संयोग हैं। उनके तेज के आगे कोई नहीं टिक सकता।'

पुरोहित जी ने विद्युत के कंधे पर स्नेह भरा हाथ रखा और अपनी बात जारी की, 'उनके क्रोध से कोई नहीं बच सकता, विद्युत। तुम भी नहीं।'

वहां कुछ पल खामोशी रही। विद्युत ने पुरोहित जी को देखा और आखिरकार उनकी बात समझते हुए, सहमति में सिर हिलाया। दिन भर की थकान उतारने और खास मुलाकात के लिए स्वयं को तैयार करने के लिए, विद्युत ने हाथ जोड़कर पुरोहित जी से विदा ली। उसने उनके हर निर्देश का पालन करने का निर्णय लिया। अपनी योग्यता पर पूरा भरोसा और विश्वास होने के बावजूद वो जानता था कि मृतप्राय मठाधीश का सामना करने के लिए उसे प्रमुख आध्यात्मिक शक्ति की शरण लेनी होगी।

मठ में अपने क्वार्टर की तरफ बढ़ते हुए विद्युत के पेट में एक खलबली सी हो रही थी। इस पूरे वाकये के दौरान, यहां तक कि पुरोहित जी से हुई अभी गहन और गर्मागर्म चर्चा के दौरान, द्वारका शास्त्री से मिलने के दबाव के बावजूद भी कुछ ऐसा था जो लगातार उसका ध्यान भटकाए जा रहा था।

बल्कि देखा जाए तो वो कुछ नहीं, बल्कि 'कोई' था।

नैना।

हड़प्पा, 1700 ईसापूर्व

सप्तऋषि

विवास्वन पुजारी अपने मजबूत सफेद घोड़े से उतरा। उसके विश्वसनीय अंगरक्षक और वह स्वयं छह घंटे का सफर तय करके सात मुनियों या सप्तऋषि की इस भव्य शरणस्थली पर पहुंचे थे। स्वयं देवता होने के बावजूद, विवास्वन पुजारी सप्तऋषियों का सामना करने से पहले कुछ घबराया हुआ था। चंद्र वर्ष शुरू होने से पहले यह आखरी दिन था, इसके बाद सप्तऋषि पूरे चंद्र वर्ष के लिए दिव्य समाधि में चले जाने वाले थे।

शक्तिशाली सप्तऋषि कोई साधारण मुनि नहीं थे। कोई नहीं जानता था कि वो कहां से या कब इस धरती पर आए थे। उनके अस्तित्व का लक्ष्य भी किसी को नहीं पता था। उनकी असीमित शक्तियों का स्रोत भी किसी को नहीं पता था। बस सब जानते थे कि उनके नियंत्रण में सब था—वन, जीव, आकाश, नदियां और यहां तक कि ईश्वर भी। सिर्फ एक ही चीज थी, जो सप्तऋषियों के भी बस में नहीं थी, और वो थी इंसान की अबाध आकांक्षा।

असीमित शक्तियों के बावजूद भी, मुनि हड़प्पा और उसके निवासियों के लिए बहुत स्नेही और मददगार थे। ऐसा कहा जाता था कि उनमें से किसी एक के भी दर्शन

मात्र से हज़ारों जन्मों के कर्मों का ऋण उतर जाता था। उनकी दिव्य दृष्टी से भयानक बीमारी भी सही हो जाती थी। उनकी अनवरत तपस्या हड़प्पा की फसलों, मवेशी धन और निवासियों को सुरक्षा प्रदान करती। लेकिन इससे भी बढ़कर, सप्तऋषि सरस्वती नदी के प्रिय पुत्र थे। वो उन्हें चाहती थी। उनकी बात सुनती थी। वो ही उसके सब कुछ थे।

हड़प्पा के पूर्व में बर्फ से ढंके ऊंचे पहाड़ ही सप्तऋषि का निवास स्थान थे। विवास्वन पुजारी अपने आसपास की हर चीज में उनकी उपस्थिति को महसूस कर सकता था। वो पेड़ों में थे, लहलहाती उपनदी में थे, पैरों के नीचे मौजूद पत्थरों में थे, हवा में और ऊंची चोटियों में भी वही समाए थे। माना जाता था कि आदि ऋषि धरती से जाने से पहले, अभिभावक के रूप में सप्तऋषियों को पीछे छोड़ गए थे। सप्तऋषि आम इंसान नहीं थे। वो देवता भी नहीं थे। वो असाधारण मनुष्य थे, जिन्हें स्वयं उस विधाता ने अपनी शक्तियां प्रदान की थीं। स्वयं में ईश्वर की अनुभूति लिए वो धरती पर उस सृष्टि निर्माता की आखरी वास्तविक उपस्थिति थे।

विवास्वन पुजारी अपने हाथों को जोड़, घुटनों के बल गिर गया। वो सप्तऋषियों को प्यार करता था और सप्तऋषि उसे। कोमलता से मुस्कुराते हुए और पूरे सम्मान से उसने उन दिव्य आत्माओं का आह्वान किया, 'ओ महान मुनियो; ओ हड़प्पा के संरक्षक; ओ वेदों के रक्षक; इस दास के बड़े भ्राता; ओ सप्तऋषि... अपने दर्शन से हम पर उपकार करो।'

ऊंची चोटियों से घिरी, सुंदर वादी की मनोहर हवा मानो स्वयं विवास्वन पुजारी का चेहरा सहला रही थी। मानो उसके आह्वान की प्रतिक्रिया स्वरूप प्रकृति स्वयं उनका संदेश पहुंचा रही हो। और फिर विवास्वन ने वो सुना जो वो मुनियों से हुई हर मुलाकात में सुनता था। उसने वनों, पर्वतों, धारा, पक्षियों और हवा को एक सुर में, ब्रह्मांड का सबसे शक्तिशाली स्वर गुनगुनाते सुना—ॐ।

मुनियों के आगमन का यह संकेत था।

विवास्वन पुजारी ने एक घुटने पर बैठकर, सिर झुकाकर, हाथों को सम्मान में जोड़ लिया और एक के बाद एक सप्तऋषि अपने निवास स्थान से निकलने लगे। वे चलकर नहीं आ रहे थे। वो अचानक से प्रकट भी नहीं हुए थे। वो पर्वतों और वनों के ही भाग जान पड़ रहे थे। वे बहती धारा की तली में पड़े पत्थरों से निकलते जान पड़ रहे थे। वो किसी पेड़ से इंसानरूपी शाखा में निकल रहे थे। हरे-नीले पहाड़ों में छिपी किसी गुफा के मुहाने में उन्होंने आकार लिया। कोई नहीं कह सकता था कि सप्तऋषि स्वयं ईश्वर थे या इस सब भ्रम-माया में दक्ष।

'हड़प्पा के सूर्य, उठो, ओ महान देवता, उठो,' उनमें से एक ऋषि ने ममता भरी विनम्र आवाज में कहा। नमी भरी आंखों से विवास्वन ने ऊपर देखा। सप्तऋषियों की एक झलक सैकड़ों सालों के ध्यान से भी अधिक शांति प्रदायक थी। विवास्वन पुजारी पहली बार मुनियों से नहीं मिल रहा था, और इसके लिए वो अपनी किस्मत को जितना भी आभार देता वो कम था। लेकिन महान मुनियों के प्रति उसके प्यार में जरा भी फर्क नहीं आया था।

'ओ महान मुनि, ओ प्राणियों के पालक, ओ सप्तऋषि... आपका विनम्र दास पूरे सम्मान और स्नेह से आपका अभिवादन करता है,' विवास्वन पुजारी ने कहा, उसके सभी अंगरक्षक सम्मोहन और अविश्वास में खड़े थे। उनमें जो नया था, वो पहली बार सप्तऋषियों को देख रहा था। वे जानते थे हड़प्पा में ये अवसर मिलना किसी तीर्थ से कम नहीं था। सप्तऋषियों के दर्शन होना बहुत किस्मत की बात थी। इससे भक्त मां सरस्वती की कृपा के और करीब आ जाता था—माना जाता था कि ये सात मुनि मां सरस्वती के ही दिव्य पुत्र थे।

'कहो देवता, यहां कैसे आना हुआ?' एक मुनि ने पूछा।

'आपके दर्शन और आशीर्वाद की तड़प ही यहां खींच लाई, मुनिवर,' विवास्वन ने जवाब दिया, वह अब बच्चों की तरह मुस्कुरा रहा था। मुनियों के सान्निध्य में उसे अनुपम शांति और संतुष्टि महसूस हो रही थी। मुनियों की आध्यात्मिक शक्ति मीलों तक के माहौल को दीप्त कर, हर सजीव प्राणी के जीवन को ऊर्जा प्रदान करती थी। उनके सम्मुख जाने का मतलब होता था कि स्वयं शक्ति केंद्र से ऊर्जा ग्रहण करना। विवास्वन पुजारी हर लहर को ग्रहण कर रहा था, जो दिखाई तो नहीं दे रही थी, लेकिन जिसका प्रभाव अमृत था। वो इससे परिचित था।

'कल आपके अनुयायी को हड़प्पा के मुख्य पुजारी का कर्तव्य सौंपा जाएगा। मां सरस्वती के किनारे होने वाले आयोजन को अपनी उपस्थिति से धन्य कीजिएगा मुनिवर,' विवास्वन ने कहा।

सातों पुजारी एक साथ मुस्कुराए, और फिर एक लय में बोलने लगे मानो एक ही व्यक्तित्व में से सात आवाजें आ रही हों, 'तुम्हारे लिए हमारा स्नेह असीमित है, ओ देवता। लेकिन कभी मां सरस्वती, हमारी दिव्य मां के नाम का इस्तेमाल मत करना, जब तक कि बहुत जरूरी न हो।'

ये शब्द सुनकर विवास्वन पुजारी हैरान रह गया। उसने कभी भी बिना ध्येय के सारा मां के नाम का इस्तेमाल नहीं किया था। लेकिन पता नहीं कैसे सप्तऋषि मां के प्रति कुछ अधिक ही भावुक हो रहे थे। महान मुनियों का सब कुछ अति था—उनका प्रेम, उनका स्नेह, उनका धैर्य, उनकी ताकत और उनका क्रोध भी।

विवास्वन ने किसी भी प्रकार की बहस में समय बर्बाद नहीं किया कि उसकी बात को गलत समझा गया था, बल्कि वह तुरंत ही नदी के किनारे पड़े पत्थरों पर साष्टांग लेट सप्तऋषियों से माफी मांगने लगा।

'मुझे क्षमा करें मुनिवर। मेरा मतलब सारा मां का नाम लेना नहीं था।' एक पल ठहरकर विवास्वन ने अपनी बात आगे बढ़ाई, 'यद्यपि उन्होंने मुझे जन्म नहीं दिया है, लेकिन मैंने स्वयं को हमेशा उनका पुत्र ही माना है।'

मुनि हंसे और उनके साथ पूरा ब्रह्मांड मुस्कुरा दिया। पक्षी चहचहाते हुए उड़ने लगे। नदी कलकल करती बहने लगी। सारे फूल मानो एक साथ खिल आए, और विवास्वन पुजारी के अंगरक्षकों के घोड़े भी मानो एक सुर से हिनहिनाते हुए झूमने लगे।

'विवास्वन पुजारी, तुम यकीनन उन सबमें श्रेष्ठ हो,' उनमें से एक मुनि ने हंसते हुए कहा।

विवास्वन पुजारी ने अपना सिर उठाया, इतनी उदार क्षमा पर आभार जताते हुए, हालांकि वो अभी भी सोच रहा था उसने क्या गलत कहा था।

'अभिषेक के समय तुम्हें प्रत्यक्ष रूप से हमारी या मां सरस्वती के जल की जरूरत नहीं है, विवास्वन,' मुनि ने कहा। 'तुम्हें जानकर प्रसन्नता होगी कि सप्तऋषि भाइयों ने निर्णय लिया है कि अबसे तुम्हारी गणना भी हम भाइयों में ही होगी।'

विवास्वन पुजारी को अपने कानों पर भरोसा नहीं हो पाया। चेहरे पर उड़ती धूल के बीच वो सकते में खड़ा रहा।

'ओ शक्तिशाली देवता, इस पर हैरान मत हो। तुमने ये स्थान अपनी मेहनत से कमाया है और तुम्हारे साथ हमारा नाम जुड़ना हमारे लिए भी गर्व की बात है... अब से हमेशा के लिए। जल्द ही सप्तऋषि "अष्टऋषि" के नाम से जाने जाएंगे।'

मुस्कुराते हुए सातों ऋषियों ने झुककर अपना दाहिना हाथ कलकल करती धारा की तरफ बढ़ाकर उसमें से जल लिया। जल उठाकर उन्होंने अपना हाथ कंधे की सीध में सामने किया और आंखें बंद करके एक सुर में मंत्रोच्चारण किया:

'ओ महान विवास्वन पुजारी, हम तुम्हें अपना भाई घोषित करते हैं,' दाढ़ी वाले मुनियों ने कोमलता से मुस्कुराते हुए कहा। 'अब से तुम्हें हममें ही गिना जाएगा। हमारी ज्ञानी और स्नेही मां, सरस्वती मां अबसे तुम्हारी मां भी कहलाएंगी।'

विवास्वन पुजारी को अपने कानों पर भरोसा नहीं हुआ। समर्पण के आंसुओं में भीगकर वो दिव्य मुनियों के पैरों में जा गिरा, मुनियों के प्रति उसके सम्मान को नापा नहीं जा सकता था। वो इस भरोसे पर ही भावुक था कि एक बार अपनी दुनियावी कर्तव्यों को निभाने के बाद वो अष्टऋषि बन जाएगा। कोई भी इंसान या स्वयं भगवान भी इससे अधिक की कामना नहीं कर सकते थे।

बनारस, 2017

मृतप्राय ब्राह्मण मुखिया

अनजान लोगों को देव-राक्षस मठ बाहर से किसी भुतहा प्राचीन किले की तरह ही नजर आता था। इसका विशाल आंगन चारों तरफ से स्याह बरामदों और दानव जैसी विशाल प्रतिमाओं से घिरा हुआ था। पत्थर की तराशी हुई एक आदमी की प्रतिमा, जिसका सिर रक्त के प्यासे शेर की तरह था, वह भगवान विष्णु के नरसिम्हा अवतार का प्रतीक थी। एक खौफनाक और विशाल प्रतिमा बाज पक्षी की थी, जिसका शरीर बलिष्ठ इंसान का था, वो ताकतवर गरुड़ का द्योतक था। वहां सालों से तैयार किए हुए अनेकों गड्ढे थे, जो तांत्रिक क्रियाओं की वजह से काले पड़ गए थे। भगवा और काले कपड़े पहने संतरी, हाथों में तलवार, त्रिशूल और पुरानी एनफील्ड रायफल लिए हर कोने में खड़े थे। धुआं, काली दीवारें, बंजर अहाता, डरावने मंत्रोच्चार, नकारात्मक शक्तियां और गुस्साए चेहरे—इस पूरे क्षेत्र को राक्षस खंड कहा जाता था।

जो मठ को अपना घर या अपनी आध्यात्मिक शिक्षा का केंद्र मानते थे, उनके लिए यह एक नरम और आत्मीय पनाह थी। चुने हुए युवक-युवतियां ही मठ के

अंदरूनी भाग, देव खंड में प्रवेश कर सकते थे। मठ का यह भाग इसके बाहरी भाग से बिलकुल ही उलट था। इसमें सुंदर बगीचे, फूलों की क्यारियां, कमल के तालाब और दिव्य यज्ञों के लिए हवन कुंड बने थे। यहां की हवा में गुलाब और गेंदे की खुशबू तैरती थी और हमेशा ही कुछ पुजारी पवित्र अग्नि के गिर्द कुछ खास अनुष्ठान करते दिख जाते थे। भिन्न कोनों में मुंड़े सिर वाले आकर्षक युवा एक सुर में दिव्य मंत्रों का उच्चार किया करते। पूरा भाग ही वेदों के पवित्र मंत्रों और पौराणिक दोहों से गूंजता रहता। देव खंड वास्तव में पूरी दुनिया का सबसे आध्यात्मिक स्थल था।

मठ के बाहरी और अंदरूनी भाग ऐसे किसी लापरवाही वश नहीं बने थे। यह द्वारका शास्त्री और उनके शक्तिशाली पूर्वजों की सतर्क योजना का परिणाम था, उनकी इसी सोच पर तो मठ की स्थापना की गई थी। जबकि दुनिया को लगता था कि यह मठ आध्यात्मिक ज्ञान और काले जादू का केंद्र था, लेकिन इस शक्तिशाली आश्रम की स्थापना का कारण कुछ और ही था। इसे आध्यात्मिक छावनी के रूप में बनाया गया था, एक अभेद किला, जिसमें हर बाहरी आक्रमण सहने की क्षमता थी। इसकी स्थापना एक वंश की रक्षा करने के लिए की गई थी। विवास्वन पुजारी के वंश की।

बहुत कम लोग ये जानते हैं कि स्वयं वाराणसी या काशी सात पवित्र घेरों के संकेंद्र पर बसी है। हर घेरा शक्तिशाली देवताओं के एक समूह का प्रतिनिधित्व करता था। प्रमुख घेरा गणेश का था, और मंदिरों और पुण्यस्थलों से भरा था। सामान्य आगंतुक या तीर्थयात्री के लिए ये 56 मंदिर महज पूजा और दिव्यता के केंद्र थे। हर साल लाखों तीर्थयात्री काशी आते हैं और नंगे पैर इन मंदिरों की परिक्रमा करते हैं। सिर्फ काशी के कुछ रहस्यमयी पुजारी और योगी ही जानते हैं कि ये सात घेरे हज़ारों साल पुराने हैं, और काली शक्तियों के विरोध में खड़ी सबसे बड़ी ताकत हैं।

उस घेरे के मध्य में ही प्राचीन नगरी काशी बसी है। काशी के मध्य में, विश्वनाथ मंदिर के नजदीक ही देव-राक्षस मठ बना था। मठ का केंद्र, विशाल बगीचों से घिरा था और उसकी चारों दिशाओं में भगवान शिव की बड़ी सी प्रतिमाएं थीं, उन्हीं के बीच में द्वारका शास्त्री का कक्ष था। वास्तु और ज्योतिषीय कोण से तैयार किया गया यह कक्ष दुनिया की सबसे सुरक्षित जगह थी। और यह दुनिया के सबसे शक्तिशाली तांत्रिक और सबसे गंभीर योगी का घर था।

जैसे ही विद्युत ने दीयों की रौशनी से प्रज्ज्वलित, द्वारका शास्त्री के विशाल कक्ष में प्रवेश किया, उसे ऐसी शक्ति का आभास हुआ, जो पहले कभी नहीं हुआ था। उसे उस कक्ष में सैकड़ों या शायद हज़ारों अलौकिक शक्तियों की मौजूदगी का अहसास हुआ, जहां द्वारका शास्त्री बड़े से बिस्तर पर कोई आधे दर्जन तकियों के सहारे लेटे हुए थे।

ग्रैंडमास्टर अपनी उम्र जितने ही वृद्ध दिखाई दे रहे थे, लेकिन उनके झुर्रीदार चेहरे पर उभरता तेज किसी युवा का आभास दे रहा था। उनके मोटे, बर्फ से सफेद बाल पीछे को पड़े थे और उनकी लंबी-तगड़ी कद काठी उन्हें अमेरिका के किसी रेड इंडियन योद्धा की तरह दिखा रही थी। उनके माथे पर लंबा सा लाल तिलक लगा था, और उन्होंने शुद्ध रुद्राक्ष की कई मालाएं धारण की हुई थीं (रुद्राक्ष को स्वयं भगवान रुद्र या शिव का अश्रु माना गया है)। उन्होंने सफेद कपड़े पहने थे, और उनकी उंगलियां लगातार माला फेर रही थीं। कुल मिलाकर वो बिलकुल क्षत्रिय ईश्वर लग रहे थे।

हालांकि उस बड़े से कमरे में पूरी खामोशी थी, लेकिन फिर भी विद्युत को उस अदृश्य ब्रह्म-राक्षस की हल्की सी फुंकार सुनाई दे रही थी। यह जगह सामान्य या जरा भी लौकिक नहीं थी। विद्युत जड़ खड़ा सोच रहा था कि उसके परदादा एक संन्यासी थे, देवता थे, राक्षस थे या उन सबका भयावह संयोजन।

'विद्युत, क्या तुम्हें अथर्ववेद कंठस्थ है?' महान द्वारका शास्त्री ने पूछा, उनकी भारी आवाज कमरे में किसी अजगर के समान गरज रही थी।

'जी बाबा... अथर्ववेद, यजुर्वेद, सामवेद और ऋग्वेद... मुझे चारों वेद कंठस्थ हैं,' विद्युत ने बिना कोई गर्व दिखाए कहा। हालांकि विद्युत ने कभी अपने परदादा से किसी तरह के प्यार की उम्मीद नहीं की थी, लेकिन कहीं न कहीं उसे इस बात की तकलीफ जरूर थी कि उसके इकलौते बचे 'अपने' और उसके बीच कोई स्नेह संबंध नहीं था।

'हम्म...' द्वारका शास्त्री ने सहमति जताई। उनका 'हम्म' किसी डीजल इंजन की घरघराहट सा लगा। 'तुम यहां क्यों आए हो?'

'बाबा, पुरोहित जी ने मुझे बताया कि आपकी तबियत सही नहीं है।'

'अब वो पुरोहित तय करेगा कि स्वयं द्वारका शास्त्री की तबियत सही है या नहीं?' बुजुर्ग गुस्से से गुर्राए और बदले में उन्हें खांसी का जोर का धसका लगा। विद्युत चिंता में उनकी तरफ बढ़ा। 'पीछे खड़े रहो!' हांफते हुए वो चिल्लाए। विद्युत घबराकर अपनी जगह जड़ हो गया।

'मेरी बात सुनो, लड़के,' द्वारका शास्त्री ने अपनी बात जारी की। 'अब जब तुम आ ही गए हो, तो मैं समझता हूं कि यह सही समय है। अब मेरे जाने के बाद, वो तुम्हारे पीछे पड़ जाएंगे।' द्वारका शास्त्री की आवाज उनके स्वभाव से विपरीत कांप रही थी। इसमें वो भाव छिपे थे जिसे इतने सालों में कोई महसूस नहीं कर पाया था। उसमें एक किस्म का डर था।

विद्युत को अपने माथे और कनपटी पर पसीने की ठंडी बूंदें महसूस हुईं। उसे हल्का सा अंदाजा था, जिसका अभी उसके परदादा ने ज़िक्र किया। और अगर ग्रैंडमास्टर के शब्दों में जरा भी सचाई हुई, तो विद्युत के लिए, मठ के लिए, उसकी प्यारी दामिनी के लिए और पूरी मानव जाति के लिए कुछ भी पहले जैसा नहीं रहने वाला था। इसका मतलब था कि एक बहुत पुरानी भविष्यवाणी जिसे भुला दिया गया था, अब वो वापस से अपना सिर उठाने वाली था। ईश्वर के नाम पर युद्ध। देवता और दानवों के बीच युद्ध।

और जैसा कि मठ में हर कोई मानता था, और रोम के *ऑर्डर* को भी यकीन था—विद्युत ही वो आखरी देवता था।

हड़प्पा, 1700 ईसापूर्व

शव-साधना

वो डरावना दृश्य था।

खोखली आंखों वाले मेसोपोटामिया के तीन जादूगर अंधेरी गुफा के अंदर बैठे थे, जिसमें प्रकाश के नाम पर सिर्फ कोने में लगी एक जलती हुई मशाल थी, जो फड़फड़ा रही थी। उनके अंग मुड़े हुए थे और आंखों के खाली घेरे बुराई का अंतहीन घेरा प्रतीत हो रहे थे। उनके जबड़े लटके हुए थे और वो किसी दूसरे जगत के घिनौने प्राणी लग रहे थे।

बासी इंसानी रक्त की दुर्गंध, जो उन्होंने विवास्वन पुजारी पर क़ाला जादू करने के दौरान स्वयं पर डाला था, अब गुफा के अंदर सांस तक लेना मुश्किल कर रही थी। लेकिन उनकी जिद्दी मालकिन अपनी जगह से हिलने को तैयार नहीं थी। एक सुंदर और राजसी परिवार की महिला होने के बावजूद वो उन तीन शैतानों से भी अधिक भयानक लग रही थी। वो हिंसक क्रोध से धधक रही थी।

'क्या हुआ पश्चिम के शक्तिशाली जादूगरों?' वो सख्त आवाज में फुसफुसाई।

उसके समर्पित अंगरक्षक, लाल चोगा पहने तीनों जादूगरों को घेरे खड़े थे, उनके हाथ में नंगी तलवारें थीं, जो गुफा के धीमे प्रकाश में चमकते हुए चेतावनी दे रही थीं। अपनी शक्तिशाली मालकिन के एक इशारे पर वो बिना पलक झपकाए, उन तीनों जादूगरों के सिर धड़ से अलग कर देने को तैयार थे। गुफा में मौजूद रौशनी का एकमात्र स्रोत, पत्थर की दीवार पर उनकी दैत्याकार परछाईं बना रहा था। तीनों अंधे जादूगर कुछ पराजित से हो जड़ बैठे थे।

'क्या... हुआ...?' महिला ने फिर से पूछा।

'जज्जआआआआआर्ररररगगगह्ह्ह्हह्ह... ऊऊऊउर्ररग्गगह्ह्ह... बबबबर्ररर-ग्गगह्ह्ह्ह...' तीनों शैतान एक सुर में गुर्राने लगे, उनकी आवाज उनकी नहीं मालूम पड़ रही थी। उनकी उंगलियों के लंबे और गंदे नाखून अब उन्हीं के चेहरे और गर्दन की खाल नोंच रहे थे। वो तीनों यकीनन कुछ क्रोधित आत्माओं के कब्जे में थे।

उनमें से एक ने डरावनी सी आवाज में कहा, आवाज किसी बुजुर्ग की, बहुत दूर से आती सुनाई पड़ रही थी। इतनी डरावनी आवाज कभी उस शाही महिला और उसके अंगरक्षकों ने नहीं सुनी थी।

'शव... श्श्शव्वव्वव्व...' जादूगर के खुले हुए मुंह से उस भयानक आवाज ने कहा, उसका मुंह किसी पागल इंसान की तरह बिगड़ रहा था।

शव। भयानक जादूगर के अंदर आई आत्मा किसी इंसानी लाश की मांग कर रही थी।

देवता अपराजित था। गुन, शा और अप नाम के तीनों काले जादूगरों ने विवास्वन पुजारी पर एक शक्तिशाली तंत्र-मंत्र करने की कोशिश की थी। तंत्र-मंत्र की वो विधि पूरी दुनिया में सबसे भयावह मानी जाती थी और अधिकांश लोग मानते थे कि इसका परिणाम घातक होता था। इसमें लक्षित इंसान की आत्मा को चुराकर, उसकी जगह किसी दूसरी दुनिया से आई असंतुष्ट आत्मा को डाल दिया जाता था। आम इंसान के लिए इसका मतलब जिंदगी का अंत था। लेकिन विवास्वन पुजारी कोई आम नश्वर प्राणी नहीं था।

वो तंत्र अब उल्टा पड़ गया था। देवता की आत्मा खास रूप से विकसित और पुण्यों से युक्त थी, कोई भी बुरी आत्मा उस पर काबिज नहीं हो सकती थी। दशकों

तक किए गए ध्यान, तपस्या और अथर्ववेद के ज्ञान ने विवास्वन पुजारी को अजय बना दिया था। यहां तक कि विवास्वन को पता चले बिना ही, उसकी ताकतवर आत्मा ने हमले को असफल कर दिया था। बुरी आत्माएं अब और अधिक क्रोधित हो गई थीं, और उन्होंने तीनों जादूगरों के शरीर पर कब्जा कर लिया। और अब वो बदला लेना चाहती थीं।

शव-साधना सभी क्रियाओं में सबसे अधिक भयानक और घृणित थी। इसका मतलब था किसी ताजी लाश में सबसे बुरी आत्मा का प्रवेश। आधे तांत्रिक तो इसका अभ्यास करते समय ही मर जाते हैं। हड़प्पा के ग्रंथों में भी शव-साधना निषेध थी क्योंकि यह प्रकृति के नियमों के विरुद्ध थी।

शव-साधना एक मरे हुए शरीर में जीवन लाती थी।

एक अवैध जीवन।

·||卐||·

'वो नृत्यांगना कौन है जो अपनी प्रस्तुति के दौरान उन खास चूड़ियों को पहनती है?' उस सुंदर लेकिन राक्षसी महिला ने पूछा। उसके किसी रक्षक ने जवाब नहीं दिया, हालांकि वो सभी जानते थे कि वो किसका जिक्र कर रही थी।

'तुमने सुना नहीं, मैंने क्या पूछा?' उसने फिर से कहा, 'रंगा!' इस बार उसने अपने निजी अंगरक्षकों के प्रधान की तरफ भौंह चढ़ाकर पूछा।

'अपने सेवक को माफ करें, स्वामिनी... लेकिन मैं नहीं जानता आप किसका जिक्र कर रही हैं।'

वो हंसी। और वो इतनी सुंदर लग रही थी कि स्वयं भगवान भी ख्वाहिश करते कि उसकी आत्मा को उसके चेहरे की सुंदरता का कोई तो अंश मिला होता।

'सच में? क्या ये वही कुतिया नहीं है, जिसके पैरों में हड़प्पा का हर मर्द बिछ जाना चाहता है?' गुस्से और अधिकार से अपना सिर एक तरफ झुकाते हुए वो चिल्लाई। 'जवाब दो!' वो दहाड़ी।

'नयनतारा, स्वामिनी... उसका नाम नयनतारा है,' रंगा ने जल्दी से जवाब दिया। पूरे हड़प्पा में उसकी छवि एक खूंखार सैनिक की थी, लेकिन अपनी मालकिन के सामने वो भीगी बिल्ली से अधिक कुछ नहीं था।

वो फिर से हंसी। फिर उसके चेहरे पर पत्थर के सामान कठोर भाव हो आए। वो नफरत और ईर्ष्या से भर उठी।

'उसे इस्तेमाल करो। इन कुत्तों को उस जवान लड़की की लाश लाकर दो। फिर नयनतारा की आत्मा को जकड़ लो। वो ही अकेली ऐसी महिला है जो उस आदर्शवादी विवास्वन पुजारी का चरित्र भ्रष्ट कर सकती है।'

इसे सुनकर गुन दुष्ट शैतान की तरह खिलखिलाया। शा किसी छिपी खुशी से मस्त हो गया। अप ने तो किसी भयानक मंत्र का उच्चारण भी शुरू कर दिया था। वो किसी डरावने सपने से भी अधिक भयानक दिख रहे थे।

रंगा और उसके आदमी डर से जकड़ गए, लेकिन उनकी स्वामिनी उस ठंडी गुफा से बाहर निकल चुकी थी। पंडित चंद्रधर की पत्नी उसकी तरह सच का साथ देने वालों में से नहीं थी। प्रियम्वदा का रक्त किसी शैतान कोबरा से बेहतर नहीं था।

बनारस, 2017

मानवजाति का सबसे बड़ा असत्य – भाग 1

'हड़प्पा?!' अपने परदादा के बिस्तर पर बैठे विद्युत ने हैरानी से कहा।

द्वारका शास्त्री के कक्ष में आए उसे लगभग छह घंटे हो चुके थे, इस बीच सिर्फ एक बार आश्रम का चिकित्सक, गोवर्धन ही उनके कक्ष में आया था। ये विद्युत की जिंदगी के सबसे मुश्किल और उत्कृष्ट छह घंटे थे। अब वह जान गया था कि क्यों पुजारी जी ने इस मुलाकात से पहले उसे कुछ ध्यान इत्यादि लगाने को कहा था। विद्युत का सिर इतना भारी हो चला था कि किसी भी पल आग के गोले के समान फटकर बिखर जाने वाला था।

छह घंटों तक द्वारका शास्त्री शक्तिशाली विवास्वन पुजारी, चंद्रधर, नयनतारा, प्रियम्वदा, मनु, संजना, सोमदत्त, सरस्वती नदी, सप्तऋषि और हड़प्पा की बेरहम लेकिन रोमांचक कहानी का एक भाग पूरे विवरण से सुना चुके थे। उन्होंने हड़प्पा

नगर, उसकी संस्कृति और पूजनीय सरस्वती नदी के किनारे पर महान सनातन धर्म की उत्पत्ति का वर्णन किया। विद्युत के लिए यह मान पाना मुश्किल हो रहा था कि वो कोई सच्ची कहानी सुन रहा था, जो हज़ारों साल पहले हड़प्पा में घटित हुई थी। हड़प्पा के बारे में तो सिर्फ उसने स्कूल की इतिहास की किताबों में पढ़ा था।

विद्युत को समझ नहीं आ रहा था कि वो क्या प्रतिक्रिया दे। अगर उसके परदादा की जगह किसी और ने उससे यह कहा होता तो विद्युत ने अभी तक इस सबको किसी कहानीकार की कल्पना मान, हंसकर उड़ा दिया होता। लेकिन ये तो स्वयं द्वारका शास्त्री थे जो यह डरावनी और रोमांचक कहानी सुना रहे थे। और द्वारका शास्त्री कोई कहानीकार नहीं थे।

'लेकिन बाबा, बचपन से हमें पढ़ाया गया कि हड़प्पा और मोहन जोदड़ो प्रागैतिहासिक नगर थे, जो शायद वेदों और पुराण से भी प्राचीन थे।'

द्वारका शास्त्री ने अपनी नजर विद्युत के चेहरे पर टिकाई, लेकिन उसे अपनी बात जारी रखने का आश्वासन दिया।

'मतलब, माफ करना बाबा, लेकिन ये तो उसका बिलकुल विपरीत है जो अब तक पूरी दुनिया में सिंधु घाटी सभ्यता के बारे में स्थापित, प्रसारित और पढ़ाया गया है। मतलब देखिए, आपने बताया कि कैसे विवास्वन पुजारी हड़प्पा की फौज में 5000 घोड़े लेकर आए थे। हालांकि यह माना जाता है कि हड़प्पा में घोड़ों का अस्तित्व ही नहीं था। और कि घोड़े तो महान आर्यों के साथ आए थे।'

विद्युत ग्रैंडमास्टर के सामने भौंचक्का सा बैठा था। द्वारका शास्त्री व्यंग्य से मुस्कुरा दिए।

'अपने इस्तेमाल किए शब्दों पर ध्यान दो विद्युत, जो तुमने हड़प्पा, जिसे तुम क्या कहते हो, सिंधु घाटी सभ्यता के बारे में बताने के लिए इस्तेमाल किया। ध्यान है तुमने क्या कहा था—*स्थापित, प्रसारित, पढ़ाया* और वो... क्या था... ओह हां, *माना जाता*।' आगे बोलने से पहले द्वारका शास्त्री एक पल को रुके। 'अब मुझे बताओ बच्चे, इसे किसने स्थापित किया? किसने इसका प्रसार किया? इसे पढ़ाया क्यों गया? क्यों तुम्हें और करोड़ों दूसरे लोगों को डेढ़ सदी तक मानवजाति की सबसे झूठी कहानी से मूर्ख बनाया गया?!'

'लेकिन बाबा, आप कैसे कह सकते हैं कि सिंधु घाटी सभ्यता...'

'बस, बहुत हो गया!' विद्युत की बात बीच में काटते हुए बुजुर्ग चिल्लाए। 'ये नकली शब्द, सिंधु घाटी सभ्यता का इस्तेमाल बंद करो!'

द्वारका शास्त्री को एक बार फिर से खांसी का जबरदस्त दौरा पड़ गया। लेकिन इससे भी वो विद्युत पर चिल्लाने से नहीं रुके।

'तुम्हें अभी तक कुछ समझ नहीं आया, मूर्ख लड़के? हड़प्पा का सिंधु या उसकी घाटी से कुछ लेना देना नहीं है!'

वो एक पल को ये देखने के लिए रुके कि विद्युत उनकी बात को समझ भी पा रहा है या नहीं, और फिर थकान की वजह से धीमे से फुसफुसाए।

'हड़प्पा सरस्वती सभ्यता थी, विद्युत!'

अब द्वारका शास्त्री का अपने ईष्ट, भगवान शिव की नित्य आराधना का समय था। जब से बाबा से बात शुरू हुई थी, विद्युत अपनी ही कुर्सी से चिपक कर रह गया था। वह अब हैरान, परेशान और उत्तेजित था। उसके परदादा ने उसे हड़प्पा की शुरुआत की कहानी सुनाई थी, और कुछ सिंधु घाटी सभ्यता के बारे में भी जिसे लुप्त होती सरस्वती नदी के किनारे आबाद किया गया था। लेकिन अभी भी विद्युत नहीं समझ पा रहा था कि इस सबका उससे या फिर उसके परदादा से क्या संबंध। वह और जानना चाहता था... वह सबकुछ जानना चाहता था! लेकिन उसे कक्ष से बाहर निकलना था क्योंकि द्वारका शास्त्री के विश्वस्त कर्मचारी कमरे में उन्हें उनके नित्य अनुष्ठान के लिए तैयार करने आ चुके थे।

विद्युत कमरे से बाहर आकर फैले हुए बगीचे में चलने लगा। उसे एक सिगरेट की जोरदार तलब लगी थी। उसका सिर घूम रहा था और निकोटीन ही इस समय उसे स्थिर रख सकता था। उसे कहीं से सिगरेट तलाशनी थी। उसके पास अभी एक घंटे का समय था, तो उसने मठ से बाहर निकलने का निर्णय लिया। वह देव-खंड से निकलकर मठ के बाहरी भाग में आ गया। उसने रास्ते में पुरोहित जी और नैना को देख सिर हिलाकर अभिवादन किया। 'घाट तक होकर आता हूं, पुरोहित जी,' वो बस इतना ही कह पाया।

पुरोहित जी समझते थे कि विद्युत को कुछ समय अकेले छोड़ने की जरूरत होगी। उसे अपने लिए समय चाहिए था, जो कुछ उसने सुना था, उसे पचाने के लिए, क्योंकि यह तो अभी शुरुआत थी, अभी उसे और हिंसक और विवादित कहानी सुननी थी।

अब दोपहर हो चली थी और विद्युत ने पवित्र गंगा के सबसे नजदीकी घाट तक पहुंचने के लिए रिक्शा लेने का निर्णय लिया। पूजनीय नदी के घाट भी दुनिया के किसी अजूबे से कम नहीं थे। अगर दुनिया में कोई जगह ऐसी थी जहां इतने विविध लोगों को एक साथ देखा जा सकता था, तो वो काशी में गंगा के घाट ही थे। यहां हर वर्ग, उम्र, जाति के लोग आते थे।

नदी किनारे का यह विस्तार, अकल्पनीय विरासत और समृद्धि के साथ अनेकों विभागों में बंट गया था, जिनके नाम भी अपने में इतिहास समाए हुए थे। हिंदी या संस्कृत से अनजान लोगों के लिए इन नामों का उच्चारण भी सहज नहीं था, लेकिन ये नाम एक खास दौर के साक्षी थे। दशाश्वमेध घाट का अनुवाद 'बलि के दस घोड़ों का तट' है। तुलसी घाट का नाम कालजयी कवि और महाकाव्य रामचरितमानस के रचयिता के नाम पर पड़ा। रामचरितमानस में प्रभु राम की महाकथा को आम इंसान के लिए वर्णित किया गया, क्योंकि इससे पहले यह क्लिष्ट संस्कृत में उपलब्ध थी, और तुलसी ने इसे लोगों की बोली में रचा।

मणिकर्णिका घाट शायद दुनिया की सबसे रहस्यात्मक और उदास जगहों में से एक है। यह घाट हिंदुओं का सबसे व्यस्त श्मशान घाट है। ऐसा माना जाता है कि वहां दस हज़ार साल से भी अधिक समय से चिताएं जलाई जाती रही हैं। इन सालों में शायद एक भी पल ऐसा नहीं गुजरा होगा, जब मणिकर्णिका घाट पर किसी इंसान की लाश अग्नि के हवाले न की गई हो। ऐसा कहा जाता है कि प्रभु विष्णु के कान की बाली से एक रत्न इस खास जगह पर गिरा था, जिसने इस जगह को दूसरी दुनिया में जाने के लिए एक मार्ग स्वरूप बना दिया।

विद्युत दशाश्वमेध घाट के पास, भीड़ भरी जगह पर रिक्शे से उतर गया। उसने रिक्शे वाले को सौ रुपए का नोट दिया, इस सफर के लिए यह चौगुनी रकम थी। फिर उसने पास ही लगी छोटी दुकानों में से एक से सिगरेट का पैकेट खरीद लिया और सीढ़ियां उतरते हुए घाट के चौड़े प्लेटफॉर्म पर आ गया। वहां आने वाले लाखों यात्रियों और तीर्थयात्रियों की तरह उसने भी गंगा मैया की पूजा की। स्थानीय लोग प्यार से गंगा नदी को गंगा मैया के नाम से ही पुकारते हैं। भारतीयों और उनकी नदियों के बीच एक खास स्नेह भरा रिश्ता रहा है। बहुत गहरा और अवर्णनीय बंधन।

·||卐||·

सीढ़ियों पर बैठा विद्युत गंगा नदी के अभूतपूर्व प्रवाह को देखने लगा। वह नजारा अद्भुत था। विद्युत के जाने के बाद से लगभग कुछ नहीं बदला था, बस घाट पहले से अधिक

साफ और व्यवस्थित था। वो फिर से अपनी पुरानी यादों को जी रहा था, दशकों पुरानी, बचपन की मीठी सी याद। उसने इंसानी आस्था और निर्विवाद समर्पण देखा था। वहां बुजुर्ग महिलाएं आती हैं, इतनी वृद्ध कि आप उनके होने की कल्पना तक नहीं कर पाओ, कांपते पैरों से सीढ़ियां उतरते हुए, सिर्फ एक बार अपनी उंगलियों से जल छूकर, अपने माथे पर लगाने के लिए। यहां अपने नवजात शिशुओं को उठाए मांएं भी आती हैं, ताकि मां गंगा का आशीर्वाद अपने शिशुओं को दिलवा सकें। यहां शोकाकुल जन भी आते हैं, जिससे गंगा में स्नान कर अपने प्रियजन को अंतिम विदा दे सकें। घाट पर आने वाले प्रत्येक व्यक्ति के चेहरे पर पूर्ण समर्पण का भाव होता है। गंगा सच में अमृत है, जो लोगों को असीमित आशीर्वाद दे, अनेकों जन्मों के लिए उनका शुद्धिकरण करती है।

जैसे ही विद्युत ने अपने होंठों के बीच सिगरेट लगाई, उसे अहसास हुआ कि उसके पास सिगरेट जलाने के लिए तो कुछ था ही नहीं। इससे पहले कि वो सोच पाता कि उसे क्या करना था, सिल्वर लाइटर लिए एक हाथ उसके सामने आया। विद्युत ने देखा एक पतला सा, आकर्षक नौजवान उसे देखकर मुस्कुरा रहा था। विद्युत ने सिगरेट जलाई और उस नौजवान ने अपना महंगा लाइटर वापस से अपनी जींस की पॉकेट में डाल लिया।

'आपको मेरे यहां बैठने पर ऐतराज तो नहीं होगा?' सभ्य दिखने वाले युवक ने नम्रता से पूछा।

'बिलकुल नहीं,' विद्युत ने खुले दिल से जवाब दिया।

विद्युत के पास बैठते हुए, उस युवक ने अपने लिए भी एक सिगरेट सुलगा ली। वो वहां कुछ पल बिना कोई बात किए बैठे रहे, बस गंगा के प्रवाह को देखते हुए। विद्युत ने ध्यान दिया कि उसके करीब बैठा लड़का लगभग उसी की उम्र का था, दिखने में वो हंसमुख और कुछ बच्चे सा था। ऐसा लग रहा था जैसे किसी ने हैरी पॉटर को लेकर, उसकी मासूमियत बरकरार रखते हुए, उसे बड़ा कर दिया हो।

एक सिगरेट खत्म कर विद्युत ने दूसरी निकाल ली। उसे हल्का होने की जरूरत थी। उसके साथी ने तुरंत अपना लाइटर निकाला और विद्युत की दूसरी सिगरेट भी सुलगा दी। वो फिर से लाइटर अपनी जेब में रखने वाला था, लेकिन तभी उसने उसे विद्युत के हाथ में पकड़ा दिया।

'जिस तरह तुम कश लगा रहे हो, उससे लगता है, इसकी जरूरत तुम्हें अधिक पड़ने वाली है,' विनम्र अजनबी ने हंसते हुए कहा।

विद्युत ने भी ठहाका लगा दिया। वो भी साथ बैठे इस शर्मीले लेकिन होशियार लड़के से प्रभावित था। दशाश्वमेध घाट की सुहानी हवा जब उनके चेहरे और बालों को सहलाने लगी, तब विद्युत ने सामने हाथ बढ़ाकर अपना परिचय दिया, 'हाय, मेरा नाम विद्युत है। तुमसे मिलकर अच्छा लगा।'

उस आकर्षक युवक ने विद्युत का आगे बढ़ा हुआ हाथ पकड़ लिया, और मुस्कुराकर जवाब दिया। 'हाय, मेरा नाम रोमी है। रोमी परेरा।'

हड़प्पा, 1700 ईसापूर्व

प्रलय

‘उसे अपने सबसे तेज धतूरे, नशीली बूटियों और धान की शराब से मदहोश कर देना,’ प्रियम्वदा ने आकर्षक लेकिन अब सम्मोहित हो चुकी नयनतारा से कहा। ‘लेकिन इस सबसे अधिक, उसे अपने बदन का दीवाना बना दो।’

मनमोहक लेकिन अब प्राण रहित गुड़िया बन चुकी नयनतारा ने सहमति में सिर हिलाया। वो अपने बस में नहीं थी। सच में। हज़ारों साल बाद उसकी इस हालत को स्कित्जोफ्रेनिया नाम की बीमारी के रूप में जाना जाएगा।

लेकिन 1700 ईसापूर्व में, हड़प्पा सभ्यता के विस्तार में नयनतारा और कुछ नहीं, बल्कि गुन, शा और पा के द्वारा की गई शव-साधना का परिणाम थी। नयनतारा के शरीर पर क्रोधित डाकिनी, बुरी आत्मा ने कब्जा कर लिया था। ऐसी आत्मा जिसे हराया नहीं जा सकता था।

वो भयानक क्रिया हड़प्पा के बाहर एक निर्जन पड़े श्मशान में शुरू हुई। शा, अप और गुन, तीनों मायावी जादूगरों ने शव-साधना की तैयारी शुरू कर दी थी। शहर के श्मशान से प्रियम्वदा के अंगरक्षक प्रमुख ने ताजी लाश लाकर दे दी थी। लाश एक जवान, गोरी और सुंदर महिला की थी, उसकी उम्र कोई तीस के करीब रही होगी।

हड़प्पा नगर पहुंचने के लिए मेसोपोटामिया के तीनों जादूगर सात महीने लंबा सफर तय करके आए थे। नगर की शक्तिशाली महिलाओं में से एक, प्रियम्वदा ने उन्हें आमंत्रित किया था। उसने उन्हें बुलाया था क्योंकि काली शक्तियों में उनके जैसा माहिर और कोई नहीं था। प्रियम्वदा जानती थी कि हड़प्पा या उसके आसपास के इलाके का कोई भी शख्स महान विवास्वन पुजारी पर हमला करने की हिम्मत नहीं करेगा। उसे दूरस्थ और अनजान प्रदेशों से ही आदमी बुलाने थे।

उसने क्रिया की अग्नि के आगे आकर्षक लाश को नग्नावस्था में लिटा दिया। अप मिट्टी के घड़े से इंसानी रक्त उंडेलता हुआ वहां घेरा बनाने लगा। गुन ने एक ताकतवर कपाल (इंसानी खोपड़ी) रखा, जिसमें चढ़ाने के लिए शराब रखी जानी थी। फिर उन्होंने पांच भिन्न प्रकार के जानवरों का कच्चा मांस मिट्टी के बर्तन में कर, उसे पूर्व-निर्धारित स्थान पर रखा। रंगमंच सज चुका था।

मंत्रोच्चार शुरू हो गया। इस भयानक क्रिया का लक्ष्य श्मशान-तारा, दाह-संस्करण की देवी, को खुश करना था। लेकिन वो भयावह किंतु उदार देवी ऐसे कपटियों के आह्वान का जवाब नहीं देती। उसका आशीर्वाद सिर्फ सच्चे तांत्रिकों को ही मिलता था। लेकिन रात्रि के उस खास प्रहर में होने वाले मंत्रोच्चार ने बहुत सी डाकिनों और अतृप्त आत्माओं को आकर्षित करना शुरू कर दिया। उनमें से एक शक्तिशाली डाकिनी ने उस सुंदर लाश में समाने का निर्णय लिया।

लाश में पहली हरकत देखते ही गुन, अप और शा ने एक-दूसरे को उन्माद से देखा और फिर भयावह आवाज में मंत्र जपना शुरू कर दिया। डाकिनी शरीर में घुसने की कोशिश करते हुए, प्रकृति के नियम के विरुद्ध जाने का संघर्ष कर रही थी। एक लाश में प्रवेश करने के बाद ही वो एक जीवित इंसान में बदल सकती थी, यहां उसे नयनतारा बनना था।

युवती का बेजान शरीर अब दंडवत की अवस्था में, कराहते हुए उठने की कोशिश कर रहा था। शा ने उसकी गर्दन को मजबूती से पकड़, एक इंसानी अस्थि से उस पर वार करते हुए, उसकी कमर को जमीन से टिकाने की कोशिश की। दानवीय उच्चारण चालू था। डाकिनी अब धीरे-धीरे, लेकिन निश्चित रूप से उस मृत शरीर में उतर रही थी।

जादूगर जानते थे कि अब वो नयनतारा की आत्मा को चुराकर, उसके स्थान पर डाकिनी को नियुक्त करने के काफी करीब आ गए थे। शव-साधना अब बस पूरी होने ही वाली थी।

तीनों शैतानों को यकीन था कि अब वो निश्चित रूप से हड़प्पा के मुख्य पुजारी के पद पर नियुक्त होंगे, और इस दुनिया के सबसे ताकतवर इंसान बन जाएंगे। आखिरकार इसी का तो उनसे वादा किया गया था।

यहां तक कि ये अंधेरे के पुजारी भी प्रियम्वदा के दिल की कालिख को नहीं नाप पाए थे।

हड़प्पा की रमणीय, आकर्षक नृत्यांगना, नयनतारा मर चुकी थी। लेकिन उसका शरीर अभी भी जीवित था।

शव-साधना का पहला शिकार, पीड़ित की आत्मा अब अपने ठिकाने पहुंच गई थी। हालांकि नयनतारा बुरी आत्मा नहीं थी, लेकिन सालों के संघर्ष, लौकिक भूख और अपनी चेतना से बेरुखी की बदौलत वो अंदर से कमजोर हो चुकी थी। जिसके फलस्वरूप डाकिनी ने आसानी से उसे हटाकर उसके शरीर को अपने कब्जे में ले लिया। सदियों तक हड़प्पा और काशी के कुछ निवासी नयनतारा में आए इस बदलाव का कारण धतूरे की अतिरिक्तता समझते रहे थे। कोई भी नहीं जानता था कि हकीकत में क्या हुआ था।

नयनतारा अब पहले से भी अधिक कामुक अंदाज में सजने-संवरने लगी थी। जिस डाकिनी ने उसके शरीर पर कब्जा किया था, वो दुनियादारी की ऐसी चालों को खूब समझती थी, और उसने आत्माओं के जगत को भी अच्छे से देख रखा था। वह जानती थी कि कितनी छोटी और अल्पकालिक वस्तुओं के लिए इंसान भटक जाता था। नयनतारा के नौकर भी उसके इस नए और कामुक रूप को देख हैरान थे। उसकी

सेविकाएं अक्सर उससे मजाक किया करतीं कि जब उसके नए रूप से महिलाओं की नजर नहीं हटती, तो हड़प्पा के धनी और प्रभावशाली मर्दों की तो क्या ही हालत हो जाती होगी!

नयनतारा जानती थी कि उसे सिर्फ एक को अपने रूप जाल में फंसाना था। उसने विवास्वन पुजारी के लिए एक जाल तैयार कर लिया था। उसे यौन उत्पीड़न के एक मामले में न्याय चाहिए था, जो कभी हुआ ही नहीं था। उसने नगर के न्यायाधीश के पास अपनी शिकायत दर्ज कराई कि मनु पुजारी नाम के एक युवक ने उससे छेड़छाड़ करने की कोशिश की है। उसके वफादार सेवक उक्त घटना के चश्मदीद बनने को तैयार थे और जल्द ही यह अफवाह सारे नगर में फैला दी गई। हड़प्पा के कानून में महिलाओं को दी गई सुरक्षा के अनुसार, ऐसे आरोपों को अनदेखा नहीं किया जा सकता था। डाकिनी जानती थी कि विवास्वन पुजारी की कौन सी नस दबानी थी। वह उसकी कमजोर कड़ी जानती थी।

·||卐||·

संजना को अपनी आंखों पर भरोसा नहीं हुआ, जब उसने नगर न्यायालय का समन पढ़ा। विवास्वन पुजारी उसके सामने ही बैठा था, उसकी आंखें बंद थीं और उंगलियां जाप की माला फेर रही थीं। मनु उसी कमरे के कोने में खड़ा था। वो परेशान, हैरान पर बेशक नेक लग रहा था। वह जानता था कि ये कोई गलतफहमी है।

'अब हम क्या करेंगे, विवास्वन?' संजना ने बेचैनी से पूछा। जो शांति उसे अपने पति के चेहरे पर दिखाई दे रही थी वो उसकी घबराहट और चिंता को और बढ़ा रही थी। अपने बेटे का शांत व्यक्तित्व भी उसे परेशान कर रहा था। *क्या ये नहीं जानते कि हड़प्पा में न्यायालय के समन का मतलब जन सुनवाई होता है?!*

विवास्वन पुजारी ने अपनी आंखें खोलीं और अपने बेटे की तरफ मुड़ा।

'मनु, ये पूछने के लिए मैं क्षमा चाहता हूं। मैं जानता हूं कि ऐसा सवाल तक पूछना तुम्हारे लिए अन्याय होगा। लेकिन मैं औचित्य की खातिर यह पूछ रहा हूं,' उसने बात आगे बढ़ाई। 'क्या तुम देवी नयनतारा के घर गए थे?'

मनु स्थिर खड़ा अपने प्रिय पिता की बात सुन रहा था। उसने उनकी बात पूरी होने दी। उस समय तक युवा मनु या उसके ज्ञानी पिता तक नहीं जानते थे कि एक दिन मनु न सिर्फ आर्यवर्त का बल्कि समस्त मानवजाति का भाग्य बदल देगा।

'नहीं, पिताजी।'

'धन्यवाद पुत्र। और एक बार फिर से ऐसा सवाल पूछने के लिए मैं शर्मिंदा हूं।'

'आप सिर्फ अपना कर्तव्य निभा रहे थे पिता जी। और आपसे मुझे ऐसी ही उम्मीद है,' मनु ने विश्वास और विनीत भाव से जवाब दिया।

विवास्वन पुजारी मुस्कुराया। वह अपने आसन से खड़ा हुआ और कुछ कदम आगे बढ़कर अपने पुत्र को सीने से लगा लिया। जब पिता-पुत्र स्नेह बंधन में जकड़े हुए थे, तब संजना को उन्हें देख कुछ राहत महसूस हुई। लेकिन अभी भी वो अपने पति और पुत्र की तरह उतनी शांत नहीं हो पाई थी। उसे सिर्फ हड़प्पा की जन अदालत में होने वाली बेरहम सुनवाइयों की याद आ रही थी।

अगर इस महानगर की कोई असभ्य बात थी तो वो थी आपराधिक मामलों में होने वाली जन सुनवाई। वेदों के अनुसार सभ्यता और शान से जीने वाले हड़प्पा समाज में मुकदमा और कैद दोनों ही प्रक्रियाओं में सभ्यता को भुला दिया गया था। इन चीजों को लेकर संजना हमेशा संशय में रही थी। और अब यह डर स्वयं उसके दरवाजे पर आकर खड़ा हो गया था।

'ठीक है, तो अब आप दोनों क्या करने वाले हो?' संजना ने पूछा। वो अभी भी परेशान दिख रही थी।

संजना के चेहरे को देख विवास्वन और मनु दोनों खिलखिला पड़े। वो निडर थे। उनके विश्वास का कारण उनका साफ चरित्र और हड़प्पा की ईमानदार न्याय प्रणाली था। वास्तव में विवास्वन पुजारी और पंडित चंद्रधर ही इस महानगर के संरक्षकों में से थे, जिन्होंने इस न्यायिक ढांचे को स्वरूप दिया था। हालांकि, कभी-कभी जब कोई स्वयं पूरी तरह तस्वीर में डूबा हो, तो वो उसके स्याह प्रभाव को नहीं देख पाता। संजना उस डर को देख पा रही थी, जिसे विवास्वन और मनु लापरवाही से अनदेखा कर रहे थे।

'मैं कल सुबह जाकर नयनतारा से मिलूंगा,' विवास्वन पुजारी ने लापरवाही से कहा और उस समन को पास की मेज पर रख दिया।

इससे पहले कि विवास्वन अपनी बात पूरी कर पाता, धरती हिली। हड़प्पा नगर, उसके सभी घर, प्रत्येक मंदिर और उनमें रहने वाला हर इंसान इस झटके के साथ हिले। बादलों की तेज गर्जना हुई और मनु ने छलांग लगाकर अपनी मां को पास के खंभे से टकराने से बचाया। सरस्वती नदी का विस्तार इस हलचल का साक्षी था। हड़प्पा ने इतना बड़ा झटका पहले कभी नहीं देखा था।

क्या भगवान अपने आखरी देवता को उसके लिए निर्णय के विरुद्ध चेतावनी दे रहे थे? क्या वो विवास्वन को प्रेत छाया के बस में आई नयनतारा से मिलने के दुष्परिणामों के प्रति आगाह कर रहे थे? धरती का यह कंपन और बादलों की बहरा कर देने वाली गरज की तुलना मानवजाति की किसी चीज से नहीं की जा सकती थी, क्या काली डाकिनी अपने लक्ष्य में कामयाब होने वाली थी।

और उस समय तक कोई नहीं जानता था, स्वयं विवास्वन पुजारी और चंद्रधर भी नहीं कि धरती की प्लेटों में इस भारी परिवर्तन की वजह से सरस्वती नदी में अब तक की सबसे बड़ी सूनामी आने वाली थी।

सारे अपशकुन एक साथ हो रहे थे। ऐसा लग रहा था कि भगवान धरती को इसके भयानक और कभी न खत्म होने वाले दुस्वप्न के लिए तैयार कर रहे थे। प्रलय की भविष्यवाणी शायद सच होने ही वाली थी।

बनारस व स्विटजरलैंड की वादियों में कहीं, 2017

'उसे मारा नहीं जा सकता'

द्वारका शास्त्री पहले से तरोताजा लग रहे थे। लेकिन ये साफ था कि बीमारी धीरे-धीरे, लेकिन निश्चित तौर पर उन्हें खाए जा रही थी। वो थके हुए शरीर और ऊर्जा से प्रफुल्लित आत्मा का अजीब संयोजन थे। लेकिन इस सबसे बढ़कर, उनकी तेज आंखें थीं, जो हर चीज का बारीकी से मुआयना करती थीं। उनकी आंखें असामान्य रूप से तेज थीं।

कुछ देर घाट पर बैठने के बाद विद्युत वापस आ गया था। वो फिर से अपने परदादा के कक्ष में घुसने ही वाला था कि उसके फोन की घंटी बजी।

'हां, रिया,' विद्युत ने कहा। उसकी एग्जीक्यूटिव असिस्टेंट का फोन था।

'विद्युत, आप कहां हैं? दामिनी कब से आपसे बात करने की कोशिश कर रही हैं। मुझे यकीन है कि उन्होंने कई बार आपका नंबर लगाने की कोशिश की होगी।'

'शिट,' विद्युत चौंका। 'वो तो मुझे मार ही डालेगी।'

रिया सब्र से विद्युत के अगले आदेश का इंतजार करने लगी। वो अनंत तक विद्युत का इंतजार कर सकती थी। हालांकि उसे उस तरफ से कोई आवाज नहीं आ रही

थी, पर फिर भी विद्युत के स्ट्रौंग कोलोन की गंध वो महसूस कर सकती थी। वो उसकी खुरदुरी दाढ़ी के बाल भी गिन सकती थी। वह जानती थी कि विद्युत को कैपेचिनो से अधिक अपनी अमेरिकानो पसंद थी, और कलारिपयाट्टू के बाद ज्यू जित्सू उसकी पसंदीदा मार्शल-आर्ट थी। वो जानती थी उसे क्या खाना पसंद है, क्या पहनना पसंद है, नाश्ते में अंडे किस तरह पसंद हैं और कौन सी बात उसे हंसा सकती है। रिया विद्युत के बारे में सबकुछ जानती थी। और उसे इस बात से नफरत थी कि विद्युत उसके बारे में कुछ भी नहीं जानता था। लेकिन वो गलत थी। विद्युत भी उसके बारे में बहुत कुछ जानता था। लेकिन सबकुछ नहीं।

'उसे बोलना मैं अभी किसी जरूरी इंसान के साथ हूं और फ्री होते ही उसे फोन करूंगा।' उसने जोड़ा, 'उसे बोलना कि मैं ठीक हूं, और सबकुछ सही है।'

'आप किसके साथ हैं, विद्युत?' रिया ने पूछा।

इससे विद्युत थोड़ा चौंका। जो जानकारी स्वयं विद्युत उसे नहीं दे रहा था, वो जानना रिया का अधिकार नहीं था। और वह ये बात अच्छी तरह जानती थी।

'तुम उसे नहीं जानती हो रिया, थैंक्स,' कहकर विद्युत ने फोन काट दिया। *वो क्यों जानना चाहती थी कि मैं किसके साथ था?*

लेकिन विद्युत ने जल्दी ही इस ख्याल को झटक दिया, उसे अभी और बड़े मसलों से निबटना था।

मास्केरा बिआंका को ऐसे शब्द सुनने की आदत नहीं थी। फिर भी उसने अपना संतुलन बनाए रखा।

'तुम ऐसा कैसे कह सकते हो? वो आखिरकार एक इंसान ही तो है,' अपने एडवांस सेटेलाईट फोन के जरिए मास्केरा ने कहा। वो स्विस आल्प्स में कहीं अपने ऑपरेशनल बेस में था।

'यही तो... पॉइंट है... मास्केरा। वो सिर्फ इंसान... नहीं है,' दूसरी तरफ से एक विनम्र, हकलाती हुई आवाज ने कहा। रोमी अपने मालिक को अपडेट दे रहा था।

'आज मैं उसके पास ही बैठा था। वो कुछ... अलग है। उसे मारा नहीं जा सकता। उसमें से एक अनजान एनर्जी निकलती है जो किसी भी दुश्मन को पस्त कर देती है।'

‘क्या तुम कह रहे हो कि उसने तुम्हें पस्त कर दिया, रोमी?’

‘नहीं, मास्केरा।’

दोनों तरफ कुछ पल खामोशी रही।

‘याद रखो कि तुम कौन हो, रोमी,’ मास्केरा ने चुप्पी तोड़ी। ‘पेरिस की उस स्पीडिंग टनल में अपने शानदार काम को याद करो। वो 1997 का समय था। और तुम तब... महज 16 साल के ही थे न?’

‘हां मास्केरा,’ रोमी ने जवाब दिया। उस प्रोजेक्ट को लेकर उसकी अच्छी यादें नहीं थीं। उस सौम्य महिला का चेहरा दुनिया में सबसे सुंदर था और उसे मरना नहीं चाहिए था। लेकिन उसके पास कोई विकल्प नहीं था। उसे अपना काम पूरा करना था।

‘इस्तांबुल, पेरिस, दिल्ली, दमास्कस को याद करो... कोई तुम्हें रोक नहीं सकता। तुम ऑर्डर के सबसे कीमती रत्न हो।’

रोमी का मुंह उतर गया। मास्केरा ने जो कहा, वो उसे पसंद नहीं आया था।

‘मास्केरा, मैंने आपको पहले भी बताया है कि मैं आपके ऑर्डर की संपत्ति नहीं हूं,’ रोमी ने अपने स्वभाव से विपरीत रुखाई से कहा। ‘मैं अपनी मर्जी का मालिक हूं और मैं वही काम अपने हाथ में लेता हूं जिस पर मुझे भरोसा होता है।’

उसने आगे कहा, ‘ये मौके की बात है कि कई एरिया में मेरी और ऑर्डर की सोच एक जैसी है।’

‘हां बिलकुल रोमी,’ मास्केरा ने तुरंत जवाब दिया। ‘मेरा बस ये मतलब था कि जब भी जरूरत आती है, तुम ऑर्डर को सबसे अधिक उपयोगी लगते हो।’

‘हां, मास्केरा।’ रोमी वापस से विनम्र हो गया था। ‘और मैं बस यह कहना चाह रहा था कि विद्युत मेरे दूसरे प्रोजेक्ट्स से अलग है। वो बहादुर है, निडर है... और...’

‘और...?’

‘एक खास शक्ति है, जो उसके पास जाने पर मैंने महसूस की,’ रोमी ने कहा। ‘आप भी मानोगे कि मेरी सालों की सफलता संभव हो पाई क्योंकि मेरे पास एक खास शक्ति है कि मैं अपने प्रोजेक्ट की मौत देख लेता हूं। मुझे उनकी मौत साफ दिखाई दे जाती है।’

‘हां, तुम्हारे पास यह अनोखी शक्ति है, रोमी।’

‘बिल्कुल। लेकिन मैं विद्युत का अंत नहीं देख पाया मास्केरा। कुछ है जो उसकी रक्षा कर रहा है।’

इस बार खामोशी कुछ अधिक देर पसरी रही। मास्केरा ने कभी अपने मजबूत हिटमैन को यूं संदेह में नहीं देखा था। उसे अहसास हुआ कि इससे पहले कभी उसने रोमी से इतनी देर तक बात नहीं की थी। पहली बार मास्केरा को कुछ ऐसा महसूस हो रहा था, जो उसने पहले कभी महसूस नहीं किया था। *रोमी की ताकत जवाब दे रही थी।*

'उसे तुमसे कोई नहीं बचा सकता, रोमी,' मास्केरा ने सामान्य होते हुए अपने सेट-फोन पर कहा। 'तुम एक कलाकार हो। विद्युत बस दूसरे सामान्य लोगों की तरह ही है।'

'मुझ पर भरोसा करने के लिए धन्यवाद, मास्केरा। तुम बहुत दयालु हो।'

'अब वो करो, जो तुम्हें करना है रोमी। मैं अपनी खास यूनिट भेजता हूं। मैं जानता हूं कि तुम्हें उनकी जरूरत नहीं पड़ेगी, लेकिन मैं बस बैकअप के लिए भेज रहा हूं। उस प्रचंड नगरी से विद्युत ज़िंदा वापस नहीं निकलना चाहिए।'

'वो नहीं निकलेगा, मास्केरा।'

रोमी और मास्केरा बिआंका, दोनों जानते थे कि विद्युत कोई सामान्य इंसान नहीं था।

विद्युत अपने बाबा के कक्ष में घुसा और बुजुर्ग के इशारे का इंतजार करने लगा। द्वारका शास्त्री वापस से बड़े-बड़े तकियों के सहारे अपने बिस्तर पर लेट चुके थे। उनकी आंखें बंद थीं, मानो वो गहरे ध्यान में हों। सब्र से इंतजार करते हुए विद्युत अपने परदादा को प्यार से देखने लगा। दशकों बाद उसे अपने बाबा के साथ कुछ समय बिताने का मौका मिला था। डर और चिंता का शुरुआती दौर बीत चुका था और अब द्वारका शास्त्री की मजबूत उपस्थिति में विद्युत प्यार और ममता महसूस कर रहा था।

कुछ मिनटों बाद मठाधीश ने अपनी आंखें खोल दीं और विद्युत को पास आकर बैठने का इशारा किया। विद्युत बेसब्री से इंतजार कर रहा था कि द्वारका शास्त्री उसके पूर्वजों की दिलचस्प और रोमांचक कहानी का अगला हिस्सा सुनाएं। उसने जो सुना था, उससे वो अब तक सदमे में था।

विद्युत अपने परदादा के पैर छूने के लिए आगे बढ़ा, बहुत से हिंदू परिवारों में आज भी सम्मान के लिए पैर छूने का ये रिवाज होता है। अपने से बड़ों के पैर छूना उनके प्रति आदर और समर्पण का प्रतीक होता है। बदले में पैर छूने वाले को खूब सारे आशीर्वाद मिलते हैं।

विद्युत ने झुककर अपनी उंगलियां द्वारका शास्त्री के बाएं पैर को छुआई। जैसे ही उसकी उंगलियों ने द्वारका शास्त्री की झुर्रीदार त्वचा को छुआ, बुजुर्ग ने तुरंत एक झटके से विद्युत को देखा। इससे पहले कि विद्युत पूछ पाता कि क्या हुआ था, द्वारका शास्त्री के चेहरे के भावों ने किसी बड़े खतरे का ऐलान कर दिया!

बुजुर्ग ने विद्युत की कलाई अपनी मजबूत पकड़ में ली और उस पर एक ही साथ बहुत से सवालों की झड़ी लगा दी।

'तुम अभी कहां गए थे, विद्युत? मुझे सच-सच बताओ! तुम किससे मिले थे? क्या किसी अजनबी ने तुम्हें छुआ था? क्या किसी ने तुम्हें कुछ दिया था? तुम किससे मिले थे बच्चे? जवाब दो!' अब तक द्वारका शास्त्री डर और गुस्से से कांप रहे थे।

'मुझसे कोई गलती हुई है तो माफ करें बाबा,' विद्युत ने अनिश्चितता से कहा। 'मैं... मैं बस दशाश्वमेध घाट तक गया था। बस... ताजी हवा खाने के लिए। मैं तो किसी से भी नहीं मिला।'

'हां, तुम मिले हो मूर्ख। और किसी अजनबी का दिया कोई सामान भी तुम इस मठ की सुरक्षा में लेकर आ गए हो।'

द्वारका शास्त्री की लेजर जैसी तेज नजरें अब सीधे विद्युत को देख रही थीं, लेकिन लग ऐसा रहा था जैसे वो उसके पार कुछ और देखने की कोशिश कर रही थीं। मानो वो विद्युत के बीते समय को पढ़ने की कोशिश कर रहे हों।

इस सबसे विद्युत पूरी तरह हैरान था। और तभी अचानक उसे वो फ्लिप-टॉप लाइटर याद आया जो उस आकर्षक युवक ने उसे दिया था। उसके बारे में बताने से पहले विद्युत एक पल झिझका कि इससे उसके परदादा को पता चल जाएगा कि वो सिगरेट पीता था, लेकिन तुरंत ही विद्युत को समझ आया कि ये मसला उससे अधिक गंभीर था। उसने धीरे से अपनी जेब से लाइटर निकाला।

'घाट पर एक अजनबी ने मुझे ये दिया था, बाबा।'

कुछ पल के लिए द्वारका शास्त्री जम गए। और फिर मानो एकदम भूचाल आ गया।

ग्रैंडमास्टर अपने बिस्तर के किनारे लटकी मोटी सी रस्सी को तेजी से खींचने लगे। रस्सी खिंचने से उनके कक्ष के बाहर, ऊपर की तरफ लगा घंटा जोर से बजने लगा। ये मठाधीश की तरफ से अपने साथियों को मदद की पुकार थी। कुछ ही पलों में द्वारका शास्त्री के कक्ष का द्वार झटके से खुल गया, और बलवंत उसमें तूफान की तरह

घुस आया। उसने अपने दोनों हाथों में दो छोटी तलवारें पकड़ी हुई थीं, और उसकी पीठ पर एक शॉटगन लटकी थी। उसकी बेल्ट में सैकड़ों राउंड के कारतूस लगे थे। पुजारी जी और सोनू भी दौड़ते हुए कक्ष में पहुंच गए थे। सोनू के पास उसका त्रिशूल तैयार था। विद्युत को खिड़कियों के बाहर भी योद्धा-संत आश्रम को घेरे तैयार खड़े दिखाई दे रहे थे। उन सबके हाथों में तलवारें और आधुनिक हथियार तैयार थे। देव-राक्षस मठ वाकई में कुछ पलों में युद्ध के लिए पूरी तरह तैयार हो गया था।

'क्या हुआ, गुरुदेव?' पुरोहित जी ने मठाधीश को गुरुदेव संबोधित करते हुए पूछा। बलवंत अपनी आंखों से कक्ष के हर कोने का निरीक्षण कर रहा था और किसी भी पल संभावित शिकार पर चीते की तरह लपकने को तैयार था।

अब तक द्वारका शास्त्री के चेहरे पर चिंता की लकीरें उभर आई थीं, लेकिन अभी भी उनका चेहरा कठोर था। उनकी आंखें गुस्से से लाल थीं।

'वो यहां आ गए हैं, पुरोहित,' ग्रैंडमास्टर ने कहा। 'खेल शुरू हो चुका है।'

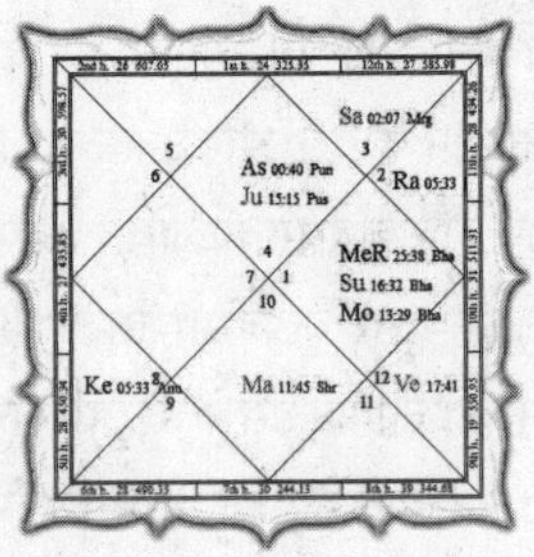

हड़प्पा, 1700 ईसापूर्व

एक मां ऐसा कैसे होने दे सकती है?

'पांच गांव रातोरात जल में समा गए, स्वामी,' हड़प्पा के मुख्य नागरिक अभियंता ने कहा।

धरती के कंपन ने शक्तिशाली नगर के नागरिकों और उसके नेताओं की नींद उड़ा दी थी। रक्त को जमा देने वाली वो हुंकार और धरती का यूं हिलना इससे पहले न तो कभी सुना गया था, न कभी महसूस किया गया था। ना ही किसी प्राचीन ग्रंथ या विज्ञान के पाठ में इतनी भयानक चीज का जिक्र कभी आया था। और साधना के गूढ़ महीने के चलते ऐसे समय में सप्तऋषियों से भी संपर्क नहीं किया जा सकता था। उनकी उपस्थिति को खासतौर पर याद किया जा रहा था, क्योंकि धरती के हिलने के साथ ही कुछ और भी अजीब घटा था। प्रत्यक्षदर्शियों का दावा था कि उन्होंने हमेशा शांत रहने वाली सरस्वती की पहाड़ से भी ऊंची लहर को देखा था, जो किनारे के कई गांवों को एक ही झटके में अपने साथ बहाकर ले गई थी। सरस्वती के जल की ऐसी हिंसक हुंकार का तो कभी पहले कहीं कोई जिक्र नहीं हुआ था। मां नदी ने

हड़प्पा के लाखों लोगों को जिंदगी प्रदान की थी। वो अपने ही बच्चों का नुकसान नहीं कर सकती थी।

देर रात को ही एक सभा बुलाई गई थी। नगर का हर खास व्यक्ति उसमें मौजूद था। इस सभा की अध्यक्षता विवास्वन पुजारी और उनके साथ, दाहिनी ओर बैठा पंडित चंद्रधर कर रहा था। विवास्वन और चंद्रधर की जोड़ी हड़प्पा की सबसे सक्षम, समर्थ और विश्वस्त जोड़ी थी। वो एक-दूसरे के जीजा-साले भी थे। विवास्वन की पत्नी, संजना चंद्रधर की छोटी बहन थी। लेकिन इससे भी अधिक महत्वपूर्ण विवास्वन और चंद्रधर की घनिष्ठ मित्रता थी। उन दोनों ने पहले भी साथ मिलकर अनेकों बार हड़प्पा को बड़े-बड़े खतरों से बचाया था, और नगर को इसकी वर्तमान शान तक लेकर आए थे। और अब तो विवास्वन पुजारी के नगर का मुख्य पुजारी नियुक्त होने में छतीस घंटे से भी कम समय रह गया था। इससे वो नगर के सबसे ताकतवर व्यक्ति बन जाने वाले थे।

'कितने लोगों ने उस ऊंची लहर को देखा था?' विवास्वन पुजारी ने जानना चाहा।

'स्वामी, चूंकि यह सब पलक झपकते ही हुआ था, और वो भी सूर्यास्त के घंटों बाद, तो बस थोड़े से ही यात्री बचे थे, जो अपनी लंबी यात्रा से वापस लौट रहे थे। उनका कारवां नदी किनारे से कुछ मील दूर था, जब उन्होंने आधे चांद की रौशनी में उस विशाल लहर को देखा था।'

'तुमने कहा, कुछ मील...?' चंद्रधर ने अविश्वास से पूछा।

'जी स्वामी। व्यापारियों ने बताया कि लहर पर्वत से भी ऊंची थी और उसकी परछाईं ने आसमान को भी ढंक लिया था। दो सौ से अधिक मर्द, औरतें और बच्चे खत्म हो गए। वो तो जानते भी नहीं थे कि कौन उन्हें खत्म करने आ रहा था।'

अभियंता के कुछ पल रुकने पर कमरे में मौत का सा सन्नाटा पसर गया।

'स्वामी, गांव इस तरह बह गए मानो वो पक्की ईंटों से नहीं, बल्कि सूखे तिनकों से बने थे,' उसने आगे कहा। 'उस इलाके के लोग अब मां नदी को दूसरे नाम से पुकारने लगे हैं। वो उसे रक्त-धारा कह रहे हैं।'

मुख्य अभियंता की आखरी पंक्ति ने सबकी रीढ़ में सिहरन पैदा कर दी। खाली नजरों से सब एक-दूसरे को देख रहे थे। वहां बैठे हुए सभी गणमान्य व्यक्ति जानते थे कि सरस्वती नदी में दुनिया की किसी भी अन्य नदी के मुकाबले अधिक पानी था। हालांकि नदी मां सदियों से उनकी परवरिश करती रही थी, लेकिन किसी भी बुद्धिमान

व्यक्ति को उसके प्रवाह का अंदाजा नहीं था। अगर नदी की लहर वाकई में, व्यापारियों के बताए अनुसार पर्वत से भी ऊंची थी, तो यह बहुत बुरी खबर थी।

अभियंता द्वारा सूनामी की खबर दिए हुए चार घंटे गुजर गए थे। जबकि एक-दो पुजारियों ने इस घटना को सदियों में एक बार घटित होने वाला क्रम माना था, लेकिन अधिकांश ने उनके विरोध में मत दिया था। बहुत से अपशकुन लक्षित होने लगे थे। वादी के असीमित विस्तार में हवा अप्राकृतिक बल से और अनपेक्षित दिशा में बह रही थी। प्रवासी पक्षी भूकंप से घंटों पहले वहां से उड़ गए थे, जबकि ये उनके जाने का मौसम नहीं था। पालतू और बोझा ढोने वाले पशु भी असहज और डरे हुए दिखाई दे रहे थे। उनकी बेबस आंखों से आंसू बह रहे थे। आसमान लाल और बैंगनी रंग के भारी बादलों से घिरा था, ऐसा पहले तो कभी हड़प्पा वासियों ने नहीं देखा था। इन अशुभ प्रतीकों ने ज्ञानीजनों को आगाह कर दिया था कि बुरा समय अभी शुरू ही हुआ था। कि उन्हें इससे भी बड़ी दुर्घटना के लिए तैयार रहना चाहिए।

सभाकक्ष की बड़ी दीवारों पर भौगोलिक और ज्योतिषीय नक्शे फैला दिए गए। पांचों गांवों के मृत निवासियों के अंतिम संस्कार और बचे हुए लोगों के लिए राहत दलों के निर्देश देकर, विवास्वन पुजारी स्वयं नगर-आयोजकों और अभियंताओं के साथ चर्चा में लग गया। वो जानना चाहता था कि उनके पास बचाव के क्या विकल्प बचे हैं। दूसरी तरफ पंडित चंद्रधर पंचांग और ज्योतिष के दूसरे खाके देखने लगा, ये जानने के लिए कि अचानक घिर आए इन काले बादलों की वजह क्या थी। हड़प्पा में इंसान बचाव और आगे बढ़ने की नीति पर काम करता था। लेकिन दैवीय दखल को भी कभी नजरअंदाज नहीं किया गया था।

'प्रभु, हमारे नगर पृथ्वी के अंदर होने वाली हलचल से सुरक्षित रह सकते हैं,' हड़प्पा के सुविख्यात अभियंता और देवता के करीबी मित्र, सोमदत्त ने कहा। वह विवास्वन पुजारी के सवालों की झड़ी का जवाब दे रहा था।

'हमारी इमारतें उच्च-गुणवत्ता की पक्की ईंटों से बनी हैं और किसी भी इमारत की ऊंचाई तीन मंजिल से अधिक नहीं है। धरती के हिलने पर भी इनमें से एक भी इमारत नहीं गिरेगी।'

‘यह सुनकर बड़ी राहत मिली, सोमदत्त। क्या तुम्हें यकीन है कि बड़े-बड़े अनाज गोदाम और तांबे प्रगलन की कार्यशालाएं इस असामान्य तूफान को झेल पाएंगी?’ देवता ने पूछा।

‘अनाज गोदाम सुरक्षित रहेंगे। तांबा इकाइयों का काम कुछ समय के लिए रोक देना चाहिए, क्योंकि हम स्वयं नहीं जानते हैं कि हम किसका सामना करने वाले हैं,’ सोमदत्त ने जवाब दिया।

‘हो जाएगा।’ विवास्वन पुजारी ने तांबे और कांस्य का काम संभालने वाले पुजारियों की तरफ सिर हिलाया। पुजारी तुरंत सिर झुकाकर निर्देश पालन के लिए निकल गए।

‘ठीक है, अब सारा मां की तरफ चलते हैं,’ विवास्वन पुजारी ने कहा, नदी विस्तार के दूसरे नक्शे की तरफ देखते हुए। वो अभी भी नदी को सम्मान से मां कह रहा था। हालांकि अंदर से वो उससे नाराज था। हड़प्पा के दो सौ नागरिकों की जिंदगी सोते-सोते चली गई। ऐसा कैसा हो सकता था? *एक मां ऐसा कैसे होने दे सकती थी??*

वह यह देखकर हैरान था कि अभियंताओं के पास कहने को कुछ नहीं था। वो खामोशी से नजरें झुकाए खड़े थे। देवता ने नक्शे से नजरें उठाकर उनके चेहरों को पढ़ने की कोशिश की।

‘क्या हुआ, सोमदत्त? तुम और तुम्हारा श्रेष्ठ दल यहां हमें सुझाव देने के लिए खड़े हैं कि कैसे हम अपने लाखों नागरिकों की जिंदगी बचा सकते हैं। मैं यहां आपकी खामोशी सुनने के लिए नहीं खड़ा हूं!’ देवता ने सख्ती से कहा।

‘हमें क्षमा करें प्रभु, लेकिन हम सच में नहीं जानते हैं कि सरस्वती के तूफानी प्रहार को रोकने के लिए क्या किया जा सकता है। हमने अपनी सारी योग्यता को परख लिया। अगर चश्मदीद व्यापारियों की बात का यकीन किया जाए तो, ऐसी लहर के सामने हम कुछ नहीं कर सकते हैं। पर्वत जितनी बड़ी लहर का वेग गणित के आधुनिक आंकड़ों से भी नहीं आंका जा सकता है।’

विवास्वन पुजारी को अपने कानों पर भरोसा नहीं हुआ। उसे भरोसा था कि उसके अभियंता जरूर कोई समाधान प्रस्तुत करेंगे, भले ही वो कितना ही जटिल क्यों न हो। लेकिन यहां तो वो बस हाथ झाड़कर खड़े थे।

‘तो तुम क्या कह रहे हो, सोमदत्त? हमें बस बैठकर अपने लोगों और अपने घरों के बहने का इंतजार करना चाहिए?!’ विवास्वन पुजारी ने गुस्से से, लगभग चिल्लाते हुए पूछा।

इससे पहले कि सोमदत्त कुछ जवाब दे पता, पूरा कक्ष धातु के किसी बर्तन गिरने की आवाज से गूंजा। सब मुड़कर आवाज की दिशा में देखने लगे, तो पाया कि पंडित चंद्रधर से तांबे की बड़ी सी दवात छूटकर जमीन पर गिर गई थी। वो अपनी जगह स्थिर खड़े ज्योतिषीय नक्शे को घूर रहा था।

'चंद्रधर...' विवास्वन ने अपनी जगह से हिले बिना पूछा।

उसके मित्र ने कोई जवाब नहीं दिया।

'क्या हुआ, मित्र?' देवता ने फिर से पूछा। चंद्रधर न तो अपनी जगह से हिला, ना ही कोई जवाब दिया। वो सम्मोहित सा हो पंचांग को घूर रहा था।

विवास्वन पुजारी उसके पास गया, उसके कंधे पकड़कर, उसे अपनी तरफ मोड़ा। जो उसने देखा उससे वो सकते में था। पंडित चंद्रधर भयभीत था। उसका चेहरा डर से सफेद पड़ गया था और वो पलक भी नहीं झपका रहा था। देवता ने अपने साहसी मित्र को कभी ऐसी हालत में नहीं देखा था, युद्ध में मौत से सामना होने पर भी नहीं। पंडित चंद्रधर भी स्वयं देवता के समान निडर और नेक था।

विवास्वन ने धीरे से अपने मित्र को हिलाया और शांत आवाज में कहा।

'क्या हुआ, चंद्रधर? तुमने पंचांग में क्या देखा मित्र?'

चंद्रधर ने धीरे से मुड़कर देवता को देखा। उसकी आंखें डर और आतंक से फैली हुई थीं। उसने अपना एक कांपता हाथ उठाकर विवास्वन का कंधा मजबूती से पकड़ लिया। वो सीधे अपने दोस्त की आंखों में देख रहा था।

'विवास्वन... अंत आ गया है।'

विवास्वन पुजारी ने अपने घबराए हुए मित्र को नरम मुस्कान के साथ सहज करने की कोशिश की। 'कुछ खत्म नहीं हो रहा है, चंद्रधर। हम साथ में इसका सामना करेंगे, वैसे ही जैसे अब तक करते आए हैं,' उसने भरोसा दिलाते हुए कहा।

चंद्रधर कठिनता से मुस्कुराया। अब तक कक्ष में मौजूद हर इंसान की नजर उसी पर टिकी थी और वहां पूरी खामोशी थी। चंद्रधर ने धीरे से स्वयं को संभाला। एक-दो पल बाद अपना गला साफ करते हुए, उसने उंगलियों से अपने आंसू पोंछे। फिर उसने विवास्वन पुजारी की तरफ मुड़कर, सबको सुनाने के लिए तेज आवाज में कहा।

'पत्री कभी गलत साबित नहीं हुई है। पंचांग इतने निर्मम कभी नहीं हुए। मैंने जो अभी पढ़ा उस पर मैं भरोसा नहीं कर पा रहा।'

हर कोई चिंता और ध्यान से उसकी बात सुन रहा था। पंचांग और पत्री को वो लोग बहुत महत्व देते थे। और उनकी गणना और पंडित चंद्रधर की भविष्यवाणी कभी गलत साबित नहीं हुई थी। एक बार भी उनकी गणना गलत नहीं गई थी।

बुरी खबर सुनाने में चंद्रधर अब और देर नहीं करना चाहता था। उसने साफ शब्दों में कहा।

'सभागणों, चंद्र के एक और चक्कर के साथ हड़प्पा का पतन हो जाएगा। हमेशा-हमेशा के लिए।'

बनारस, 2017

'मैं आधा इंसान, आधा भगवान हूं'

'बात क्या है, पुरोहित जी?' विद्युत ने जानना चाहा।

पुरोहित जी ने मठ के चिकित्सक और रसायनशास्त्री, गोवर्धन को देखा।

'ज्वलनशील पारा,' गोवर्धन ने कहा।

हालांकि विद्युत एक साइबर सिक्योरिटी कंपनी चलाता था, तो वो इससे पूरी तरह वाकिफ था। लेकिन वो खामोश रहा।

'इसका इस्तेमाल हैंड ग्रेनेड और रगड़ने वाले दूसरे विस्फोटकों में होता है।'

उन तीनों ने एक-दूसरे को अनिश्चित नजरों से देखा।

गोवर्धन ने बात जारी रखी।

'वो तुम्हारी जान लेने की कोशिश कर रहे हैं, विद्युत।'

द्वारका शास्त्री के अलार्म की वजह से मठ हर तरह की सुरक्षा के लिए तैयार हो गया था। आखिरकार इस दिन की तैयारी वो लोग सैकड़ों सालों से कर रहे थे। जो 'चीज' विद्युत ने किसी अजनबी से घाट पर ली थी, उसे हर प्रकार के सुरक्षा मानदंडों से गुजरना था। गोवर्धन और उनकी टीम ने सावधानी से उस फ्लिप-टॉप लाइटर को खोलकर उसके कंटेंट का वैज्ञानिक दृष्टिकोण से अध्ययन किया। दूसरी तरफ, पुजारी जी और उनकी टीम प्राचीन साधना के माध्यम से धातु-परीक्षा में लग गए, इसमें धातु पर किसी बुरे साये की जांच की जाती थी।

राक्षस संप्रदाय आ पहुंचा था। और वो विद्युत को मारना चाहते थे... किसी भी कीमत पर।

'विद्युत तुमने इसका तीन या चार बार और इस्तेमाल किया होता तो पारा तुम्हारे चेहरे पर ही फट जाता,' गोवर्धन ने देव-राक्षस मठ के सभागार में घोषणा की।

महान द्वारका शास्त्री सभा के अध्यक्ष थे। उनकी हालत में सुधार नहीं हुआ था, लेकिन उन्होंने हॉस्पिटल जाने से मना कर दिया था। उनकी भारी और मुश्किल से आती-जाती सांसों की आवाजें पूरे हॉल में सुनाई दे रही थीं। उनकी उंगलियों ने कपड़े में बंधी बूटियों का बंडल पकड़ा हुआ था, जिससे मठाधीश बीच-बीच में सांस ले पा रहे थे। बंडल में आयुर्वेदिक तत्वों का मिश्रण था, जो दर्द कम करने और लंबी आयु प्रदान करने के लिए जाने जाते थे।

गोवर्धन ने हॉल के एक ओर, वाईट बोर्ड पर सिम्पल लेकिन स्पष्ट रेखाचित्र बनाया। इसमें फ्लिप-टॉप लाइटर की अंदरूनी मशीन दिखाई गई थी।

'पारा रगड़ के प्रति बहुत ज्वलनशील होता है। यह सिगरेट लाइटर मेकैनिक्स के सिद्धांत पर काम करता है—दो धातुओं के बीच तेज रगड़ से गर्मी उत्पन्न होती है।'

अब तक हर कोई दुश्मन की आसान लेकिन घातक चाल को समझ गया था। फिर भी गोवर्धन ने अंतिम संदेश सुनाया।

'इस डिवाइस में इतना पारा है कि यह ड्राइविंग हेलमेट पहने हुए व्यक्ति तक का सिर उड़ा सकता है।'

हॉल में सन्नाटा था। बलवंत खड़ा हुआ था, लेकिन उसकी आंखें गुस्से से लाल थीं। अपनी तेज नजरों से वो मानो जमीन में सूराख करने की कोशिश कर रहा था। अपने मन में वो जानता था कि धरती पर होने वाले देव-दानव युद्ध के बीच वह अहम् भूमिका निभाने वाला है।

सोनू भारी सांसें ले रहा था, उसके चेहरे और शरीर के हावभाव पर गुस्सा हावी था। अपने त्रिशूल के आधार से वो नरमी से लेकिन लगातार जमीन पर वार कर रहा था, मानो आमने-सामने की लड़ाई के लिए तैयार हो रहा हो।

पुरोहित जी शांत और आंकलन की गहन अवस्था में थे। उनकी आंखें ध्यान मुद्रा में बैठे योगी के समान लग रही थीं। अपने भींचे हुए दांत और फड़कती कनपटी से युद्ध के समय रणनीति तैयार करने की भूमिका में नजर आ रहे थे।

नैना, जो मठ में महिला शक्ति का प्रतिनिधित्व और नेतृत्व करती थी, बहुत परेशान दिखाई दे रही थी। ऐसा लग रहा था, मानो वो किसी भी पल रो पड़ने वाली थी। इतनी कोमलता उसके चरित्र से मेल नहीं खा रही थी। वो तो स्वयं को बलवंत की तरह ताकतवर दिखाने में यकीन करती थी। शायद वो उतनी ताकतवर थी भी। लेकिन यहां सवाल विद्युत की जिंदगी का था।

द्वारका शास्त्री बहुत थके हुए और बीमार थे, और उनका नश्वर शरीर अब आजाद होने की विनती कर रहा था। सदी की तीन चौथाई तक वो मठ की सारी लौकिक और अलौकिक लड़ाइयों का नेतृत्व करते रहे थे। लेकिन अब उनका प्रतीक्षित उत्तराधिकारी आ पहुंचा था, जिंदगी की सबसे बड़ी लड़ाई में उन सबका नेतृत्व करने के लिए। उन्होंने अपने परपोते से तेज और कड़क आवाज में कहा।

'विद्युत!' ग्रैंडमास्टर की आवाज पूरे हॉल में गूंज गई।

विद्युत ने खड़े होकर अपने बाबा के सम्मान में हाथ जोड़े।

'उत्थिष्ठा!' दोनों हाथ अपने कंधो से ऊपर ले जाते हुए मठाधीश गरजे। उन्होंने जो बात संस्कृत में कही, उसका मतलब था:

'उठो।'

वो अपने परपोते को अपनी पुकार का जवाब देने के लिए कह रहे थे।

वो विद्युत में छिपे देवता को सामने आने पर विवश कर रहे थे।

विद्युत हिंदू संतों और पुजारियों की नेक और ताकतवर सभा के सामने खड़ा था। उनकी आंखों और चेहरों पर वो आशा और उम्मीद देख सकता था। स्वयं के प्रति उनके अवर्णित और शायद अनुपयुक्त समर्पण को वो महसूस कर सकता था। पूरी जिंदगी जिस जवाब को ढूंढ़ता आया था, वो उसे अभी, यहां मिल गया था।

'मेरी रगों में मेरे महान पूर्वज विवास्वन पुजारी का रक्त दौड़ रहा है,' विद्युत ने अपनी बात शुरू की। 'आपका विद्युत महान योद्धा-संत कार्तिकेय शास्त्री और दिव्य मां पूजा का पुत्र है। मुझे ताकतवर द्वारका शास्त्री का परपोता बनने का सौभाग्य प्राप्त हुआ। मेरी आत्मा को सैकड़ों, शायद हज़ारों वर्षों तक आप सबका, और मेरे प्रत्येक पूर्वज का और इस मठ के बुज़ुर्गों का आशीर्वाद मिला है। हालांकि अभी भी मैं इस देव-राक्षस मठ की स्थापना की प्राचीन कहानी नहीं जानता हूं, पर मैं आपसे वादा करता हूं...'

सभा में बैठे सभी पुरुष और महिलाओं की नजरें विद्युत पर टिकी थीं, और उस दिव्यात्मा के मुंह से निकले हर शब्द को वो ध्यान से सुन रहे थे। उनकी आंखों की नमी ने उन्हें भरोसा दिला दिया था कि उन्हें विद्युत के व्यक्तित्व के गिर्द एक तेज मंडल भी दिखाई दे रहा था। वो देख सकते थे कि विद्युत ही मिथकीय विवास्वन पुजारी के वंश का वास्तविक चिराग था। ये पूरी तरह स्पष्ट था कि विद्युत ही वो उद्धारक था, जिसका वो इंतजार कर रहे थे। वे अब जान गए थे कि ये ही वो आखरी देवता था।

विद्युत ने भावुक, बुलंद लेकिन विनम्र लहजे में अपनी बात जारी रखी।

'मैं उस इंसान को सजा दूंगा, जिसने मुझे मारने की कोशिश की। और मुझे या मेरे इस महान संस्थान के किसी भी व्यक्ति को नुकसान पहुंचाने की कोशिश तक करने वाले इंसान को मैं रोक दूंगा। मेरे शुभ-चिंतको, अब मैं एक चीज तो निश्चित रूप से जानता हूं।'

श्रोता पूरे ध्यान से सुन रहे थे। द्वारका शास्त्री हर शब्द ऐसे सुन रहे थे, मानो वो उनकी घायल आत्मा पर ठंडा लेप हो। वह देख सकते थे कि उनका परपोता परिपक्व हो चुका था। वो देख सकते थे कि विद्युत ने अपने होने का मतलब समझ लिया था। अब वह अपनी आत्मा को यह नश्वर शरीर और अपनी जिम्मेदारियां छोड़ने की आज्ञा दे सकते थे।

विद्युत ने अपनी अंतिम बात कही।

'आदरणीय गण, मैं जानता हूं—*मैं आधा-इंसान, आधा-भगवान हूं।'*

हड़प्पा, 1700 ईसापूर्व

ईंट और कांसे का पहाड़

सूखे मेवों और केसर दूध के अल्प विराम के बाद पुरोहित परिषद फिर से शुरू हो गई थी। उनमें से हरेक को पंडित चंद्रधर द्वारा की गई भविष्यवाणी को समझना था। वो सभी स्वयं समर्थ ज्योतिषी थे, और इस विराम का इस्तेमाल उन्होंने भविष्यवाणी की पुष्टि और पुनर्पुष्टि में किया था। भविष्यवाणी बिलकुल सही थी। ग्रहों की दशा बहुत स्याह थी, इतनी कि कोई कल्पना भी नहीं कर सकता था। ऐसे संसर्ग के अवसर बहुत कम होते हैं, लेकिन अब वास्तव में ऐसा हो रहा था। वैदिक ज्योतिषी के अनुसार, यह प्रलय का समय था। कोई ऐसा तरीका नहीं था, जिससे पांच हज़ार साल पुरानी सभ्यता, हड़प्पा तीस दिनों से अधिक अस्तित्व में रह पाती।

'हमें समय रहते नगर को छोड़कर भाग जाना चाहिए,' एक अभियंता ने कहा। सभा में उपस्थित बहुत से लोगों ने उसके शब्दों से सहमति जताई। हड़प्पा के बहुत से मान्य व्यक्ति कक्ष के मध्य में रखी गई लंबी सी लकड़ी की मेज के चारों ओर बैठे थे। कुछ लोग

दो और तीन के समूहों में भी खड़े थे। वहां की बैठने की व्यवस्था रोम की राज्यसभा से अधिक भिन्न नहीं दिखाई दे रही थी।

'हम पूर्व की दिशा में जा सकते हैं। घोड़े, बैलगाड़ी और हाथियों के जरिए हम महिलाओं, बच्चों और असमर्थ लोगों को ले जाएंगे, जबकि बाकी सब पैदल चलेंगे,' एक परिषद सदस्य ने सुझाव दिया।

हां! हां... पूरे कक्ष से सहमति की आवाजें आने लगीं।

'ये सफर सूर्योदय के साथ ही शुरू करना होगा। हम मृत कारावास के कैदियों को यहीं छोड़ जाएंगे,' दूसरे ने कहा। 'उनके पापों को इस प्रलय में धुल जाने दो।'

'हां... हां... चलिए अपने परिवारवालों को बता दें और जरूरी सामान समेट लें,' गमन के पक्ष में बहुत से सुझाव आने लगे। पूरा कक्ष आवाजों के शोर से भर उठा। इतने शोर में कही गई बातें किसी के भी पल्ले नहीं पड़ रही थीं।

धाआअक्क्क्क!

एक तेज और झन्नाटेदार आवाज ने सबको चौंका दिया। सबने देखा कि विवास्वन पुजारी मेज के बीचोबीच गढ़ी, अपनी चमकती कृपाण पर झुका खड़ा था, उसके हाथ में अभी भी उसका नीले रंग का मूठ पकड़ा हुआ था। उसका बलिष्ठ शरीर उसके खड़े होने की जगह से, तलवार गढ़ने तक खिंचा हुआ था। कक्ष में मौजूद हर व्यक्ति को चीरती उसकी आंखों में घृणा साफ दिखाई दे रही थी।

'आप सबको हो क्या गया है?!' देवता पूरे अधिकार से चिल्लाया।

'हम ताकतवर हड़प्पावासी हैं! हम पूरे आर्यवर्त के शासक हैं! हम वेदों के रचयिता, अश्वों के वाहक और आधुनिक धातु-विधा के संस्थापक हैं। क्या हमें यूं कायरों की तरह भाग जाना चाहिए, क्योंकि हमारे सामने मुश्किल समय खड़ा है?' विवास्वन पुजारी ने गरजते हुए कहा। उसकी शक्तिशाली आवाज उस विशाल कक्ष में गूंज रही थी।

किसी में भी अकेले देवता की बात का जवाब देने की हिम्मत नहीं थी। विवास्वन पुजारी अपने साथियों को सहमत करने से अधिक धमका ही पा रहा था। उसने तुरंत ही अपनी कृपाण वापस खींच ली और उसे चमड़े की म्यान में वापस रख लिया। वो सीधा खड़ा हुआ और उसने धीमी लेकिन मजबूत आवाज में कहा।

'हमने अपनी सभ्यता को इतनी कड़ी मेहनत से बनाया है कि हमारे वंशज भी इसका यकीन नहीं कर पाएंगे। हममें से हर किसी ने इस महान राष्ट्र के लिए न सिर्फ अपना रक्त बहाया है, बल्कि बहुत से बलिदान भी दिए हैं। क्या इतिहास कभी यकीन कर पाएगा कि हमने धरती फाड़कर तांबे और कांसे जैसी धातु निकाल ली थी? क्या वो हमें इस धरती का सबसे आधुनिक नगर बसाने का श्रेय देंगे? क्या किसी को याद भी रह पाएगा कि हम हड़प्पा वासियों ने धरती से पानी खींचकर निकाल लिया था? और क्या हमें इस शान को छोड़कर चूहों की तरह भाग जाना चाहिए क्योंकि एक नदी ने हमें चुनौती दी है??'

कक्ष में सन्नाटा था। परिषद के सदस्य, पुजारी, अभियंता और सेना अध्यक्ष, सब ध्यान से सुन रहे थे। विवास्वन पुजारी ने अपनी बात आगे कही।

'हम सब साथ में दुनिया की सबसे बड़ी ताकत हैं। हमारे पास सैनिक, अभियंता, ज्योतिषी, धातु-विज्ञानी, चिकित्सक, रसायन बनाने वाले, वास्तुकार इत्यादि सब हैं। साथ मिलकर हम क्या नहीं कर सकते? शायद यह परीक्षा की घड़ी है। शायद ईश्वर चाहते हैं कि हम उन्हें दिखाएं कि कैसे हम उनके आशीर्वाद के योग्य हैं!'

'भगवान क्या चाहते हैं, यह पंचांग और नक्षत्र से स्पष्ट है विवास्वन,' एक उच्च पुजारी ने कहा। 'मेरे मित्र, मेरे अगुआ, ये बात आप मुझसे अधिक बेहतर जानते हैं... तारों का यह संयोजन टाला नहीं जा सकता। ये चीख-चीखकर मृत्यु और तबाही की गवाही दे रहा है।'

'हालात जो हैं, सो हैं मेरे दोस्त, लेकिन मुझे यकीन है कि हम इस तबाही से बच सकते हैं। या इसका सामना कर सकते हैं! हमारे लोगों की दृढ़ इच्छा एक साथ मिलकर इतने आक्रमणों का सामना कर सकती है, जितना इस पूरे हिंदुकुश के बस का नहीं है।'

विवास्वन पुजारी ने एक बार फिर से पूरे कक्ष में नजरें दौड़ाई। झुके हुए कंधे और अनिश्चित नजरें देखकर उसे निराशा हुई। उसे ऐसा लगा मानो वो अजनबियों के बीच खड़ा था। उसने कभी भी हड़प्पा के समर्थ और दमदार नेताओं में ऐसी कायरता और भगौड़ापन नहीं देखा था। *क्या यही वो लोग हैं, जिन्हें वो धरती पर सबसे श्रेष्ठ मान रहा था? क्या यही वो लोग हैं, जिसे उसने अपने प्यारे नगर का अगुआ और संरक्षक नियुक्त किया था?*

'क्या तुम्हारे पास कोई योजना है, विवास्वन?'

विवास्वन पुजारी ने खुशी से मुड़कर अपने मित्र और साथी चंद्रधर को देखा। वो संतुष्ट था कि कम से कम चंद्रधर ने बहस में भाग तो लिया। अब उसे कुछ राहत मिली थी।

'क्या तुम्हारे पास कोई योजना है?' सभा के मध्य में आने के लिए रास्ता बनाते हुए चंद्रधर ने वापस से अपनी बात दोहराई।

'हां, मेरे पास है चंद्रधर,' देवता ने जवाब दिया। 'जब तक मेरे पास इन मान्य गणों का समर्थन है।'

चंद्रधर मुस्कुराया। उसकी मुस्कान अपने देवता मित्र के लिए कुछ ऐसा कह रही थी 'तुम जिद्दी दीवाने!' लेकिन उसने मुंह से कुछ नहीं कहा।

'महान देवता, बताओ हमें तुम्हारे मन में क्या है। अतीत में भी तुमने अनेकों बार हमें बचाया है। तुम हड़प्पा के सूर्य हो। तुम्हारे सटीक अनुमान पर संदेह करने का न तो हमारे पास कोई कारण है, न ही हम उतने समर्थ हैं,' चंद्रधर ने सम्मान से सिर झुकाते हुए, पूरे अधिकार से कहा। हर शब्द उसके लिए मायने रखता था। वो वहां मौजूद हर शख्स को याद दिलाना चाहता था कि वो किससे बात कर रहे थे। विवास्वन पुजारी ने अनगिनत बार हार के पंजों से असंभव जीत को खींच लिया था। चंद्रधर उन लोगों को देवता का यह उपकार भूलने नहीं देना चाहता था।

'धन्यवाद, पंडित चंद्रधर—मेरे मित्र और योग्य साथी,' विवास्वन ने भी उतनी ही औपचारिकता से कहा। 'मेरे पास योजना है। शुरू में यह अजीब लगेगा, लेकिन मैं आप सबसे वादा करता हूं कि मैं इसे कारगर बनाऊंगा।'

'लेकिन यह विवेकहीनता है विवास्वन!' चंद्रधर ने कहा। कक्ष में मौजूद दूसरे लोगों को भी विवास्वन पुजारी की योजना की वास्तविकता पर संदेह था, और पूरा कक्ष असहमति और चिल्लाने की आवाजों से भर गया।

'सुनने में यह विवेकहीन लग रहा है, चंद्र, लेकिन हमारे पास एकमात्र यही विकल्प बचा है। और मुझे बताओ कि हमारे अभियंता और वास्तुकार, जिन्होंने इतने आलिशान नगर और आधुनिक ढांचे बनाए हैं, वो ये क्यों नहीं बना सकते?'

चंद्रधर नहीं जानता था कि क्या कहे। एक तरफ तो वो विवास्वन के प्रस्ताव को समझने की कोशिश कर रहा था। दूसरी तरफ वो कक्ष में मौजूद लोगों के बिगड़ते मुंह और कटाक्ष को भी देख पा रहा था। फिर भी उसने अपनी बात जारी रखी।

'तो मुझे फिर से बताओ, वास्तव में तुम बनाना क्या चाहते हो?' उसने पूछा।

'महानुभावों, नदी क्यों और कैसे अपना रास्ता बदलती है?' विवास्वन ने सभा में मौजूद सभी लोगों से सवाल किया। 'महान पर्वत या विशाल चट्टान ही नदी को अपनी दिशा बदलने के लिए मजबूर करती है। इससे भी बढ़कर, जब किसी धारा के पानी को एक बर्तन में भरकर संरक्षित किया जा सकता है, तो नदी के जल के लिए विशाल कुंड क्यों नहीं बनाया जा सकता। विज्ञान तो दोनों में ही एक है। बस उसका मापक भिन्न है।'

असहमति का शोर कक्ष में और भी बढ़ गया।

'आज तुम कह रहे हो कि जल का प्रवाह रोक दोगे। कल तुम कहोगे कि तुम धातु को हवा में उड़ा दोगे!' एक वरिष्ठ अभियंता अपना चेहरा छिपाते हुए जोर से चिल्लाया। सामने आकर वो देवता का सामना नहीं करना चाहता था।

'अगर नदी का प्रवाह बदला जा सकता है, तो शायद एक दिन हवा को साधते हुए किसी गांव को रौशन भी किया जा सकता होगा!' दूसरी आवाज आई। इसके बाद लोग मुंह दबाकर हंसने लगे।

विवास्वन पुजारी पर इसका कोई असर नहीं पड़ा। वह जानता था कि वह हड़प्पा को बचा सकता था, अपने सहकर्मियों के इस नए कायरपन और व्यंग्य पर ध्यान दिए बिना। हालांकि उसने ध्यान दिया था कि कक्ष में कुछ नए अभियंता और सेना अध्यक्ष भी मौजूद थे। उसने ये भी ध्यान दिया था कि उसके पुराने परिचितों में से कुछ के हावभाव में अजीब सी बदतमीजी थी, जो वो पहले कभी उसके सामने नहीं दिखा सकते थे। लेकिन उसने इस सब पर ध्यान नहीं देने का फैसला लिया। उसके सामने करने के लिए पहाड़ समान काम था। सच में। उनकी बदतमीजी का जवाब वो बाद में दे देगा। विचारों में स्पष्टता और प्राथमिकता ने ही उसे देवता बनाया था।

'हम ईंटों और कांसे का पहाड़ बनाएंगे, और सरस्वती नदी की दिशा बदल देंगे!' विवास्वन पुजारी ने अपनी बात खत्म की।

कक्ष में हैरानगी भरी खामोशी थी। चंद्रधर और सोमदत्त, दोनों ही प्रस्तावित योजना की कामना और सादगी पर मुग्ध थे। हालांकि तब वो भी नहीं जानते थे कि देवता ने नदी के पहले बांध की रूपरेखा तैयार कर दी थी।

'काम पूरा करने के लिए मुझे एक हज़ार घोड़े, दो सौ हाथी, चार हज़ार आदमी और कांसे, ईंट, लकड़ी, तांबे और रस्सी की उपलब्ध सारी आपूर्ति चाहिए। इस परियोजना का नेतृत्व मैं स्वयं करूंगा और तब तक मैं नदी के किनारे ही रहूंगा। अगर सारा मां फिर से अपने बच्चों को निगलने का फैसला लेंगी, तो उनकी वेदी पर पहली आहुति मेरी ही चढ़ेगी।' देवता आधे-अधूरे काम में यकीन नहीं करता था। लेकिन पल भर के लिए वो स्वयं भी भूल गया था कि ब्रह्मांड हमेशा आपकी बात सुन रहा होता है।

कक्ष में बुदबुदाहट थी। जो योजना विवास्वन पुजारी ने प्रस्तावित की थी, उसे अस्वीकार करना मुश्किल था। लेकिन इसे स्वीकार कर लागू करना भी उतना ही मुश्किल था।

कुछ पलों के सोच-विचार के बाद पंडित चंद्रधर अपने आसन से खड़ा हो गया। शांति की विनती में उसने अपने दोनों हाथ उठाए। कुछ पल मनुहार करने के बाद उसने सबको खामोश रहने का आदेश दिया। हड़प्पा का सभ्य और समर्थ नेतृत्व आज अपने चरित्र के विपरीत उज्जड तरीके से व्यवहार कर रहा था। इसमें कुछ तो गड़बड़ थी।

'मेरे मित्रों और भाइयों,' चंद्रधर ने कहा, 'देवता विवास्वन पुजारी ने हमें एक नहीं, बल्कि अनेकों बार मुश्किलों से बचाया है। क्या हम भूल गए हैं कि उन्होंने युद्ध के परमेश्वर सुरा की सेना को हराया था और हड़प्पा में पहली बार पांच हज़ार अश्वों को लेकर आए थे? क्या हम भूल गए हैं कि उन्होंने स्वयं काली शक्तियों का सामना करते हुए, अथर्ववेद का सह-लेखन किया था, जब हममें से कोई भी काले जादू का सामना नहीं कर पा रहा था? मुझे अच्छी तरह याद है जब काशी के घाट पर वो सुरा के बारह तलवारधारियों से अकेले लड़े थे और उन्हें अकेले ही पस्त कर दिया था। उन्होंने मेरी जिंदगी भी बचाई...'

विवास्वन पुजारी के योगदान और उपलब्धि याद करते हुए चंद्रधर कुछ पल के लिए भावुक हो गया। उसने अपना मुंह नीचे करके अपने भर आए आंसुओं को रोका। फिर उसने सिर उठाकर पूरे विश्वास और अधिकार से ऐलान किया।

'अगर देवता कहते हैं कि हम पर्वत बनाएंगे, तो हम बनाएंगे! अगर वो कहते हैं कि हम मां नदी की दिशा बदल सकते हैं, तो हम कर सकते हैं! भाइयों और मित्रों, हम ईंटों और कांसे का पर्वत बनाएंगे!'

·||卐||·

'वो हो जाएगा, स्वामिनी। जैसे ही देवता नृत्यांगना के निजी कक्ष से बाहर निकलेगा, वो अपने बिस्तर पर धराशायी हो जाएगी। और हां, केसर दूध के सारे बर्तनों में शा, गुन और अप के द्वारा दी गई बूटी मिला दी थी। हां, परिषद के सभी सदस्य, अभियंता और अध्यक्ष उससे प्रभावित हो गए हैं।'

काम की अब तक की उन्नति के बारे रंगा अपनी मालकिन प्रियम्वदा को, उसके गुप्त कक्ष में खड़ा होकर बता रहा था। वह खड़ी हुई सब सुन रही थी, जबकि आसमान पर छाए हुए बैंगनी और लाल बदल उसके मुंह पर भयानक परछाईं उत्पन्न कर रहे थे। आम रूप से देखने वाले के लिए रंगा किसी जीर्ण-शीर्ण मंदिर में देवी की पूजा करने आया था। लेकिन कोई नहीं जानता था कि प्रियम्वदा की काली आत्मा दूसरी तरफ खड़ी होकर सब सुन रही थी।

जैसे ही रंगा जाने को हुआ, उसकी शैतान मालकिन ने अपना आखरी आदेश सुनाया।

'रंगा ध्यान रहे, आज जो पुजारियों और अभियंताओं के साथ हुआ है, वो कल से हड़प्पा के हर निवासी के साथ हो जाना चाहिए। नगर के हर कुएं, तालाब और झरने में शा, गुन व अप द्वारा दिया नशीला पदार्थ मिला दो!'

'जी, स्वामिनी,' रंगा ने जवाब दिया। वह सोच रहा था कि उसकी मालकिन नगर की सामान्य जनता से वास्तव में चाहती क्या थी। उसे ये जानने के लिए लंबा इंतजार नहीं करना पड़ा।

'दो दिनों में, हड़प्पा ज़िंदा लाशों और पागल लोगों का नगर बन जाना चाहिए!' प्रियम्वदा गुर्राई।

गोवा (16वीं सदी)

अनैतिक धर्मयुद्ध

बेतहाशा हांफते और कांपते हुए वो आदमी ऐसे भाग रहा था, जैसे कोई अपनी मौत से बचने के लिए भागता हो। या कोई ऐसा इंसान जिसने अपने लक्ष्य के लिए अपनी जान देने की ठान रखी हो। उस काली और तूफानी रात में वाल्मीकि के पास, कोंकण के तटीय क्षेत्र के, बोपदेव गांव (जहां वो पला-बढ़ा था) की तंग गलियों में भागने के ये दोनों ही कारण मौजूद थे।

वह दो निर्दयी पुर्तगाली हत्यारों, क्रिस्तोवा और अगोस्तिन्हो से बचते हुए भाग रहा था, जो उस मनहूस रात में गांव की झोपड़ियों के बीच से उसका पीछा कर रहे थे। काला चोगा पहने, हाथ में फरसे जैसी कुल्हाड़ी पकड़े ये दोनों कातिल साक्षात यमराज से भी अधिक भयानक थे। चमकीली धातु का, धारदार दांत वाला उनका यह हथियार अपने बदकिस्मत शिकार के गले, खोपड़ी और चेहरे को फाड़ डालने में कभी भी नाकामयाब नहीं रहा था। गहरी रंगत वाले गोवा वासी के प्रति उनके दिल में बेपनाह नफरत भरी थी, और पिछले कुछ महीनों में क्रिस्तोवा और अगोस्तिन्हो अपने कामों

की वजह से स्वयं शैतान का दर्जा हासिल कर चुके थे। लेकिन बात इतनी ही नहीं थी। वाल्मीकि के पास एक 3,300 साल पुराना कीमती खजाना था, जो किसी भी कीमत पर पुर्तगालियों के हाथ नहीं पड़ना चाहिए था। भले ही वो कीमत आज रात वाल्मीकि की दर्दनाक मौत ही क्यों न हो। या फिर पूरे बोपदेव और इसके 800 निवासियों के जलकर खाक हो जाना ही क्यों न हो।

इसकी शुरुआत गोवा के तट पर बड़े-बड़े जंगी-जहाजों के आगमन से हुई थी। 16वीं सदी में ये यूरोप के तत्कालीन शक्तिशाली राजवंश की फौज थी। ये विशाल समुद्री सेना और किसी के लिए नहीं, बल्कि पुर्तगाल के पांचवें राजा इमानोएल के लिए लड़ती थी। और इमानोएल स्वयं ऑर्डर, रोम में बैठे बड़े भाई के लिए काम करता था।

शुरुआती हमले हल्के और छिपे हुए थे। पुर्तगाली जहाजों में, गोवा के शांत तटों पर पादरियों और 'संतों' को भेजा गया, और फिर सिपाहियों को। गोवा के लोग इन पादरियों द्वारा प्रबंधित धार्मिक मिलन और प्रार्थना सभाओं को देखकर चकरा गए, जबकि कुछ ही दूरी पर बड़ी और अधीर फौज लड़ने के लिए तैयार खड़ी थी। वहां एक गोरे ईश्वर के प्यार की बातें हो रही थीं, जबकि कुछ ही दूरी पर पुर्तगाली सैनिक रक्त की प्यासी तलवारें चमकाते हुए खड़े थे। वहां एक ईश्वर के ऊपर दूसरे ईश्वर की श्रेष्ठता के उपदेश दिए जा रहे थे, जबकि शांति से रहने वाले सादगी पसंद लोगों के लिए यह ख्याल ही अनजाना था। वो तो अपने भगवानों के साथ खुश थे।

इस जबरन थोपे गए प्यार के बीच, वे धीरे-धीरे लेकिन स्पष्ट रूप से समझ गए कि ये पादरी और मिशनरी गोवा के प्रत्येक धार्मिक संस्थान और इमारत की तत्परता से तलाशी ले रहे थे। वो इन जगहों पर सिर्फ घूमने ही नहीं जाते थे, बल्कि वहां कई दिनों और कभी-कभी तो हफ्ते तक शिविर बनाकर टिक जाते। किसी में भी आपत्ति करने की हिम्मत नहीं थी। कोई भी किनारे पर डेरा डाले हथियारों से युक्त जहाजों की अनदेखी नहीं कर सकता था।

एक चीज स्पष्ट थी। ये पादरी, ये संत, और सफेद कपड़े पहने ये आदमी... सब किसी चीज की तलाश कर रहे थे।

कोई ऐसी चीज जो उन्हें हर हाल में चाहिए थी। किसी भी कीमत पर।

वाल्मीकि एक नुक्कड़ से मुड़ा और सीधे क्रिस्तोवा की चमकती कुल्हाड़ी का शिकार बन गया। धार ने वाल्मीकि के सीने को चीर दिया था, जिसमें से तुरंत रक्त का फव्वारा फट पड़ा। बहादुर गोवा वासी दलदली मिट्टी पर गिरा, अब उसके सीने से गाढ़ा लाल द्रव्य मुक्त रूप से बह रहा था। पुर्तगाली कातिल आगे बढ़ा और अपनी कुल्हाड़ी उठाकर आखरी वार करने को तैयार हुआ। वो वाल्मीकि के दो टुकड़े करने वाला था।

उस काली रात में बरसात अब हिंसक रूप से बरस रही थी। वाल्मीकि इस बददिमाग आदमी को हमले के लिए तैयार देख पा रहा था। पल भर के लिए क्रिस्तोवा पर चमकती बिजली की रौशनी पड़ी, उसके कुल्हाड़ी के दांत शैतान के पंजों की तरह नुकीले दिख रहे थे। वो मौत से भी अधिक भयावह लग रहा था।

वाल्मीकि स्वयं को यूं खत्म होने नहीं दे सकता था। उसे अपनी जान की परवाह नहीं थी। लेकिन उसके वास्कट में रखा हुआ पत्र दुनिया के सारे खजाने से अधिक बेशकीमती था। वह मानवजाति की आखरी उम्मीद था। यहां तक कि पुर्तगाल का बेहिसाब नरसंहार भी उस हिंसक नियति के सामने कुछ नहीं था, जो मानवजाति के नसीब में बदा था। वो पत्र ही आखरी उम्मीद था। उसी में वो राज था जो इस पृथ्वी को बचा सकता था।

मौत का सामना करते हुए, जब वो पीछे की तरफ रेंग रहा था, तब उसने अपनी बची-खुची जान को समेटा। उसके हाथ में एक पत्थर आया, और उसने तुरंत उसे उठाकर क्रिस्तोवा पर हमला किया। पत्थर सही निशाने पर लगा। एक मरते आदमी का पूरा दम लिए, उस पत्थर ने पुर्तगाली का मुंह कुचल दिया। टूटे हुए जबड़े के साथ शैतान क्रिस्तोवा धाड़ से जमीन पर गिरा। वो मर चुका था।

वाल्मीकि हांफते हुए खड़ा हुआ, उसे अहसास था कि अगोस्तिन्हो किसी भी पल वहां पहुंचता होगा। वह यह भी जानता था कि उसका अंत नजदीक था। गहरे घाव से अधिक मात्रा में बह चुका रक्त अब उसके होश उड़ा रहा था। उसे वो पत्र सुरक्षित हाथों में पहुंचाना ही था, और गोवा में एक ही इंसान था, जिस पर वो भरोसा कर सकता था। उसे वो पत्र उस अकेले हिंदू पुजारी तक पहुंचाना था, जो इस पुर्तगाली अभियान की राह का रोड़ा बन सकता था।

उसे यह पत्र मार्कंडेय शास्त्री के दरवाजे तक पहुंचाना ही था।

दरवाजे पर तेजी से खटखट हो रही थी। बादलों की गरज भी दूसरी सभी आवाजों को दबा रही थी, फिर भी दरवाजे पर हथोड़े समान होती दस्तक ने मार्कंडेय शास्त्री को नींद से बेरहमी से उठा दिया था। वो तेजी से दरवाजा खोलने बढ़ा, और अपने प्रिय मित्र वाल्मीकि को लहूलुहान पाया। वो मर रहा था।

मार्कंडेय अपने गोवा के मित्र को अपने कंधों पर उठा अपनी छोटी से झोंपड़ी में ले गया। अपने मित्र का घाव जांचने के लिए उसने लालटेन जलाई। जो उसने देखा, उससे वो सकते में रह गया। वाल्मीकि का धड़, कंधे से लेकर कमर तक पूरा चीर दिया गया था। उसके मित्र के पास बस अब कुछ ही सांसों का समय बचा था।

'वो उसे तोड़ने वाले हैं, मार्कंडेय! वो हमारे शिव मंदिर को तोड़ने वाले हैं...' वाल्मीकि ने कहा, तभी उसे रक्त भरी खांसी का धसका लगा।

'कोई बात नहीं। तुम आराम करो। इस बारे में सुबह बात करेंगे।' मार्कंडेय शास्त्री ने अपने मित्र से झूठ कहा। वह जानता था कि वो अगली सुबह नहीं देखने वाला था।

'मुझे बेवकूफ मत बनाओ, मार्कंडेय। हम दोनों जानते हैं कि मेरे पास अधिक समय नहीं है।'

मार्कंडेय शास्त्री गोवा में हिंदू साधुओं के छोटे से संप्रदाय का अगुआ था। कहा जाता था कि उसके पूर्वज घोड़ों से हज़ारों मील दूर का सफर करके यहां पहुंचे थे। वो यहां शायद किसी बाढ़ या प्रलय से बचकर आए थे। ऐसा माना जाता था कि वो किसी महान रहस्य की रक्षा कर रहे थे। वो अपने साथ में बहुत सा धन लेकर आए थे, जिसे उन्होंने बहुत से नेक कार्यों में खर्च किया। उनके संप्रदाय ने शिव और विष्णु के बहुत से विशाल मंदिर बनाए थे, और उनके आसपास जनकल्याण के संस्थान भी स्थापित किए थे। जल्द ही इस विराट तटीय इलाके के लोग इस संप्रदाय का दिल से सम्मान करने लगे। उनके रहस्य का ख्याल धीरे-धीरे समय की रेत में दब गया। अनेकों पीढ़ियां गुजरीं और गोवा के लोगों ने मार्कंडेय शास्त्री के वंश को अपना ही बना लिया।

'ये उनके हाथ पड़ने ही वाला था मार्कंडेय, तभी मैंने चाबी लेकर, मोहर तोड़ दी, और इसे बाहर निकाल लिया,' वाल्मीकि ने समझाया।

'तुम बहुत साहसी हो मेरे मित्र। तुम्हारा नाम एक दिन अमर हो जाएगा,' मार्कंडेय ने शांति से जवाब दिया, उसने अपनी बांहों में अपने मरते हुए मित्र को प्यार से भर रखा था।

'वो तुम्हें... मेरे... वास्कट में मिलेगा, मार्कंडेय...' वाल्मीकि ने आगे कहा, वो अब और दर्द नहीं सह पा रहा था। उसका घायल शरीर दर्द से छटपटा रहा था।

मार्कंडेय खामोशी से रो रहा था। वो अपने मित्र को ऐसे दर्द में नहीं देख पा रहा था, खासकर तब, जब वो जानता था कि उसका मित्र मानवजाति के भले के लिए अपने प्राणों का बलिदान दे रहा था।

वाल्मीकि अब कुछ और नहीं बोल सका। वो सांस नहीं ले पा रहा था। उसकी दुनिया अंधकारमय होने लगी थी। अपना नश्वर शरीर छोड़ने से पहले, उसने रक्त में डूबा अपना हाथ बढ़ाया और मार्कंडेय शास्त्री के चेहरे को छुआ, उसके माथे से ठोड़ी तक रक्त लगाते हुए। वाल्मीकि ने अब अपने अंतिम शब्द कहे।

'वे अब एक भारी-भरकम ढांचा बनाने वाले हैं... हमारे मंदिर की जगह पर, मार्कंडेय... और उसे पवित्र नाम से पुकारने वाले हैं। ये खून-खराबा उस गोरे गड़रिए के नाम पर किया जा रहा है, जो उनके प्रति अपने प्यार और बलिदान की बात करता था।'

वाल्मीकि अब सुबक रहा था... जितना उसे शारीरिक दर्द हो रहा था, उतनी ही ये तकलीफ कि इंसान किस कद्र हैवान बन रहा है।

'हमें बचा लो, मार्कंडेय। हमें बचा लो। आज रात यह जगह छोड़कर निकल जाओ। अभी निकल जाओ। पूर्व की तरफ जाओ मेरे मित्र, जावा और सुमात्रा के नजदीकी प्रदेशों में। ये पत्र अपने साथ ले जाओ।'

मार्कंडेय नहीं जानता था कि क्या कहे। पूरे हालात भावुक कर देने वाले थे। एक तरफ तो उस पत्र को बचाने से अधिक कुछ जरूरी नहीं था। दूसरी तरफ उसे कुछ नहीं पता था कि कहां जाना था।

'हां, वाल्मीकि, मैं करूंगा, मेरे भाई। मैं पूरी कोशिश करूंगा। लेकिन मैं पूरी तरह निश्चित नहीं हूं। तुम्हें कैसे लगा कि मैं इस नरसंहार से मानवजाति को बचा सकता हूं?'

'क्योंकि... क्योंकि... मार्कंडेय...' वाल्मीकि हांफा और मार्कंडेय की बांहों में

बेदम गिरने से पहले अपना सिर उठाकर, उसके कान में कुछ कहने की कोशिश की।

उसके गुजर जाने के लंबे समय बाद भी, उसके आखरी शब्द मार्कंडेय के कानों में गूंजते रहे।

'मार्कंडेय... तुम आधे इंसान, आधे भगवान हो।'

ये मुकाबला बराबरी का नहीं था।

अगोस्तिन्हो ने अपने कंधों से जांघों तक, लगभग अभेद्य कवच पहन रखा था। उसके दोनों हाथों में दो ताकतवर तलवारें थीं, जिन्हें वह अपने पंखों की तरह लहरा रहा था। ग्रीक धातु का टोप उसने अपने सिर की सुरक्षा के लिए लगाया हुआ था। उसके कमरबंद में कई तेज कृपाण झूल रहे थे। और इन सबसे बढ़कर, उसके लोहे के दांत जो इंसानी मांस के भूखे थे।

दूसरी तरफ मार्कंडेय शास्त्री निहत्था खड़ा था और उसका धड़ निर्वस्त्र था। वो खड़ा हुआ अपने दुश्मन को देख रहा था, अंतहीन बरसात ने उसके बलिष्ठ शरीर को भिगो दिया था, और उसके लक्ष्य को भी साफ कर दिया था। वह बदले की आग में जल रहा था। वाल्मीकि की लाश अभी भी मार्कंडेय की झोंपड़ी में पड़ी, अपने अंतिम संस्कार का इंतजार कर रही थी।

अगोस्तिन्हो ने मार्कंडेय पर गुस्साए सांड की तरह हमला किया, अपनी भारी तलवारों को तेजी से घुमाते हुए। मार्कंडेय शास्त्री बिना डरे अपनी जगह पर खड़ा रहा। इससे पहले कि अगोस्तिन्हो की तलवार अपने शिकार पर गिरती, मार्कंडेय उसके हमले से बचने के लिए किसी माहिर कलाकार की तरह, एक झटके से अपनी जगह से हिला। कलारिपयाट्टू के नियमित अभ्यास से सधी अपनी मुट्ठी का एक कड़क वार उस पुर्तगाली सांड की पसलियों पर किया। मार्कंडेय की उंगलियों में घातक बाघ के नाखून थे। जैसे ही उसने अगोस्तिन्हो को गिराया, उसने उसके ऊपर गिरकर उसका सीना फाड़ दिया, उसकी अंतड़ियां बाहर निकालते हुए।

ये मुकाबला बराबरी का था ही नहीं।

हड़प्पा, 1700 ईसापूर्व

नयनतारा

प्रसिद्ध और आदरणीय विवास्वन पुजारी और मनु की जोड़ी, नयनतारा के संपन्न और शाही महल के शानदार प्रतीक्षा गृह में गर्व और साधिकार खड़ी थी। सौ सैनिकों की सुरक्षा में, वो अपने बलिष्ठ घोड़ों पर उसके आंगन तक आए थे।

विवास्वन पुजारी के दिमाग में पिछली रात हुई परिषद सभा की बातें अभी तक गूंज रही थीं, खासकर प्रलय को लेकर की गई चंद्रधर की भविष्यवाणी। देवता के बहुत जोर देने और समझाने-बुझाने के बाद, आखिरकार सरस्वती नदी की दिशा बदलने या उसकी दानवीय लहर को रोकने के लिए पत्थर, लकड़ी और कांसे के मानवनिर्मित पर्वत रूपी ढांचे को बनाने की बात मान ली गई थी। विवास्वन पुजारी की बाकी बची रात हड़प्पा के वास्तुकार, सेनाध्यक्ष और परिषद के सदस्यों को आगे का काम समझाने में बीती थी। अभियंता और वैदिक अंक शास्त्र में जबरदस्त पकड़ होने की वजह से देवता ने अपने महत्वाकांक्षी प्रस्तावित योजना का पहला प्रारूप तैयार कर लिया था। योजना का प्रारूप उन्होंने सोमदत्त और उसके अभियंताओं के दल के पास

छोड़ दिया था, जिससे आगे का काम चालू होने से पहले वे उसे समझ सकें। विवास्वन की योजना थी कि नयनतारा के साथ इस फालतू के मसले को निबटाकर वो जल्दी से जल्दी हड़प्पा को बचाने के अपने उद्देश्य पर लौट जाएगा।

देवता मन ही मन, इस भव्य प्रतीक्षा गृह की शान देखकर चकित था। चमकदार फर्श इतना चिकना था मानो धातु का परिमार्जित आईना ही लगा दिया गया हो। स्तंभों पर बेहद ही आकर्षक और नक्काशीदार रत्न जड़े हुए थे। कक्ष के कोनों में लंबी-लंबी, कामुक प्रतिमाएं रखी हुई थीं, जिन्हें यहां प्रवेश करते हुए विवास्वन पुजारी ने देखा था। महल की हवा ताजे फूलों और अनोखी बूटियों की गंध से युक्त थी। बड़े से कक्ष के मध्य में ऊंचे-ऊंचे फव्वारों की श्रृंखला लगी थी, जिनमें ऊंचाई से गिरने पर पानी सघन हो जा रहा था। उच्च श्रेणी के वादन समूह उपकरणों से कर्णप्रिय संगीत उत्पन्न कर रहे थे, जो वहां के माहौल को और जीवंत बना रहा था।

लेकिन इस निवासस्थान से अधिक इसकी दिव्य और अतुलनीय ठाठ वाली मालकिन ने देवता को चकित किया। आकर्षक नयनतारा ने बड़ी शान से कक्ष में प्रवेश किया, उसके जादू में एक पल को तो स्वयं देवता भी ठगा सा रह गया।

विवास्वन पुजारी अपनी आंखों पर भरोसा नहीं कर पा रहा था। नयनतारा स्वर्ग से उतरी अप्सरा से कुछ कम नहीं लग रही थी। उसकी हर चीज बहुत तसल्ली से गढ़ी गई थी। उसके भूरे बाल उसकी तराशी हुई गर्दन पर एक ढीले से जूड़े में बंधे हुए थे। उसकी गौरवर्णी त्वचा यूं चमक रही थी, मानो वो अभी गुलाब, केसर और दूध में नहाकर आई हो। उसके भरे हुए होंठों में एक स्वाभाविक उभार था, जो देखने वालों को खुद-ब-खुद उसकी ओर आकर्षित कर लेता था। उसकी बड़ी-बड़ी आंखें मानो अमृत का प्याला थीं और लंबी पलकें उसकी खूबसूरती पर नजर का काला टीका लगा रही थीं।

मनु तुरंत भांप गया कि उसका यहां इस कक्ष में मौजूद होना ठीक नहीं है, खासकर तब जब नयनतारा अपनी पूरी शोखी से वहां मौजूद थी। उसने झुककर विवास्वन और नयनतारा को हाथ जोड़े और तुरंत कक्ष से बाहर निकल गया। इस बीच, नयनतारा की नजरें एक पल के लिए भी विवास्वन पुजारी से नहीं हटी थीं।

विवास्वन ने ध्यान दिया कि नयनतारा उसके सामने निर्लज्ज कामुकता से खड़ी थी, अपना छरहरा और चूड़ी वाला हाथ, अपने नितंब पर टिकाए। उसने एक सफेद और कुछ अधिक ही बारीक कपड़ा लपेटा हुआ था, जिसमें उसका तराशा हुआ बदन बमुश्किल ही छिप पा रहा था। वो वस्त्र उसके बाएं कंधे से घूमता हुआ, उसकी जांघों

के ऊपरी भाग तक आ रहा था, जिसमें से उसके चमकदार लाल रंग के अंदरूनी वस्त्र साफ झलक रहे थे। उसका बाकी सारा बदन, दाहिने कंधे से लेकर हंसली और फिर भरे हुए स्तन, पतली कमर और टांगें... सब बिना वस्त्र के नग्न थे। विवास्वन ने मन ही मन उसके अविश्वसनीय आकर्षण और सौंदर्य को सराहा, लेकिन उसमें कोई लालसा नहीं थी। देवता का अपनी भावनाओं पर पूरी तरह से नियंत्रण था।

·||卐||·

'यह प्रतीक्षा कक्ष आपके योग्य नहीं है, सूर्य, मेरे स्वामी,' नयनतारा ने कहा। 'कृपया इन चरणकमलों को मेरे निजी कक्ष में लाकर उसे धन्य बनाएं,' उसने नजाकत से कहा।

विवास्वन पुजारी को यह विनती अनुचित लगी। लेकिन वो तनिक भी नहीं हिचका।

'जैसी आपकी इच्छा हो देवी,' उसने जवाब दिया।

'अपनी सेविका को नयनतारा पुकारिए। या नयन जैसे कि मेरे संरक्षक प्यार से मुझे पुकारते हैं।'

'ठीक है, नयनतारा। क्या अब हम न्यायालय के उस समन के बारे में बात कर सकते हैं, जो मेरे पुत्र मनु को भेजा गया? इसमें जरूर कोई गलतफहमी हुई है।'

'आपकी सेविका तो गलतियों की गठरी है, स्वामी,' नयनतारा खूबसूरती से खिलखिलाई।

विवास्वन की आंखों में देखते हुए वो अपने निजी कक्ष में जाने के लिए मुड़ गई, ये उसके लिए पीछे आने का संकेत था। विवास्वन पुजारी ने उसकी बात मानी। उसके मन में कोई डर नहीं था। स्वयं अपना भी नहीं।

·||卐||·

नयनतारा का शयनकक्ष किसी भी तरह यौन क्रीड़ाओं की जन्नत से कम नहीं था। वहां की हवा ताजे फूलों, कपूर और धूप से सुगंधित थी। विशाल सफेद और फिरोजी पर्दों ने उस कक्ष की भिन्न खिड़कियों और रौशनदानों से आने वाले सूर्य के प्रकाश को रेशमी बना दिया था। दुर्लभ और अपरिष्कृत स्फटिक से जड़ित विशाल झूमर कक्ष के

बीचोबीच लगा था, जो सुगंधित मदिरा के अलंकृत झरने के समान लग रहा था। बड़े से कक्ष के एक कोने में धातु के पीले रंग के ढांचे में बैठने के लिए बड़ी-बड़ी गद्दियां लगी थीं, जिन पर गहरे नीले रंग के गावतकिये रखे थे। कक्ष के दूसरे कोने में आलीशान, गोलाकार बिस्तर था, जिस पर गहरे काले रंग की रेशमी चादर बिछी थी।

'कृपया मेरे छोटे से प्यार भरे घोंसले में पधारिए, महान देवता,' नयनतारा भारी आवाज में फुसफुसाई और जैसे ही विवास्वन पुजारी ने कक्ष में प्रवेश किया, नयनतारा ने अंदर की तरफ से दरवाजा बंद कर लिया। अब उसके नशीले नयनों में शरारत झलक रही थी।

विवास्वन दृढ़ खड़ा था, उसने उसके त्रिय चरित्र पर कोई प्रतिक्रिया न देने का निर्णय लिया।

'वो समन क्यों भेजा गया, नयनतारा?' उसने पूछा, इस बार कठोरता से।

कक्ष संगीतमय हंसी से भर गया, ऐसी खनक विवास्वन पुजारी ने कभी नहीं सुनी थी। नयनतारा की हंसी ऐसी सुनाई पड़ रही थी मानो हज़ारों अलौकिक वीणाओं ने एक सुर में अपने तार छेड़ दिए हों।

वह अब विवास्वन पुजारी के करीब आई और निर्लज्जता से उसके कुछ अधिक ही समीप आकर खड़ी हो गई, उसका बदन विवास्वन के बलिष्ठ शरीर को लगभग रगड़ रहा था, और उसके उभरे हुए होंठ उसकी ठोड़ी को सहलाने के करीब थे। वो सीधे उसकी आंखों में देख रही थी। विवास्वन पुजारी अब उसके भव्य चेहरे को नजदीक से देख पा रहा था और अब नयनतारा के बदन की गंध उसकी नाक में समा रही थी। उसे मानना पड़ा कि यह एक तीव्र नशा था, और उसे स्वयं को संभाले रखने के लिए सामान्य से अधिक मेहनत करनी पड़ रही थी। आखिरकार, वो आधा-इंसान भी तो था।

'क्या मेरे स्वामी उस समन के बिना अपनी इस सेविका को अपने इतना करीब आने का अवसर देते?' उसकी सुगंधित श्वास अब विवास्वन पुजारी के चेहरे पर पड़ रही थी।

विवास्वन पुजारी क्रोधित आपत्ति से पीछे हटा और इस युवा मोहिनी की हिम्मत से चकित रह गया। इससे पहले कि वो कुछ कह पाता, नयनतारा ने एक ही झटके में अपना सफेद वस्त्र उतार दिया, और अब वो चमकदार जमीन पर पड़ा था। एक अभ्यस्त कदम से, वो बेबाकी से उसकी तरफ बढ़ी और अपनी बाहें विवास्वन पुजारी के गिर्द डालते हुए और अपने होठों को तड़प से उसके होठों से सटा दिया।

बनारस, 2017

नैना

यह एक नई और घनिष्ठ दोस्ती थी। विद्युत देव-राक्षस मठ के शस्त्रागार के बीचोबीच बैठा था। मठ के बेसमेंट में यह एक अंधियारा कमरा था, आश्रम के बहुत से गुप्त कमरों में से एक। विद्युत लगातार सिगरेट पिए जा रहा था। उसे अब किसी की परवाह नहीं थी। वो बस घाट पर मिले उस मासूम चेहरे वाले लड़के के बारे में सोच रहा था। और वो कैसे उससे हिसाब चुकता करने वाला था।

वो लोग घेरा बनाकर बैठे थे और सभी हथियार, तरतीब से बीच में रखे हुए थे। यह एक तरह की प्रेजेंटेशन थी, जिसका निरीक्षण विराट योद्धा बलवंत कर रहा था। गोदाम में पुरानी एनफील्ड बोल्ट-एक्शन गन के साथ ही कुछ नई विनचेस्टर रायफल भी रखी थीं। वहां बेमिसाल शॉटगन, पिस्टल और रिवॉल्वर भी थीं, जो कोल्ट, बेरेटा और वेब्ले स्कॉट जैसी श्रेष्ठ कंपनियों से ली गई थीं। और फिर वहां ब्लेड्स भी थे—जो कलारिपयाट्टू विजेता का श्रेष्ठ हथियार माने जाते थे।

विद्युत अपने सामने रखे हथियारों और कारतूस के जखीरे को देखकर हैरान था। मठ वाकई में छोटे स्तर के युद्धों से निबटने के लिए पूरी तरह तैयार था।

'हमारे पास क्लाशनिकोव और चाइनीज ग्रेनेड्स क्यों नहीं हैं, बलवंत दादा?' विद्युत ने मजाक में पूछा।

'क्योंकि हम आतंकवादी नहीं हैं, विद्युत,' बलवंत ने सपाट जवाब दिया। 'हम संरक्षक हैं, विध्वंसक नहीं।'

उसने आगे बताया, 'यहां जो भी हथियार आप देख रहे हैं वो वैध स्रोत से खरीदे गए हैं, उनका सरकारी लाइसेंस है और उनके खरीदार अधिकतर रिटायर्ड ब्रिटिश अधिकारी या भारत सरकार के कर्मचारी हैं। मठ के इन दोस्तों को भरोसा था कि इन अधिकारों का इस्तेमाल सुरक्षा में ही किया जाएगा, अपराध में नहीं।'

विद्युत मठ के युद्ध प्रमुख में जिम्मेदारी और नेकी का यह भाव देखकर प्रभावित था। हालांकि उसके मन में कुछ और सवाल भी घुमड़ रहे थे।

'लेकिन दादा, मठ में आपको इतने हथियारों की क्या जरूरत है? हम किससे लड़ाई की तैयारी कर रहे हैं?'

बलवंत ने उत्सुक नजरों से विद्युत की आंखों में देखते हुए सिर हिलाया। वह नहीं जानता कि बात कहां से शुरू करें।

'इस मठ का अस्तित्व सैकड़ों साल पुराना है विद्युत। इसने सुल्तान से लेकर कातिलों, हमलावरों से लेकर साम्राज्यवादियों के हमले को झेला है, और समयानुसार हम उनके साथ खड़े भी रहे हैं। जब प्रत्येक ईमारत, घर, मंदिर, यहां तक कि महान काशी विश्वनाथ का मंदिर भी उन हिंसक हमलों में ढह गए थे, तब भी मठ अपना अस्तित्व बरकरार रख पाया। सदियों से कोई दो सौ योद्धा-साधुओं ने हज़ारों सैनिकों की अपनी सेना को बचाए रखा।'

अब हर कोई बलवंत की बात ध्यान से सुन रहा था, मानो अचानक ही उन्हें अहसास हुआ था कि देव-राक्षस मठ 1,600 वर्षों से भी अधिक प्राचीन था।

'हमने लड़ाइयां भी लड़ी हैं, जो इतिहास तक में दर्ज नहीं हैं। ये बंदूकें और तलवारें बाहरी षड्यंत्र के सामने हमारी अंतिम सुरक्षा पंक्ति है। और हम ये भी नहीं जानते हैं कि वो षड्यंत्र किस स्तर पर रचा जा रहा है। आपने देखा न विद्युत, *हम इस सबमें अकेले हैं।'*

'कैसा षड्यंत्र, दादा? और अकेले होने से आपका क्या मतलब है?' बलवंत के आखरी वाक्य से हैरान हो विद्युत ने पूछा।

'ये बात आपको आपके बाबा बताएंगे, विद्युत। वो ही अच्छी तरह जानते हैं कि कैसे आपको इस अकल्पनीय सचाई के बारे में बताएं।'

विद्युत ने हां में सिर हिलाया। वो भी महान द्वारका शास्त्री के साथ अगली मुलाकात का बेसब्री से इंतजार कर रहा था। उसे बहुत कुछ जानना था। ऐसा लग रहा था, मानो काफी कुछ दांव पर लगा था।

घेरे में बलवंत विद्युत के बाईं ओर बैठा था। फिर उसके पास सोनू, जो शास्त्री और पुजारी वंश के प्रति समर्पित था। नैना विद्युत के दाहिनी ओर थी, उसका कंधा विद्युत के कंधे से सटा हुआ था। वहां गोवर्धन भी था, इस समूह में सबसे अधिक परिपक्व। इन सबमें नया और बाहरी व्यक्ति था बाला, विद्युत का विश्वसनीय मित्र। वो उस सुबह ही महज चार घंटे के नोटिस पर दिल्ली से फ्लाईट लेकर आया था।

'तो प्लान क्या है, विडियो?' बाला ने विद्युत को देखते हुए पूछा।

ग्रुप के दूसरे लोग बाला और विद्युत की घनिष्ठ दोस्ती से हैरान थे। जल्द ही सभी ने मान लिया था कि वो दोनों बहुत ही करीबी मित्र थे।

'मैं उस बास्टर्ड को ढूंढ़कर, मार डालूंगा,' विद्युत ने वॉल्टर पीपीके ऑटोमेटिक पिस्टल को जांचते हुए कहा।

'ओह... ओह... यकीनन हम उसे ढूंढ़ लेंगे, विड्स और उससे बदला भी ले लेंगे। लेकिन उसे मारने से क्या मतलब है, यार?' बाला ने कहा। 'हम अब 1700 ईसापूर्व में नहीं रह रहे हैं, यार।'

विद्युत हल्के से मुस्कुराया। 'हां-हां... मैं जानता हूं, बाला। तुम जानते हो ना कि मेरा क्या मतलब है।'

'बिलकुल हम मारेंगे,' बलवंत ने उसके बीच दखल देते हुए कहा। वो एक ही साथ नाराज और हैरान था कि दुश्मन को मारने या न मारने को लेकर चर्चा की ही क्यों जा रही है। जहां तक वो जानता था, दुश्मन से निबटने का एक ही तरीका था।

बाला ने अब अपने पास बैठे योद्धा से दिखने वाले व्यक्ति को गौर से देखा। उसके

दोनों कंधों पर दो छोटी तलवारें रखी थीं। वो खिलखिलाकर हंस दिया, उसे यकीन नहीं हो रहा था कि ये अजीब सा दिखने वाला आदमी कानून को मानने को तैयार ही नहीं था।

'बलविंदर सर... खून करना गैर कानूनी है,' बाला ने कुछ मजाक से, लेकिन इस अंदाज से कहा कि इस आदि-मानव को बुरा न लगे। लेकिन वो इसमें पूरी तरह असफल रहा।

बलवंत अपना नाम गलत लिए जाने की वजह से बाला पर फुंफकारने ही वाला था, कि सोनू ने दखल देते हुए इस भूतपूर्व मिलिट्रीमैन की गलती सुधारने की कोशिश की, 'बाला भाई, बलविंदर नहीं... हमारे कमांडर-इन-चीफ का नाम बलवंत है।'

'बलवंत... बलविंदर.. एक ही बात है ना... क्यों सर?' बाला ने बलवंत की तरफ आंख मारते हुए उसे चिढ़ाया।

सभी हंस पड़े, और विद्युत ने बलवंत के घुटने पर हाथ रखकर उसे शांत करने की कोशिश की। नैना ने हंसते हुए, एक पल को अपना सिर विद्युत के कंधे पर टिका दिया। हंसते-हंसते उसका चेहरा लाल हो गया था। बलवंत को पहले से ही बाला पसंद नहीं था। जबकि दूसरी तरफ बाला उस आदमी को और अच्छे से जानना चाहता था, जो विद्युत के लिए जान लेने को तैयार था।

विद्युत ने मठ की कैंटीन से एक कप चाय ली और छत पर चला गया। उसने सिगरेट जलाई और दालचीनी की खुशबू वाली चाय का एक घूंट भरा। प्राचीन वाराणसी की धूल-धूसरित और हलचल भरी नगरी उसके सामने फैली हुई थी, आड़ी-टेढ़ी गलियों में बने, आपस में जुड़े हुए छोटे-छोटे घर और मंदिर। जैसे ही उसने अपनी मार्लबोरो सिगरेट से लंबा कश लिया किसी ने उसके होंठों से सिगरेट निकाल ली। उसने मुड़कर देखा तो पाया आकर्षक नैना उसके साथ खड़ी उसकी सिगरेट से कश ले रही थी। सुट्टा मारते हुए ही उसने शरारत से विद्युत को देखकर आंख मारी। विद्युत ने विरोध में उसे घुड़की दी। लेकिन मन ही मन वो उसे देखकर खुश था। ठीक उसी पल उसे दामिनी की याद आई। उसने तुरंत ही उस चुंबकीय आकर्षण को झटक दिया, जो वो नैना की तरफ महसूस कर रहा था।

नैना ने अपने होंठों से सिगरेट निकाली, उसकी हल्के रंग की लिपस्टिक की छाप सिगरेट के ठूंठ पर थी। बिना परमिशन के, बेझिझक ही उसने सिगरेट वापस से विद्युत के होंठों से लगा दी। उसने सिगरेट वहीं छोड़ी नहीं। उसने विद्युत को भी नहीं देखा। अपनी उंगलियों में ही सिगरेट पकड़े वो उम्मीद कर रही थी कि विद्युत ऐसे ही कश खींचे। ये एक अजीब लेकिन प्रभावशाली तरीका था, जिससे दो बातें साफ होती थीं। पहला, कि विद्युत के साथ वो शारीरिक रूप से बिलकुल सहज है। और दूसरा, कि उसे उसकी परमिशन की कोई जरूरत नहीं है।

'मैं नहीं जानता था नैना कि तुम स्मोक करती हो,' विद्युत ने उसकी उंगलियों में पकड़ी हुई सिगरेट से लंबा कश लेते हुए कहा।

'तुम मेरे बारे में जानते ही क्या हो, विद्युत?' उसने तुरंत अपनी भौंहें उठाकर जवाब दिया। वो बेहद आकर्षक नजर आ रही थी। और नाराज भी।

उसके सवाल से शर्मिंदा हो, विद्युत बस हंसकर रह गया। वो सही कह रही थी। उसने कभी उससे संपर्क करने की कोशिश नहीं की थी, जबकि बचपन में वो बेस्टफ्रेंड हुआ करते थे। विद्युत को महसूस हुआ कि वो अब तक कि देखी लड़कियों में सबसे अधिक प्यारी थी। छत पर चलती हवा की वजह से उसके बालों की एक लट, उसके सुंदर चेहरे को सहला रही थी। हर समय उसकी आंखों में एक नमी महसूस होती थी, उसके हंसते समय भी। इससे उसमें एक खास कोमलता महसूस होती थी। विद्युत जानता था कि नैना ने बचपन में ही अपने माता-पिता को खो दिया था, और वो एक बेहतरीन छात्र और मार्शल आर्ट में माहिर रही थी। लेकिन अभी, यहां इस पल में वो बस एक सुंदर लड़की थी, जिसकी वो जितनी भी तारीफ करता, कम थी।

'नहीं सच में, विद्युत, तुमने मेरे साथ ऐसा क्यों किया? मैंने तुम्हें शायद सौ पत्र लिखे होंगे, जिनमें से तुमने एक का भी जवाब नहीं दिया। मैंने सालों तुम्हारा इंतजार किया। तुम एक फोन भी नहीं कर सकते थे? कोई छोटा सा संदेश नहीं भेज सकते थे?' नैना विद्युत की आंखों में शिकायती नजरों से देख रही थी।

'हम्म, पर मुझे दोष मत दो, नैना। तुम तो जानती ही हो कि दिल्ली की लड़कियां कितनी फैशनेबल होती हैं। और तुम... तुम थोड़ी मोटी भी थीं, अगर मैं सच कहूं तो?!' विद्युत ने शरारत से नैना की टांग खींचते हुए कहा। वैसे भी वो नहीं जानता था कि और क्या जवाब देता।

'तुम, तुम कितने ठरकी हो...!' नैना ने नकली गुस्सा दिखाते हुए कहा और विरोध में विद्युत की मजबूत बांह में हल्का सा पंच लगा दिया। इस सबमें उसका हरा,

नरम दुपट्टा, उसके कंधे से फिसल गया, लेकिन उसने परवाह नहीं की। उसने ध्यान भी नहीं दिया। लेकिन विद्युत ने ध्यान दिया। बिना दुपट्टे के नैना और भी अधिक प्यारी लग रही थी। उसकी झूलती बालियां उसके चेहरे के नारी-सुलभ आकर्षण को और बढ़ा रही थीं, और उसकी पतली तराशी हुई गर्दन से वो सीधे किसी कहानी से निकली नायिका नजर आ रही थी। हालांकि वो भी विद्युत की तरह अपनी उम्र के तीसरे दशक की शुरुआत में थी, लेकिन उसका आकर्षण, उसकी खूबसूरती से उसकी उम्र उन्नीस साल से जरा भी बड़ी नहीं लग रही थी।

विद्युत अब खुलकर हंसते हुए, नैना की मस्ती भरी मुक्केबाजी से बचने के लिए छत पर इधर-उधर भाग रहा था। नैना भी भागते-भागते उसका पीछा कर रही थी, वैसे ही जैसे वो लोग बचपन में किया करते थे। बस इस समय उनके बीच एक प्यार भरा आकर्षण था, बावजूद इसके कि विद्युत बार-बार इससे बचने के असफल प्रयास कर रहा था।

'ओके, बस अब बहुत हो गया!' विद्युत ने कहा, वो लोग अभी भी हंस रहे थे और हांफ रहे थे।

वो दोनों भागते-भागते रुक गए थे, और अपने घुटनों पर हाथ रखे सांस लेने की कोशिश कर रहे थे।

'ठीक है, तो कहो कि तुम्हें इसका अफसोस है!' नैना ने हांफते हुए मांग की, इस समय वो और अधिक आकर्षक लग रही थी। इतना भागने से उसका चेहरा पूरी तरह लाल हो चुका था। वह विद्युत के साथ हंस तो रही थी, लेकिन कुछ भावुक भी हो गई थी। ये सब उसके लिए कोई खेल नहीं था।

'हां, हां... आई एम सॉरी! मुझे अफसोस है, नैनू...' विद्युत ने समर्पण में अपने हाथ जोड़ते हुए कहा। उसे अहसास नहीं हुआ कि उसने उसे नैनू कह दिया था—वो नाम जिससे वो प्यार से उसे बचपन में पुकारा करता था।

नैना स्तब्ध हो गई। यह नाम उसके लिए इतना खास था कि फिर कभी उसने इसका जिक्र किसी से नहीं किया था। यह नाम अकेलेपन में भी उसके साथ होता था। स्वयं को आईने में देख बात करते हुए भी वो इसी नाम का प्रयोग करती थी। उसने अपना सिर टेढ़ा करके विद्युत की आंखों में देखा मानो उससे प्यार की मनुहार कर रही हो।

'और कहो कि तुम दोबारा मुझे अकेला छोड़कर नहीं जाओगे?' उसने धीमे से फुसफुसाया, उसकी हंसी अब धीमे से उसकी विनती बन गई थी, वो एक ही समय पर मुस्कुरा भी रही थी और रो भी रही थी।

विद्युत कुछ पल के लिए सुन्न हो गया। एक तरफ तो वो इस लड़की को बांहों में भरकर खूब प्यार देना चाहता था। लेकिन दूसरी तरफ जानता था कि उसका प्यार किसी और का हो चुका था। दामिनी ही उसकी जिंदगी का प्यार थी।

कुछ पल ठहरकर उसने कहा, 'नैना... प्यारी नैना... मैं तुम्हारी बहुत परवाह करता...'

'शह्ह...' नैना ने अचानक अपनी नर्म और पतली उंगली विद्युत के होंठों पर रख दी।

'नैना नहीं, विद्युत। मुझे उसी नाम से पुकारो जो तुमने अभी लिया था,' उसके नजदीक सरककर, उसने उसके कानों में फुसफुसाते हुए कहा। वो सवालिया नजरों से उसे देख रही थी, उसका गाल विद्युत के गाल को सहला रहा था, और उसके हल्के से खुले मुंह ने एक पल को विद्युत के होंठों को छुआ।

विद्युत उसकी कोमल और सुगंधित सांसों को अपने चेहरे पर महसूस कर सकता था। वह देख सकता था उसकी नाजुक आंखें किसी भी पल भावनाओं में बहने को तैयार थीं।

इससे पहले कि वो कुछ भी कह पाता, नैना ने बेबाकी से आगे बढ़कर, अपनी बाहें विद्युत के गले में डाल, अपने प्यासे होंठों को विद्युत के होंठों से सटा दिया।

हड़प्पा, 1700 ईसापूर्व

इंसानों जैसा गुनाह। देवताओं सा पश्चाताप।

विवास्वन पुजारी अपने घोड़े को सरपट दौड़ा रहा था। वह नाराज था, स्वयं से भी और हालात से भी। जिंदगी में पहली बार उसने किसी महिला पर हाथ उठाया था, और वो इस घिनौने काम के लिए स्वयं को माफ करने को तैयार नहीं था। आवेश में आकर वो पल भर को अपनी ही ताकत भूल गया था। देवता के हाथ का झापड़ नाज़ुक नयनतारा के लिए काफी भारी था। दर्द से चिल्लाकर वो जमीन पर जा गिरी थी, उसके निचले होंठ से काफी रक्त बह रहा था।

विवास्वन के साथ ही उसका प्रतिभाशाली पुत्र, मनु भी घोड़ा दौड़ा रहा था। अपने प्रख्यात पिता के लिए वो जरा परेशान था। नयनतारा के महल के सेवकों और विवास्वन के अनेकों अंगरक्षकों के साथ मनु ने भी अपने पिता को नयनतारा के कक्ष से क्रोध में बाहर आता देखा था। इससे पल भर पहले ही प्रतीक्षा कक्ष और नयनतारा

के महल के प्रवेश द्वार पर जोर के थप्पड़ और फिर उसके बाद चीख की आवाज सुनाई दी थी। उसकी आवाज से लग रहा था कि वो काफी दर्द में थी। विवास्वन पुजारी प्रतीक्षा कक्ष से बाहर आ, अपने घोड़े पर सवार हो, बिना किसी से कुछ बोले वहां से निकल गया। उसका पुत्र और सैनिक भी चुपचाप उसके पीछे चल दिए। उन सभी ने विवास्वन पुजारी के झक सफद वस्त्रों पर रक्त के दाग देखे थे।

·||卐||·

'देवता सिर्फ सप्तऋषि को जवाब देते हैं, और किसी को नहीं,' मनु ने सख्ती से लाल लबादे वाले सैनिक को कहा। वो अपनी आवाज में आवेश महसूस कर सकता था, लेकिन मनु यूं क्रोधपूर्ण बर्ताव करने वालों में से नहीं था। जिस अवर्णनीय अपमान का सामना उसे और उसके परिवार को करना पड़ रहा था, उसके बावजूद भी उसने अपना संयम बनाए रखा था।

'स्वामी, मैं तो बस पुजारी परिषद के आदेश का तुच्छ सा सेवक हूं। मैं यहां सिर्फ अपना कर्तव्य निभाने आया हूं,' सैनिक-प्रमुख ने सम्मान से अपना सिर झुकाते हुए कहा। वह जानता था कि वह प्रतिष्ठित जमीन पर खड़ा था, पराक्रमी विवास्वन पुजारी के निवास स्थान पर। लेकिन उस पर भी उस नशीली बूटी का जादू हो गया था, जिसे मनु ने नई मिली ताकत का घमंड माना था। उसके अत्यधिक सम्मानपूर्ण बर्ताव में कुछ तो गड़बड़ थी।

घटनाओं का क्रम आगे इतनी तेजी से बढ़ा कि पूजनीय पुजारी परिवार कुछ समझ ही नहीं पाया। विवास्वन पुजारी और मनु के घर पहुंचने के कुछ ही पल बाद, हड़प्पा के सशस्त्र सिपाहियों की भारी टुकड़ी उनके दरवाजे पर आ पहुंची थी। सिपाहियों की पगड़ी की लाल पताका हवा में लहरा रही थी। कुछ घंटों पहले तक जिसके बारे में सोचा भी नहीं जा सकता था वो अब वास्तविक रूप में घटित हो रहा था। समय कितनी तेजी से पलटता है कि बुलंद किस्मत भी पल भर में धरती पर रेंगती नजर आती है। सिपाही आर्यवर्त के सबसे शक्तिशाली और पूजनीय आदमी के नाम का गिरफ्तारी अनुज्ञा-पत्र लेकर आए थे। उन्हें किसी और को नहीं, बल्कि स्वयं देवता को गिरफ्तार करके लाने का आदेश मिला था!

विवास्वन पुजारी तभी अपने नित्यकर्म के ध्यान पर बैठा था, कि संजना को हल्के से अपना गला खंखार कर उसकी शांति में विघ्न डालना पड़ा। तुरंत ही विवास्वन ने आंखें खोल दीं, उसे अपरिचित इंसानी चिंता का अहसास हो गया था। विवाह के तीस वर्षों के बंधन में, संजना ने कभी उसके ध्यान में विघ्न नहीं डाला था। वो अच्छी तरह जानती थी कि देवता की अवर्णनीय शक्तियों का स्रोत उनका नियमित रूप से किया जाने वाला वैदिक ध्यान और अभ्यास ही है। इससे उसे साधारण नश्वर प्राणियों की अपेक्षा प्रचुर ज्ञान, असीमित ताकत और आध्यात्मिक श्रेष्ठता प्राप्त होती थी। और इससे भी अधिक यह उसकी आत्मा को गहरे प्रेम और नम्रता से भर देता था। वो महान सप्तऋषि का एकमात्र चयनित और प्रत्यक्ष अनुयायी था। वास्तव में कई सालों से हड़प्पा और यहां तक कि पड़ोसी राज्य मोहन जोदड़ो में भी कई लोग वही मानते थे, जिसका वादा सप्तऋषि ने विवास्वन से पिछली सुबह किया था—कि एक दिन विवास्वन पुजारी पराक्रमी सात मुनियों की पंक्ति में शामिल होगा। और वो सब मां सरस्वती की आठ संतान—अष्टऋषि के रूप में दुनिया को अपना आशीर्वाद देंगे।

लेकिन वैसा होना नहीं था। नियति ने अपने गर्भ में क्या छिपाया है, ये कोई नहीं जान सकता।

उनमें से एक होने की बजाय, चंद्रमा के एक चक्र में यह देवता स्वयं सप्तऋषियों का अस्तित्व मिटा देने वाला था। उन्हीं पावन मुनियों को, जिन्हें वो हड़प्पा का संरक्षक और अपना दिव्य मार्गदर्शक मानता था, उन्हें ही वो धरती से हटा देने वाला था।

डर और हिंसा का जो दौर अभी हड़प्पा जीने वाला था, वैसा मानवजाति ने कभी नहीं देखा था, लेकिन अब से वो बार-बार इसकी साक्षी बनने वाली थी। हर बार आदमी किसी एक शैतान की अप्राप्य चाह को पूरा करने के लिए मासूमों का रक्त बहाने वाला था। हर दौर लाखों लोगों की चीखों को सुनेगा, सिर्फ एक के 'अहम्' की प्यास को पूरा करने के लिए। और इसकी शुरुआत जल्द ही होने वाली थी। पहला तब जब एक दूर द्वीप के राक्षस-राजा को खत्म करने के लिए स्वयं ईश्वर को अवतार रूप में आना पड़ेगा; फिर एक महायुद्ध की शुरुआत सगे चचेरे भाइयों में होगी और पूरी पीढ़ी के रक्त के बाद विजय हासिल होगी; फिर काले प्लेग की

महामारी इस धरती पर विनाश करने के लिए आएगी; फिर धरती के केंद्र में गौरवर्णी गड़रिए के अनुयायियों और मोहम्मद के सेवकों में जंग छिड़ेगी; और फिर चार साल के युद्ध में समस्त दुनिया की आहुति चढ़ जाएगी; फिर विश्व-युद्ध की समाप्ति धरती पर सूरज के फटने के साथ होगी। और फिर कभी इसका अंत नहीं होगा। इस रक्तपात का कोई अंत नहीं होगा।

इस सबकी शुरुआत महान देवता विवास्वन पुजारी के पतन के साथ होगी। उसे धरती के सबसे घिनौने अपराध के लिए चुना जाएगा, या नियति ने उसे जरिया मात्र बनाया था, ये तो साक्षात स्वयं अनंत भी नहीं जानता था। ब्रह्मांड उसके सब्र से अधिक कड़ी परीक्षा लेने वाला था। और वो इसमें असफल हो जाने वाला था। वो अपना भयानक श्राप न सिर्फ अपने शत्रुओं, न सिर्फ हड़प्पा, बल्कि उसके रास्ते में आने वाली हर चीज को देने वाला था—जिसमें पर्वतों में रहने वाले सात मुनि भी शामिल थे। लेकिन क्रोध सबसे भयानक जहर है। बदला लेने की अपनी अंधी भावना में जो बात वह पूरी तरह भूल गया था, वो थी कि सप्तऋषियों के विरुद्ध किया गया कोई भी काम—स्वयं ईश्वर से जंग का ऐलान था!

लेकिन फिर, सबसे काली बुराई और सबसे उजली अच्छाई एक ही हृदय में छिपी होती है। उसे दबाए रखना या उभारना सिर्फ उसी प्राणी पर निर्भर करता है। मानो उसे नियति ने महान सात मुनियों के विनाश के लिए चुना था, और कोई नहीं बल्कि विवास्वन पुजारी ही सप्तऋषियों को अमर बनाने वाला था। वह उन्हें समय के अंत तक आसमान में चमकते तारों के रूप में बदलने वाला था।

यह देवता इंसान जैसा पाप करने वाला था। और उसका प्रायश्चित ईश्वर की तरह।

बनारस, 2017

मानवजाति का सबसे बड़ा असत्य—भाग II

विद्युत एक बार फिर से द्वारका शास्त्री के साथ बैठकर खुश था। उस बात को चौबीस घंटे से अधिक का समय बीत गया था जब ग्रैंडमास्टर को विद्युत की पॉकेट में किसी अनजानी वस्तु का अहसास हुआ था, और परदादा और परपोते के बीच की मुलाकात बीच में रुक गई थी। इस बीच काफी कुछ घट चुका था, बलवंत के साथ, बाला के साथ... और नैना के साथ।

'सच को न तो कभी झूठ की तरह बेचा जाता है और न उसका वैसे प्रचार किया जाता है, विद्युत। सच वो होता है जो कहीं गहराई में दबा होता है,' द्वारका शास्त्री ने अपनी बात शुरू की।

'मैं जानता हूं तुम्हारे लिए वो सब भुला पाना आसान नहीं होगा, जो एक सिस्टम के तहत तुम्हारे आधुनिक स्कूलों और किताबों ने तुम्हारे दिमाग में भरा है। उन किताबों

की सामग्री यूरोपीय या पश्चिमी प्रभाव से ग्रस्त रही है। तो इससे पहले कि हम आगे बढ़ें, हड़प्पा के उत्तरगामी इतिहास और खोज के बारे में इन जरूरी सवालों पर विचार कर लें—

'हड़प्पा सभ्यता कब अस्तित्व में थी और कब इसकी खोज की गई?

'किसने इसकी खोज की?

'इसे मूल रूप से क्या पुकारा जाता था?

'इसकी औपचारिक रूप से खोज की घोषणा के अनेकों दशकों पहले वहां क्या हुआ था?

'और सबसे अधिक जरूरी, उसके बाद वहां क्या हुआ?'

विद्युत ध्यान से सब सुन रहा था। अपने बीमार परदादा के मुंह से तेजी से निकले इन सवालों को सुनकर वो खुश था। विद्युत को अभी उनसे काफी कुछ सीखना था, लेकिन वो जानता था कि समय बहुत तेजी से भाग रहा था।

'बाबा, मैं इस क्षेत्र में विद्वान नहीं हूं। लेकिन मैं जानता हूं कि एक ब्रिटिश अधिकारी ने वर्ष 1921 में हड़प्पा साईट की खोज की थी। शायद उसका नाम सर जॉन हुबर्ट मार्शल था। अगले कुछ सालों में दूसरे स्थलों जैसे मोहन जोदड़ो की भी खोज की गई... शायद 1931 तक, अगर मैं गलत नहीं हूं तो।'

द्वारका शास्त्री इतिहास के इस भुला दिए गए अध्याय के बारे में विद्युत के आधारभूत ज्ञान से प्रभावित थे। इस पर हल्के से हंस दिए।

'क्या हुआ, बाबा? क्या मैंने कुछ गलत कहा?' विद्युत ने जानना चाहा।

'नहीं नहीं... तुमने बिलकुल सही कहा है,' द्वारका शास्त्री ने जवाब दिया। 'अब मुझे बताओ कि तुम और क्या जानते हो, या मुझे कहना चाहिए, तुम्हें और क्या पढ़ाया गया है, तुम्हारी उस सिंधु घाटी सभ्यता के बारे में? मुझे सब कुछ बताओ।'

विद्युत को कुछ शर्मिंदगी हुई। खूब पढ़ाकू होने के बावजूद, वह हड़प्पा के बारे में अधिक कुछ नहीं जानता था, कम से कम उतना तो नहीं कि इस विद्वान बुजुर्ग से इस पर लंबी चर्चा कर सके। उसने खूब जोर लगाकर अपनी यादों से वो सब निकाला जो अब तक पढ़ा था।

'जैसा कि मैंने बताया, बाबा, मैं इस विषय का विद्वान नहीं हूं। लेकिन जो कुछ मैं जानता हूं, उसके आधार पर आपको कुछ बताने की कोशिश करूंगा।'

'शुरू हो जाओ,' द्वारका शास्त्री ने अपने चरित्र से विपरीत धैर्य दिखाते हुए कहा।

'हड़प्पा वो सभ्यता थी, जिसका विस्तार सिंधु घाटी सभ्यता में माना गया है, जिसका कि बड़ा हिस्सा अब पाकिस्तान में है। 2600 से 1700 ईसापूर्व के दौरान यह सभ्यता अपने चरम पर थी और इसे कांस्य युग भी माना गया। हड़प्पा और मोहन जोदड़ो खुदाई में मिली हुई जगहों में सबसे अधिक लोकप्रिय हुईं, हालांकि 1000 से अधिक ऐसे स्थल खुदाई में प्राप्त किए जा चुके हैं। उस युग के कुछ अन्य उपनिवेशों में धोलावीरा और राखीगढ़ी का नाम लिया जा सकता है, ये दोनों आधुनिक भारत में हैं।'

द्वारका शास्त्री मुस्कुरा रहे थे। वो हमेशा से जानते थे कि विद्युत बड़े और बेरहम शहर का कोई सामान्य लड़का नहीं था। लेकिन अब वो अपने परपोते की सराहना कर रहे थे कि उसे गैर-पारंपरिक और अप्रसिद्ध हड़प्पा के बारे में भी कितना कुछ पता था, जबकि वो स्वयं नई दिल्ली में सूचना तकनीक का बिजनेस कर रहा था।

'तुम मेरी उम्मीद से अधिक जानते हो, विद्युत। अब थोड़ा और जोर डालो और मुझे बताओ कि हड़प्पा के बारे में और क्या है जो तुम जानते हो। उसकी सभ्यता और उसके लोगों के बारे में तुम्हें क्या पता है? और उसके अंत के बारे में तुम क्या जानते हो?'

एक घंटा गुजर चुका था। सिंधु घाटी सभ्यता के बारे में विद्युत ने अपना पूरा ज्ञान खाली कर दिया था। एनसीईआरटी की किताबों से उसने इस बारे में जो भी पढ़ा था, सब कुछ वो बता चुका था। इतने सालों में हड़प्पा के लोगों, द्रविड़ों इत्यादि के बारे में अखबार या पत्रिका में पढ़े गए लेखों की जानकारी भी उसने उड़ेल दी थी।

उसने महान द्वारका शास्त्री को बताया कि हड़प्पा में अच्छी तरह से निर्मित इमारतें थीं, बेहतरीन निकासी प्रणाली थी और वो लाल रंग की पक्की ईंटों का इस्तेमाल करते थे। उसने उन मुहरों और मिट्टी के बर्तनों के बारे में भी बताया जिसे भारत के पुरातत्वीय विभाग ने हासिल किया था। उसने बताया कि कैसे मिस्र और मेसोपोटामिया के ही साथ हड़प्पा भी मानवीय सभ्यता की सबसे पुरानी बस्तियों में से एक था। और आखिर में, इस विषय पर अपने ज्ञान से मुग्ध होते हुए उसने द्वारका शास्त्री को बताया कि हालांकि तब तक तांबे और कांसे का इस्तेमाल तो होने लगा था, लेकिन लोहे के इस्तेमाल के कोई प्रमाण उपलब्ध नहीं थे।

'मैं इतना ही जानता हूं, बाबा। दरअसल मैं स्वयं नहीं जानता था कि मुझे इस बारे में इतना पता था!' विद्युत ने दिल से हंसते हुए कहा। द्वारका शास्त्री भी उसके साथ हंसे। विद्युत को यकीन नहीं आ रहा था कि उसने भयानक मठाधीश को आखिरकार हंसा दिया था। यहां इस पल में, देव-राक्षस मठ के केंद्र में बने इस विशाल कक्ष में, विद्युत और कुछ नहीं बस एक छोटा सा बच्चा था, जो अपने दादा के साथ खेल रहा था।

इससे पहले कि द्वारका शास्त्री अपना गला साफ करके, आगे की बात कर पाते, विद्युत ने उन्हें बीच में टोका।

'और हां, एक और चीज बाबा... उन्हें खुदाई में कुछ मूर्तियां भी प्राप्त हुई। उन सबमें सबसे अधिक लोकप्रिय थी एक नृत्यांगना की मूर्ति, जिसने अपनी पूरी बांह में चूड़ियां पहन रखी थीं, और एक मूर्ति थी एक-आंख के दाढ़ी वाले पुजारी-राजा की। दूसरे वाले की मूर्ति आज भी कराची के म्यूजियम में रखी है।'

विद्युत स्वयं से बहुत खुश था। वो तो बस उठकर अपने परदादा के हाथ पर ताली मारने वाला था। लेकिन इससे पहले कि वो अपने इस ज्ञान के सागर में तैर पाता, उसने देखा कि इन मूर्तियों के जिक्र से ग्रैंडमास्टर कुछ परेशान हो गए थे। ऐसा लगा मानो हंसी का वो लम्हा भाप की तरह उड़ गया।

'क्या हुआ, बाबा?' विद्युत ने जानना चाहा। 'मैंने क्या कहा?'

द्वारका शास्त्री कुछ पल खामोश रहे। वो विद्युत को अजीब कोमलता और कौतुहल के भावों से देख रहे थे।

'वो मूर्तियां यूं ही संयोगवश पुरातात्विकों को नहीं मिल गई थीं, विद्युत,' मठाधीश ने गंभीरता से कहा। 'उन्हें खोज के लिए ही रखा गया था।'

विद्युत अपने परदादा की बात को समझ नहीं पा रहा था। लेकिन वो शांत रहा। वो द्वारका शास्त्री की बातों में दखल नहीं डालने वाला था। वो समझ पा रहा था कि अभी किसी बड़े राज से पर्दा उठने वाला था।

'जिन मूर्तियों का तुमने जिक्र किया है वो उन दो विशेष चरित्रों की हैं, जिन्होंने मानवजाति की परिणति को बदलकर रख दिया, विद्युत।'

विद्युत अब पूरी तरह चौकस था। वह अपने दिल की धड़कन को सुन सकता था। वो बुजुर्ग के कहे हर शब्द को पूरे ध्यान से सुन रहा था।

द्वारका शास्त्री ने गहरी सांस ली। और एक नाम बोला, जिसे विद्युत ने पहले कभी नहीं सुना था। लेकिन उसे सुनकर विद्युत की रीढ़ में सिहरन पैदा हो गई। किसी तरह से

वो नाम के पीछे छिपी महिला को जानता था—किसी अलग धरती पर, शायद किसी दूसरे समय में।

'नयनतारा।'

कमरे में पूरी तरह सन्नाटा था। अपने ही ठंडे पसीने में विद्युत तर हो गया। ये सब कुछ अवास्तविक लग रहा था।

'नयनतारा कौन है? और... और...' विद्युत स्वयं को ये पूछने से रोक नहीं पा रहा था, 'और वो दाढ़ी वाला पुजारी-राजा कौन था, बाबा?'

द्वारका शास्त्री ने विद्युत को हैरान नजरों से देखा। उन्होंने उसे पास आने का संकेत दिया। विद्युत ने तुरंत आज्ञा का पालन किया और बाबा के बिस्तर के किनारे आकर बैठ गया। जैसे ही उसके बाबा ने उसका हाथ अपने हाथ में लिया विद्युत की आंखें भर आईं।

'मुझे बताओ, बाबा... वो क्षतिग्रस्त, दाढ़ी वाला आदमी कौन था?' विद्युत ने तुरंत जानना चाहा।

द्वारका शास्त्री ने विद्युत को जिज्ञासा से देखते हुए पूछा, 'तुम सच में नहीं जानते, विद्युत?'

विद्युत को कुछ समझ नहीं आ रहा था।

ग्रैंडमास्टर ने फिर अपना बायां हाथ उठाकर अपने परपोते के कंधे पर रखा। जो भी वो कहने वाले थे, उससे विद्युत की जिंदगी हमेशा के लिए बदल जाने वाली थी।

'वो तुम हो, विद्युत। वो दाढ़ी वाला पुजारी-राजा, जिसकी बाईं आंख पर दाग है... तुम ही हो।'

हड़प्पा, 1700 ईसापूर्व

हत्या

विवास्वन पुजारी संजना की तरफ मुड़ा, तो पाया कि उसकी सुंदर और तेजमयी पत्नी चिंता से कांप रही थी। नयनतारा के महल से परेशान होकर वापस आने पर, विवास्वन ने ध्यान और अभ्यास के माध्यम से स्वयं को शांत करने का निर्णय लिया था। ध्यान में खोने के पल में ही उसने कांसे और तांबे के हज़ारों हथियारों के आपस में रगड़ने और घर के आसपास आते अनेकों घोड़ों की टाप सुनी। विवास्वन ऐसी युद्ध स्थिति का अभ्यस्त नहीं था। और अपनी प्यारी पत्नी के चेहरे पर ऐसे डर के भाव भी वो सहन नहीं कर सकता था। वह जानता था कि कुछ अशुभ होने वाला था। लेकिन चाहे जो भी हो जाए, वो ऐसी धृष्टता को माफ नहीं कर सकता था, जो उसके पवित्र घर में आकर, उसके परिवार को यूं आहत करने का साहस कर सके।

इस चढ़ाई से हैरान और क्रोधित, विवास्वन पुजारी अपने ध्यान कक्ष से बाहर निकलकर, अपने आडंबरहीन लेकिन विशाल कुटीर के प्रवेश द्वार की ओर बढ़ा। महान देवता को वैसे समान्य तौर पर क्रोधित नहीं देखा जाता था। अपने वैदिक

अभ्यास की वजह से उसने उन विनाशकारी भावों पर विजय पा ली थी, जिन्हें सामान्य मनुष्य में आम समझा जाता था। लेकिन पिछले चौबीस घंटों की घटनाएं असामान्य थीं और उन्होंने ताकतवर विवास्वन पुजारी को भी हिला कर रख दिया था।

जैसे ही वो उन बदकिस्मत आक्रामकों से मिलने के लिए निकला, उसके निजी रक्षकों ने अपने धनुष-बाण के साथ देवता के घर के खिड़कियों, दरवाजों, बरामदे और छत से अपनी स्थिति संभाल ली थी। उन नौ रक्षकों का चयन और पालन-पोषण पुजारी परिवार ने अपने बच्चों की तरह ही किया था। उन्हें प्रशिक्षण किसी और ने नहीं, बल्कि स्वयं विवास्वन पुजारी ने मनु के साथ ही दिया था, अपनी खास तलवारबाजी और कवच से दांव-पेंच सिखाते हुए—यह एक खास तरह की मार्शल आर्ट थी, जिसे कोई सैकड़ों साल पहले पूजनीय योद्धा-मुनि परशुराम ने प्रसारित किया था। ये नौ किसी विशाल सेना के सम्मुख भी इस घर की रक्षा करने के लिए पर्याप्त थे। अपने हथियारों के साथ वो तैयार खड़े थे, बस अपने स्वामी से आदेश के इंतजार में।

द्वार से कुछ कदम की दूरी पर, उसके असाधारण रूप से मनोहर और दुर्जय पुत्र, मनु ने विवास्वन पुजारी का रास्ता रोका। अपने महान पिता के सम्मान में आदर से झुकते हुए मनु मुस्कुरा रहा था। घर के दो प्रखर योद्धा उसके साथ खड़े थे।

विवास्वन ने ध्यान दिया कि उसका पुत्र मनु, जो अब तक ब्राह्मण संत का साधारण और विनम्र जीवन जीते हुए आया था, आज अपनी कमर पर एक लंबी-चमकती हुई तलवार लगाए हुए था। उसके साथी भी युद्ध के लिए तैयार हथियार उठाए हुए थे। लेकिन जिस बात ने देवता को प्रभावित किया, वो थी मनु ने इतनी तेजी से नई तकनीक और शिल्पकारिता को अपनाया था। उसने मनु की उंगलियों के नाखूनों पर लगे बाघ-नख भी देखे, ये बाघ के ही पंजे थे, जिसका आविष्कार मोहन जोदड़ो और राखीगढ़ी के मुख्य रसायन निर्माताओं ने किया था। बाघ-नख पिघले तांबे और संरक्षित नाखूनों की तीव्र धातु का मिश्रण था। मल्लयुद्ध में बाघ-नख एक घातक हथियार साबित होते थे।

'मां सच में अधिक ही परेशान हो जाती हैं... उन्हें आपकी प्रार्थना में यूं दखल नहीं देना चाहिए था पिताजी,' मनु ने कहा। 'ये सब मैं संभाल लेता।' पिता और पुत्र उनके दरवाजे

पर खड़े मोर्चाबंद सिपाहियों से कुछ ही कदम की दूरी पर थे। हथियारों, तलवारों और भाले की संयुक्त गर्जना के साथ घोड़ों की हिनहिनाहट अब बहुत तेज सुनाई पड़ रही थी। पिता और पुत्र महसूस कर सकते थे कि सिपाहियों ने अब तक उनके घर को चारों तरफ से घेर लिया था।

मनु की उपस्थिति ने विवास्वन पुजारी को एक अजीब और अतुलनीय विश्वास दिया। शायद हर पिता अपने बढ़ते बच्चों की उपस्थिति में ऐसा ही महसूस करता हो, लेकिन विवास्वन अब तक इस भाव को नहीं जानता था। पर वो हमेशा से एक बात के लिए निश्चिंत था कि मनु एक असाधारण युवक था। मन ही मन विवास्वन पुजारी को मालूम था कि उसका प्रिय और शानदार पुत्र का चयन इतिहास में किसी बड़े कार्य को करने के लिए किया गया था।

'मैं उनसे बात करता हूं, पिताजी,' मनु ने दरवाजे के पास पहुंचते हुए कहा।

विवास्वन पुजारी की झलक मात्र से ही उन सिपाहियों की रीढ़ में सिहरन उठ आई थी, जो उसके विशाल द्वार के ठीक सामने खड़े थे। उनमें से किसी की भी हिम्मत नहीं थी कि हड़प्पा के सूर्य की आंखों में सीधे देख सकें। विवास्वन पुजारी का कद उगते सूर्य के समान था और हड़प्पा की हर अच्छाई का वो प्रतिनिधित्व करता था। ये सिपाही जो देवता को ईश्वर के समान ही पूजते थे, अब स्वयं को मिले आदेश से गहन दुविधा में थे। ईश्वर को पकड़ने का साहस कौन कर सकता था?

सीधे अपने ध्यान कक्ष से निकले, विवास्वन पुजारी अपने घर के बाहर, बरामदे में पूर्ण गरिमा से खड़ा था। नग्न-धड़ लिए ब्राह्मण का सुगठित शरीर सभी का ध्यान आकर्षित कर रहा था। अपना मस्तक ऊंचा किए वह तीव्र नजरों से मौजूद सिपाहियों का निरीक्षण कर रहा था। मनु और उसके दोनों साथी, देवता के साथ खड़े थे। सिपाही सैकड़ों की संख्या में होने के बावजूद भी जानते थे कि वो इस छोटी लेकिन जबरदस्त सक्षम टुकड़ी का युद्ध में सामना नहीं कर पाएंगे। मनु और उसके साथी अपनी वीरता और दक्षता के लिए विख्यात थे। लेकिन असली खतरा तो स्वयं देवता था। किसी भी विषम परिस्थिति में, विवास्वन पुजारी को पराजित नहीं किया जा सकता था।

'इस गुस्ताख कार्यवाही का नेतृत्व कौन कर रहा है? सामने उपस्थित हो!' मनु ने दल के नेता को सामने आने के लिए ललकारते हुए कहा।

किसी ने कोई जवाब नहीं दिया, और सिपाही एक-दूसरे को देखने लगे। मनु ने फिर से पूछा, इस समय अपनी आवाज और बुलंद करके ताकि सभी को सुनाई दे सके।

'इस दुस्साहसी मंडली का नायक कौन है? किसमें इतनी हिम्मत है जो देवता के घर पर सिपाहियों के साथ चढ़ाई कर सके?'

एक पल बाद, एक भीमकाय और दैत्य सा दिखने वाला सेनाध्यक्ष, हड़प्पा सेना की लाल लबादे वाली वर्दी पहने, सिपाहियों के बीच से जगह बनाते हुए, विवास्वन और मनु के सामने आ खड़ा हुआ। वह घमंड से उन लोगों को देख रहा था, आखिर वह इस टुकड़ी का प्रमुख था। पिता और पुत्र हड़प्पा के सबसे बदनाम, भ्रष्ट और बेरहम सेनाध्यक्ष को अपनी तरफ आता देख सचेत हो गए।

ये वही संदिग्ध कमांडर था जिसे विवास्वन पुजारी ने एक साल पहले बलात्कार और राजद्रोह के मामले में कठोर कारावास की सजा सुनाई थी, लेकिन उसे पंडित चंद्रधर की पत्नी प्रियम्वदा की प्रत्यक्ष विनती पर छोड़ना पड़ा था। मोहन जोदड़ो की राजकुमारी की विनती ठुकराना मुश्किल था। तभी से सेनाध्यक्ष की नियुक्ति प्रियम्वदा के निजी अंगरक्षकों के रूप में हो गई थी।

वो दुष्ट रंगा था।

ऐसा कैसे हो सकता है? पुजारी परिषद उसके नाम का गिरफ्तारी समन कैसे जारी कर सकती थी? विवास्वन पुजारी सकते में था। उनमें से हरेक का चयन स्वयं देवता ने किया था, और उन्होंने हर अवसर पर उसके प्रति वफादारी की शपथ ली थी। लेकिन विवास्वन पुजारी इतना बुद्धिमान तो था कि वो दुनिया की रीत समझ पाता। वो जानता था कि खुशकिस्मती और दोस्त एक साथ ही आते हैं, और एक ही साथ चले जाते हैं।

रंगा ने विवास्वन पुजारी के सामने एक लिखित पत्र प्रस्तुत किया और कहा कि उसे कल सुबह पुजारी परिषद के सम्मुख उपस्थित होना था। परिषद दोनों प्रतिनिधियों के साथ ही हड़प्पा की न्याय प्रणाली के सुपुर्द थी। इसे दोनों महानगरों के साथ ही उनके आसपास के नगरों और गांवों में भी सबसे शक्तिशाली संस्थान के रूप में स्थापित किया गया था। वो सिर्फ मुख्य पुजारी को ही जवाबदेह थे, वही पद जिसके लिए पहले से ही विवास्वन पुजारी का चयन कर लिया गया था। जिस सुबह को देवता को औपचारिक रूप से मुख्य पुजारी बनाने के अनुष्ठान हेतु चुना गया था, उसी सुबह को वह न्यायाधीशों के सम्मुख एक अभियुक्त के रूप में प्रस्तुत

होने वाला था! नियति ने तो अपनी दिशा रेगिस्तान में रेत के टीलों से भी अधिक तेजी से बदल ली थी।

एक तरफ तो, विवास्वन को यकीन ही नहीं हो रहा था कि ऐसा भी कुछ हो सकता था और उसे लग रहा था कि यह कोई बड़ी गलती थी। दूसरी तरफ अपने आसपास खड़े मोर्चाबंद सैनिकों को देखकर सचेत था, जिन्होंने उसे, उसके परिवार और उसके घर को कब्जे में ले लिया था। वो सब एक स्पष्ट योजना के तहत काम कर रहे थे।

मनु अपने पिता को इस अपमान से गुजरते देख क्रोध से जल रहा था। वो उस समन, या जरूरत पड़ी तो उसे लाने वाले को ही चीर देने के लक्ष्य से रंगा की तरफ बढ़ा। जैसे ही वो आगे हुआ, विवास्वन पुजारी ने उसे रोक दिया। विवास्वन ने अपने पुत्र की तरफ मुड़कर उसे शांत रहने का संकेत दिया।

'मैं तुम्हारे साथ चलूंगा, रंगा। लेकिन इससे पहले, क्या मैं जान सकता हूं कि मेरे विरुद्ध क्या आरोप लगाए हैं,' विवास्वन पुजारी ने कहा।

'हत्या का,' रंगा ने जवाब दिया।

बनारस, 2017

मानवजाति का सबसे बड़ा असत्य—भाग III

'जैसी कि उम्मीद थी, तुमने हड़प्पा के बारे में मानक, संस्थागत और लिखी हुई जानकारी ही दी है,' द्वारका शास्त्री ने आहार की देवी, अन्नपूर्णा के सम्मान में छोटी से प्रार्थना बुदबुदाते हुए कहा। बुजुर्ग ने आगे कहना शुरू किया, 'तुमने मुझे वो ही बताया है जो तुम्हें और करोड़ों दूसरे लोगों को सालोसाल पढ़ाया जाता रहा है।'

कई घंटों की गहन चर्चा के बाद, वे अब साथ में खाना खाने बैठे थे। ताकतवर द्वारका शास्त्री के साथ खाना खाने का अवसर मिलना एक दुर्लभ सौभाग्य था। किसी भी दूसरे काम की ही तरह, मठाधीश भोजन ग्रहण करने का कार्य भी पूरे विधि-विधान से करते थे। प्राचीन आयुर्वेदिक ग्रंथों में लिखे हर नियम का वह पालन करते थे, और खाना अपनी उंगलियों से ही खाते थे।

विद्युत कुछ विस्मय की स्थिति में था। एक तरफ तो वो अपने परदादा के साथ भोजन करने के अवसर को अमूल्य स्मृतियों में दर्ज कर लेना चाहता था, और दूसरी तरफ अभी भी द्वारका शास्त्री की बताई अविश्वसनीय कहानी को समझने की कोशिश कर रहा था। नयनतारा कौन थी? कोई मिथकीय किरदार कैसे हज़ारों सालों तक जीवित रह सकता था? ग्रैंडमास्टर की इस बात का क्या मतलब था, जब उन्होंने हड़प्पा के उस पुजारी-राजा को स्वयं विद्युत बताया था? अपनी महानता, महिमा और उपलब्धियों के बावजूद भी *क्या आखिरकार बुज़ुर्ग का मानसिक संतुलन बिगड़ चुका था?*

'मैं पागल नहीं हूं, विद्युत,' द्वारका शास्त्री ने कहा, मानो उन्होंने विद्युत का दिमाग पढ़ लिया हो। शायद वो दिमाग पढ़ सकते थे।

'मैं जानता हूं कि तुम सोच रहे होगे मैं एक मूर्ख बुज़ुर्ग हूं, जो ऐसी कहानियों पर यकीन करने लगा हूं। लेकिन तुम जानते हो, जब मैं तुम्हारी उम्र का था और मैंने पहली बार प्राचीन अभिशाप के बारे में सुना था, तब मैं भी ऐसा ही सोचा करता था।'

अब यह एक और नई बात थी। पहले ही विद्युत नए-नए राज सुनकर सकते में था और अब यह कोई अभिशाप की बात आ गई थी। *ये सब चल क्या रहा था?!* बचपन से ही वो जानता था कि वो देवता था। उसकी मां हमेशा ही और हर चीज में बेहतर प्रदर्शन करने पर, गर्व से फूलकर, अक्सर अपने बेटे से यह कहा करती थी। उसके पिता, महान कार्तिकेय शास्त्री ने उसे आधुनिक ध्यान, वैदिक विज्ञान, युद्ध और खास सिद्धियां सिखाई थीं। उसे काशी के उस खास काले रहस्य की भी जानकारी थी। *लेकिन अभिशाप?*

·||卐||·

मठ का प्रत्येक व्यक्ति, खासकर पुरोहित जी, ग्रैंडमास्टर की सेहत में जबरदस्त सुधार देखकर चकित थे। महज तीन दिन पहले ही तो उनकी हालत कोमा में पहुंचने जैसी थी, वो बमुश्किल ही कुछ बोल पा रहे थे और बिस्तर से उठ पाना तो बिलकुल ही बंद हो चला था। और यहां, वो खाना खाने के लिए बैठे हुए थे, और अपने परपोते से लगातार बातें किए जा रहे थे। विश्वास कर पाना मुश्किल था कि अपने प्रियजन की उपस्थिति से कोई इतनी तेजी से और इतनी अच्छी तरह ठीक

हो सकता है। महान द्वारका शास्त्री जैसी आध्यात्मिक आत्मा भी प्यार की ताकत से मुकाबला नहीं कर सकती थी।

खाना स्वादिष्ट भी था और सेहतप्रद भी। खाना पत्तल पर परोसा गया था। आयुर्वेद के अनुसार, इन्हीं में भोजन करना सेहत के नजरिए से बेहतर रहता है। इन हरी पत्तलों के साथ में पानी पीने के लिए मिट्टी का, तपाया हुआ कुल्हड़ दिया जाता था, जो पुरवा कहलाता था। पानी से भीगने पर उनमें से काशी की मिट्टी की सौंधी गंध आती थी।

विद्युत की पत्तल पर परोसा गया हर व्यंजन ताजा पकाया हुआ था। बासमती चावल सुगंधित और फूला हुआ था। टमाटर की बनी तरी तो मुंह में पानी ले आने लायक थी। फिर पालक और पनीर था, साथ तड़का लगी हुई पीली दाल। पत्तल के एक कोने पर ताजा दही रखा गया था, जिसमें कटा प्याज और हरा धनिया डाला गया था। सूखे पत्तों के बने एक कटोरे में कालीमिर्च की स्वादिष्ट तरी दी गई थी। यह शाकाहारी भोजन था, जो ईश्वर के लिए श्रेष्ठ था।

चावल ही उनका मुख्य आहार था, यद्यपि अब उसे द्वितीय मान लिया गया था। यही महान आर्यों का मुख्य आहार था। खाने में पहला स्थान पूरी ने ले लिया था। उसका स्वाद दैवीय था। अपने सारे अनुशासन और तप के बावजूद, ब्राह्मण पुजारियों और संतों में इसके प्रति कमजोरी पाई जाती थी। द्वारका शास्त्री और विद्युत भी इसके अपवाद नहीं थे।

मठाधीश ने अपनी पूरी से एक बड़ा सा कौर तोड़ा, उसे पालक-पनीर की गाढ़ी तरी में डुबाया, और फिर वो कौर अपने हाथों से विद्युत को खिलाया। रसोइया, पुजारी जी, गोवर्धन, नैना और वहां मौजूद हर शख्स उस विकट मठाधीश के यूं स्नेह-प्रदर्शन से स्तब्ध रह गया। दूसरी तरफ विद्युत इसके हर पल का आनंद ले रहा था। जहां तक उसे याद था, वो हमेशा अपने परदादा के प्यार से वंचित रहा था।

विद्युत के देव-राक्षस मठ पहुंचने से पहले तक, कोई कल्पना भी नहीं कर सकता था कि द्वारका शास्त्री यूं संवेदनशील इंसान रहे होंगे। लेकिन वो तो सच में संवेदनशील थे। सबसे भयानक तांत्रिक, सबसे निर्मम वंश-नेता, इस सौर प्रणाली की सबसे ताकतवर आत्मा—अपने परपोते को अपने हाथों से खाना खिलाते समय भाव-विह्वल हो रही थी।

स्पष्ट था, वो अभी भी... आधे-इंसान थे।

वो द्वारका शास्त्री के निजी कक्ष में वापस आ गए थे। लंच ब्रेक कई मायनों में एक नेमत रहा था। ग्रैंडमास्टर ने अपने लंबे अरसे से बिछड़े युवा परपोते के साथ गुजारे पलों में, भावनात्मक सहजता का अनुभव किया। दूसरी तरफ, विद्युत को भी हाल ही में सुने गए मिथ और आख्यान को समझने का कुछ समय मिल पाया। उसे सच में समझ नहीं आ रहा था कि किस बात का यकीन करे और किसे नकार दे। ये दिमाग से परे की बात थी, अवैज्ञानिक, अजीब।

द्वारका शास्त्री विद्युत के मन की दुविधा और अविश्वास समझ सकते थे। उन्होंने अपने इस युवा और आकर्षक वंशज को कुछ समय देने का निर्णय लिया। अपनी उंगलियों में माला फिराते हुए उन्होंने कई पल इंतजार किया।

'मुझे बताओ, विद्युत, क्या तुम्हें सच में लगता है कि हड़प्पा में घोड़े नहीं थे?' द्वारका शास्त्री ने अपनी बात शुरू की। 'या कि यूरोप की कोई श्रेष्ठ नस्ल हज़ारों मीलों का सफर तय करके पूर्व की धरती पर उस विशाल पशु को लेकर पहुंची थी?'

विद्युत बैठकर सुन रहा था। उसके परदादा के मुंह से निकली हर नई बात उसके लिए रहस्य के नए पिटारे खोल रही थी।

'और कि हड़प्पा का हर निवासी गहरी-त्वचा का, असभ्य, आदिवासी था जो पश्चिम से आई किसी गोरी सेना के हाथों मुक्ति का इंतजार कर रहा था?' द्वारका शास्त्री ने पूछा।

कमरे में सन्नाटा था। वो बुज़ुर्ग जो भी अजीब सवाल पूछे जा रहे थे, विद्युत उनके जवाब में हां कहना चाहता था। लेकिन वो जानता था कि उसके परदादा ये सवाल बस ऐसे ही पूछताछ के लिए नहीं पूछ रहे हैं। इनके पीछे कोई गहरी बात छिपी है।

'बाबा, वो कहते थे कि हड़प्पा के लोग सिंधु घाटी प्रांत में तब तक रहे, जब तक कि घोड़ों पर सवार, गोरे रंग और नीली आंखों वाले पश्चिमी हमलावरों ने उन्हें यहां से बेदखल नहीं कर दिया। उसे श्रेष्ठ नस्ल माना गया जिनकी पैनी नाक थी और उनके नैन-नक्श आधुनिक यूरोपियन से मिलते थे।'

द्वारका शास्त्री ध्यान से सुन रहे थे, हालांकि उनकी आंखें धीरे-धीरे जलने लगी थीं।

'ऐसा माना जाता था कि ये यूरोप के आर्यों की चढ़ाई थी जो खेती के लिए जमीन और पानी की तलाश में आए थे और उन्होंने द्रविड़ों को विंध्या से परे, दक्षिण की तरफ प्रवासित कर दिया।'

'तो इसके लिए जरूर कोई बड़ा युद्ध हुआ होगा?' द्वारका शास्त्री ने पूछा। 'तुम्हारी उस सिंधु घाटी सभ्यता में 50 लाख लोगों से अधिक की जनसंख्या मानी गई थी। इतनी तादाद में लोगों को बिना किसी भयानक युद्ध के पराजित नहीं किया जा सकता ना?'

'हम्म, शायद, बाबा...' विद्युत ने अनिश्चितता से जवाब दिया।

'हड़प्पा निवासी जो व्यापार में विशेषज्ञता की नई उंचाइयों तक पहुंचे थे, जिन्होंने वजन और माप में सटीक दुरुस्ती दिखाई थी, जिन्होंने जल प्रबंधन के लिए हाईड्रौलिक तकनीक का इस्तेमाल किया था, जिन्होंने शहरों का निर्माण वैज्ञानिक पुरातात्विक पद्धति और आंकड़ों से किया था, जो तांबा पिघलाने का कारखाना लगा सकते थे और विशालकाय ढांचे खड़े कर सकते थे, उनके पास कोई सैन्य शक्ति नहीं होगी क्या? क्या वो इतना सब छोड़कर ऐसे ही भाग जाने वाले थे?'

विद्युत ने सहमति में सिर हिलाया।

'तुम जानते हो ना कि खुदाई से पता चला था कि हड़प्पा के नगरों में सुरक्षा के लिए विशाल चार दीवारी का निर्माण किया गया था, जिससे किसी भी फौज का अंदर घुस पाना लगभग असंभव था? क्या तुम्हें सच में लगता है कि 50 लाख लोगों की विशाल सभ्यता, जिनके इतने अत्याधुनिक नगर थे और जो सब काम में समर्थ थे वो यूं ही हमलावरों को देखकर भाग खड़े हो सकते थे? यकीनन वो ऐसा नहीं करते। तो अगर इन लोगों को वास्तव में ही सैन्य युद्ध में पराजित किया गया था, तो वो युद्ध यकीनन बहुत बड़े स्तर का रहा होगा और उन नगरों पर कब्जा करने के लिए बहुत सा नरसंहार भी हुआ होगा।'

'आप सही कह रहे हैं, बाबा।'

'हालांकि वहां की घेराबंदी प्रागैतिहासिक सेना के लिए लगभग असंभव ही होती, क्योंकि हड़प्पा के सभी प्रमुख नगर न सिर्फ विशाल दीवारों से सुरक्षित थे, बल्कि उनकी शानदार जल-आपूर्ति प्रणाली और विशाल अनाज गोदामों की वजह से भी। कोई भी फौज जो उन नगरों को घेरती, उसे वहां के निवासियों को भूखा मारने से पहले महीनों इंतजार करना होता। तो पल भर के लिए हम मान लेते हैं कि हमलावर

ने शहर में प्रवेश सैन्य दम पर ही किया। तो उस मामले में खुदाईकर्ताओं को युद्ध में इस्तेमाल होने वाले भारी हथियारों के साथ ही क्षत-विक्षत मानव शरीर भी मिलने चाहिए थे। अगर पक्की ईंटें हज़ारों सालों तक बची रह सकती हैं, तो धातु से बने हथियार और मानव अस्थियां क्यों नहीं?'

विद्युत बहुत ध्यान से सुन रहा था।

'लेकिन ऐसी कोई भी चीज नहीं मिली विद्युत। सिवाय कुछ टूटे हुए कांसे के तीरों के, पुरातत्व विभाग को युद्ध या संघर्ष का कोई भी निशान खुदाई की किसी भी जगह नहीं मिला,' द्वारका शास्त्री ने कहा।

ये सब विद्युत के लिए काफी तर्कपूर्ण और शिक्षाप्रद था। उसने महसूस किया कि वो कभी इसकी गहराई में गया ही नहीं कि आर्यों ने हड़प्पा के लोगों को वास्तव में वहां से कैसे हटाया होगा। उसने बस उसे ही सच मान लिया, क्योंकि वो किताबों में लिखा था।

'साफ है, जब कोई हथियार या संघर्ष का कोई निशान नहीं मिला तो कोई युद्ध हुआ ही नहीं था। और अगर कोई जंग नहीं हुई थी, तो कोई आक्रमण भी नहीं हुआ था!' बुज़ुर्ग ने गणित के प्रोफेसर की तरह कोई जटिल थ्योरी सुलझाते हुए कहा।

विद्युत ने फिर वो सवाल पूछा जो मठाधीश उससे पुछवाना चाहते थे। उसने वो सवाल पूछा, जिसका वास्तविक जवाब, सैकड़ों सालों से चलाए गए, झूठे प्रसार में, इतिहास के पन्नों में कहीं गुम हो गया था। और जिस जवाब के बाद ये दुनिया हमेशा के लिए बदल जाने वाली थी।

द्वारका शास्त्री जानते थे कि हड़प्पा की कहानी के उन दबे हुए पन्नों में, मानवजाति का सबसे बड़ा झूठ छिपा था।

'लेकिन बाबा, अगर कोई आक्रमण ही नहीं हुआ था, तो *आर्य कौन थे?'*

हड़प्पा, 1700 ईसापूर्व

पागल आदमी और ज़िंदा लाशें

‘ये सब बकवास है!’ विवास्वन पुजारी ने कहा। वो पुजारी परिषद के सामने खड़ा था, उस बड़े से न्यायालय कक्ष के हर निकास द्वार पर सैकड़ों सैनिक खड़े थे।

पिछले दिन अपने घर की भारी मोर्चाबंदी के बाद भी, विवास्वन पुजारी को विश्वास था कि जब वो परिषद के सामने नयनतारा से हुई अपनी मुलाकात के बारे में बताएगा तो स्वयं पर लगे बेकार आरोप को पल भर में खारिज करवा देगा। अगली सुबह वो पूरे जोश से न्यायालय के सामने उपस्थित हुआ था। फिर भी उसका दिल उदास था कि ये सब ठीक उसी पल में हो रहा था जब उसे जीवन का सबसे बड़ा सम्मान मिलने वाला था। अब हड़प्पा के मुख्य पुजारी की बजाय वो आपराधिक सुनवाई में अभियुक्त के तौर पर प्रस्तुत हुआ था।

‘आपको मेरे साथ इस लहजे में बात नहीं करनी चाहिए, परिषद सदस्य,’ विवास्वन पुजारी ने चेतावनी दी। वो परिषद या फिर किसी को भी अपने सम्मान की धज्जियां उड़ाने की इजाजत नहीं दे सकता था।

'हां, मैं नयनतारा के घर गया था। और वो इसलिए कि मेरे पुत्र मनु के विरुद्ध एक झूठा आरोप पत्र आया था। मैं जानता हूं कि यह कोई भारी गलती थी और मैं इस मामले को सुलझाने के लिए उसके भवन में गया था।'

'और मामले के निपटान के साथ, ओ देवता आपने तो उस लोकप्रिय नृत्यांगना को ही निबटा दिया?' एक परिषद सदस्य ने चतुराई से टिप्पणी की।

विवास्वन पुजारी ने सख्ती से उस सदस्य की आंखों में घूरा, वो कल तक देवता की मौजूदगी में जोर से छींक तक मारने का साहस नहीं रखता था। आज वो विवास्वन पुजारी के सामने खड़े होकर ऐसा सवाल पूछने की धृष्टता कर रहा था। दरअसल हर इंसान अलग तरह से बर्ताव कर रहा था। विवास्वन ने आज सुबह जल्दी कुछ खाया था, जिससे उसे अपनी तबियत कुछ बिगड़ती सी महसूस हुई। उसने उस बेचैनी को आज की सुनवाई को लेकर होने वाली हलचल माना। रास्ते में उसने देखा कि उसके बहुत से परिचित उसे अनजान नजरों से देख रहे थे। न्यायालय की तरफ बढ़ते हुए उसने गलियों में कई लोगों को लड़ते हुए देखा, वो रास्ते में, दुकानों के बाहर और यहां तक कि रिहायशी आंगन में भी खड़े हो एक-दूसरे पर चिल्ला रहे थे। यह सब सभ्य और वैदिक जीवनशैली का अनुसरण करने वाली नगरी, हड़प्पा में सामान्य नहीं था। लेकिन आज हर कोई बेचैन और क्रोधित नजर आ रहा था। उसकी प्यारी नगरी को ये क्या हो गया था?

परिषद के सदस्य भी आज सुबह मिले नागरिकों से भिन्न नहीं दिखाई दे रहे थे। वो भड़के हुए थे और गुस्से व बदतमीजी से बात कर रहे थे। उनकी चाल में घमंड था, असभ्य रूप से ठहाके लगा रहे थे और चालू कार्यवाही के बीच नकल उतार रहे थे, हड़प्पा के शालीन और प्रतिभाशाली परिषद सदस्य कभी ऐसे बर्ताव नहीं करते थे। यह नगरी, इसकी संस्कृति और इसके लोग वेदों और सनातन धर्म के नियमों का पालन करने वाले थे। लेकिन आज हड़प्पा के स्नेही और शांतिप्रिय लोग स्वयं जैसे ही नहीं लग रहे थे। आज वो जरा पगलाए से नजर आ रहे थे। और बीतते हर पल के साथ उनकी हालत और दयनीय होती जा रही थी।

'देखिए परिषद सदस्य, रंगा ने जब तक कल मेरे घर आकर नहीं बताया, मैं जानता भी नहीं था कि नयनतारा की हत्या हो गई है,' देवता ने कहा। 'ईश्वर उसकी आत्मा को शांति दे और आध्यात्मिक जीवन के उसके सफर में उसे अच्छे जन्म ही मिलें।'

आकर्षक नृत्यांगना की आत्मा के लिए प्रार्थना करते समय, देवता को अपना क्रोध बढ़ता हुआ महसूस हुआ। उसके अंदर सामने आसन पर बैठे सदस्यों की तरफ भागकर

जाकर, उनका सिर धड़ से अलग कर देने अजीब सी इच्छा हुई। वो जानता था कि वो यह आसानी से कर सकता था। उसने तो उनको मारते हुए स्वयं की कल्पना भी कर ली। लेकिन वो देवता था। पल भर में ही उसे अहसास हो गया था कि यह पागलपन भरा विचार था और उसने तुरंत ही इस ख्याल को झटक दिया। विवास्वन पुजारी ने महसूस किया कि यह उसके लिए काफी असामान्य बात थी। *उसे क्या हो रहा था?*

विवास्वन को अहसास था कि कुछ तो गलत था, हालांकि वो अचेत रूप से उस प्रभाव से लड़ रहा था जो उसे अप्राकृतिक रूप से क्रोधित बना रहा था। वो एक देवता था और अपने शरीर, मन, भाव और आत्मा पर उसका पूरा नियंत्रण था। लेकिन हड़प्पा के दूसरे मनुष्य ऐसे नहीं थे। कुंओं और तालाब का दूषित जल उन्हें पागल बना रहा था। मेसोपोटामिया के दैत्यों गुन, अप व शा के आगे उन्होंने घुटने टेक दिए थे।

धीरे-धीरे वो लोग विक्षिप्त जानवरों की नगरी बनते जा रहे थे।

सुनवाई को अब दो घंटे से अधिक समय बीत चुका था। विवास्वन पुजारी को अब जाकर पता चल पाया था कि सुंदर नयनतारा की मृत देह उसके सेवकों को, उसके निजी कक्ष में, किस अवस्था में मिली थी। उसके बड़े से बिस्तर पर रक्त के तालाब में वो डूबी हुई थी। तांबे का मोटा सा भाला उसके सीने के आरपार हो चुका था। सही मायनों में किसी ने भाले के माध्यम से ही उसे बिस्तर के लकड़ी के सिरहाने से बींध दिया था। असीम शारीरिक बल और अपार निर्दयता से ही ऐसे कृत को अंजाम दिया जा सकता था। उसका सुंदर चेहरा दर्द और संघर्ष से विकृत हो चुका था, और उसकी आंखें ऊपर को चढ़ी हुई थीं। डाकिनी नयनतारा का शरीर छोड़ गई थी। वो अब उसके किसी काम का नहीं था।

'ओ देवता, आप जानते हैं ना कि उसके कक्ष से बाहर आते हुए आपके सफेद वस्त्रों पर उसके रक्त के धब्बे लगे थे?' एक परिषद सदस्य ने पूछा।

'और आपके वहां से निकलने से पल भर पहले ही उसके भवन के सेवकों ने उसकी दर्द भरी चीख सुनी थी!' दूसरा सदस्य चिल्लाया।

विवास्वन पुजारी ने अपना गुस्सा रोकने के लिए अपने दांत भींचे और आंखें बंद कर लीं, वो अब पूरी तरह से क्रोध से उबल रहा था। हालांकि जवाब उसने नियंत्रित आवाज में ही दिया।

'मैंने उसे सिर्फ एक थप्पड़ मारा था। मैं मानता हूं कि उसके जैसी नाज़ुक महिला के लिए वो काफी सख्त था। वो जमीन पर गिर पड़ी थी, और उसके निचले होंठ से रक्त निकलने लगा था। मुझे तुरंत ही अपने किए पर अफसोस हुआ और मैंने उसे अपना वस्त्र रक्त पोंछने के लिए दिया। इसीलिए उस पर दाग थे।'

'और क्या मैं पूछ सकता हूं कि महान देवता ने एक लाचार महिला पर हाथ उठाने का निर्णय कैसे लिया?' एक और आधे पागल हो चुके पुजारी ने पूछा। विवास्वन पुजारी को उसकी आवाज में व्यंग्य अच्छा नहीं लगा।

'उसने मेरे सामने अपने वस्त्र उतारने की धृष्टता की थी,' विवास्वन पुजारी ने जवाब दिया।

'और...?' तख़्त पर बैठे एक आदमी ने दूसरे लोगों की तरफ आंख मारते हुए पूछा। वो न्यायाधीश अब विवास्वन पुजारी को ठरकी लोगों के समूह से अधिक कुछ नहीं लग रहे थे। उसे अब सच में चिंता होने लगी थी।

'और उसने मेरे साथ शारीरिक संबंध बनाने की कोशिश की,' विवास्वन ने जवाब दिया।

'तो श्रीमान उसका ईनाम तो प्यार से दिया जाना चाहिए था, न कि थप्पड़ से। नयनतारा हड़प्पा का सबसे लजीज व्यंजन थी!' एक परिषद सदस्य ने चीखते हुए कहा, और कक्ष के हर कोने से अश्लील ठहाकों की आवाज आने लगी। विवास्वन पुजारी को अपनी आंखों और कानों पर यकीन नहीं हो रहा था। हड़प्पा का एक भी इंसान किसी मृत व्यक्ति के बारे में ऐसी असम्मानजनक टिप्पणी नहीं कर सकता था। और ये पुजारी तो दुनिया की सबसे संत आत्माओं में से एक थे। *ये सब सुरा की मतान्ध और उज्जड सेना जैसे क्यों बर्ताव कर रहे थे?*

विवास्वन पुजारी ने निर्णय लिया कि उसे जल्द से जल्द इस न्यायालय से बाहर निकलना होगा। उसे बाहर जाकर स्वयं पता लगाना होगा कि सबके साथ आखिर हुआ क्या था। उसे भरोसा हो गया था कि इस सबके पीछे किसी काली और पापी शक्ति का हाथ था। इससे पहले कि बहुत देर हो जाए, देवता को स्वयं उस बुराई की जड़ तक जाना होगा। उसने न्यायालय की सुनवाई जल्दी से निबटाने का फैसला लिया।

बनारस, 2017

‘तुम और मैं। यहां और अभी।’

‘हमें इस रोमी परेरा को ढूंढ़ना होगा,’ सोनू ने कहा। ‘लेकिन ये कैसे होगा? वाराणसी एक बड़ा शहर है और हमें कोई आईडिया नहीं है कि खोज कहां से शुरू करें।’

विद्युत ने बलवंत, बाला और सोनू के साथ मिलकर तय किया था कि इस रोमी नाम के शख्स को ढूंढ़कर उससे हिसाब चुकता करना होगा। महान द्वारका शास्त्री की आज्ञा और आशीर्वाद से अब वो प्राचीन नगर में तलाश अभियान शुरू करने की योजना बना रहे थे। उनकी योजना आसान थी। मठ की गुप्तचर सेना तुरंत ही काम पर लग जाएगी। हज़ारों सालों की सतर्क योजना और संगठन की वजह से इस सेना के पास हज़ारों खबरी थे। इस टुकड़ी के जमीनी सिपाहियों में छोटे दुकानदारों और रिक्शेवालों से लेकर, रेस्टोरेंट के वेटर और गलियों के शरारती बच्चे भी शामिल थे। यह निम्न वर्गीय, विविधतापूर्ण लेकिन प्रभावशाली नेटवर्क काशी की हर गली,

हर घाट, हर मोटल और हर गुप्त श्मशान घाट की थाह लाता था। इस सेना ने मठ के 1600 वर्षों तक अस्तित्व में बने रहने में महत्वपूर्ण योगदान निभाया था, और अनेकों रक्तरंजित लड़ाइयों में इसके निवासियों ने इस पवित्र संस्थान को बचाने के लिए लड़ाई लड़ी थी। जासूसों की उस सेना को मासूम से दिखने वाले, आकर्षक लड़के की तलाश थी, जो गोल फ्रेम का चश्मा लगाता था। वो शहर के चप्पे-चप्पे पर नजर डालकर, उसे बाहर निकाल ला सकते थे।

दूसरी तरफ, विद्युत और उसकी संगठित नई टीम ने, बिना हथियारों के, घाट इत्यादि पर घूमकर शिकार के सामने चारा डालने का प्लान बनाया। अगर रोमी यहां विद्युत को मारने आया था, तो वो ऐसे लालच से बच नहीं पाएगा।

या तो वो रोमी को उसके बिल से निकाल लेंगे, या वो उसे खुली जंग के मैदान में खींच लाएंगे।

'बिलकुल नहीं, नैना!' विद्युत ने सख्ती से कहा। 'तुम हमारे साथ शिकार पर नहीं चल सकती हो। यह आदमी एक प्रोफेशनल है। और हो सकता है वो अकेला न हो।'

'और तुम्हारी परमिशन कौन मांग रहा है?' नैना ने बेबाकी से जवाब दिया। 'तुम भले ही इन सबके बहुप्रतीक्षित उद्धारक और देवता हो, लेकिन मेरे लिए तुम सिर्फ विद्युत हो, ठीक है?'

छत पर किया गया वो चुंबन कुछ पल अधिक लंबा खींच गया था। और विद्युत भी बिना जाने उस जुनूनी पल में शामिल हो ही चला था, लेकिन तभी उसे वास्तविकता का अहसास हुआ और उसने उसे धीरे से हटा दिया। वो दामिनी को धोखा दे रहा था, और वो ऐसा नहीं होने दे सकता था। वो बस नैना की तरफ मुस्कुरा दिया, और उसके गाल पर हल्के से थपथपाते हुए वहां से चला गया। उन दोनों में से किसी ने भी उस बारे में बात नहीं की थी, लेकिन वो दोनों ही जानते थे कि उन्हें जल्द ही बात करनी होगी।

'देखो नैना, मूर्ख मत बनो। बाहर औरतों के लिए कोई जगह नहीं है।'

'क्या...? तुमने अभी क्या कहा...?' नैना गुस्से से चिल्लाई, उसके चेहरे पर निराशा साफ दिखाई दे रही थी। 'मैंने कभी सोचा भी नहीं था विद्युत कि तुम इतने दकियानूसी होगे!'

विद्युत वैसा नहीं था। वह महिलाओं की प्रशंसा और सम्मान करता था। ऐसा वाक्य बोलने पर वो शर्मिंदा था और स्वयं को बेवकूफ महसूस कर रहा था।

'मुझे माफ कर दो नैना। मेरा वो मतलब नहीं था। मैं बस तुम्हें तकलीफ से बचाना चाहता था।'

'मुझसे मुकाबला करो, विद्युत। चलो हमारी आमने-सामने की लड़ाई हो जाए। कोई रंज न रहे,' नैना ने शांति से कहा। 'मुझे लगता है कि तुम भूल गए हो देव-राक्षस मठ में लड़कियों को भी उतनी ही सख्त ट्रेनिंग दी जाती है, जितना कि लड़कों को, और यहां सदियों से महिलाएं भी कंधे से कंधा मिलाकर लड़ती रही हैं।'

विद्युत उस बात के लिए पहले ही स्वयं को कोस रहा था। उसे मठ की महिलाओं की वीरता और बलिदान की अनेकों कहानियां याद थीं। फिर चाहे वो दुनिया से परे की चीजों से मुकाबला हो या हथियार उठाकर सेना का सामना करना हो, मठ की महिलाओं ने कभी इस पर रुककर नहीं सोचा था। और हिंदू जीवन शैली की भी यही सचाई थी—एक महान धर्म जहां हम देवी को ममतामयी रूप में पूजते हैं तो उनके विकराल रूप की भी आराधना करते हैं।

'इसे छोड़ो ना नैना,' चेहरे पर अफसोस के भाव लिए विद्युत बस इतना ही कह पाया। अब तक दूसरे लोग भी उनके आसपास जमा होने लगे थे, जिनमें सोनू, बाला, पुरोहित जी, बलवंत और मठ की कुछ दूसरी महिलाएं भी थीं।

'नहीं सच में, मिस्टर शास्त्री। मैं आपको एक युगल मुकाबले का चैलेंज देती हूं। यहां और अभी। तुम और मैं।'

अब विद्युत को कुछ हंसी आने लगी। यकीनन नैना नहीं जानती थी कि वो कौन था। हालांकि विद्युत ने तुरंत ही ध्यान दिया था कि आज नैना अपने सामान्य, पारंपरिक भारतीय कपड़ों में नहीं थी। उसने एक काली, टाइट स्पोर्ट्स टी-शर्ट पहनी हुई थी, जिसका गोल गला गहरा था, और आर्मी की बहुत सी जेबों वाली पैंट और ट्रैकिंग बूट पहन रखे थे। बालों का एक टाइट जूड़ा बनाया हुआ था और एक चौड़ी बेल्ट लगा रखी थी। इन कपड़ों में वो जबरदस्त आकर्षक लग रही थी। विद्युत को लगा कि वो बॉन्ड फिल्मों की नायिका की तरह ही सुंदर और घातक नजर आ रही थी।

'नैना मैं यहां किसी भी दूसरे से अधिक कलारिपयट्टू जानता हूं। और मैं ज्यू जित्सू और क्राव मागा का भी अभ्यास करता हूं। तुम्हारी जानकारी के लिए बता दूं कि मैंने कुंग फु में ब्लैक बेल्ट की सबसे ऊंची डिग्री की बेल्ट भी हासिल की हुई है। बाला,

इसे बताओ यार...' विद्युत ने अपने दोस्त से हंसकर कहा, जो अब उनकी मीठी नोंक-झोंक में मजे ले रहा था।

नैना अपनी जिद्द पर अड़ी खड़ी थी। उसने अपनी उंगली पहले विद्युत की तरफ उठाई और फिर जमीन की तरफ। 'तुम और मैं। यहां और अभी,' उसने दोहराया।

बलवंत, सोनू, पुजारी जी और गोवर्धन भी मजे ले रहे थे। वे जानते थे कि नैना दमदार योद्धा थी, लेकिन वो ये भी जानते थे कि उसका और विद्युत का कोई मुकाबला नहीं था। उन्होंने कभी विद्युत की फाइट नहीं देखी थी। ना ही उसे ट्रेनिंग करते देखा था। किसी तरह उन्हें विद्युत की योग्यताओं पर विश्वास था। वो बस जानते थे। जबकि समग्र शास्त्री वंशजों में दिव्यता का अंश था, लेकिन 1700 ईसापूर्व में विवास्वन और 2017 में विद्युत वास्तव में देवता थे।

'ठीक है, देखो ये करते हैं। तुम यहां बाला से मुकाबला करो। अगर तुमने उसे हरा दिया तो, हम दोनों आपस में मुकाबला करेंगे। अगर तुम नहीं जीत पाईं तो तुम्हें मेरे साथ मुकाबले का मौका नहीं मिलेगा,' विद्युत ने प्रस्ताव रखा, अब तक उसकी हंसी छूट पड़ी थी।

विद्युत के ऐसे मजाक उड़ाने से नैना और अधिक नाराज हो गई थी।

'क्या बकवास है, विद्युत...' बाला ने विरोध किया। 'क्या हम इस बचपने को बंद कर दूसरी जरूरी चीजों की बात कर सकते हैं?'

नैना और विद्युत अभी भी एक-दूसरे को घूर रहे थे। विद्युत प्रशंसा से। नैना गुस्से से।

'आओ, बाला,' नैना ने कहा, उसकी नजरें अभी भी विद्युत पर टिकी हुईं थीं।

'ये सरासर बकवास है,' गुस्से से हवा में अपने हाथ फेंकते हुए, एक्स-मिलिट्री मैन ने कहा। 'मैं यहां से जा रहा हूं।'

वो निकलने के लिए मुड़ा। पल भर में ही उसे लगा मानो शताब्दी एक्सप्रेस उसकी कमर पर से गुजर गई हो। नैना ने उसे एक जोर की किक मारी थी और वो लड़ने के लिए पूरी तरह तैयार थी। बाला ने मुड़कर उसे देखा, तो उसे लड़ने की मुद्रा में पाया, एक पैर हवा में, थोड़ा झुकी हुई, जिससे पल भर से पहले ही दूसरी जोरदार किक जमा सके। उसने हाथों की मुट्ठी बनाई हुई थी। वो बाला को यूं निकलने नहीं देने वाली थी।

बाला दर्द से दोहरा हो रहा था।

'वाह... मैंने कभी किसी महिला को इतनी जोर का वार करते नहीं देखा,' उसने कहा। 'क्यों, मैंने तो किसी आदमी के वार में भी इतना बल नहीं देखा!' बाला ने अपनी कमर सहलाते हुए कहा, वो अपने गुस्से को कम करने की कोशिश कर रहा था।

'तो फिर मुझसे लड़ो,' नैना का अब पूरा ध्यान सामने प्रस्तुत मुकाबले पर था।

'देखो मैं यह नहीं कर सकता, नैना,' बाला ने कहा। जो हो रहा था वो उस पर यकीन नहीं कर पा रहा था। और दर्द भी उसे धीरे-धीरे गुस्सा दिला रहा था।

'मैं तुम्हें मारती रहूंगी बाला, जब तक तुम पलटवार नहीं करोगे,' नैना ने कहा। वो इस मौके को हाथ से नहीं जाने देने वाली थी। उसे बहुत तकलीफ पहुंची थी। उसके विद्युत ने उस पर शक किया था।

बाला ने विद्युत को देखा, उसने हां में सिर हिलाया और हाथ से नैना के साथ सहज रहने का इशारा किया।

बाला ने अपनी स्वेट शर्ट उतार फेंकी। दर्शकों में मौजूद कुछ युवा लड़कियां, टी-शर्ट में छिपे उसके कसे हुए बदन को देख मोहित हो गई थीं। अपने हाथ के पीछे से उसने माथे पर उबर आई पसीने की बूंदों को पोंछा, और किक-बॉक्सर का पोज बनाया।

नैना ने फिर से वार किया, इस बार दोगुने वेग से। उसका पैर बाला की बांह पर आकर रुका, जिसे बाला ने जबरदस्त किक से अपना चेहरा बचाने के लिए उठाया था। अचानक बाला ने अपना हाथ खोलकर उसका पैर पकड़ लिया। वो एक प्रशिक्षित फाइटर था और उसके बाजुओं में बहुत ताकत थी। वो नैना का पैर मोड़कर, उसे जमीन पर गिराने वाला था। जैसे ही उसने उसका पैर मोड़ा, नैना ने इसे अपने पक्ष में इस्तेमाल करते हुए अपने दूसरे पैर से तुरंत बाला के सिर पर एरियल किक लगाई। हमले से वो लगभग लड़खड़ा कर रह गया।

अब यह लड़ाई दोस्ताना नहीं रही थी।

विद्युत ने बीच में दखल देने की कोशिश की लेकिन बाला ने उसे साइड कर दिया। नाक से बहते खून के साथ, बाला अपने हाथ-पैर को हवा में फेंक, जल्दी से किक-बॉक्सिंग के पोज में आ गया। इस बार वो पूरी तरह से तैयार था।

नैना बाला के चेहरे पर पंच मारने के लिए आगे बढ़ी। बाला घूमकर उसके मुक्के से बचा, और पलटवार के लिए अपनी कोहनी उसके कंधे पर मारी। वार तेज था। नैना

करीब दो फुट उछलकर घास के मैदान पर जा गिरी। बाला की ताकत कोई मजाक नहीं थी।

वो दोनों वापस से योद्धाओं के पोज में आए और एक घेरे में घूमने लगे, जैसे प्रागैतिहासिक काल में, पेशेवर लड़ाके किया करते थे, वार का बढ़िया मौका तलाशने के लिए। अब तक यह बराबरी की लड़ाई रही थी। मठ के सदस्य 'नैना! नैना!' के नाम का शोर मचा रहे थे। वो उनमें से एक थी, उनकी अपनी निडर योद्धा।

जैसे ही नैना और बाला एक दूसरे पर शेर की तरह झपटने के लिए आगे बढ़े, विद्युत ने आगे आकर नैना की बांह पकड़ ली। उसका दूसरा हाथ बाला के मजबूत सीने पर था।

'बस, बहुत हो गया!' विद्युत चिल्लाया।

कुछ पल गुजर गए थे, और दोनों ही तरफ के योद्धाओं ने स्वयं को शांत कर लिया था।

बाला ने नैना को आंख मारी। वो भी उसे देखकर मुस्कुराई।

'तुम टाइगर हो यार, नैना,' बाला ने खुशी से हाथ जोड़ते हुए कहा, वो अपने काबिल प्रतियोगी को सम्मान दे रहा था।

'तुम भी कुछ कम नहीं हो, बाला। मेरी एरियल फ्लिप-किक से कोई नहीं वापस आ पाता है,' नैना ने बाला को उसके सिर पर किए जोरदार वार की याद दिलाते हुए कहा।

विद्युत अपनी बांहें मोड़े, शांति से खड़ा था, उसने जो अभी देखा उससे वो जरा हैरान था। पुरोहित जी मुस्कुरा रहे थे कि विद्युत को नैना की मार्शल आर्ट की दक्षता के बारे में पता चला था। बलवंत अपनी शिष्या पर गर्व महसूस कर रहा था कि उसने इस प्रशिक्षित, मिलिट्री के बंदे को खून का स्वाद चखा दिया था।

'अभी भी मेरे घायल होने की चिंता है, स्वीटी?' नैना ने विद्युत की तरफ मुड़ते हुए पूछा। उसने मासूमियत से अपने होंठों को बाहर निकाल रखा था और उसे चिढ़ाने के लिए पलकें जल्दी-जल्दी झपका रही थी।

'बिलकुल नहीं! तुम हमारे साथ आ सकती हो। तुम्हें हमारे साथ आने का पूरा हक है, दुर्गा!' विद्युत ने उसकी प्रशंसा में मुस्कुराते हुए कहा।

उसने नैना को दुर्गा कहा था, महिषासुर राक्षस का दमन करने वाली देवी।

हड़प्पा, 1700 ईसापूर्व

देवता का पतन

'क्योंकि नयनतारा अपने शरीर में थी ही नहीं! वो डाकिनी थी। नयनतारा की सांसों से मैं उसके अंदर एक बहुत ताकतवर और खास रूप से बुरी आत्मा को महसूस कर सकता था,' विवास्वन पुजारी ने समझाया।

अब तक न्यायाधीश अपनी कुलीनता से काफी दूर जा चुके थे। वो गुस्से से खंखार रहे थे, मेज को पीट रहे थे, और दूषित पेय के असर से चिल्लाते हुए, एक-दूसरे को गालियां दे रहे थे। न्यायालय के सिपाही जो हमेशा पूरे अनुशासन और नियमों में रहते थे, वो भी आपस में बात करते हुए एक-दूसरे को धकिया रहे थे, जैसे सड़क पर चलते हुए शराबी हों।

अचानक, इस सारी हलचल के बीच, विवास्वन पुजारी का ध्यान कुछ ऐसी चीज पर गया कि एक पल को उनका दिल धड़कना भूल गया। फैसले की पुस्तिका! परिषद का एक सदस्य राजादेश की उस पवित्र पुस्तिका में पागलों की तरह कुछ लिखे जा रहा था। यह हड़प्पा के कानून की पुस्तिका थी। इस पवित्र पुस्तक में दर्ज किसी भी फैसले

का सात दिन में पूरा किया जाना जरूरी था। इस कानून को स्वयं विवास्वन पुजारी ने पारित किया था। इस लिखे हुए पाठ को कानून में बदलने के लिए बस एक मुहर की आवश्यकता थी। एक-सींग वाले बैल की मुहर।

'उस सदस्य को रोको!' विवास्वन चिल्लाया। वह ये देखकर डर गया था कि सुनवाई पूरी होने से पहले ही फैसला लिखा जा रहा था। इस बात की किसी को परवाह ही नहीं थी।

'उस पुस्तिका में लिखना बंद करो, मूर्ख!' विवास्वन पुजारी फिर से चिल्लाया। कोई जवाब नहीं। विक्षिप्त सा सदस्य और भी तेजी से उसमें कुछ लिख रहा था, उसका मुंह पीड़ा के सुख से बिगड़ रहा था, और उसकी पलकें तक नहीं झपक रही थीं।

बस अब बहुत हो गया था। विवास्वन पुजारी ने इस सारे पागलपन को खत्म करने का निर्णय लिया। वह न्यायाधीशों के तख्त की ओर बढ़ा और फिर दौड़ने लगा। वो परिषद के ऊंचे मंच पर छलांग लगाकर पुस्तिका वहां से खींच लेने वाला था, इससे पहले कि उस पर कुछ लिखा जाता। एक के बाद एक, लगभग दस सैनिकों ने उसका रास्ता रोकने की कोशिश की। विवास्वन पुजारी उन सबको आसानी से कुचल सकता था, लेकिन अपने आसपास के इस पागलपन के बावजूद, वो आखिरकार थे तो उसके अपने लोग ही। वो उन्हें नुकसान नहीं पहुंचा सकता था। देवता हथियार के हर वार से बचते हुए आगे बढ़ रहा था। उसकी गति बिलकुल सपनों की सी थी, उसका लचकदार शरीर उन पर पलटवार किए बिना, हर वार से बचते हुए चल रहा था। पुजारी परिषद, जो सामान्य परिस्थितियों में ऐसी दर्जनों कठिनाइयों का सामना कर सकती थी, अब सिर्फ बैठकर पुतले की तरह विवास्वन पुजारी को घूर रही थी। देवता उन्हें चोट नहीं पहुंचाने वाला था। वो बस उनके पास से वो पुस्तिका लेकर आने वाला था।

जैसे ही वो आखरी छलांग लगाने वाला था, उसने अपनी आंख के कोने से कुछ देखा। संजना! नशे में धुत्त एक सैनिक उसकी प्यारी और भव्य पत्नी को न्यायालय में खींच लाया था, सैनिक उसके बाल पकड़कर उसे खींच रहा था।

अब बहुत हो चुका था।

देवता की आंखें अब क्रोध से जलने लगी थीं, उनमें इतना ताप था कि सुमेरु पर्वत तक

पिघला सकती थीं। वो मुड़ा और उस पापी सैनिक की तरफ भागा। संजना विवास्वन पुजारी का गुरूर थी, उसकी आत्मा थी, उसका वचन थी... उसका पूरा संसार थी। देवता इस बार माफ नहीं करने वाला था।

जहां उसकी पत्नी उस निर्दयी और विक्षिप्त सैनिक से अपने बाल छुड़वाने के लिए संघर्ष कर रही थी, उस दरवाजे की तरफ बढ़ते हुए विवास्वन पुजारी ने एक खड़े हुए सैनिक की तलवार निकाल ली। और एक ही वार से उसने उस सिपाही का धड़ चीर दिया, जिसने सोचा था कि देवता की पत्नी का अपमान करने के बाद वो यूं ही बच जाएगा। गिरते हुए सिपाही के खुले मांस से रक्त का फव्वारा फूट पड़ा। संजना डर से कांप रही थी और विवास्वन पुजारी की बांहों में ढह गई। इससे पहले की देवता उससे सांत्वना का एक भी शब्द कह पाता, उसे अपने सिर पर जोरदार प्रहार महसूस हुआ। वो दर्द असहनीय था और पूरी दुनिया विवास्वन पुजारी की आंखों के सामने घूमने लगी। चेतना खोकर जमीन पर गिरने से पहले उसने उस कायर की झलक देख ली, जिसने बुजदिलों की तरह यूं पीछे से वार किया था।

रंगा।

देवता को अपना सिर दो हिस्सों में फटता महसूस हुआ। उसके सिर में इतना तेज दर्द था कि उससे स्वयं ईश्वर भी असमर्थ हो सकते थे। विवास्वन पुजारी को आदमियों के खिलखिलाने की और सिपाहियों के चिल्लाने की आवाजें आ रही थीं। वह उठना चाहता था। इस धीमे और दर्द भरे धुंधलके में अचानक से उसे संजना की याद आई और फिर वो सारा भयानक अध्याय, जो उसने बेहोश होने से पहले देखा था। एक पल को उसने चाहा कि काश वो कोई भयानक सपना होता। लेकिन वो सपना नहीं था। वो भयानक अध्याय वास्तव में घटित हो रहा था।

बहुत तेज दर्द से झूझते हुए वो अपनी प्यारी पत्नी को देखने के लिए अपनी आंख खोलने की कोशिश करने लगा। उसे अहसास हुआ कि उसके हाथ आजाद नहीं थे। उसे अपनी कलाई में तेज दर्द का अहसास हुआ। उसके हाथ उसके पीछे बंधे थे। जूट की सामान्य रस्सी से नहीं, जिससे आम तौर पर कैदियों को बांधा जाता था। उसे बंधक बनाने वालों ने तांबे की कड़ियों का इस्तेमाल किया था, जो युद्ध में जंगली जानवरों

को बांधने के काम आती थीं। वे जानते थे कि वो सामान्य रस्सी हड़प्पा के सूर्य को थामे रखने के लिए पर्याप्त नहीं होगी। जब देवता ने धीरे-धीरे अपनी आंखें खोलीं तो उसने दर्जनों आदमियों को अपनी ओर देखते हुए पाया। गुंबदाकार छत से उसे पता चल रहा था कि वो अभी तक न्यायालय में ही था।

'संजना...' उसने दर्द से कहा और तभी उसे धसका लग गया। उसका गला सूख गया था। वो महसूस कर सकता था कि वो घंटों तक बेहोश रहा था। उसे सिर्फ बहुत से आदमियों के हंसने की आवाज ही आ पा रही थी। उसे इस समय अपने शूरवीर बेटे मनु की बहुत याद आ रही थी। वो उन सबको अकेले ही पराजित कर सकता था।

'संजना...' वो फिर से चिल्लाया। फिर से हंसी की आवाजें सुनाई दीं।

'संजना...' वह अपने टूटे शरीर से जितनी जान लगा सकता था, सब लगाकर चिल्लाया। लेकिन वहां कुछ था तो सिर्फ ठहाके।

अब उस पतित देवता की आंखों से आंसू बह निकले। उसे यकीन नहीं हो पा रहा था कि मात्र अड़तालीस घंटों में उसकी किस्मत इतनी बुरी तरह पलट गई थी। हड़प्पा का सबसे पूजनीय देवता होने से अब वो इन जाहिलों के हाथों की कठपुतली बना हुआ था। उसने हमेशा से किस्मत के ऊपर पुरुषार्थ को वरीयता दी थी। लेकिन यहां किस्मत ने दिखा दिया था कि उससे बलवान और कोई नहीं था?

फिर उसे गर्दन के पिछली तरफ से खींचने का अहसास हुआ। एक बेहद मजबूत और दैत्याकार हाथ उसे जमीन से यूं उठा रहा था जैसे शिकारी ताजे मारे हुए खरगोश को उठाता है। दर्द से झूझते हुए, जैसे विवास्वन ने वापस से होश संभालने की कोशिश की, तो उसे रंगा का चेहरा दोबारा से नजर आया। मन ही मन विवास्वन पुजारी अपने ईश्वर की सौगंध ले चुका था। रंगा की मौत देखे बिना वो मरने वाला नहीं था। और अगर किसी कारण से वो इसमें नाकामयाब रहा, तो उसका पुत्र मनु उसकी शपथ पूरी करेगा।

'मृत कारावास!' बेसुध से पुजारी ने खुशी से कहा।

उसकी घोषणा का खूब तालियों से स्वागत किया गया। न्यायालय में उपस्थित प्रत्येक परिषद सदस्य, प्रत्येक सेनाध्यक्ष, प्रत्येक सिपाही और प्रत्येक नागरिक इस

हिंसक दृश्य का आनंद ले रहा था। विवास्वन पुजारी न्यायालय के बीच में खड़ा था—स्तब्ध, हाथ पीछे की तरफ बंधे हुए, उसका रक्त बह रहा था और उसे जोर की प्यास लगी थी। वह जानता था कि अब बहस की कोई जगह नहीं थी। यह शैतानों की महफिल थी।

मृत कारावास की कैद किसी इंसान के लिए उसकी कल्पना से भी अधिक भयावह थी। वह रक्त, दर्द, अधीनता, भूख से मरने और यातना सहने की सड़ी हुई, ठंडी और अंधियारी कोठरी थी। तहखाने में बनी इस कोठरी को खास लक्ष्य से तैयार किया गया था। विकसित और शांति प्रिय हड़प्पा समाज में बहुत ही कम अपराध होते थे। वर्गविहीन, आध्यात्मिक और पढ़े लिखे इन लोगों के पास अपराध की तरफ झुकने की शायद ही कोई वजह थी। हालांकि सकारात्मक सामाजिक प्रणाली, जो अपराध रोकने में मदद करती थी, की ही तरह वहां की दंड व्यवस्था भी पूरी तरह सक्रीय थी। मृत कारावास एक ही चीज के लिए बना था। निवारण।

हड़प्पा समाज समानता में यकीन करता था—सभी के लिए धन, हर नागरिक के लिए अवसर, हरेक के लिए शिक्षा और निर्धनों के लिए भी घर। हालांकि ये सभ्य नियम कैद में लागू नहीं होते थे। मौत का तहखाना सिर्फ कैद की सजा नहीं थी। वो पूरी तरह से निर्वासन था। उन्हें ही उस तहखाने में भेजा जाता था, जिसे हड़प्पा के समाज से पूरी तरह मिटाना हो। यहां तक कि वहां के कैदियों को स्वास्थ्य या चिकित्सा की सुविधा भी मुहैया नहीं कराई जाती थी। यह हड़प्पा की अपने तरह की मौत की सजा थी। जिन्हें मृत कारावास में भेजा जाता था, वो कभी लौटकर नहीं आते थे।

'इस विवास्वन पुजारी का अपराध साबित हो गया है... और इसे मृत कारावास में डाल दिया जाए।' एक परिषद सदस्य ने तिरस्कार से कहा, और अपने कुल्हड़ से फूलों की मदिरा का बड़ा सा घूंट लिया। उसके मुंह से आधा शरबत निकलकर उसके सूती वस्त्रों पर गिर रहा था।

कक्ष में मौजूद दूसरे लोगों को ये बहुत ही दिलचस्प लगा और उन्होंने भी अपने कुल्हड़ उठाकर उसकी नकल की।

अब तक विवास्वन पुजारी समझ गया था कि इन बहके हुए लोगों से बहस करने में कुछ नहीं रखा था। उसे यकीन था कि उसके साथी किसी गहरे नशे के प्रभाव में थे। उसे इसका पता लगाना ही होगा। उसे इसका इलाज ढूंढ़ना ही होगा। और अगर पूरा शहर ही पागल हो चला था, तो कुछ तो ऐसी चीज होगी, जो उन सबने ग्रहण

की होगी। खाना? नहीं हो सकता था। भोजन की आपूर्ति अनेकों स्रोतों से होती थी और उसका स्तर बहुत व्यापक था। मांस? नहीं, आधे पुजारी तो शाकाहारी थे। हवा? उसमें जहर कैसे मिलाया जा सकता था? जल? नहीं। सभी नहरें तो कड़ी सुरक्षा में थीं।

सभी कुछ तो असंभव दिखाई दे रहा था। विवास्वन पुजारी ने उस ख्याल को झटक दिया।

क्या हड़प्पा के लोग हमेशा से ऐसे थे? क्या वो अब तक उसके लिए नरमदिल उसकी सत्ता और ओहदे की वजह से ही थे?

इससे पहले कि वह किसी निर्णय पर पहुंच पाता, लगातार बहते रक्त और प्यास ने देवता पर अपना असर दिखाया। वो एक बार फिर से बेहोश होकर जमीन पर गिर चुका था।

बनारस, 2017

'हम एक हज़ार साल से लड़ रहे हैं।'

'ब्राह्मिनाबाद?' विद्युत चौंका। 'क्या आप सच कह रहे हैं?'

उसे तुरंत ही अपनी बात के आखरी वाक्य पर पछतावा हुआ। उसे स्वयं को याद दिलाना पड़ा कि वो ताकतवर मठाधीश से बात कर रहा था। उसने अपने सवाल को कुछ विनम्र शब्दों में पूछा।

'बाबा, आप कह रहे हैं हड़प्पा की साइट का वास्तविक नाम ब्राह्मिनाबाद था?'

'हां पुत्र। इसका मतलब होगा ब्राह्मणों की नगरी।'

विद्युत एकदम हैरान दिखाई दे रहा था। वो नहीं जानता था कि इस जानकारी का क्या मतलब था। द्वारका शास्त्री अपने परपोते के चेहरे पर दुविधा के निशान देख सकते थे। अब समय आ गया था कि विद्युत को पूरी सचाई बताई जाए।

'तो फिर ब्रिटिश अधिकारियों ने उसका नाम ब्राह्मिनाबाद की जगह हड़प्पा क्यों रखा, जबकि स्थानीय लोग तो उसे इसी नाम से जानते थे, क्या कोई बता सकता है,' ग्रैंडमास्टर ने समझाया। 'तुमने ये भी बताया कि सर जॉन हुबर्ट मार्शल ने उस जगह की

खोज 1921 में की थी। यही सबसे प्रसिद्ध और प्रसारित सिद्धांत है। लेकिन क्या तुम जानते हो वास्तव में हड़प्पा की खोज लगभग मार्शल की खोज से आठ दशक पहले चार्ल्स मैसन नाम के एक दूसरे अंग्रेज ने की थी? उसने इसका वर्णन अपनी किताब *नैरेटिव ऑफ वेरियस जर्नी इन बलूचिस्तान, अफगानिस्तान एंड द पंजाब* में किया था। तो साफ है, 1842 में ईस्ट इंडिया कंपनी, और ब्रिटिश ताज, हड़प्पा के अवशेषों की खोज कर चुका था। तो उन्होंने आठ दशक बाद, 1922 में उसकी खुदाई का काम क्यों शुरू कराया? लगभग एक शताब्दी तक वो कर क्या रहे थे?'

अपने परदादा की बातों में विद्युत पूरी तरह डूब गया था। स्कूल और कॉलेजों में सिंधु घाटी सभ्यता के बारे में पढ़ते हुए उसे जरा भी अहसास नहीं हुआ था कि उस प्राचीन सभ्यता का भारत के इतिहास में इतना महत्व था।

'ये भी पूरा सच नहीं है, विद्युत। एक और अंग्रेज अफसर उस प्रागैतिहासिक स्थल पर चार्ल्स मैसन के बाद और सर जॉन हुबर्ट मार्शल से पहले पहुंचा था। उस ब्रिटिश अधिकारी का नाम जनरल एलेग्जेंडर कनिंघम था, जो अपने दो इंजीनियर जॉन ब्रूनटन और विलियम ब्रूनटन के साथ 1856 में वहां पहुंचा था। यह 1857 के सैनिक विद्रोह से एक साल पहले की बात थी, उस संग्राम को बहुत से भारतीय स्वतंत्रता संग्राम की पहली लड़ाई भी कहते हैं। सोचो उस अंग्रेज ने वहां क्या किया था,' द्वारका शास्त्री ने हैरानी के भावों से विद्युत को देखते हुए पूछा।

'क्या, बाबा?' विद्युत ने पूछा।

'ईस्ट इंडिया कंपनी और ब्रिटिश साम्राज्य के शिक्षित, सभ्य और संसाधनों से युक्त ऑफिसर से तुम दुनिया की सबसे प्राचीन धरोहर पर जाकर क्या करने की उम्मीद करते हो?'

'मैं उम्मीद करता हूं कि वो धरोहर को संरक्षित करेगा, सावधानी और सतर्कता से खुदाई करवाएगा और मानवीय धरोहर को आगे की पीढ़ियों के लिए उपहार स्वरूप संजोएगा,' विद्युत ने सहजता से जवाब दिया।

'बिलकुल। लेकिन अगर मैं कहूं कि उसने इनमें से कोई भी काम नहीं किया? अगर मैं तुम्हें बताऊं कि चार्ल्स मैसन की खोज के चौदह साल बाद, जनरल कनिंघम और दोनों ब्रूनटन भाइयों ने ब्राह्मिनाबाद के पूरे नगर को जलाकर खाक कर दिया था

और उसकी पक्की ईंटों को निकालकर उससे रेलवे लाइन बिछा दी?' ग्रैंडमास्टर ने विद्युत को देखते हुए पूछा।

'आप क्या कह रहे हैं, बाबा? यह अविश्वसनीय है!' विद्युत चौंका।

'हां मेरे बच्चे। मानव इतिहास के एक समग्र अध्याय को मिटा डालने का इससे बेहतर तरीका और क्या हो सकता था? ब्राह्मिनाबाद की प्राचीन नगरी, हड़प्पा सभ्यता की खोज का प्रथम नगर था। हड़प्पा और मोहन जोदड़ो का सबसे वैभवपूर्ण नगर... कराची और लाहौर की रेलवे लाइनों के नीचे बिछा पड़ा है!'

'किसी ने इस पर आपत्ति क्यों नहीं जताई? इस बारे में कभी खुलकर बात क्यों नहीं की गई?' चकित विद्युत ने पूछा। 'और उससे भी महत्वपूर्ण, ब्रिटिश ऑफिसर ने दुनिया की धरोहर को नष्ट ही क्यों किया? उन्हें ऐसा करके क्या मिलने वाला था?'

विद्युत को कोई अंदाजा नहीं था कि पुरातत्व विभाग की जिस खोज को बस एक इतिहास मान लिया गया था, उसके पीछे सदियों का काला षड्यंत्र काम कर रहा था।

'ब्राह्मिनाबाद को तबाह करने से उन्हें क्या मिला, यह पूछने से बेहतर है, ये पूछना कि अगर वो तबाह नहीं हुआ होता तो उनका क्या नुकसान हो होता,' बूढ़े मठाधीश ने कहा।

'इस पर विचार करो विद्युत, हमारे बहुत से प्राचीन ग्रंथों में ऋषियों और मुनियों को सरस्वती नदी के किनारे पवित्र अनुष्ठान और कठोर साधना करते हुए वर्णित किया गया है, उसी मुख्य नदी की सहायक नदी सिंधु कहलाई। वैदिक प्रकृति के बहुत से साम्राज्य उसी ताकतवर नदी के किनारे फले-फूले थे। लेकिन हमारी इतिहास की किसी भी किताब में यह दर्ज नहीं है। मानता हूं कि सरस्वती नदी धरती के पटल से लुप्त हो चुकी है। लेकिन इसे किताबों और लेखन से क्यों लुप्त किया गया? दुनियाभर में प्राचीन अवशेषों, स्मारकों और विरासतों को सामने लाने के लिए करोड़ों डॉलर खर्च किए जा रहे हैं। तो फिर सरस्वती को ही क्यों इतिहास के कूड़ेदान में फेंक दिया गया?' द्वारका शास्त्री ने कहा। 'क्या ये सिर्फ संयोग है?'

एक पल रुकने के बाद द्वारका शास्त्री ने कहा, 'जो ताकत हड़प्पा के पीछे का सच दबाना चाहती है, वही दुनिया की याददाश्त से सरस्वती का नामोनिशान मिटा देना चाहती है।'

'बस एक तर्कपूर्ण नजरिए से अपनी बात रख रहा हूं, बाबा, लेकिन क्या इसकी वजह ये हो सकती है कि सरस्वती के अस्तित्व का कोई वास्तविक वैज्ञानिक प्रमाण नहीं मिलता है?' विद्युत ने सीधे तरीके से अपनी बात रखी। हालांकि पल-पल उसका कौतुहल बढ़ता जा रहा था, लेकिन एक पल के लिए भी वो वाजिब वजह को नजरंदाज नहीं करना चाहता था।

'ये पूरी तरह सच नहीं है विद्युत। जाने-माने लेखक माइकल डैनिनो ने 2010 में लिखी अपनी किताब, *द लॉस्ट रिवर* जो सूखी नदी घग्गर-हकरा पर लिखी थी, वो वास्तव में सरस्वती नदी ही थी, और हड़प्पा सभ्यता और समग्र कांस्य युग भी सरस्वती नदी पर ही निर्भर था। अभी हाल ही में, हरियाणा सरकार ने मुस्तफाबाद तहसील के यमुनानगर डिस्ट्रिक्ट का नाम सरस्वती नगर किया है, जहां भू-वैज्ञानिकों और पुरातात्विकों ने भूतल में धारा बहने का संकेत दिया है, जिसे मिथकीय नदी सरस्वती ही माना गया है।'

'ये तो कमाल की बात है, बाबा। बस कोई सोच सकता है कि ये सारी कोशिशें अब ही क्यों की जा रही हैं। लगभग दो सदियों से हम क्या कर रहे थे?!' विद्युत ने सवाल किया।

द्वारका शास्त्री हंसे। विद्युत भी व्यंग्य और उदासी से हंसा।

'दो सदियां नहीं, विद्युत। हम एक हज़ार साल से भी अधिक समय से लड़ रहे हैं,' ग्रैंडमास्टर ने जवाब दिया।

कुछ और घंटे गुजर गए थे और द्वारका शास्त्री ने विवास्वन पुजारी, सप्तऋषि, प्रियम्वदा और मनु की कहानी के कई अनजाने पहलू और हड़प्पा के रहस्य के बारे में कुछ और बातें विद्युत को बता दी थीं। उनमें से हरेक एक निश्चित परिणाम की ओर इशारा कर रही थी। कोई बहुत ही प्रभावशाली और ताकतवर ताकत प्राचीन सभ्यता के महत्वपूर्ण राज को छिपाने की कोशिश कर रही थी। आखिरकार, ग्रैंडमास्टर ने विद्युत को 1856 के ब्राह्मिनाबाद के रहस्य के बारे में बता दिया था।

मठाधीश के दरवाजे पर दस्तक हुई। 'हम्म...' द्वारका शास्त्री ने अंदर आने की आज्ञा दी। सोनू झिझकते हुए अंदर आया, महान मठाधीश की उपस्थिति में वो कुछ

घबराया हुआ था। लेकिन उसके चेहरे पर एक शरारती मुस्कान भी थी, जिसे वो छिपाने की असफल कोशिश कर रहा था।

सोनू हाथ जोड़कर ग्रैंडमास्टर के सम्मान में झुका। फिर वो शरारत से विद्युत की तरफ मुड़ा और बोला, 'विद्युत दादा, आपसे कोई मिलने आया है।' विद्युत ने ध्यान दिया कि सोनू का चेहरा लाल हुआ जा रहा था, और वो अपनी हंसी छिपाने की भरसक कोशिश कर रहा था।

'मिलने आया है...? कोई मुझसे मिलने कैसे आ सकता है? बाला के अलावा तो और कोई जानता भी नहीं है कि मैं यहां हूं,' विद्युत ने जवाब दिया। वो महान ग्रैंडमास्टर के साथ गहरी चर्चा में व्यस्त था और इस समय उसे बीच में रोकना नहीं चाहता था। अभी बहुत कुछ जानना बाकी रह गया था। विवास्वन पुजारी और हड़प्पा के आखरी दिनों की दर्दभरी और दिलचस्प कहानी अभी आधी रह गई थी। विद्युत यह भी नहीं जानता था कि वो उस कहानी से कैसे जुड़ा हुआ था। आर्यों के हमले का रहस्य भी पूरी तरह नहीं खुला था। सरस्वती सभ्यता का नाम सिंधु घाटी सभ्यता क्यों पड़ा और ब्रिटिश ऑफिसर ने इसे दबाने के लिए षड्यंत्र क्यों रचा। लेकिन सबसे अधिक विद्युत हड़प्पा के उस पुजारी राजा की मूर्ति के बारे में जानना चाहता था, जिसे उसके परदादा ने उसकी मूर्ति बताया था। इस समय विद्युत किसी भी मेहमान से मिलने नहीं जा सकता था।

'कौन आया है सोनू?' विद्युत ने कुछ चिढ़ते हुए पूछा।

सोनू के कुछ कहने से पहले द्वारका शास्त्री ने अपना हाथ विद्युत के कंधे पर रखा और प्यार भरी मुस्कान से कहा, 'जाओ विद्युत। एक महत्वपूर्ण मेहमान है।' महान मठाधीश देव-राक्षस मठ में आने वाली हर ऊर्जा को महसूस कर सकते थे।

'जैसी आपकी आज्ञा बाबा। लेकिन मैं जल्दी ही आपके पास आऊंगा,' विद्युत ने कहकर अपने बाबा के पैर छुए। बुजुर्ग ने उसे आशीर्वाद दिया, आशीर्वाद में इस ग्रह की किसी भी दूसरी चीज से अधिक शक्ति होती है।

'कौन आया है, सोनू?' विद्युत ने फिर से पूछा। वह हैरान था कि सोनू उसका नाम तक बताने में शरमा रहा था। अपने शरमाते हुए युवा दोस्त के साथ, विद्युत ग्रैंडमास्टर के

कक्ष से बाहर निकला और मठ के बाहरी भाग में स्थित रिसेप्शन एरिया की तरफ बढ़ा। लेकिन उसे पूरा रास्ता पार नहीं करना पड़ा। उसका मेहमान आश्रम के बगीचों के बीच के गलियारे में खड़ा था। और एक लंबे सफर के बाद भी, दामिनी बहुत सुंदर नजर आ रही थी।

हड़प्पा, 1700 ईसापूर्व

मोहन जोदड़ो की राजकुमारी

'लेकिन मैं राजा बनना ही नहीं चाहता, पापी और भ्रष्ट महिला! पवित्र मुहर चुराने की हिम्मत तुमने की कैसे?' पंडित चंद्रधर चिल्लाया, जबकि प्रियम्वदा कक्ष से बाहर निकल गई। क्रोध और भावनात्मक हार से वो कांप रहा था। उसे इसकी आदत पड़ चुकी थी।

चंद्रधर एक श्रेष्ठ आत्मा था। शायद इस पृथ्वी पर आई सबसे श्रेष्ठ आत्माओं में से एक। वह पुजारी था, योद्धा था, संत था, राजनयिक था, विद्वान, सेनाध्यक्ष, वास्तुकार और महान ज्योतिषी था। उसने अनेकों युद्ध लड़कर बहुत से शक्तिशाली दुश्मनों को परास्त किया था। उसने नगरों की योजना बनाई थी और महानगरों को स्थापित किया था। वह हड़प्पा के संविधान का सह-लेखक था और वेदों की रचना में भी अपना योगदान दिया था। देवता विवास्वन पुजारी के बाद, वो आर्यवर्त का सबसे पूजनीय इंसान था। प्रत्येक इंसान चंद्रधर को प्यार करता था। हर कोई उसे सम्मान देता था।

सिवाय उसकी पत्नी के। प्रियम्वदा उसे किसी दास से बेहतर नहीं मानती थी। महावीर और प्रतिभाशाली चंद्रधर, जिसका पूरे संसार पर दबदबा था और जिससे

पूरी दुनिया प्रभावित थी, अपने घर में किसी डरी हुई कठपुतली की तरह था। ईश्वर ने महिलाओं को एक खास शक्ति दी है, जिसमें संसार को बदल देने का माद्दा होता है। वो बदलाव भले के लिए है या बुरे के लिए, ये उस महिला पर निर्भर है, जिसका दबदबा चलता है। एक महिला ही है जो पूरे ब्रह्मांड की जनक है। और अक्सर रक्तरंजित लड़ाइयों के पीछे भी किसी महिला का ही हाथ होता है। पुरुष बस महिला की इच्छाओं का जरिया है।

चंद्रधर नहीं जानता था कि क्या किया जाए। उसकी पत्नी ने उसे सब बता दिया था, और उसके आतंक से वो जड़ हो गया था। गुन, अप व शा की शव-साधना, नयनतारा पर डाकिनी का कब्जा, झूठा समन, नयनतारा की निर्मम हत्या, मेसोपोटामिया का रसायन और हड़प्पा के जल स्रोत को दूषित करना। चंद्रधर को अपने कानों पर भरोसा नहीं हुआ। वो यकीन नहीं कर पा रहा था कि अपनी सोच और कार्यों में कोई इंसान इतना गिर सकता था। वो स्वयं को पापी मान रहा था और उसका दिल किसी भी पल फटने को तैयार था। और जब उसे अपनी बहन संजना का ख्याल आया, तो वो घुटनों के बल ढह गया, और सुबक-सुबक कर रोने लगा।

पति-पत्नी का वैवाहिक जीवन समस्या भरा ही रहा था। चंद्रधर बड़े दिल वाला, प्रतिभाशाली और समर्थ आदमी था। लेकिन वो प्रियम्वदा से बहुत प्यार करता था और उसके सामने उसकी सारी बुद्धि और नेक नीयत कहीं लुप्त हो जाती थी। प्रियम्वदा अविश्वसनीय रूप से आकर्षक महिला थी, जिसका पालन-पोषण मोहन जोदड़ो की राजकुमारी के रूप में, शाही अंदाज में हुआ था। जबकि हड़प्पा और उसके मित्र नगरों में कोई राजा नहीं हुआ करता था, लेकिन मोहन जोदड़ो के मुख्य पुजारी की बेटी समग्र आर्यवर्त में राजकुमारी के रूप में जानी जाती थी। एक राजकुमारी की ही तरह वो बर्ताव करती थी। वो उम्मीद करती थी कि दूसरे भी उसे राजकुमारी मानकर ही चलें। सबसे दर्दनाक बात चंद्रधर को शादी के कुछ महीनों बाद पता चली थी कि पूजनीय मुख्य पुजारी की बेटी होने के बावजूद प्रियम्वदा की आत्मा नागिन की तरह जहरीली थी। और जब उसे किसी तरह की निजी तंगी का अहसास होता तो वह काली आत्मा अपना विकराल रूप धारण कर लेती थी। नफरत, ईर्ष्या और लालच का वो

जीता-जागता पुतला थी। इससे भी अधिक, अंदर से वो पूरी तरह हिंसक और निर्दयी इंसान थी। स्वयं कभी नाममात्र का भी दर्द बर्दाश्त नहीं करने वाली प्रियम्वदा दूसरों को अमानवीय दर्द और अपमान देने से पहले एक बार भी नहीं सोचती थी। और फिर भी चंद्रधर भावनात्मक रूप से उसके कब्जे में रहता था।

विवास्वन पुजारी का उदय अक्सर पति-पत्नी के बीच विवाद का कारण बनता था। चंद्रधर जानता था कि विवास्वन पुजारी एक असाधारण आत्मा, एक देवता था, जबकि वो स्वयं एक नश्वर इंसान ही तो था। प्रियम्वदा ने वो सब चीजें नहीं देखी थीं, जो चंद्रधर ने देखी थीं। उसने विवास्वन पुजारी को युद्ध के मैदान में लड़ते हुए देखा था और बिना किसी दिव्य अंश के कोई उस तरह युद्ध लड़ ही नहीं सकता था। देवता ने पश्चिम के सैकड़ों सशस्त्र सिपाहियों को अकेले पराजित किया था। बड़े विकराल पशुओं और ताकतवर घोड़ों पर सवार योद्धाओं को वो अपने एक मुक्के से ज़मीन की धूल चटा देता था। वो मीलों दूरी तक अपने शिकार पर तीर से निशाना लगा सकता था। अपनी कृपाण के एक वार से वो बलूत के मोटे तने को काट देता था। लेकिन धरती पर मौजूद किसी भी दूसरे इंसान से शारीरिक बल में श्रेष्ठ होने के बावजूद भी देवता की असीम आध्यात्मिक शक्ति ने चंद्रधर को उसका समर्पित मित्र और अनुयायी बना दिया था।

हालांकि हड़प्पा के सभी निवासी और खासकर पुजारी वैदिक ध्यान और लोकाचार के गुणी अभ्यासकर्ता थे, लेकिन उनमें से कोई विवास्वन पुजारी के आध्यात्मिक ज्ञान की बराबरी नहीं कर सकता था। यह माना जाता था कि देवता आदि ऋषियों का ही वंशज था, जो सृष्टि निर्माण के समय उपस्थित थे। और विवास्वन हर तरह से इस पद के लायक था। वो समग्र आठ सिद्धियों का विख्याता था। इस उपलब्धि के साथ उस पर अग्नि, भूख, प्यास, चोट, रसायन, बीमारी, आकर्षण और झाड़-फूंक का कोई असर नहीं होता था। देवता सिद्ध तांत्रिक था जो अपनी कला का प्रयोग समाज और इंसान की भलाई के लिए किया करता था। वह तारों की सटीक गणना कर अतीत और भविष्य में झांक सकता था। यह उसकी तपस्या और उसके दिल की नेकी ही थी, जिसने उसे सप्तऋषियों का भी चहेता बना दिया था।

इस सबके बाद, चंद्रधर को यह बेतुकी बात लगती थी कि प्रियम्वदा उसे विवास्वन पुजारी से प्रतिद्वंदिता करने के लिए उकसाती थी। वो महानगर की प्रथम महिला बनने की अपनी महत्वाकांक्षा के आगे अंधी हो चुकी थी। *वो समझती क्यों*

नहीं थी? एक इंसान भगवान से कैसे मुकाबला कर सकता था? और वो जानता था कि इंसान के रूप में भी विवास्वन पुजारी उससे बेहतर इंसान था। कहीं अधिक बेहतर।

प्रियम्वदा अपने निजी कक्ष में दूध और गुलाबजल से स्नान कर रही थी। विवास्वन पुजारी के परिवार की दुर्दशा, नयनतारा की निर्मम हत्या, हड़प्पा के हज़ारों पुरुषों, महिलाओं और बच्चों के पागलपन से मोहन जोदड़ो की राजकुमारी को कोई फर्क नहीं पड़ा था। शान से नहाते हुए वो अपनी पसंदीदा गंधर्व धुन गुनगुना रही थी, जबकि आधा दर्जन सेविकाएं उसकी सेवा में लगी थीं।

चंद्रधर बिना किसी घोषणा के कक्ष में घुस आया था। उसकी आंखें क्रोध से जल रही थीं और सांस फूल गई थी। सेविकाएं तुरंत ही अपने स्वामी और स्वामिनी को एकांत देने के लिए, सिर झुकाकर स्नानगृह से बाहर निकल गईं।

'ये क्या पंडित चंद्रधर? अपनी प्यारी पत्नी को नग्न देखने के लिए आपको यूं भागकर स्नानगृह में चले आना शोभा नहीं देता!' प्रियम्वदा ने अपनी छातियों को अपनी हथेलियों से ढंकने का नाटक करते हुए उसे चिढ़ाया। अपने पति के चेहरे के क्रोध को वो पूरी तरह अनदेखा कर रही थी। वो पूरी तरह से कामोत्तेजक थी, और अपनी सुंदरता और कामुकता को औजार की तरह इस्तेमाल करना जानती थी।

'मैं ऐसा नहीं होने दूंगा। मैं अभी आसपास के क्षेत्रों से चिकित्सकों, आयुर्वेदाचार्यों और रसायन शास्त्रियों को इकट्ठा करने जा रहा हूं। हम पहले जल का उपचार करेंगे और फिर इसके प्रभाव में आए हुए लोगों का।'

प्रियम्वदा शांति से अपने पति की बात सुन रही थी। ऐसी गीदड़भभकियों का वो पहले भी सामना कर चुकी थी। हां ये जरा अधिक चुनौतीपूर्ण थी, लेकिन वो जानती थी अंत में वही होगा, जो वो चाहती थी।

'साथ ही मैं, परिषद की एक आपातकालीन सभा बुलाऊंगा, और मेरे मित्र विवास्वन पुजारी के विरुद्ध लगे हर आरोप को निरस्त कर दूंगा। उन्हें जो भी सजा देनी है, वो मैं भुगतने को तैयार हूं। मैं ही उस सजा के लायक हूं। दुष्ट महिला तूने मुझे कहीं मुंह दिखाने लायक नहीं छोड़ा! क्या तूझे जरा भी डर नहीं है कि ईश्वर तेरे सारे कर्मों का हिसाब रख रहा है?'

प्रियम्वदा धीरे से उठी और मत्स्यकन्या की सी नजाकत से गुलाब-दूध से बाहर निकली। पूरी तरह नग्न, उसकी भीगी त्वचा सुगंधित द्रव्य से महक रही थी, उसने करीब आकर चंद्रधर की गर्दन और कंधों को कोमलता से चूमा। वो उसके कानों में फुसफुसाई, 'स्वामी, क्या स्वर्ग अभी यहीं नहीं है?' उसके हाथ धीरे-धीरे अपने पति के निचले वस्त्र तक पहुंच गए थे। चंद्रधर ने उसकी कलाई पकड़कर मोड़ी और तुरंत ही उसे जमीन पर धक्का दे दिया।

ओह, तो इससे बात नहीं बनी, प्रियम्वदा ने सोचा।

बनारस, 2017

दामिनी

विद्युत को यकीन नहीं हो रहा था कि वो दामिनी को देव-राक्षस मठ में देख रहा था! अपनी टाइट ब्लू जींस में दबाए हुए सफेद, स्लीवलेस टॉप में वो बहुत ही सुंदर लग रही थी। उसकी कॉटन की चैक शर्ट उसकी कमर पर बंधी हुई थी। उसने काला चश्मा लगाया हुआ था, कानों में बड़ी, गोल बालियां और रेशमी भूरे बालों को सिर पर जूड़े के रूप में बांधा हुआ था। इस साधारण वेशभूषा में भी दामिनी असाधारण रूप से आकर्षक नजर आ रही थी।

विद्युत तुरंत समझ गया कि सोनू क्यों यूं शर्माए जा रहा था। दामिनी के कपड़े मठ के पारंपरिक परिधान की अपेक्षा थोड़े बिंदास थे। लेकिन उसे इसकी परवाह नहीं थी। वो तो उसे वहां देखकर खुश था।

विद्युत को अपनी तरफ आता देख दामिनी खुशी से उछलने लगी। उसने अपना पिट्ठू बैग गिराया और अपने जोशीले बॉयफ्रेंड की तरफ दौड़ पड़ी। मठवासी दामिनी को विद्युत की बांहों में छलांग लगाता देख खुशी और शर्म से लाल हो रहे थे। दामिनी

की बाहें और पैर विद्युत के गिर्द लिपटे हुए थे। वो दोनों ही खुशी से हंस रहे थे। युवा सोनू वहां मंत्रमुग्ध सा खड़ा, उस प्यारे जोड़े को देख रहा था। अपने दिल में कहीं वो भी अपने लिए दामिनी जैसी ही गर्लफ्रेंड चाहता था। *वो भी क्या लाइफ होगी न!* उसने तुरंत ही अपने दिल में घर करते उस ख्याल को झटका। दामिनी देवता की जीवन संगिनी थी, और इसलिए वो उसके लिए पूजनीय थी।

'हाय बेबीईईइ...' दामिनी उमंग भरी आवाज में लगभग विद्युत के कानों के पर्दे फाड़ते हुए चिल्लाई। विद्युत भी खूब खुशी से हंस रहा था और उसने दो बार उसके गालों को चूमा। हालांकि वो दोनों दो ही दिन बाद मिल रहे थे, लेकिन फिर भी एक-दूसरे की बाहों में आकर उन्हें बहुत राहत महसूस हुई थी।

·||卐||·

'पर कैसे... तुम्हें इस जगह का पता कैसे चला दामिनी? तुम्हें कैसे पता चला कि मैं यहां हूं?' दामिनी को सातवें आसमान से कुछ उतारते हुए विद्युत ने प्यार से पूछा। वह मठवासियों की हंसी और कानाफूसी को महसूस कर पा रहा था।

'तुम तो जानते ही हो न बेबी कि मैं कितनी जुगाड़बाज हूं... आखिरकार मैं एक पत्रकार हूं!' दामिनी ने नाटकीय रूप से अपने हाथों के नाखून पर फूंक मारते हुए कहा। प्रतिभाशाली और चालाक दामिनी की बौद्धिकता और दीवानगी का मुकाबला सिर्फ एक ही इंसान कर सकता था। और वो इंसान विद्युत था।

'नहीं सच में, कैसे दामिनी? बाला तो पक्का मुझसे पूछे बिना तुम्हें नहीं बताएगा,' विद्युत ने फिर से पूछा, वो अभी भी इस पर सोच रहा था।

'ओह छोड़ो भी यार... इतना भी मत सोचो ना। मैंने रिया को फोन किया था... उसने मुझे बताया कि तुम वाराणसी में हो।'

'अरे, लेकिन रिया भी इस जगह के बारे में कुछ नहीं जानती है,' विद्युत ने कहा।

'हां लेकिन वो उस कैब कंपनी को जानती है, जिसने तुम्हें टैक्सी भेजी थी। और कैब कंपनी को पता था कि कौन सा ड्राइवर उस दिन तुम्हारी ड्यूटी पर था। सिंपल!' दामिनी ने जवाब दिया, स्वयं से खुश होते हुए।

'पारस पांडेय!' एयरपोर्ट से लेकर आने वाले उस दिलचस्प शख्स को याद करते हुए विद्युत ने स्नेह से कहा।

अब तक सोनू ने दामिनी का बैग उठा लिया था। जब वह बैग अपने कंधे पर टांग रहा था, दामिनी ने ध्यान दिया कि वो युवक कितना शरमा रहा था। वो उसके चेहरे पर ईमानदारी भी देख सकती थी। उसने उसकी थोड़ी टांग खींचने की सोची।

'ओह माय गॉड, तुम्हारे आश्रम में तो बहुत ही सुंदर नौजवान हैं, विद्युत,' उसने सोनू की तरफ तारीफ भरी नजरों से देखते हुए कहा। सोनू मुड़कर दामिनी की तरफ नहीं देख पाया, लेकिन उसका दिल खुशी से उछल रहा था। 'दिल्ली की लड़कियां तो उससे मिलकर पागल ही हो जाएंगी,' दामिनी ने आगे कहा। कठोर और दिलेर सोनू, जिसने मठ के द्वार पर विद्युत तक को ललकार दिया था, अब भीगी बिल्ली बना हुआ था। वो बिलकुल जमीन में धंस जाना चाहता था, मानो उसके घुटनों में दम ही नहीं रहा था।

'बस-बस बहुत है, दामिनी,' विद्युत ने हंसते हुए दखल दिया। 'सोनू तो जहां भी जाता है, वहीं लड़कियों को दीवाना बना देता है,' उसने अपने शर्मीले दोस्त पर हाथ रखते हुए कहा। दामिनी ने लाड़ से सोनू के गाल खींचे। उसने अपने खुशमिजाज और स्नेही व्यवहार से ना सिर्फ सोनू का बल्कि वहां जुट आए बहुत से लोगों का दिल जीत लिया था।

या *शायद* हर किसी का। नैना अपने कमरे की खिड़की पर खड़ी थी, जो हो रहा था उसे देख, उसकी आंखें जल रही थीं।

दामिनी एक नेक आत्मा थी। बदकिस्मती से उसकी पवित्रता और अच्छाई काशी में उस पल विद्यमान विरूप और काली शक्तियों की तुलना में कुछ नहीं थी।

जैसे ही विद्युत और सोनू, दामिनी को मठ के गेस्ट क्वार्टर की तरफ लेकर बढ़े, तो रास्ते में पुरोहित जी ने उनका अभिवादन किया। विद्युत ने दामिनी की तरफ बुदबुदाया 'पुरोहित जी', जिससे वो जान सके कि यह सम्मानीय व्यक्ति कौन थे। विद्युत ने तुरंत झुककर पुरोहित जी के पैर छुए और उनका आशीर्वाद प्राप्त किया। दामिनी को महसूस हुआ कि यह उसकी तरफ इशारा था तो वो भी इसके लिए बढ़ी।

'नहीं... नहीं... प्लीज बेटा, लड़कियां किसी के पैर नहीं छूतीं,' पुरोहित जी ने कहा, दामिनी को स्नेह लेकिन दृढ़ता से रोकते हुए।

'लेकिन ऐसा क्यों पुरोहित जी? अगर विद्युत आपके पैर छूकर, आपसे आशीर्वाद ले सकता हैं, तो मुझे ये मौका क्यों नहीं मिलना चाहिए?' दामिनी ने मुस्कुराते हुए नरमी और सम्मान से पूछा। सोनू और पुरोहित जी दोनों शहर की इस होशियार लड़की से प्रभावित थे, जो उनकी परंपरा की हर बारीक चीज अपनाने को तैयार थी।

'मेरा आशीर्वाद तो हमेशा तुम्हारे साथ है बेटा। लेकिन सनातन और हिंदू धर्म में, महिलाएं स्वयं देवी का प्रतिनिधित्व करती हैं। और देवी किसी के सामने झुकती नहीं है। हम उसके सामने झुकते हैं,' वृद्ध पुजारी ने कहा।

'कुंआरी कन्याएं किसी के पैर नहीं छूतीं, अपने पेरेंट्स के भी नहीं, ये तो मैं जानता था पुरोहित जी,' विद्युत ने कहा। 'लेकिन फिर विवाहित स्त्रियां क्यों अपनों से बड़ों के पैर छूती हैं?'

'पहली बात तो विद्युत, इस पर किसी भी तरह अध्यादेश तो है नहीं। हिंदू धर्म व्यक्ति विशेष की स्वतंत्र इच्छा को पोषित करता है। पैर छूना एक प्रतीक है। यह बड़ों के प्रति स्नेह और सम्मान दर्शाता है। वैसे ही जैसे पश्चिम में हाथ को चूमना सम्मानजनक माना गया है। अगर एक महिला अपने से बड़ों के पैर छूना चाहती है, तो यह उसकी पसंद है। अगर वो इस परंपरा का निर्वाह नहीं करना चाहती, तो भी यह उसी की पसंद का मामला है। यह उदारता और पसंद का विकल्प ही तो हमारे प्राचीन धर्म को खास बनाता है ना विद्युत?' पुरोहित जी ने गर्व से मुस्कुराते हुए कहा।

'बिलकुल पुरोहित जी,' दामिनी ने नम्रता से कहा। 'लेकिन फिर विवाहित और अविवाहित महिला के बीच फर्क क्यों? विवाहित महिलाओं को क्यों अपने से बड़ों की पैर छूने की सलाह दी जाती है और अविवाहित को क्यों नहीं?'

पुरोहित जी मुस्कुराए और दामिनी के सिर पर हाथ रखते हुए आशीर्वाद दिया। 'क्योंकि शादी के साथ जिम्मेदारी और साझेदारी आती है, बच्चे। शादी के बाद महिलाएं अपने जीवनसाथी के साथ इस परंपरा को अपनाने के लिए आजाद हैं, वैसे ही जैसे वो दोनों दूसरे कर्तव्य साथ में निभाते हैं। लेकिन फिर भी, इसकी कोई विवशता नहीं है। जैसा कि मैंने कहा, हमारा धर्म महिलाओं को पुरुषों की अपेक्षा अधिक ऊंचा स्थान देता है।'

'आप ऐसा कैसे कह सकते हैं, पुरोहित जी? क्या परंपरा के नाम पर महिलाओं का शोषण नहीं होता है?' दामिनी ने पूछा। वो किसी ऐसे व्यक्ति को पा उत्साहित थी, जिससे बेझिझक अपने संदेहों पर बात कर सकती थी। विद्युत भी इस बातचीत

का मजा ले रहा था। वास्तव में उसने इसी लक्ष्य से इसे शुरू किया था। दामिनी दिल से एक समर्पित हिंदू थी, लेकिन कुछ तथाकथित परंपराओं पर उसका अपना सख्त नजरिया और आपत्ति थी। उन संदेहों पर बात करने के लिए उसे पुरोहित जी से बेहतर कोई दूसरा इंसान नहीं मिल सकता था।

पुरोहित जी ने दामिनी को बगीचे में अपने पास बेंच पर बैठने के लिए बुलाया। सोनू दामिनी का बैग लेकर गेस्ट क्वार्टर की ओर बढ़ गया था, जिससे उसके ठहरने का इंतजाम कराया जा सके। विद्युत वहीं खड़े होकर पुरोहित जी और दामिनी की बातें सुन रहा था, जो बेंच पर बैठे स्नेह और ईमानदारी से बतिया रहे थे।

'धर्म एक सबसे बड़ा शुद्धिकरण होता है बेटा, लेकिन गंदगी साफ करते-करते अक्सर वह स्वयं भी गंदा हो जाता है,' पुरोहित जी ने कहा। 'मुझे बताओ—अगर तुम झक सफेद, मलमल के कपड़े से गंदे बर्तनों को साफ करोगे, तो थोड़े समय में उस कपड़े का क्या हाल हो जाएगा?'

'वो कपड़ा गंदा हो जाएगा, पुरोहित जी,' दामिनी ने जवाब दिया।

'बिलकुल। यही धर्म का मामला है। अपने मूल रूप में यह पवित्र और बेदाग है, लेकिन साल, दशक और सदियां बीतने पर, अपने राजीनीतिक और आर्थिक लाभ के लिए इसकी तोड़-मरोड़ कर व्याख्या प्रस्तुत करने वालों की वजह से यह तार-तार हो जाता है। हिंदू धर्म में महिलाओं का शोषण एक बेतुकी विकृति है। इसे समझो, हम भौतिक या आध्यात्मिक जीवन में कुछ भी पाने के लिए देवी को पूजते हैं, न कि देव को। धन के लिए मां लक्ष्मी की पूजा की जाती है। वीरता के लिए मां काली। पोषण मां अन्नपूर्णा से और ज्ञान मां सरस्वती से। नित प्रतिदिन भी कल्याण और साहस के लिए क्रमशः मां शीतला और मां दुर्गा की आराधना की जाती है!'

दामिनी बहुत ध्यान से सुन रही थी। जो पुरोहित जी बता रहे थे उसके बारे में वो काफी जानती थी, लेकिन पुरोहित जी का दृढ़ निश्चय और समर्पण त्रुटिरहित था। वो घंटों तक उनसे इस विषय पर बात कर सकती थी। पुरोहित जी भी अब पूरी लय में आ चुके थे। वो चाहते थे कि दामिनी हर बारीकी को अच्छे से समझ ले।

'इतना ही नहीं दामिनी। क्या तुमने कोई और धर्म ऐसा देखा है जिसमें ईश्वर अपनी अर्धांगिनी के बिना अधूरा हो? शायद नहीं। ये सनातन धर्म ही है जहां हम भगवान राम को उनकी पत्नी, मां सीता के साथ पूजते हैं। हम कृष्ण की राधा के बिना और शिव की पार्वती के बिना कभी आराधना नहीं करते। तो कोई भी समझदार व्यक्ति कैसे यह कह सकता है कि हिंदू धर्म का महिलाओं के प्रति असीमित सम्मान और प्यार के अलावा भी कोई अस्तित्व है?'

दामिनी हैरान थी कि पुरोहित जी ने कितनी सफाई से हिंदू धर्म के सांचे में घुली-मिली समानता को उसके सामने प्रस्तुत किया है। जिन देवताओं और देवियों का जिक्र अभी उन्होंने किया था, उनके बारे में वो पहले भी जानती थी, लेकिन कभी उसने इस नजरिए और समझ से उन्हें नहीं जाना था। मन ही मन उसने दूसरे धर्मों पर भी दिमाग दौड़ाया, और महसूस किया कि उन सभी में पुरुष ईश्वर का ही आधिपत्य था! सिर्फ हिंदू धर्म ही उनसे भिन्न था।

'और ये मत भूलो दामिनी कि हिंदू धर्म न सिर्फ महिलाओं को समानता देता है, बल्कि महिलाओं के साथ खड़े होना और उनकी सुरक्षा करने का दायित्व पुरुषों को भी देता है। भगवान शिव ने दुनिया का विनाश करने वाला तांडव अपनी प्रिय पत्नी सती के बलिदान के बाद ही शुरू किया था। भगवान राम ने राक्षस राजा रावण के विरुद्ध युद्ध का बिगुल अपनी प्रिय पत्नी सीता को छुड़ाने के लिए ही बजाया था। दामिनी बेटा, हमारे धर्म के मूल में शक्ति स्वरूपा एक देवी को ही माना गया है।'

दामिनी इससे प्रभावित थी। उसे अहसास हुआ कि अब तक वह मीडिया की गढ़ी कहानियों और आसपास प्रसारित तथ्यों को ही सच मानती आई थी। वो बिना धर्म की गहराई में जाए ही, अनजाने में उस पर दोष लगा रही थी। जो कुछ पुरोहित जी ने बताया वो उसे जानती थी, लेकिन उसने कभी इसे यूं नहीं समझा था, जैसे अभी पुरोहित जी ने समझाया। वो अभी तक यूं ही सहजता से इस धर्म को नकारती आ रही थी, जबकि आस्था के नाम पर होने वाले आक्रमण, बलपूर्वक धर्म परिवर्तन और रक्तपात से अलग यही सबसे पवित्र मार्ग था।

'हिंदू-धर्म का जन्म हज़ारों साल पूर्व हुआ था, बेटा, जब अन्य किसी धर्म का कोई अस्तित्व नहीं था। दरअसल जब एक गंभीर जीवन शैली ने व्यापक स्तर पर सभी को आत्मसात किया तो उसे हिंदू धर्म कहा गया। हमने कभी किसी दूसरे से प्रतियोगिता नहीं की। हमने कभी दूर देशों में सफर करके लोगों का धर्म-परिवर्तन

करने की कोशिश नहीं की। हमें कभी तलवार निकालकर लोगों को अपना धर्म मानने के लिए बाध्य नहीं करना पड़ा। क्योंकि हमारे लिए ना कोई हमारा भगवान है और ना तुम्हारा। हमारे लिए सभी भगवान हमारे भगवान हैं—सर्वशक्तिमान एक है। और हम अभी भी, लगभग दस हज़ार साल बाद भी अस्तित्व में हैं,' पुरोहित जी ने सौम्य मुस्कान के साथ कहा। इस विषय में उनकी गहन दिलचस्पी थी।

यहां दुनिया के सबसे प्राचीन नगर और देव-राक्षस मठ के केंद्र में, दामिनी ने वो पहलू देखा था, जो उसने पहले कभी नहीं देखा था। सनातन धर्म या हिंदू धर्म कोई निर्णय नहीं सुनाता, कोई फरमान जारी नहीं करता, किसी को नहीं बताता कि क्या पहनें या कब पूजा करें। ये कुछ मुट्ठी भर धर्म के ठेकेदारों के कड़े नियमों से नहीं चलता। यह जिंदगी के निखरने की शैली है। हरेक का अपना विकास।

हड़प्पा, 1700 ईसापूर्व

हड़प्पा का पहला राजा

चंद्रधर अपने निवास से निकलने के लिए तैयार हो रहा था। वो परिष्कृत तांबे के आईने के सामने खड़ा अपनी कमरपेटी में अपनी तलवार रख रहा था। यह बुरा समय था। वह नहीं जानता था कि आगे उसके साथ या किसी और के साथ क्या होने वाला था। वो अपने किसी भी अंगरक्षक पर भरोसा नहीं कर सकता था। वो सभी ज़िंदा लाशों के समान बर्ताव कर रहे थे। हड़प्पा के दूषित जल से सिर्फ प्रियम्वदा, उसकी विश्वसनीय सेविकाएं, भ्रष्ट रंगा और उसके चुनिंदा सिपाही ही प्रभावित नहीं हुए थे। और यकीनन पंडित चंद्रधर, जिसे उसकी पत्नी ने दूषित पानी पीने से बचाया था, अपनी साजिश के एक भाग की तरह ही। वह चाहती थी कि वो अपने होशो-हवास में रहकर यह सब देखे।

जैसे ही चंद्रधर कक्ष से निकलने को हुआ, प्रियम्वदा उसके कक्ष में घुसी। अब उसका रंग बदला हुआ था, मलिन और शिष्ट।

'मैंने जो किया, उसमें गलत क्या था, चंद्र?' उसने मासूमियत से पूछा।

चंद्रधर को अपने सुने पर यकीन नहीं हुआ। उसने अविश्वास के साथ अपनी पत्नी को देखा। 'तुम्हें सच में लगता है, प्रियम्वदा कि जो तुमने किया उसमें कुछ गलत नहीं था?'

'ठीक है मैं मानती हूं कि उसमें एक औरत की जान चली गई। लेकिन क्या एक महान साम्राज्य बनाने में बलिदान की जरूरत नहीं पड़ती, वो साम्राज्य जिसका नेतृत्व आप अपने कुशल हाथों से करोगे?' उसने जवाब दिया।

'हड़प्पा कोई साम्राज्य नहीं है, प्रियम्वदा!' चंद्रधर चिल्लाया।

'लेकिन जल्द ही वो होगा चंद्र। क्या आपको नहीं लगता? आप हड़प्पा के पहले राजा बनोगे!' प्रियम्वदा अपने पति के पास आई और अपनी महत्वाकांक्षी नजरों से उसे देखा। 'और मैं आपकी रानी! इस समृद्ध क्षेत्र पर हम शासन करेंगे। और हमारे बाद हमारे बच्चे, और फिर उनके बच्चे...'

'हमारा कोई बच्चा नहीं है, प्रियम्वदा!' चंद्रधर ने तेज आवाज में टोका। कमरे में सन्नाटा छा गया।

प्रियम्वदा का चेहरा पीला पड़ गया, मानो सांप सूंघ गया हो।

'उठो और सचाई को कबूल करो। हमारे कोई औलाद नहीं है और हमें अपनी किस्मत को स्वीकारना होगा!' चंद्रधर ने कुछ स्नेह से कहा, अपनी पत्नी के सबसे गहरे घाव के प्रति सजग होते हुए।

प्रियम्वदा अब नफरत से कांप रही थी, उसकी आंखें जहर के आंसुओं से भर आईं।

चंद्रधर ने उसे थामने की कोशिश की, लेकिन उसने उसे धकेल दिया। वह देख सकता था कि उसकी पत्नी दोबारा से नागिन बन गई थी। जब भी उसे उसकी सूनी कोख के बारे में याद दिलाया जाता, वह सामान्य से भी अधिक दानवीय बन जाती थी।

'मैं उसके बेटे को मार दूंगी!' प्रियम्वदा पागलों की तरह चिल्लाई। 'वो नीच संजना समझती है कि उसके पास पुत्र है तो वो ही महारानी बन सकती है?! मैं उन दोनों को मार दूंगी!'

चंद्रधर जानता था कि उससे बड़ी गलती हो गई थी। उसने बहुत ही खराब समय पर अपनी पत्नी के अंदर के शैतान को जगा दिया था। अब उसके लिए अपनी नफरत

और क्रोध दबा पाना आसान नहीं होगा।

'प्रियम्वदा तुम मेरी बहन और भांजे के बारे में बात कर रही हो। जरा संभलकर।'

प्रियम्वदा चंद्रधर पर झपटी और उसके चेहरे और सीने को अपने लंबे नाखूनों से नोंचने लगी। 'तुम्हें भी मैं महारानी बनने लायक नहीं लगती हूं, क्योंकि मैं तुम्हें उत्तराधिकारी नहीं दे पाई हूं ना, है ना, पंडित चंद्रधर??'

'यह सच नहीं है, प्रियम्वदा। तुम जानती हो कि मैं तुम्हें दुनिया में किसी भी चीज से अधिक प्यार करता हूं,' चंद्रधर ने कहा।

'तो फिर जो मैं कहती हूं, करो। न्याय पुस्तिका पर अपनी मुहर लगाओ और उस देवता को पागल कुत्ते की तरह मरने दो!' प्रियम्वदा ने दीवानों की तरह जोर डाला।

'तुम जानती हो कि मैं ऐसा नहीं कर सकता। विवास्वन पुजारी निर्दोष है। वह महान आदमी है। वह मेरा मित्र है और मेरी बहन का पति। और तुम ये कैसे भूल सकती हो कि उसने मेरी जिंदगी बचाई थी! मैं तुम्हारे सामने आज उसी की दी जिंदगी की बदौलत खड़ा हूं।'

प्रियम्वदा ने अपना सिर पीछे झटका और सनकी की तरह हंसने लगी, उसका सिर कभी इधर तो कभी उधर डोल रहा था। अचानक वह रुक गई और अपने पति पर गुर्राई, 'तुम बिलकुल मूर्ख हो, बूढ़े पागल! उस देवता ने तुम्हारी जिंदगी इसलिए बचाई थी ताकि सारी जिंदगी तुम उस की गुलामी करते रहो।'

'मार डालो उसे,' वो बोलती रही, ऐसे जैसे कोई सुन रहा हो। 'उस देवता को मार डालो। उसके सुंदर बेटे को भी मार दो। उसकी पत्नी को भी मार दो। मुझे इस साम्राज्य की रानी बना दो।' उसके विक्षिप्त भाव ऐसे थे मानो उसने अभी-अभी ये योजना बनाई हो और पहली बार किसी को सुना रही हो।

चंद्रधर कक्ष से बाहर निकल गया था। वह जानता था कि अभी उसकी पत्नी किसी भी तरह की बात सुनने की हालत में नहीं थी। जितना वो उसकी निर्दयी योजना से क्रोधित था उतना ही उसे उसकी तकलीफ का भी अहसास था। उसने उसे लंबे समय तक एक बच्चे के लिए तरसता हुआ देखा था। उसे बेऔलाद देखना चंद्रधर के जीवन की सबसे बड़ी तकलीफ थी। इस गहन दुख को भुलाने के लिए, उसने प्रियम्वदा को कई दूसरे मामलों में छूट दे रखी

थी। लेकिन कभी-कभी वह समझ नहीं पाता था कि उसे कहां नियंत्रण लगा देना चाहिए था।

जैसे ही वो अपने घोड़े पर बैठने को हुआ, उसके महल से एक सेविका भागती हुई बाहर आई।

'स्वामी, जल्दी से अंदर चलिए!' घबराहट में वो बस इतना ही कह पाई।

'शांत हो जाओ और मुझे बताओ कि हुआ क्या है!' चंद्रधर ने कहा।

'देवी प्रियम्वदा... वो... वो...'

इससे पहले कि वो अपनी बात पूरी कर पाती, चंद्रधर अपने निजी कक्ष की ओर दौड़ा। वह जानता था कि क्या हुआ होगा। ऐसा पहली बार नहीं था।

जैसे ही वो शयनकक्ष में घुसा, उसने देखा कि प्रियम्वदा खिड़की के किनारे बैठी थी। उसके बाल खुले हुए थे, उसके शरीर का ऊपरी वस्त्र जमीन पर गिरा पड़ा था, आंखों का काजल पलकों से फैल गया था और आंसू गालों पर लुढ़के हुए थे। उसकी कलाई कटी थी और वो अपने ही रक्त के ढेर में बैठी थी।

'प्रिय, ये तुमने क्या किया?' चंद्रधर चिल्लाया, और अपना अंगवस्त्र फाड़कर अपनी पत्नी की कटी हुई कलाई को बांधकर, रक्त रोकने की कोशिश करने लगा।

'पट्टी मत बांधो, पंडित चंद्रधर,' प्रियम्वदा ने धीरे से कहा। 'मैं फिर से उन्हें काट दूंगी। अगर मेरे बच्चा नहीं हो सकता, और मैं अपने पति को राजा बनते नहीं देख सकती... तो मैं जीकर क्या करूंगी?'

चंद्रधर ने उसकी आंसू भरी आंखों को और बहते रक्त के साथ उसकी मुरझाती रंगत को देखा। वह जानता था कि अगर इस समय वो प्रियम्वदा का रक्त रोकने में कामयाब भी हो गया, तो प्रियम्वदा दोबारा से ऐसा करेगी। वो जिद्दी थी, और यह उसके विरुद्ध उसका आखरी हथियार था। अब उसके पास कोई विकल्प नहीं था।

'तुम्हें चयन करना ही होगा, चंद्र,' प्रियम्वदा ने फीकी सी मुस्कान से कहा। 'वो या मैं?'

चंद्रधर ने धीरे से अपना सिर अपनी प्यारी पत्नी की गोद में रख दिया। उसके रक्त में भीगते हुए वो बार उसके हाथ को चूम रहा था। उसकी आंखों में दर्द और लाचारी के आंसू थे।

'तुम, प्रियम्वदा... मैं तुम्हें ही चुनूंगा।'

बनारस, 2017

अर्धांगिनी

विद्युत और दामिनी मठ के ही पास एक सस्ते लेकिन साफ तिब्बती फूड जॉइंट में बैठे थे। वाराणसी भारत का लोकप्रिय पर्यटन स्थल है। यह आध्यात्मिक शांति की तलाश में आए देशी-विदेशी लोगों के लिए तो स्वर्ग है ही, साथ ही खाने-पीने के शौकीनों की भी पसंदीदा जगहों में से एक है। धरती पर ऐसा कोई व्यंजन नहीं है जो इस रहस्यमयी शहर में नहीं मिलता हो।

देवता को हाल ही में हुए भयंकर जानलेवा हमले की वजह से आश्रम से बाहर नहीं जाने की सलाह दी गई थी। हमला करने वाले ने स्वयं का नाम रोमी परेरा बताया था।

लेकिन विद्युत को बाहर निकलने की जरूरत थी, भले ही वो घंटे, दो-घंटे के लिए क्यों न हो। रोमी के विरुद्ध पूरी तैयारी से हमला करने से पहले, विद्युत दामिनी को सब बता देना चाहता था। अपने अनोखे अतीत, वर्तमान और भविष्य के बारे में उसे सारी सचाई बतानी थी। उसका भविष्य आखिरकार, उनका भविष्य जो बनने वाला था।

उन्होंने ठंडी बियर का घूंट भरा। दामिनी की इच्छा के विरुद्ध, विद्युत फिर से स्मोक कर रहा था। सोनू, जो उनसे दो टेबल दूर बाला के साथ बैठा था, वो भी अपने सामने बियर का दूसरा गिलास रखे बैठा था। उसने चुपके से बाला को बताया था कि उसने कभी शराब नहीं पी थी, और थोड़ी सी पीना चाहता था। सादगी पसंद योद्धा-संत होने के साथ ही सोनू युवा भी था, जो जिंदगी में थोड़ी मस्ती भी करना चाहता था। खूब-पीने वाला, लेकिन पूरी तरह से संयमित, एक्स-आर्मी मैन बाला, खुशी-खुशी उसका साथ दे रहा था। थोड़ी-थोड़ी देर में विद्युत मुस्कुराकर सोनू की टेबल की तरफ देख लेता और उसकी तरफ आंख मारकर उसे पीने की इजाजत दे देता। वो खुश था कि उसका आश्रम का दोस्त कम से कम एक नियम तो तोड़ रहा था! वह यह भी जानता था कि बाला के साथ वो सुरक्षित था। उसका पुराना दोस्त सोनू को लिमिट से पार नहीं जाने देगा। हालांकि सोनू अपने इस नए शौक का पूरा मजा ले रहा था, लेकिन फिर भी उसे अपनी जिम्मेदारी का पूरा अहसास था। हर मिनट दो मिनट में उसकी उंगलियां अपनी बेल्ट में लगी कोल्ट .380 मस्टंग को चैक कर रही थीं।

सोनू के अलावा, वहां आश्रम के चार और योद्धा वहां विद्युत और दामिनी की सुरक्षा के लिए आए हुए थे। लेकिन वो ये नहीं जानते थे कि अगर सच में कोई दुश्मन विद्युत पर हमला करने की हिम्मत करेगा, तो उसके सामने वो जरा भी टिक नहीं पाएंगे। स्वयं देवता के विरुद्ध आने वाली मुश्किल को रोक पाना उनके लिए सहज नहीं होना था।

'ये मोमोज ठंडे हो रहे हैं, स्वीटी,' विद्युत ने कहा। 'ये तुम्हारी पसंद के हैं, और ये जगह तिब्बती खाने के लिए फेमस है।'

दामिनी बैठी हुई विद्युत को घूर रही थी। उसे यकीन नहीं हो रहा था कि विद्युत अब चिकन मोमोज की बात कर रहा था, अभी तक इतनी लंबी और अजीब कहानी सुनाने के बाद! वो अभी की उसकी बात सुन ही नहीं रही थी। या तो उसका बॉयफ्रेंड

पागल हो गया था या सच में कुछ भयानक घटित होने वाला था। ये विवास्वन पुजारी कौन था? उसका नाम इतना परिचित सा क्यों लग रहा था? इस रहस्यमयी नाम को सुनने भर से उसे रोना क्यों आ रहा था? चंद्रधर का नाम भी उसे परेशान कर रहा था। जनरल एलेग्जेंडर कनिंघम कौन था? ब्रिटिश ब्रूनटन भाई कौन थे जिन्होंने ब्राह्मिनाबाद को बर्बाद किया? और उस जगह का नाम ब्राह्मिनाबाद था ही क्यों? क्या ईस्ट इंडिया कंपनी और ब्रिटिश ताज सच में नहीं जानते थे कि एक प्रागैतिहासिक नगर के अवशेष जलाकर, उसके सामान को रेलवे लाइन बनाने के लिए इस्तेमाल किया जा रहा था? और इससे भी खराब, जो भी महान द्वारका शास्त्री ने विद्युत को पुजारी-राजा के पुतले के बारे में बताया, उससे उनका क्या मतलब था? दामिनी हमेशा से जानती थी कि उसके असाधारण बॉयफ्रेंड में कुछ तो रहस्यमयी बात थी। लेकिन उसे ये नहीं पता था कि बात इतनी जटिल और अकल्पनीय होगी।

'मैं इस सब पर भरोसा नहीं कर सकती...' दामिनी ने लंबी खामोशी के बाद कहा। 'इससे पहले कि मैं और कुछ पूछूं, मुझे यह बताओ—क्या तुम्हारे परदादा सच में ऐसे इंसान हैं जो जादू कर सकते हैं, आत्माओं को बुला सकते हैं और झाड़-फूंक सही कर सकें?'

विद्युत ने थकी मुस्कान से जवाब दिया। 'हम सब वो कर सकते हैं, बेबी।'

दामिनी हैरान थी। *उसके बॉयफ्रेंड ने अभी क्या कहा था?* और ये शब्द बोलते हुए उसकी लापरवाही तो कमाल थी।

'सॉरी... क्या तुमने कहा *हम सब?* मेरा मतलब... क्या तुम भी इसका हिस्सा हो, बेबी?' दामिनी ने पूछा। वो जादू, भूत, आत्मा और दूसरी दुनिया की बात करते समय विद्युत की सहजता से हैरान थी। उसने अपने सामने रखी बियर उठाकर उसका ब्रांड चैक किया, यह जानने के लिए कि कहीं विद्युत को नशा तो नहीं हो गया था। उसका आकर्षक और सामाजिक रूप से लोकप्रिय बॉयफ्रेंड, जो अपनी डिजिटल सिक्योरिटी कंपनी चलाता था, अब रहस्यमयी साधक की तरह बात कर रहा था।

विद्युत ने बियर का चौथा कैन उठाया और एक ही लंबे घूंट में उसे लगभग आधा पी गया। उसके सामने बैठी दामिनी, विद्युत के यूं पीने और स्मोक करने से परेशान थी।

लेकिन उसने उसे पीने दिया। वह जानती थी कि साहसपूर्ण बर्ताव के बावजूद वो अंदर ही अंदर उस सब से जूझ रहा था, जो उसने पिछले दो दिनों में सुना था। और मन ही मन, उसके अंदर की शरारती लड़की को यह पसंद भी था। पीने के बाद विद्युत कमाल का दीवाना हो जाता था। वो नहीं जानती थी कि वो सच में देवता था या नहीं। लेकिन थोड़ा पी लेने के बाद, विद्युत की उंगलियों में जादू आ जाता था। उसे अहसास हुआ कि वो अपनी ही सोच पर मुस्कुरा रही थी। उसने अभी के लिए उस ख्याल को झटक दिया, ये जानते हुए कि वो जादुई उंगलियां हमेशा के लिए उसी की होने वाली थीं।

अपने सपनों की दुनिया से बाहर आ, दामिनी ने महसूस किया कि वास्तव में काफी कुछ दांव पर लगा था।

'तो विद्युत, ब्रूनटन भाइयों ने ब्राह्मिनाबाद को सच में क्यों नष्ट किया था?' दामिनी ने पूछा।

'बहुत आसान है दामिनी। वो प्राचीन वैदिक सभ्यता के प्रमाण मिटाने की कोशिश कर रहे थे,' विद्युत ने जवाब दिया। 'आदिम नगर की ईंटों का इस्तेमाल रेलवे लाइन के निर्माण में कर, वो सुनिश्चित करना चाहते थे कि कोई दोबारा उनकी खोज न कर पाए। तुम्हें कुछ समझ नहीं आया दामिनी? वो किसी चीज की तलाश कर रहे थे! और जब उन्हें वो नहीं मिली, तो उन्होंने तय किया कि कोई और भी उसे ढूंढ़ नहीं पाए।'

'वाह...!' दामिनी ने हांफते हुए कहा। 'ये सब... बहुत... बहुत... पेचीदा है।'

'सच को सिरे से मिटाने की उनकी योजना का यह तो पहला कदम था। क्या तुम जानती हो कि जनरल एलेग्जेंडर कनिंघम, जो जॉन ब्रूनटन और विलियम ब्रूनटन के लाहौर-कराची रेलवे लाइन बनाते समय वहां उपस्थित था, को बाद में अंग्रेजों ने सम्मानित किया और उसे उत्तर भारत के पुरातत्व विभाग का डायरेक्टर जनरल बना दिया गया?'

'क्या? मतलब एक ऑफिसर जो एक विरासत की निर्मम तबाही का गवाह था, उसे वास्तव में ऐसी विरासतों का इंचार्ज ही बना दिया गया?!'

'तुम कैसे जानती हो कि वो बस गवाह था, दामिनी? हम कैसे जान सकते हैं कि उसे गवाही का नहीं बल्कि 1856 में ब्राह्मिनाबाद को अनदेखा करने का ईनाम दिया गया हो?' विद्युत ने जवाब दिया।

दामिनी का मुंह हैरानी से खुला रह गया था।

'हड़प्पा के नगर, इसके भी लगभग आधी सदी बाद तक दबे रहे। दो पीढ़ियां बदलने के बाद ब्राह्मिनाबाद का नाम भुला दिया गया। और एक नए नाम के साथ, एक नया प्रचार 1921 में शुरू किया गया।'

'लेकिन बेबी, वो सच क्या था, जिसे वो दबाने की कोशिश कर रहे थे?' दामिनी ने पूछा।

विद्युत मुस्कुराया। 'तुम्हें अभी तक समझ नहीं आया, दामिनी?' उसने पूछा।

उसकी असाधारण रूप से बुद्धिमान गर्लफ्रेंड ने ना में सिर हिलाया।

'उपमहाद्वीप पर अपने साम्राज्याई चढ़ाई को वैध दिखाने के लिए, अंग्रेजों को यह साबित करना था कि भारतीय निम्न प्रजाति के थे—सांवले, अर्ध-कबायली लोग, जिन्हें पश्चिम से आए श्रेष्ठ प्रजाति के गोरे रंग और नीली आंखों वाले हमलावरों ने परास्त कर दिया। यह एक बेहतरीन मनोवैज्ञानिक जंग थी जिसने भारतीय मनोविज्ञान में घर कर लिया। और उन्होंने मान लिया की पश्चिम के गोरे हमसे दिव्य और श्रेष्ठ हैं।'

'मैं पूरी तरह से समझ नहीं पा रही हूं, विद्युत,' दामिनी ने कहा, जो अब विद्युत के कहे हर शब्द को समझने की पूरी कोशिश कर रही थी।

'तुम्हें क्या लगता है कि कैसे कुछ हज़ार ब्रिटिश ऑफिसर और सिपाहियों ने सौ लाख की आबादी वाले उपमहाद्वीप पर कब्जा कर लिया? क्या तुम्हें लगता है कि यह सिर्फ सैन्य दम पर हो सकता था?' विद्युत ने पूछा।

'सैन्य बल, श्रेष्ठ आर्थिक बल, आधुनिक हथियार, अनुशासित नौकरशाही...' दामिनी ने जल्दी-जल्दी जोड़ा।

'हां दामिनी, उनके पास ये कुछ फायदे थे। लेकिन इनमें से कोई भी निश्चित रूप से खेल का रुख नहीं बदल सकता था। उनका सबसे सक्षम हथियार कुछ और था। यह मनोवैज्ञानिक रूप से शासन करना था। वो भारत की सिर्फ जमीन, संपत्ति और राजनीति पर ही कब्जा करना नहीं चाहते थे। उन्होंने भारतीय दिमाग को अपना गुलाम बनाया।'

'"*कुत्तों और भारतियों का अंदर आना मना है*" जैसे साइनबोर्ड ब्रिटिश क्लब और ऑफिसर मेस के सामने खूब लगाए गए थे, यहां तक कि बीसवीं सदी के आखिर तक

भी। तुम्हें क्या लगता है दामिनी, इससे वो क्या जताना चाहते थे? क्या वो सच में ऐसे बोर्ड के जरिए कुत्तों को बाहर रखने की कोशिश कर रहे थे? या यह भारतीय मन पर धीमा और नियमित हमला था?' विद्युत ने पूछा।

दामिनी पूरे मन से सुन रही थी, उसकी उंगलियां बेध्यानी में उसके सुंदर बालों की लटों से खेल रही थीं।

'अंग्रेज जानते थे कि वो सिर्फ बंदूक के दम पर तीस करोड़ लोगों को गुलाम बनाकर नहीं रख सकते थे। यह करने का सिर्फ एक ही तरीका था, और उसके लिए सभी लोगों के मन को गुलाम बनाना जरूरी था। और इसकी विधिवत शुरुआत ब्राह्मिनाबाद की बर्बादी से हुई। लेकिन सिर्फ इतना ही नहीं था, दामिनी। यह षड्यंत्र अंग्रेजों के भारत पर राज से और अधिक गहरा था।'

विद्युत अब गहरे विचारों में खोया हुआ, अपनी उंगलियों में पकड़ी हुई जली सिगरेट को देख रहा था। उसने एक कश भी नहीं लिया था, जबसे सिगरेट जलाई थी। दामिनी घबराहट से ठंडी हुई जा रही थी। उसे जानना था कि विद्युत इस सबसे कैसे जुड़ा था।

'षड्यंत्र से तुम्हारा क्या मतलब है, विद्युत? प्लीज ठीक से समझाओ,' दामिनी ने पूछा।

'इस सबकी शुरुआत पंद्रह सौ साल पहले हुई थी, इस्तांबुल के एक प्राचीन शहर में। वहां एक धर्म के अनुयायियों ने तय किया कि वो पूरी दुनिया पर शासन करेंगे... हमेशा के लिए।'

आगे बोलने से पहले विद्युत कुछ पल के लिए रुका। वो अब मानो एक दूसरी दुनिया में पहुंच गया था, मानो किसी और ही समय में पहुंच गया था।

'यह सब कुछ ऐसे ही हो रहा है जैसी मरते हुए सप्तऋषियों ने भविष्यवाणी की थी,' उसने कहा।

विद्युत ने अपनी बियर से एक घूंट भरा। जैसे ही उसने अपना गिलास वापस टेबल पर रखा, उसने ध्यान दिया कि दामिनी गहरे सदमे में थी। वो तुरंत समझ गया कि आज के लिए उसने काफी सुन लिया था।

'चलो, चलते हैं, हमें काफी देर हो रही है,' उसने दामिनी से कहा, एक तिब्बती वेटर को बिल लाने का इशारा करते हुए। उसने सोनू और बाला को भी चलने का संकेत दिया।

'नहीं...' दामिनी ने विरोध किया। 'विद्युत, तुम अभी अपनी बात कैसे खत्म कर सकते हो!'

'हां हां... तुम्हें सब पता चल जाएगा, दामिनी,' विद्युत ने जवाब दिया, 'लेकिन आगे की बात तुम बाबा से सुनोगी तो अच्छा रहेगा।'

'बाबा? तुम्हारा मतलब महान द्वारका शास्त्री जी...?' दामिनी ने पूछा, वो मठाधीश के महान व्यक्तित्व के प्रभाव में थी।

'हां, दामिनी,' विद्युत ने मुस्कुराते हुए जवाब दिया।

'नहीं... नहीं... उनसे मिलने में मुझे डर लग रहा है, यार। और तुम... उन्हें क्या कहकर मुझसे मिलवाओगे?' दामिनी ने हैरानी से आंखें फैलाते हुए पूछा, मन ही मन वो खुश थी कि विद्युत उसे अपने परिवार के एकमात्र सदस्य से मिलवाने ले जा रहा था।

'उन्होंने स्वयं तुमसे मिलने को कहा है। उन्होंने मुझसे कहा कि अपनी अर्धांगिनी को लेकर आना,' विद्युत ने दामिनी की आंखों में गहरे देखते हुए, प्यार से मुस्कुराकर कहा।

दामिनी की आंखें भर आईं और एक पल बाद उसने विद्युत का हाथ अपने हाथ में लेकर कहा, 'आई लव यू, विद्युत।'

'मैं भी तुमसे बहुत प्यार करता हूं, दामिनी।'

वो वहां बैठे थे, एक-दूसरे का हाथ पकड़े हुए, एक-दूसरे में खोए हुए।

कुछ पल उसी आनंद में गुजरे। तभी रेस्टोरेंट के एक वेटर ने आकर उनके एकांत को भंग किया। वो टेबल पर बिल का फोल्डर रखकर चला गया। विद्युत और दामिनी जोर से हंस दिए।

'चलो चलते हैं, देर हो रही है,' विद्युत ने कहते हुए फोल्डर में दो हज़ार रुपए का नोट रख दिया। तभी कुछ उसकी आंखों को खटका। फोल्डर में रेस्टोरेंट के खाने और पीने का बिल नहीं था। उसमें स्टायलिश रायटिंग में हाथ से लिखा हुआ एक नोट था।

कल शाम 7 बजे, गंगा आरती।

तुम्हारा अपना,

रोमी

हड़प्पा, 1700 ईसापूर्व

मृत कारावास

एक घिनौनी दुर्गंध से विवास्वन पुजारी की आंख खुली। जैसे ही उसने अपनी आंखें खोलीं, तो वहां जलती इकलौती मशाल की धुंधली रौशनी में उसे काले पत्थरों की कठोर दीवार ही दिखाई पड़ी। उसके सिर की चोट अभी ताजी थी और अपनी नंगी कमर के नीचे उसे ठंडी, गीली जमीन महसूस हुई। उसने उठने की कोशिश की। हवा की दुर्गंध असहनीय थी।

जैसे ही वह उठकर बैठा, और अपने आसपास का जायजा लिया, तो उसे समझ नहीं आ रहा था कि वो कहां था। अपने गले में उसे बहुत से कांटे चुभते महसूस हो रहे थे। उसने शायद कई दिनों से पानी की एक बूंद तक नहीं पी थी। उसने मुड़कर देखा तो लकड़ी के मोटे से दरवाजे को बंद पाया, जो इस जगह की घुटन को और बढ़ा रहा था। उसके कानों में उसी का सूखा रक्त भरा हुआ था, लेकिन फिर भी वो दूर से आती लोगों की प्रताड़ित चीख सुन पा रहा था। उस जगह की नारकीय गंध से उसे उबकाई आ रही थी।

धीरे-धीरे देवता की चेतना और याद वापस आने लगी। उसे अहसास हुआ की उसके हाथ नीचे गीली और दलदली जमीन पर रखे थे। उसने एक हाथ उठाकर देखा तो पाया कि उसकी हथेली बदबूदार, भूरी कीचड़ से भरी हुई थी। लोगों के चिल्लाने और रोने की आवाजें लगातार कोठरी की मोटी और मजबूत दीवारों से आ रही थीं। विवास्वन पुजारी को अहसास हुआ कि उसकी हथेली भी उसी गंध से भरी थी, जो वहां की हवा में थी, बस हथेली से तेज गंध आ रही थी।

देवता ने अपना सिर हिलाकर आसपास की जगह को समझने की कोशिश की। बदबूदार हवा उसे और अस्वस्थ कर रही थी। अपनी चेतना आने पर उसने पहचाना कि वो गंध इंसानी पसीने, मल, रक्त और सड़े हुए मांस की थी। इस अहसास के साथ ही उसे तुरंत मितली आई। उलटी में सिर्फ रक्त ही बाहर निकल पाया। उसने पूरे दो दिन से कुछ खाया-पिया नहीं था। उसने ध्यान दिया कि जिस जमीन पर वो बैठा था उस पर रक्त और इंसानी मल बह रहा था। अचानक ही उसने भांप लिया कि वो कहां था। लेकिन उसका दिल अभी भी यह मानने को तैयार नहीं था। उसने पागलों की तरह वहां से उठकर, मोटा दरवाजा खोलने की कोशिश की। उस पर ताला लगा था। उस अंधियारी कोठरी में रौशनी का एकमात्र स्रोत दीवार पर लगी इकलौती मशाल थी। विवास्वन पुजारी ने उठकर देखा कि उसकी कोठरी आकार में एक चारपाई से भी छोटी थी। हवा मौत और अवसाद की गंध से भारी थी, और कैदियों के कराहने और रोने की आवाजें बंद ही नहीं हो रही थीं।

विवास्वन पुजारी मुश्किल से सांस ले पा रहा था। वह अब कोठरी की नमी भरी ठंडक में कांप रहा था और नीची छत की वजह से वो अपना सिर झुकाए बिना खड़ा भी नहीं हो सकता था। घिनौनी गंध, काली दीवारें, खौफनाक अंधेरा, भयानक चीखें... सब देवता को बता रही थीं कि वो कहां था।

विवास्वन पुजारी इसके लिए तैयार नहीं था। अपनी सारी ताकत, साहस और आध्यात्मिक शक्तियों के बावजूद, देवता यह मानने को तैयार ही नहीं था कि वो धरती के सबसे घिनौने कारावास में था। कि वो मृत कारावास में था!

मृत कारावास की हालत और वहां की पीड़ा देखकर सोमदत्त को अपनी आंखों पर भरोसा नहीं हुआ। प्रियम्वदा और उसके सहायक रंगा की जानकारी के बिना, मुख्य

अभियंता उस दूषित जल से बच निकला था। जब रंगा और उसके आदमी हड़प्पा के प्रमुख जल स्रोतों में रसायन मिलाए जाने की रात पहरेदारी पर थे, तब सोमदत्त सरस्वती नदी के किनारों का निरीक्षण करने के लिए नगर से बाहर गया हुआ था। सोमदत्त और उसके कुछ आदमी जब वापस नगर में आए तो वो उसे पहचान ही नहीं पा रहे थे। वो नगर पूरी तरह से विक्षिप्त आदमियों की नगरी में बदल चुका था।

उसने अविश्वास और निराशा से शक्तिशाली विवास्वन पुजारी की सुनवाई की बात सुनी। हड़प्पा के किसी भी दूसरे समझदार व्यक्ति की ही तरह, सोमदत्त को यकीन था कि देवता को फंसाया गया था। उसने सही कदम उठाने का फैसला लिया। लेकिन पहले, उसे देवता से मिलकर जानना था कि आखिर माजरा क्या था।

मृत कारावास में किसी को भी मिलने जाने की इजाजत नहीं थी। यहां तक कि श्मशान में भी लोग अपने जा चुके प्रियजनों से मिलने जा सकते थे। लेकिन इस कारावास में नहीं। यह कारावास एक ऐसा काला गड्ढा था, जहां से कोई वापसी नहीं थी। एक ऐसा नर्क, जहां जाने वाले के लिए कोई उम्मीद नहीं बचती।

सोमदत्त एक मेहनती आदमी था। मुख्य अभियंता होने से उसके पास काफी संपत्ति भी थी। और पागलपन की वर्तमान अवस्था में, जेल में तैनात किसी भी अधिकारी को रिश्वत देकर अंदर जा पाना मुश्किल नहीं था। चाहे जो भी करना पड़ता, लेकिन सोमदत्त जानता था कि उसका देवता से मिलना जरूरी था। अगर इस विक्षिप्त महानगर के लिए कोई उम्मीद शेष थी, तो वो विवास्वन पुजारी ही था।

हड़प्पा में वापस आए हुए उसे सोलह घंटे बीत चुके थे, और अब सोमदत्त मृत कारावास की सीढ़ियां उतर रहा था। उसने उस कारावास के सबसे प्रभावशाली कैदी से छोटी सी मुलाकात का बंदोबस्त कर लिया था।

देवता की कोठरी पर पहुंचने तक सोमदत्त तीन बार उलटी कर चुका था। कारावास की हवा इतनी खराब थी कि एक इंसान उसकी कल्पना तक नहीं कर सकता था। उलटी करते समय वो रो भी रहा था। वो झक सफेद कपड़े पहनने वाले, तेजमयी, दिव्य और स्नेहमयी विवास्वन पुजारी को वहां देखने की कल्पना तक नहीं कर पा रहा था। उसे ये भी अहसास हुआ कि पैसा और ताकत आ जाने पर इंसान कभी-कभी

बदकिस्मतों की भयानक सचाई से मुंह मोड़ लेता है। इस कारावास जैसी जगह की संरचना भी तो एक इंसान ने ही की थी, जहां किसी को उसकी आखरी सांस तक मरने के लिए भेज दिया जाता था। वो सोच रहा था कि एक आदमी को कैसे ये हक दिया जा सकता था कि वो सामने वाले को यूं निर्मम हालात में मरने के लिए छोड़ दे।

जब नशे में धुत्त पहरेदार ने विवास्वन पुजारी की कोठरी का दरवाजा झटके से खोला, तो सोमदत्त को वही नजर आया जिसकी उम्मीद थी। कारावास की उस दयनीय, अमानवीय हालात में भी, देवता पालथी मारे बैठ, गहन ध्यान में गुम था। सोमदत्त तुरंत शक्तिशाली विवास्वन पुजारी, हड़प्पा के रक्षक के पैरों में गिर पड़ा।

'सोमदत्त... मेरे मित्र... सोमदत्त...' देवता ने कहते हुए सोमदत्त का हाथ अपने हाथ में ले लिया, और रोते हुए अपने मित्र की उंगलियों पर अपना माथा टिका दिया। वो बता नहीं सकता था कि अपने मित्र का चेहरा देखकर उसे कितनी राहत महसूस हो रही थी। पिछले दो दिनों में विवास्वन पुजारी भूल चुका था कि मित्र कहते किसे हैं। सभी आदमी, जिन्हें वो अपना मित्र समझता था उसे और उसके परिवार को जरूरत के समय में छोड़ चुके थे। अभियंता भी भावुक हो रहा था। वो देवता, जो हर अवसर पर शानदार कपड़ों में सुशोभित रहता था, जिससे चंदन की महक आती थी, आज यहां इस सड़ी हुई कोठरी में लहूलुहान, घायल और धोखा खाए बैठा था।

'ये सब क्या हो गया, स्वामी?' सोमदत्त ने अपने और अपने मालिक के आंसू पोंछते हुए कहा। 'हमें जल्द ही कुछ कदम उठाना होगा।'

'हां हम करेंगे, सोमदत्त... हम करेंगे,' देवता ने जवाब दिया। 'लेकिन कुछ और बात करने से पहले, मुझे बताओ मेरी संजना कहां है। मेरा पुत्र मनु कहां है!'

'वो सुरक्षित हैं, ओ देवता... अभी के लिए तो,' सोमदत्त ने जवाब दिया। 'संजना को मनु और उनके शानदार नवरत्नों ने न्यायालय में घुसकर बचा लिया था। वो अब सुरक्षित हैं, और छिपे हुए हैं। वो आपको भी निकाल ले जाना चाहते थे, लेकिन तब तक न्यायालय में भारी सेना पहुंच गई। वो आप तक नहीं पहुंच सके।'

विवास्वन पुजारी ने राहत की सांस ली। अगर उसकी पत्नी और बेटा सुरक्षित हैं तो वो हज़ारों मौत मरने को तैयार था।

विलंब के कुछ पल बाद, विवास्वन पुजारी ने फिर से कहा। इस बार उसकी आवाज में उम्मीद थी। देवता अब पलटवार के लिए तैयार था!

'तो सोमदत्त, अब कैसे काम करना है?' विवास्वन ने पूछा।

'स्वामी, मैंने सुना है कि मनु मृत कारावास पर हमले की तैयारी कर रहा है। लेकिन ओ शक्तिशाली देवता, उसके पास कोई मौका नहीं है। वो दस लोग इस नरक की सुरक्षा करने वाले तीन सौ प्रशिक्षित योद्धाओं का मुकाबला नहीं कर पाएंगे।'

विवास्वन पुजारी ने एक थकी हुई मुस्कान दी। उसे सोमदत्त के दिए तथ्यों पर भरोसा नहीं था। स्वयं मनु और उसके परिवार के नौ रत्न एक ही सांस में अपने धनुषों से चालीस तीर चला सकते थे। उनमें से प्रत्येक एक साथ बीस-बीस तलवारबाजों को संभाल सकता था। अगर वो दस एक साथ कारावास पर हमला करेंगे तो उनकी जीत की उम्मीद की आधी संभावना थी।

हालांकि अपने प्रिय मनु और उसके शानदार साथियों के साथ विवास्वन अब कोई दांव नहीं खेलना चाहता था। वैसे भी अभी आने वाले दिनों में उसे और उसके परिवार को कई लड़ाइयों का सामना करना था। अगर इस कारावास से बचने का कोई और आसान तरीका था, तो विवास्वन पुजारी उसे ही अपनाना चाहता।

बनारस, 2017

धोखेबाज़!

तिब्बती रेस्टोरेंट के शराबी मालिक को कुछ नहीं पता था कि वो नोट विद्युत तक कैसे पहुंचा, या कौन वो नोट यहां गिराकर गया। गंदी टोपियों और एक जैसी वर्दी में वो सारे वेटर एक जैसे ही जान पड़ रहे थे। उनमें से किसी को भी कुछ पता नहीं था, बाला की जैकेट से दिखते रिवॉल्वर की मूठ की धमकी के बावजूद भी उन्हें कुछ नहीं पता था। उनमें से किसी में भी भयावह देव-राक्षस मठ से आने वाले मेहमानों से उलझने की हिम्मत नहीं थी। रोमी या तो उस रेस्टोरेंट से बिना किसी की नजरों में आए निकल गया था, या वह बहुत ही पहुंची हुई चीज था।

विद्युत ने सोनू और उसके दो साथियों को दामिनी को सुरक्षित मठ में पहुंचा देने को कहा। दामिनी ने विरोध करना चाहा, लेकिन कोई फायदा नहीं होना था। विद्युत उसे ऐसी जगह रहने की इजाजत नहीं दे सकता था, जहां वो एक एक्सपर्ट हत्यारे की नजर में हो। सोनू और उसकी टीम, हाथों में बंदूक लहराते हुए, दामिनी को अपनी सुरक्षा घेरे में लेकर आश्रम की तरफ बढ़े।

घड़ी रात के साढ़े नौ बजा रही थी और पूरी तरह अंधेरा हो चुका था। हालांकि खुले बाजार की गली के दोनों किनारों पर बने छोटे-छोटे रेस्टोरेंट की सीटें हज़ारों टूरिस्टों से भरी पड़ी थीं और पूरी मार्किट में काफी चहल-पहल थी। इन रेस्टोरेंटों में जापानी सूशी से लेकर मसाला डोसा तक सब कुछ मिलता था, और यहां हर देश के, हर उम्र के और हर आस्था के लोग मिल जाते थे। तो इन सबके बीच अपने भयानक हमलावर को ढूंढ़ना मतलब घास के ढेर में सूई ढूंढ़ने के बराबर था। और साफ था, वो अभी भी उन्हीं को देख रहा होगा। यह हत्यारा तो मठ की गुप्तचर सेना से भी अधिक होशियार निकला। वो विद्युत की कल्पना से भी अधिक खतरनाक था... और उससे एक कदम आगे था।

मठ में, विद्युत ने दामिनी को गुडनाईट किस किया। मठ के नियम और संहिताओं के चलते, वो एक ही कमरे में रात नहीं बिता सकते थे। लेकिन विद्युत निश्चिंत था कि दामिनी अभी सबसे सुरक्षित जगह पर थी। कोई भी, वो असाधारण हत्यारा भी देव-राक्षस मठ की सुरक्षा में सेंध नहीं लगा सकता था।

'अब क्या, विद्युत?' दामिनी ने पूछा, विद्युत उसे उसके साफ-सुथरे गेस्ट रूम में छोड़कर जा रहा था।

'उस आदमी ने मुझे कल गंगा आरती में मिलने के लिए बुलाया है। मैं उसके निमंत्रण को ना कैसे कर सकता हूं, खासकर तब जब उसने हमारी पहली मुलाकात पर मुझे तोहफा भी दिया था?' विद्युत ने गुस्से से उबलते हुए जवाब दिया। आज रात रोमी ने उसके करीब आकर गलती कर दी थी, वो भी तब जब वो दामिनी के साथ था। और इस गलती को विद्युत माफ नहीं करने वाला था।

'लेकिन उसने तुम्हें गंगा आरती में क्यों बुलाया है, विद्युत? इसमें ऐसी खास बात क्या है?'

'गंगा आरती हर शाम दशाश्वमेध घाट पर 6:45 पर होती है... उसी जगह पर मैं पहली बार रोमी से मिला था। बस फर्क यह है कि उस दिव्य आरती के समय, जब अनेकों दीये गंगा नदी के किनारे जलाए जाते हैं, तब वहां भारी भीड़ होती है। एकदम इंसानी समुद्र की तरह लोग वहां उमड़ आते हैं। गंगा आरती एक अलौकिक अनुभव

है, जहां भगवान शिव, मां गंगा, सूर्य और अग्नि की आराधना की जाती है। इस पवित्र अनुष्ठान का हिस्सा बनने के लिए बहुत दूर-दूर से लोग घाट पर आते हैं।'

विद्युत कुछ पल रुका और फिर बोला, 'दूसरे शब्दों में कल घाट पर उस समय बीस हज़ार लोग होंगे।'

सारे योद्धा एक साथ जुटे थे। बलवंत बहुत गुस्से में था, उसकी सांसें फूल रही थीं, उसके भारी कंधे किसी विशाल मूसली की तरह मशीनी ढंग से उठ गिर रहे थे। विद्युत को मठ से बाहर जाने देने के लिए वो स्वयं से नाराज था। वहां बाला था, जिसे अब उस जघन्य हत्यारे की खौफनाक शक्तियों का पूरा अहसास हो गया था। सोनू ने अपना मुंह धो लिया था और कई सारे बनारसी पान चबा चुका था। सोनू मठ के किसी बड़े को यह पता नहीं चलने दे सकता था कि वो शाम को बियर पी रहा था। वहां गोवर्धन और पुरोहित जी भी थे। विद्युत भी वहां आ पहुंचा था।

'वो गुप्तचर सेना को कैसे नहीं मिला?' बलवंत ने गुस्से से कहा। वह प्राचीन गुप्तचर नेटवर्क का नेता था और उनकी असफलता को अपनी नाकामयाबी मान रहा था। 'हमारी नजर हर मोटल, गेस्टहाउस, रेस्टोरेंट और हर दुकान पर थी। तीन सौ से अधिक रिक्शावाले और दो सौ ऑटो ड्राइवर हमारे नेटवर्क का हिस्सा हैं। हमारी नजर तो श्मशान और तांत्रिक आश्रमों पर भी रहती है! वो बदमाश किसी भी तरह से हमारी मुट्ठी से बाहर नहीं निकल सकता था। इतनी प्रशिक्षित सेना के आगे एक आदमी की क्या बिसात?'

बलवंत सही कह रहा था। जो कुछ विद्युत ने बताया था, उससे साफ था कि रोमी बनारस का नहीं था। उसकी भाषा, कपड़े और उसका व्यवहार... हर चीज से पता चल रहा था कि वो वहां बाहरी था। कैसे कोई एक आदमी, और वो भी जो इस शहर में नया हो, वो देव-राक्षस मठ के विशाल नेटवर्क से बच सकता था?

'जब तक कि...' बाला ने बुदबुदाया।

'जब तक कि क्या, बाला?' विद्युत ने पूछा।

'जब तक कि वो बनारस में अकेला न हो, विद्युत। हमने ऐसा सोच भी क्यों लिया कि वो अकेला भेड़िया है? शायद वो अकेला नहीं है। शायद उसके पीछे भी कोई ऐसा

संगठन हो, जिसकी वाराणसी में मजबूत जड़ें हों। अगर अब हम उससे मिलने जा रहे हैं तो, हमें हर संभावना को ध्यान में रखना होगा।'

बाला की बात वहां मौजूद हरेक व्यक्ति की समझ में आ गई, और सबसे अधिक विद्युत के। पल भर में ही विद्युत जान गया था कि बाला सच कह रहा था। *वो इतना मूर्ख कैसे हो सकता था?*

'वह अकेला नहीं है,' विद्युत ने कहा। उसके वाक्य में शक की कोई गुंजाइश नहीं थी।

'अभी किसी निर्णय पर नहीं पहुंचते हैं, विडियो...' बाला ने कहा, लेकिन तभी विद्युत ने उसे बीच में रोक दिया।

'वह अकेला नहीं है!' विद्युत ने दोहराया, इस बार कुछ सख्ती से। उसके हाथ उसकी कमर पर थे और वो अपना सिर हिलाते हुए, जमीन को घूर रहा था। 'हमने बहुत मूर्खता की...' वो बड़बड़ाया और फिर जोर से हंसने लगा।

'ओह गॉड... हम कितने मूर्ख थे!' विद्युत चिल्लाया और फिर से अपना नियंत्रण खो हंसने लगा। बाकी लोगों ने एक-दूसरे को देखा, उन्हें कुछ अंदाजा नहीं था कि विद्युत किस बात पर हंस रहा था।

'भगवान के लिए, विडियो... क्या तुम हमें बताओगे कि तुम क्या सोच रहे हो?' विद्युत को हंसता देख बाला ने पूछा।

'आई एम सॉरी... मुझे माफ करना... बस मुझे भरोसा नहीं हो रहा कि हमने इसे पहले क्यों नहीं सोचा,' विद्युत ने कहा। अब वह धीरे-धीरे गंभीर हो रहा था।

'क्या नहीं सोचा, दादा?' सोनू ने पूछा।

'एकदम सिंपल है, सोनू। रोमी आज मुझसे मिला, या मुझे कहना चाहिए कि रोमी आज मेरे करीब था, जबकि आज की हमारी योजना तो बस तुरंत बनाई गई थी। उसे कैसे पता चला कि मैं वहां जाने वाला था?' विद्युत ने समझाया।

बलवंत, बाला, गोवर्धन और पुरोहित जी आखरी देवता के शब्द सुनकर जड़ रह गए। *इतनी सामान्य सी बात पर उनका ध्यान कैसे नहीं गया था?*

सोनू अभी भी थोड़ी दुविधा में था। 'आपका क्या मतलब है, विद्युत दादा?' उसने पूछा। 'हो सकता है मठ के प्रवेश द्वार के पास किसी जगह पर रोमी आपका इंतजार कर रहा हो, और उसने वहां से आपका पीछा किया हो।'

'तुम सही कह रहे हो, सोनू। लेकिन तुम्हारी थ्योरी में दो समस्याएं हैं। पहली बात तो, जैसा कि हम सभी जानते हैं, सशस्त्र योद्धा-संतों का बड़ा सा दल दिन-रात आश्रम की सुरक्षा करता है। तो यह संभव ही नहीं है कि कोई व्यक्ति तीन दिन तक आश्रम के आसपास किसी भी जगह पर डेरा डालकर बैठा रहे और पकड़ा न जाए। दूसरी बात, दोनों बार जब भी वो मुझसे मिला, पूरी तैयारी से मिला। पहली बार उसके पास बढ़िया सी डिवाइस थी, जो कभी भी फट सकती थी। और दूसरी बार भी अच्छी तरह हमारी आंखों में धूल झोंकी या रेस्टोरेंट स्टाफ में से किसी को पटा लिया। तो तुम्हारी कही बात सच हो सकती है, लेकिन उस पर यकीन करना मुश्किल होगा।'

सोनू समझ गया था कि विद्युत क्या कह रहा था। उसने उसके विचारों को ज़ुबान दी, 'तो रोमी जानता था कि आप कब और कहां जाने वाले हो!'

'हां,' बलवंत गुर्राया, उसकी आंखें जल रही थीं। 'हम लोगों में कोई गद्दार है।'

विद्युत अब अपने कमरे में वापस जा रहा था। वो सर्द रात थी और मठ का अंदरूनी भाग सुंदर बगीचों, झरनों और मद्धम रौशनी में बहुत ही आकर्षक लग रहा था। एक लंबे और व्यस्त दिन के बाद, विद्युत कुछ घंटे अपने नर्म बिस्तर में आराम करना चाहता था। वह जानता था कि नींद आनी तो मुश्किल होगी, क्योंकि अगला दिन खतरा लिए जो आ रहा था। *खतरा रोमी के लिए था।*

'हे!'

विद्युत मुड़ा तो नैना को बरामदे में एक स्तंभ के पास खड़ा पाया।

'ओह हाय, नैना। तुम इस समय यहां क्या कर रही हो? आधी रात बीत चुकी है,' विद्युत ने कहा।

नैना ने कुछ नहीं कहा। वो बस विद्युत को घूर रही थी। देवता ने ध्यान दिया कि उसने सफेद रंग की चुस्त सलवार-कमीज पहनी हुई थी, और खिले नारंगी रंग का दुपट्टा। उसके रेशमी बाल, फेशनेबल पंजाबी चोटी में गुंथे हुए थे। एक छोटी सी बिंदी उसके सुंदर माथे पर दमक रही थी और उसकी बड़ी-बड़ी आंखों पर हमेशा की तरह मस्कारा लगा हुआ था। आकर्षक बालियां उसकी खूबसूरती में चार चांद लगा रही थीं।

'क्या...?' विद्युत ने मजाक में उससे पूछा, वो चुपचाप उसके साथ घास पर चल रहा था। 'तुम बस ऐसे ही घूरने वाली हो?'

'नहीं। मुझे नहीं लगता कि अब मैं ये भी कर सकती हूं, है ना विद्युत?' उसने शिकायती मुस्कान से पूछा। उसका मुस्कुराता चेहरा उसके दर्द को छिपा रहा था। विद्युत जानता था कि वो क्या कहना चाह रही थी। पर उसने उसकी बात को अनसुना करने की कोशिश की। वो और कर भी क्या सकता था?

'ओह छोड़ो भी, नैना। चलो मेरे साथ,' उसने कहते हुए उसका हाथ अपने हाथ में लिया, और धीमे से उसे अपने साथ चलने के लिए खींचा। वो धीरे-धीरे विद्युत के कमरे की तरफ बढ़ने लगे। हंसमुख और बड़बड़ करने वाली नैना आज असामान्य रूप से शांत थी।

'कोई बात तुम्हें परेशान कर रही है, नैना?' विद्युत ने पूछा। वह जानता था कि वो हमेशा के लिए इस टॉपिक से भाग नहीं सकता था। और बचपन की दोस्त के रूप में नैना उसके काफी करीब थी।

'क्यों? मुझे किसी बात से क्यों परेशान होना चाहिए, महान देवता?' नैना ने जवाब दिया, यह जताते हुए कि उसे विद्युत की बात समझ ही नहीं आई थी।

'नहीं, बिलकुल नहीं। बस तुम हमेशा की तरह बात नहीं कर रहीं ना,' उसने उसे देखते हुए कहा। नैना ने कोई जवाब नहीं दिया। उसकी नजरें सामने के रास्ते पर ही थीं, हाथ दुपट्टे के अंदर छिपे हुए, वहां ठंड अधिक थी। अगर दामिनी के आ जाने से उनके बीच यूं तनाव नहीं आ गया होता, तो यह मौका उनकी रोमांटिक मुलाकात के लिए परफेक्ट रहता।

·||卐||·

विद्युत का कमरा द्वारका शास्त्री के कक्ष के नजदीक ही बना गेस्ट रूम था। नैना और वो अब उसके कमरे के दरवाजे के सामने खड़े थे। विद्युत का ध्यान न चाहते हुए भी इस चांदनी रात में नैना की बेमिसाल खूबसूरती पर जा रहा था।

'गुडनाईट, नैना,' उसने कहा, 'और मेरे साथ यहां तक आने के लिए धन्यवाद।'

'कोई बात नहीं, विद्युत। गुडनाईट।'

नैना मुड़ी और अपने क्वार्टर की तरफ जाने लगी। विद्युत का मन किया कि उसे रोककर चूम ले। यकीनन, वो था तो आधा इंसान ही।

जैसे ही वो मुड़कर अपने कमरे का दरवाजा खोलने को हुआ, उसने नैना को अपना नाम पुकारते सुना।

'विद्युत...?'

देवता ने मुड़कर देखा कि नैना कुछ कदम की दूरी पर खड़ी थी।

'हां, नैना?'

'तुम्हें पता है... तुम्हें कम से कम मेरे एक पत्र का तो जवाब भेजना चाहिए था। तुम्हें मुझे दामिनी के बारे में बताना चाहिए था। वैसे वो बहुत सुंदर है!' उसने कहा, उसकी आवाज कांप रही थी, आंखें गीली थीं... यद्यपि उसके चेहरे पर अभी भी मुस्कान थी।

विद्युत नहीं जानता था कि क्या जवाब दे। नैना स्वर्ग की किसी अप्सरा से भी अधिक आकर्षक लग रही थी। एक पल को उसे लगा कि वो उसे बांहों में उठा बेपनाह मोहब्बत देना चाहता था। कोई नेक आदमी भी ऐसे समर्पित प्यार और अतुल्य सौन्दर्य के आगे झुक सकता था। लेकिन फिर, विद्युत सिर्फ इंसान नहीं था। वो धरती का आखरी देवता था। उस लालसा से संघर्ष करते हुए उसने दामिनी की तस्वीर अपने मन में बसा ली। कुछ कमजोर पलों के बाद वो वापस से डट गया था। फिर भी वो नैना को सहज करना चाहता था। अपनी सबसे अच्छी दोस्त को वो सच में प्यार करता था।

'नैना... प्यारी नैना...' उसने अपना सिर एक तरफ झुकाते हुए नरमी से कहा।

'अगर तुमने मुझे जवाब भेज दिया होता... तो मैं 26 साल, 9 महीने और 18 दिनों तक तुम्हारा इंतजार नहीं करती, विद्युत,' नैना ने कहा और विद्युत को नजर भर देखकर जाने के लिए मुड़ गई।

·||卐||·

विद्युत के मन में आज रात बहुत सी बातें थीं। नैना की जाती परछाईं पर वो मुस्कुराया और अपने कमरे में घुस गया। उसके पीछे जाकर एक भावुक बातचीत करना अभी उसके बस में नहीं था, हालांकि उसे उसके लिए बहुत बुरा महसूस हो रहा था। लेकिन इस हालात से अलग अभी कुछ और बात उसे परेशान कर रही थी। उसे पूरा यकीन नहीं था, लेकिन उसे महसूस हुआ कि उसने नैना को अपने दुपट्टे के नीचे कोई इलेक्ट्रॉनिक डिवाइस पकड़े देखा था। वो सेलफोन तो नहीं था। वास्तव में वह कोई

सामान्य डिवाइस नहीं थी, जो अधिकतर लोगों के पास हो। विद्युत एक तकनीकी कंपनी चलाता था और डिजिटल व टेलीकॉम सिक्योरिटी ही उनका मुख्य काम था। वो उस चीज को जानता था।

विद्युत बता सकता था कि जो डिवाइस नैना ने अपने दुपट्टे के नीचे छिपाई हुई थी, वो एडवांस इरीडियम 9555 सेटेलाइट फोन था।

हड़प्पा, 1700 ईसापूर्व

विश्वासघात का ख़ंजर

'इस सबमें चंद्रधर कहां है? वो मुझे बचाने क्यों नहीं आया?' विवास्वन पुजारी ने पूछा। 'वो न्यायालय में भी नहीं था।'

सोमदत्त खामोश था। विवास्वन पुजारी ने उसे उम्मीद से देखा। अगर कोई उसे इस दलदल से बाहर निकाल सकता था, तो वो उसका साथी, उसका साला, उसका मित्र... चंद्रधर था। देवता को पूरा यकीन था कि पंडित चंद्रधर उसे बचाने के लिए किसी भी ताकत से भिड़ जाएगा, फिर वो चाहे इस दुनिया की शक्ति हो या दूसरी दुनिया की।

मुख्य अभियंता अभी भी खामोश था। विवास्वन पुजारी बेचैन हो रहा था, वो जल्दी से पलटवार की अपनी योजना बनाना चाहता था।

एक पल झिझकने के बाद उसने अपना गंदा हाथ सोमदत्त के कंधे पर रखा और दोबारा कहा, 'मेरा भरोसा करो सोमदत्त, चंद्रधर को इस षड्यंत्रकारी को सामने लाने में अधिक समय नहीं लगेगा। हालांकि इसमें वो नीच रंगा शामिल है, लेकिन इतनी

जघन्य साजिश रचने का ना तो उसके पास दिमाग है ना योग्यता। इसके पीछे जरूर कोई काली और सक्षम ताकत है।'

विवास्वन पुजारी अपने मित्र सोमदत्त को सुबकता देख चकित रह गया। *क्या उसके प्रिय मित्र चंद्रधर को कुछ हो गया था?*

'बात करो सोमदत्त! क्या हुआ है? क्या उन्होंने चंद्रधर को भी पकड़ लिया है??'

मुख्य अभियंता ने नजरें उठाईं, और वापस से साहस जुटाया। 'नहीं स्वामी, पंडित चंद्रधर पूरी तरह ठीक हैं।'

'तो तुमने उससे संपर्क क्यों नहीं किया? मैं जानता हूं कि तुम सक्षम और जुगाड़ू हो सोमदत्त, लेकिन चंद्र इसमें बहुत मददगार साबित होगा। वह पुजारी परिषद और सेना, दोनों का नियंत्रण अपने हाथ में ले सकता है।'

'उन्होंने पहले ही परिषद और सेना का पूर्ण नियंत्रण अपने हाथ में ले लिया है, स्वामी,' सोमदत्त ने रुखाई से जवाब दिया।

विवास्वन पुजारी नहीं जानता था कि आगे क्या कहे। सोमदत्त के छोटे से जवाब और उसके सबसे विश्वसनीय मित्र और साझेदार, चंद्रधर की मदद से इंकार पर वो सकते में था।

'देखो सोमदत्त, मुझे नहीं लगता कि तुम बात समझ पा रहे हो। पंडित चंद्रधर मेरे भाई के समान है, और मुझे व मेरे परिवार को बचाने के लिए वो अपनी आखरी सांस तक लड़ेगा...'

सोमदत्त अब और नहीं सुन सका। 'बस करो, महान देवता!' विवास्वन पुजारी की बात को बीच में काटते हुए वो चिल्लाया।

विवास्वन देख सकता था कि सोमदत्त हांफ रहा था, और वो नाराज और हताश दिखाई पड़ रहा था।

एक पल रुकने के बाद सोमदत्त आगे झुका और अपने दोनों हाथ देवता के रक्त से सने कंधों पर रखे। विवास्वन पुजारी की आंखों में देखते हुए उसने नरमाई से कहा।

'आप सच में नहीं जानते, देवता?' उसने विनम्रता से पूछा, वो अपने भाव नहीं छिपा पा रहा था। एक बार फिर से उसके आंसू बह निकले।

विवास्वन पुजारी को अब किसी भयानक आपदा का अंदेशा हुआ। अगर चंद्रधर ज़िंदा था और उसने परिषद और सेना को अपने नियंत्रण में ले लिया था, तो सोमदत्त की जगह वो यहां क्यों नहीं आया?

'मुझे बताओ तुम क्या जानते हो, दोस्त,' देवता ने घबराते हुए पूछा।

सोमदत्त ने धीरे से हां में सिर हिलाया और कहा, 'आपको क्या लगता है सेना को आपके विरुद्ध आदेश किसने दिया, स्वामी?'

विवास्वन पुजारी खाली नजरों से उसे देख रहा था, उसने कभी एक पल के लिए भी उसकी कल्पना नहीं की थी, जो वो अभी सुनने वाला था।

'और आपको क्या लगता है समग्र पुजारी परिषद को आपके और आपके परिवार के विरुद्ध ऐसा पतित आदेश देने का हुक्म किसने दिया था?'

'कौन, सोमदत्त?! पहेलियां बुझाना बंद करो और सीधे-सीधे बताओ!' विवास्वन पुजारी ने जोर दिया।

सोमदत्त ने कोशिश की लेकिन तभी दीवार के पार से आती मर्मभेदी चीख को सुन चौंक गया। कोई अपनी सहनशक्ति से अधिक पीड़ा झेल गया था।

विवास्वन पुजारी और सोमदत्त ने उस पीड़ित आत्मा के लिए एक उपचारक मंत्र का उच्चारण किया।

'अपना हृदय मजबूत कर लीजिए स्वामी, अब मैं उस शख्स का नाम लेने जा रहा हूं, जिसने आपकी मृत कारावास की सजा पर पवित्र मुहर लगाकर पुष्टि की,' सोमदत्त ने कहा।

उसे नाम लेने की जरूरत नहीं पड़ी। हड़प्पा में केवल दो ही इंसान थे जो न्यायालय से पास हुए फैसलों पर मुहर लगाकर अनुमोदित करने का अधिकार रखते थे, जिससे की सात दिनों के अंदर उस फैसले को अमल में लाया जाए। उनमें से एक शख्स तो मृत कारावास की गहन गुफा में बंद था। वो स्वयं विवास्वन पुजारी था। दूसरा आदमी इस देवता का विश्वसनीय मित्र था। वो आदमी जिसकी जिंदगी देवता ने बचाई थी। हड़प्पा का रत्न, जिसकी बहन से देवता ने विवाह किया था।

'चंद्रधर!' देवता अविश्वास से चिल्लाया। 'ऐसा नहीं हो सकता। तुम मुझसे झूठ बोल रहे हो, पतित व्यक्ति!' वो सोमदत्त पर दहाड़ा। 'तुम भी इस पतित षड्यंत्र का हिस्सा हो। चले जाओ यहां से!'

सोमदत्त को बुरा नहीं लगा। उसे देवता से ऐसी प्रतिक्रिया की उम्मीद थी। और फिर भी वो जानता था कि उसे पूरा सच बताना ही होगा, भले ही वो कितना ही भयानक क्यों न हो।

'चंद्रधर ने ही आपको मृत कारावास में भेजा है। चंद्रधर ने ही आपके पुत्र और संजना को कैद करने के लिए समन जारी किया था। चंद्रधर ने नगर परिषद को आपकी सारी संपत्ति, भूमि और जायदाद हड़पने के लिए प्रभावित किया। आपके घर के सेवकों को भी आपके अपराध में साझेदार मानते हुए, मौत की सजा सुना दी गई है।'

विवास्वन पुजारी अंधेरी कोठरी में जड़ बैठा था। धोखे का एक सुलगता हुआ तीर उसकी आत्मा में जा धंसा था। विश्वासघात का ख़ंजर उसके अस्तित्व को ही तार-तार कर गया था। वह बेजान लाश से अधिक कुछ नहीं लग रहा था। उसके चेहरे पर कोई रंग नहीं था, आंखों में कोई हलचल नहीं थी। देवता जो इस उम्र में भी किसी युवक की तरह जोशीला लगता था, अब बहुत वृद्ध जान पड़ रहा था।

विवास्वन पुजारी अब अपने घुटनों में मुंह छिपाए, जोर-जोर से रो रहा था। पिछले कुछ घंटों में वो बहुत आंसू बहा चुका था और अब उसकी आंखें भी सूखती जान पड़ रही थीं। लेकिन फिर भी उसकी सुबकियां रुकने का नाम नहीं ले रही थीं। देवता असाधारण रूप से मजबूत इंसान था। वह उतनी ईमानदारी से रो रहा था, जितनी सचाई से उसने प्यार किया था।

विवास्वन पुजारी की मुश्किलें अभी खत्म नहीं हुई थीं। सोमदत्त ने अंतिम सत्य बताने के लिए स्वयं को तैयार किया।

'अभी और भी बाकी है, देवता। ऐसे हृदय विदारक समाचार सुनाने के लिए मुझे क्षमा करें,' सोमदत्त ने स्वयं भी लगभग रोते हुए कहा। विवास्वन पुजारी न तो हिला, ना ही कोई प्रतिक्रिया दी, हालांकि उसकी भारी सुबकियां अब थम गई थीं।

अभियंता ने अपनी बात आगे बढ़ाई।

'मनु, देवी संजना और आपके नौ योद्धाओं को पकड़कर, मार डालने के लिए भारी बल भेजा गया है। चंद्रधर ने परिषद के माध्यम से स्वयं को हड़प्पा का पहला सम्राट और अपनी पत्नी प्रियम्वदा को महारानी घोषित करवा दिया है। हमारे प्यारे

नगर में, जिसे आपने इतनी मेहनत से खड़ा किया, वो लोकतंत्र की समाप्ति कर साम्राज्य की स्थापना कर रहा है।'

सोमदत्त देवता से हिंसक प्रतिक्रिया की उम्मीद कर रहा था, लेकिन उसने कोई जवाब नहीं दिया। देवता बिना कुछ कहे, अपना चेहरा घुटनों में छिपाए, उसी मुद्रा में बैठा रहा।

'एक और बात है, स्वामी,' सोमदत्त ने आगे बताया। 'चंद्रधर ने विशेष निर्देश दिया है कि कल सुबह आपको जनता के सम्मुख पेश किया जाए। उसने कहा है कि इससे एक मिसाल कायम होगी।'

वह जानता था कि देवता हर बात सुन रहा था। उसने वो आखरी खबर भी सुनाई, जिसे वो अब तक दबाए बैठा था।

'कल सुबह महान स्नानागार में हड़प्पा की जनता के लिए विशाल दावत और जुलूस का आयोजन किया गया है। जैसा कि आप जानते हैं कि हमारा स्नानागार मोहन जोदड़ो के स्नानागार से बीस गुणा बड़ा है। वो रातोरात उस जगह को पंद्रह हज़ार से अधिक दर्शकों के बैठने के लिए तैयार करवा रहा है।'

विवास्वन पुजारी ने अभी भी कोई जवाब नहीं दिया।

सोमदत्त ने अपना सिर पीछे झटककर अफसोस की आह निकाली। उसका सिर घूम रहा था, वो यकीन नहीं कर पा रहा था कि उसका खुशहाल और समृद्ध हड़प्पा कुछ ही घंटों और दिनों में एक डरावने सपने में कैसे बदल गया। कुछ पल बाद उसने साहस बटोरा और वो बोला, जो कोई कल्पना भी नहीं कर सकता था। वो धीरे से आगे झुका, देवता के चेहरे के नजदीक, और हर शब्द एक जघन्य पाप की तरह उसके मुंह से निकला।

'कल सुबह वो आपको निर्मम प्रताड़ना देने वाले हैं, मेरे स्वामी। और हड़प्पा इसका साक्षी बनेगा।'

बनारस, 2017

महान वैदिक सभ्यता

दामिनी महान मठाधीश, ताकतवर द्वारका शास्त्री से होने वाली संभावित मीटिंग को लेकर बहुत नर्वस थी। इस मामले में उसके लिए समस्या दोगुनी थी। एक तरफ तो, दुनिया के सबसे ताकतवर और रहस्यमयी संत व तांत्रिक से मिलने के ख्याल से ही वो बेचैन थी। दूसरी तरफ, वो बुज़ुर्ग उसके ससुराल पक्ष की तरफ से एकमात्र सदस्य थे। तो दामिनी बहुत परेशान थी कि उनसे मिलने जाते समय वो क्या पहने, क्या कहे और क्या न कहे।

हालांकि, विद्युत और दामिनी दोनों ही जानते थे कि आज कोई सामान्य दिन नहीं होने वाला था। रोमी परेरा के साथ देवता की शाम को होने वाली मुलाकात का ख्याल उनके मन में हर दूसरे पल आ रहा था। दामिनी विद्युत की सुरक्षा को लेकर भी बहुत परेशान थी। दूसरी तरफ विद्युत जानना चाहता था कि रोमी उसे मारना क्यों चाहता था। इस हत्या के पीछे छिपे संगठन या संस्थान का वो पता लगाना चाहता था। उसे उम्मीद थी कि आज सुबह अपने परदादा से मिलकर वो उस रहस्य का कुछ तो पता लगा ही लेगा।

आश्रम में मिलते किसी रानी जैसे सम्मान से दामिनी बहुत खुश थी। वाराणसी की फ्लाईट में आते समय वो कल्पना कर रही थी कि मठ कोई अंधियारी और दम घोंटू सी कैद होगा, जहां वही पुरानी रस्में दोहराई जाती होंगी, और उबाऊ से लोग होंगे। लेकिन यहां उससे विपरीत हालात पाकर वो बहुत जोश में थी। यद्यपि बाहर से प्रवेश करने पर मठ वैसे ही भयानक और किले-रूप में लगता था, लेकिन इसके अंदर का जीवन और लोग सकारात्मकता लिए हुए थे। सुबह दामिनी की आंख दिव्य मंत्रों के उच्चारण से खुली थी और मंत्रों की ऐसी गहनता और जुनून उसने कभी पहले नहीं देखा था। उसे एक कप हर्बल टी दी गई, बेहतरीन मिश्रण से तैयार की गई। इससे उसे ऐसी ऊर्जा और स्फूर्ति मिली, जो उसने पहले कभी महसूस नहीं की थी। फिर खुली छत पर विविध निर्देशों के साथ योग कराया गया।

फिर दामिनी के लिए गर्म नाश्ता परोसा गया, जो मानो खास तौर से सम्राज्ञी के लिए ही तैयार किया गया हो। ताजे फलों का सलाद और फ्रेश योगर्ट के साथ सिर्फ आलू परांठा और पोहा मटर ही नहीं, बल्कि बेक किए हुए बीन्स और कॉर्नफ्लेक्स भी। देव-राक्षस मठ, इसके शिक्षक, इसके अनुशासन और इन्फ्रास्ट्रक्चर किसी भी मायने में पश्चिमी शैक्षणिक स्थापना से कम नहीं था। बस इसका अध्यात्म, रण-कौशल और रहस्यमयी साधना इस प्राचीन संस्थान को और खास बना देते थे।

जब वो द्वारका शास्त्री के विशाल कक्ष की ओर बढ़ रहे थे, तो विद्युत को रह-रहकर हंसी आ रही थी। दामिनी ने बनारसी साड़ी पहनने की कोशिश की थी, जो उसे उसी सुबह पुरोहित जी की पत्नी ने सस्नेह उपहार में दी थी। दामिनी जितने शान और वैभव से मठाधीश की कुटीर की तरफ बढ़ रही थी, उतना ही बार-बार लड़खड़ा रही थी, और बार-बार वो भारी साड़ी कभी कहीं से तो कभी कहीं से फिसल जाती। जब आखिरकार वो पूरी तरह, सही सलामत बुजुर्ग के द्वार तक पहुंच गई, तो उसने चैन की सांस ली।

सत्य का क्षण आ पहुंचा था। उसे अब उस मध्ययुगीन के से दिखते कॉटेज में प्रवेश करना था। और उस शख्स से मिलना था जिसे उसके बॉयफ्रेंड ने धरती का सबसे ताकतवर इंसान माना था।

'ओके, विद्युत बेबी... तुम तैयार हो न?' दामिनी ने गहरी सांस लेते हुए, बेचैनी से पूछा। विद्युत ने मासूमियत से सिर हिलाया, वो बड़ी मुश्किल से अपनी हंसी रोक पा रहा था। वो जानता था कि दामिनी बेवजह घबरा रही थी। वह जानता था कि उसके बाबा त्रिकालदर्शी थे, जो भूत, वर्तमान और भविष्य में देख सकते थे। वह जानता था कि ग्रैंडमास्टर पल भर में दामिनी के सुंदर दिल को देख लेंगे। जो बात विद्युत नहीं जानता था, वो यह थी कि शक्तिशाली द्वारका शास्त्री पहले से ही दामिनी को जानते थे।

वो दामिनी के बारे में विद्युत से भी अधिक जानते थे।

देवता ने अपने परदादा के दरवाजे पर दस्तक दी और वही जानी-पहचानी 'हम्म...' सुनी। विद्युत ने दामिनी को अपने पीछे आने का संकेत दिया।

जैसे ही दामिनी ने दुनिया की सबसे ताकतवर आत्मा के विशाल कक्ष में प्रवेश किया, उसे आभास हुआ कि कक्ष में ग्रैंडमास्टर के अलावा किसी और का भी अहसास था। वो उस अलौकिक शक्ति की फुंकार भी सुन सकती थी। उसे लग रहा था कि वहां द्वारका शास्त्री, विद्युत और उसके अलावा भी कोई मौजूद था। उसने उस ख्याल को झटकने की कोशिश की। वो अपने ससुराल वालों से मिल रही थी!

द्वारका शास्त्री वैसे ही दर्जनों तकियों और मसनदों के सहारे अपने बड़े से बिस्तर पर लेटे हुए थे। उस असाधारण इंसान की एक झलक देखते ही दामिनी सम्मोहित सी हो गई। उनके खुले हुए सफेद बाल, चेहरे पर युद्ध लड़ने के निशान और शाही व्यक्तित्व ने दामिनी को सुन्न सा कर दिया। उनकी उंगलियां यंत्रवत सी अपनी माला के मनकों को फेर रही थीं।

'प्रणाम, बाबा,' विद्युत ने कहा। प्रणाम भारतीय संस्कृति का सबसे विनम्र और आदरणीय अभिवादन था।

'यशस्वी भव...' ग्रैंडमास्टर ने जवाब दिया। मठाधीश आशीर्वाद में अपने परपोते के यश की कामना कर रहे थे।

'बाबा, मेरे साथ दामिनी आई हैं,' विद्युत ने कुछ शर्माते हुए कहा। 'मुझे लगता है, आपने इन्हें मठ में प्रवेश करते ही जान लिया था।'

दामिनी ने इसे फिर से अपना संकेत समझा। इस बार वो सही थी।

'प्रणाम बाबा,' दामिनी ने आदर में अपने हाथ जोड़ते हुए, विनम्र आवाज में कहा।

द्वारका शास्त्री ने अपनी आंखें खोलकर दामिनी को देखा। पल भर में ही उनकी नजरों की सख्ती स्नेह और अपनेपन में बदल गई। फिर उन्होंने वो कहा, जिसकी विद्युत और दामिनी ने कल्पना भी नहीं की थी।

महान मठाधीश मुस्कुराए और अपनी प्यार भरी आवाज में सिर्फ ये दो शब्द कहे।

'स्वागतम, संजना।'

रत्नजड़ित हार शानदार रूप से चमक रहा था। दामिनी भौंचक्की रह गई थी जब महान द्वारका शास्त्री ने विद्युत को उनकी महोगनी अलमारी खोलकर, रत्नजड़ित चंदन का बक्सा निकालने को कहा। वो दामिनी के लिए उपहार था। उसके अंदर रखा हीरे जड़ा सोने का हार, सबसे महंगा आभूषण था, जिसे दामिनी अपनी नजरों से देख रही थी। वो किसी प्राचीन महारानी के लिए तैयार किया गया, एंटिक खजाना लग रहा था।

'बाबा... विद्युत... मैं इतना महंगा उपहार कैसे ले सकती हूं...' दामिनी ने झिझकते हुए कहा, उसने विद्युत की तरफ मार्गदर्शन के लिए देखा। विद्युत ने मुस्कुराकर उसे लेने का इशारा किया। ये ग्रैंडमास्टर का आशीर्वाद था।

'मैं खुश हूं कि तुम दोनों यहां एक साथ आए हो,' कुछ पल की खामोशी के बाद ग्रैंडमास्टर ने कहा। 'इससे पहले कि हम किसी और चीज के बारे में बात करें, मुझे बताओ विद्युत, क्या तुम उस कातिल से उसकी तय की हुई जगह पर जाकर मिलने को तैयार हो? वो पूरी तैयारी से आएगा।'

पुरोहित जी ने ग्रैंडमास्टर को पिछली शाम के बारे में बता दिया था। द्वारका शास्त्री सचेत थे लेकिन अधिक चिंतित नहीं। वो जानते थे कि उनका परपोता कोई साधारण मनुष्य नहीं है। वो जानते थे कि जिस पल विद्युत ने वाराणसी में कदम रखा था, उसी पल से इस अंतिम मुकाबले की उल्टी गिनती शुरू हो गई थी। दानव और देवता के बीच संघर्ष; बुराई और अच्छाई की जंग; रोमी और विद्युत का मुकाबला। इसकी भविष्यवाणी साढ़े तीन हज़ार साल पहले की जा चुकी थी। समय आ गया था। और ग्रैंडमास्टर जानते थे कि रोमी के साथ जंग तो एक शुरुआत थी।

'हां, बाबा। मैं उससे जाकर मिलूंगा और हमेशा के लिए सब सही कर दूंगा। गंगा आरती के पावन अवसर पर। हम बुराई का सर्वनाश कर देंगे,' विद्युत ने जवाब दिया।

द्वारका शास्त्री गर्व से मुस्कुराए और अपना हाथ उठाकर विद्युत को आशीर्वाद दिया।

'लेकिन बाबा, विद्युत... और भी बहुत से सवाल हैं जिनका जवाब अभी तक नहीं मिला है,' दामिनी ने नरमी से कहा। 'हालांकि मैं समझ सकती हूं कि ब्राह्मिनाबाद के सच को छिपाने के पीछे ईस्ट इंडिया कंपनी का ध्येय यह था कि वो स्थानीय लोगों पर मनोवैज्ञानिक श्रेष्ठता का लाभ लेना चाहती थी, लेकिन मैं यह नहीं समझ पा रही कि ब्राह्मिनाबाद को बर्बाद करने या हड़प्पा या सिंधु घाटी सभ्यता को कमजोर करने से यह कैसे हासिल होने वाला था।'

द्वारका शास्त्री विद्युत की तरफ मुड़े, 'इस सवाल का जवाब तुम क्यों नहीं देते, विद्युत?'

'जैसा कि कल शाम मैं तुम्हें बता रहा था, दामिनी, किसी पर भी पूर्ण शासन से पहले सामने वाले का शासक के प्रति पूर्ण समर्पण जरूरी है। और यह तभी संभव हो सकता था, जब एक पूरी पीढ़ी यह मानकर चले कि उक्त शासक हमसे नैतिक, ऐतिहासिक और सांस्कृतिक मायनों में कहीं अधिक श्रेष्ठ है।'

विद्युत एक पल यह देखने के लिए रुका कि दामिनी उसकी बात समझ भी पा रही थी या नहीं। उसे समझ आ रहा था।

'तो ये उनकी रणनीति का अहम हिस्सा था कि अतीत का एक बीज बोया जाए, जिससे उनकी पश्चिमी विरासत की श्रेष्ठता का पता चले। इससे उन्हें ये प्रसारित करने में खासी मदद मिली कि भारतीय हमेशा से, और हड़प्पा सभ्यता के समय से भी हीन ही थे, वो तो पश्चिम से आए हमलावरों ने यहां आकर विकास और समृद्धि उत्पन्न की। हालांकि उनके साम्राज्य की सारी योजना धरी की धरी रह जाती, अगर वो लोग जिन्हें वो गुलाम बनाने की कोशिश कर रहे थे, जान पाते कि वास्तव में वो ही थे जिन्होंने बड़ी-बड़ी सभ्यताओं, नगरों और व्यापार का निर्माण किया। उनके तत्कालीन शासक तो उस समय तंबुओं में रहा करते थे और अपना बदन जानवरों की खाल से छिपाते थे!'

'और हड़प्पा यही साबित करती! वो भारतियों को उनके सुनहरे अतीत की याद दिला देती। वो उन्हें बता देती कि वो उन्हीं के पूर्वज थे जिन्होंने दुनिया के सामने सभ्यता की मिसाल पेश की!' दामिनी ने इस पहेली को समझते हुए जोश से कहा।

द्वारका शास्त्री ने हां में सिर हिलाया। 'अभी और भी बात है, बेटा। क्या तुम जानती हो कि खुदाई के समय बहुत से हवन-कुंड भी वहां से मिले थे? हड़प्पा वासी जिस भगवान को पूजते थे, वो वास्तव में पशुपति और शक्ति थे, जिनका दूसरा नाम प्रभु शिव और मां दुर्गा है? तुमने कितनी बार पढ़ा कि हड़प्पा की अनेकों साइटों से जो मुहर और मिट्टी के बर्तन बरामद हुए उन पर योगी की तस्वीर बनी हुई थी?'

'सच कहूं तो, बाबा, मैंने इस बारे में कुछ नहीं पढ़ा है,' दामिनी ने जवाब दिया। 'वास्तव में, बहुत ही कम लोग इसकी डिटेल जानते होंगे।'

'दामिनी, हवन-कुंड का मुख्य रूप से इस्तेमाल वैदिक अनुष्ठानों के तहत ही होता है। आज भी भारत और नेपाल के हिंदू पशुपति और शक्ति की आराधना करते हैं। अगर हड़प्पा में भी योग का अस्तित्व था, तो इसका मतलब क्या है?' द्वारका शास्त्री ने उत्साह से पूछा।

'इसका मतलब है हड़प्पा सभ्यता कुछ और नहीं बल्कि सरस्वती के किनारे बसी वैदिक नगरी ही थी...' दामिनी ने मानो सच को बाहर निकालते हुए कहा।

द्वारका शास्त्री और विद्युत, दोनों खुश थे कि आखिरकार दामिनी को हड़प्पा का सच समझ तो आया। या कम से कम सच का कुछ अंश ही सही।

'तो तुम समझीं दामिनी, ब्राह्मिनाबाद को मलबे में बदलकर, आधी सदी तक आगे की खुदाई को अनदेखा कर, आधे सच का प्रसार कर और हड़प्पा सभ्यता की उपलब्धियों और शान के तथ्य को दबाया जाना सब एक विशेष योजना का हिस्सा था, जिससे इतिहास के कुछ पन्नों को हमेशा के लिए मिटा दिया जाए। खैबर पास से होकर आते हुए गोरे घुड़सवार एक ऐसी तस्वीर थी, जिसे धीरे-धीरे उप-महाद्वीप के मन में बसा दिया गया। हड़प्पा भारत को उसकी प्राचीन शान से जुदा करने की एकदम सटीक पृष्ठभूमि थी। *भारतीय कभी जान ही नहीं पाएंगे कि वो ही थे जिन्होंने दुनिया को सभ्य होना सिखाया!'*

दामिनी ने हामी में सिर हिलाया। उसने कभी सपने में भी कल्पना नहीं की थी कि हड़प्पा के उन आधे-अधूरे अवशेषों के साथ इतना बड़ा षड्यंत्र जुड़ा हो सकता

था। उनके सामने चाय आ चुकी थी और वो तीनों कुछ पल के लिए खामोश हो गए। दामिनी को यह सच पचाने के लिए कुछ समय चाहिए था।

अचानक दामिनी द्वारका शास्त्री की तरफ मुड़ी और तात्कालिकता से जानना चाहा, ‘लेकिन फिर बाबा, वो आर्य हमलावर कौन थे?’

द्वारका शास्त्री ने मुस्कुराते हुए विद्युत को देखा।

‘प्यारी दामिनी,’ विद्युत ने उसकी तरफ झुकते हुए कहा।

‘कोई आर्य हमलावर थे ही नहीं।’

हड़प्पा, 1700 ईसापूर्व

प्रतिशोध

कई पलों तक देवता न हिला, ना ही मुंह से कोई शब्द बोला। सोमदत्त ने उसे वो भयानक सच पचाने का समय दिया, जो भगवान ने उसे देखने पर मजबूर किया था। अभियंता परेशान हो रहा था कि मृत कारावास की उसकी समय सीमा अब खत्म होने वाली थी। जैसे ही उसने देवता को सहानुभूति देने के लिए अपना दोस्ताना हाथ आगे बढ़ाया, विवास्वन पुजारी ने अपना मुंह घुटनों में ही छिपाए हुए पूछा।

'वो पर्वत... ईंट और कांसे के पर्वत का क्या हुआ, जिसे सरस्वती की धारा मोड़ने के लिए बनाया जाना था?'

'चंद्रधर उस परियोजना पर बहुत तेजी से काम करवा रहा है। आपकी योजना के मुताबिक, कुछ ही घंटों में उसने ईंट और कांसे के उस पर्वत पर काम करवाने के लिए और अभियंताओं को जमा कर लिया। वहां भारी मात्रा में काम चल रहा है और हज़ारों पुरुष, महिलाएं और बोझा ढोने वाले पशु जुटे हुए हैं।'

विवास्वन पुजारी ने अचानक ऊपर देखा। उसे देख एक पल को मुख्य अभियंता की धड़कन थम गई।

देवता हड़प्पा के रसायन के असर में बावले हुए निवासियों से भी अधिक विक्षिप्त नजर आ रहा था। कोठरी के अंधेरे में, मशाल की झिलमिलाती रौशनी में सोमदत्त बस विवास्वन पुजारी की नाग की तरह जलती लाल आंखों को देख पाया। उसी शरीर, उन्हीं नैन-नक्श और उसी चेहरे में वो कोई दूसरा इंसान था। सोमदत्त समझ नहीं पा रहा था कि स्वयं विवास्वन पुजारी की आत्मा ने अपना काला रूप धारण कर लिया था या फिर उसने किसी दूसरी दुनिया की काली शक्ति को अपने पर बुला लिया था। लेकिन निश्चित रूप से विवास्वन पुजारी अपने बस में नहीं था।

·||卐||·

'ऊर्रररआआआअग्ग्गघ्ह्ह्हह!' दानवीय देवता इतनी जोर से और भयावह आवाज में कराहाया कि कुछ पल के लिए मृत कारावास में उपस्थित अन्य लोगों की कराहना भी बंद हो गई। उस कैद में मौजूद कैदी समझ पा रहे थे कि किसी की प्रताड़ना उनके समग्र दुख से भी अधिक गहरी थी। विवास्वन पुजारी का दर्द उसके दिल और आत्मा को चीरकर बाहर निकल रहा था, और अब वो कैदी भी उनके बीच मौजूद इस अनजान पीड़ित के लिए तड़प रहे थे।

'आआआर्र्रर्ररग्ग्गह्ह्ह्ह... आआआर्र्रर्ररग्ग्गह्ह्ह्ह... न्नन्नआआआर्र्रर्ररग्ग्गह्ह्ह्ह' विवास्वन पुजारी चिल्ला रहा था, उसकी आंखें चढ़ गई थीं, उसकी बाहें उसके बदन को चीर बाहर निकल जाना चाहती थीं, उसकी मुट्ठियां सख्त भिंची हुई थीं, मानो उस पर स्वयं शैतान ने कब्जा कर लिया हो। सोमदत्त डर से कांप उठा जब देवता ने मुड़कर अपना सिर कोठरी की दीवार पर पटकना शुरू कर दिया। अभियंता ने आगे छलांग लगाकर उसे पकड़कर, पीछे खींचने की कोशिश की। लेकिन उसने देर कर दी थी। दीवार पहले ही देवता के रक्त से रंग चुकी थी, और उसकी आंखें और चेहरा स्वयं अपने ही रक्त से तर हो रहा था।

सोमदत्त ने देवता को पकड़ा और बड़ी मुश्किल से उसे गंदी जमीन पर बैठाया। अपने मित्र, और अभी हाल तक हड़प्पा के सबसे ताकतवर इंसान को पकड़ते हुए वो कांप गया। विवास्वन पुजारी की त्वचा बर्फ सी ठंडी पड़ गई थी और वो अंदर ही अंदर

कोई मंत्र बुदबुदा रहा था, मानो वो सोमरस के नशे में हो। अभियंता किसी को मदद के लिए पुकारने की सोच ही रहा था। वो देवता और उसकी दिव्यता का सम्मान करता था, लेकिन क्या अब इस मौके पर *विवास्वन पुजारी अपना संतुलन खो बैठा था?*

'मैं पूरी तरह होश में हूं, सोमदत्त,' देवता ने फुसफुसाते हुए कहा, मानो वह सोमदत्त का दिमाग पढ़ पा रहा था। शायद वो दिमाग पढ़ सकता था। 'क्या मैं एक पल के लिए तुम्हारी कृपाण ले सकता हूं?'

'हम... हम आपको स्नानागार वाली जिल्लत से बचा लेंगे, प्रभु,' सोमदत्त ने कहा। 'भले ही इसके लिए हमें अपने रक्त की आखरी बूंद तक क्यों न लड़ना पड़े।'

'क्या मैं एक पल के लिए तुम्हारी कृपाण ले सकता हूं, सोमदत्त?' विवास्वन पुजारी ने जोर दिया, मानो उसने अपने अभियंता मित्र के अभी कहे शब्द सुने ही नहीं थे।

'ओ महान देवता, अपनी पत्नी और अपने बेटे की चिंता न करें। वो उतने ही पूजनीय हैं, जितने आप। हम उन्हें कोई नुकसान पहुंचने नहीं देंगे,' सोमदत्त ने देवता के सामने बैठ, उसके मुख को अपने अंगवस्त्र से पोंछते हुए कहा।

'क्या मैं तुम्हारी कृपाण ले सकता हूं, सोमदत्त?' विवास्वन पुजारी ने दोहराया।

वो कुछ सुनने को तैयार ही नहीं था।

सोमदत्त ने मयान से अपनी चमकती तलवार निकाली, एक घुटने पर झुककर, अपने दोनों हाथों में तलवार लेकर, देवता को पेश की, मानो वो भगवान को कुछ समर्पित कर रहा हो। लेकिन वो भगवान से कम भी तो नहीं था।

'आप क्या कर रहे हैं, प्रभु?' अभियंता ने चिल्लाकर कहा।

विवास्वन पुजारी ने अपनी दाईं कलाई चीर दी और रक्त का एक फव्वारा सा फूट गया। सोमदत्त जितना सदमे में था, उतनी ही उसे देवता की चिंता थी। वैसे भी पिछले एक दिन में देवता का जितना रक्त बह चुका था, वो घातक था।

'चिंता मत करो, सोमदत्त,' देवता ने कहा। 'तुम्हें याद नहीं है कि मुझ पर आग, भूख, प्यास, चोट, रसायन, बीमारी, आकर्षण या जादू-टोने का असर नहीं हो सकता।'

'लेकिन, स्वामी...'

'अब तुम्हें चलना चाहिए,' देवता ने उसे बीच में टोका। 'कल सुबह के लिए धनुर्धर और घुड़सवारों को तैयार रखना। जब वो मुझे स्नानागार से यहां वापस लाएंगे तो उन्हें बीच में भेजना। बाकी मैं संभाल लूंगा।'

सोमदत्त को देवता के आदेश का पालन करना था। लेकिन वो अपनी तरफ देवता की पीठ देख डर गया था, देवता तुरंत पीछे मुड़कर अपनी कलाई के रक्त से, पत्थर की दीवार पर कुछ लिख रहा था। यद्यपि दीवार पर लिखते समय विवास्वन पुजारी शांत और स्थिर नजर आ रहा था, लेकिन सोमदत्त ने ध्यान दिया कि देवता के हाथ कांप रहे थे।

'पहरेदार!'

बिना पीछे मुड़े, विवास्वन पुजारी ने कैदखाने के रक्षक को बुलाया। कुछ ही पल में उन्हें कारावास के रक्षकों की सीढ़ियां उतरने की आवाज सुनाई दी। दरवाजे के झटके से खुलने के पल भर पहले, विवास्वन पुजारी ने सोमदत्त की तरफ हल्का सा मुंह घुमाया और कहा, 'याद रखना मित्र, कल वापसी में। धनुर्धर और घुड़सवारों को तैयार रखना। हम इतिहास का सबसे बड़ा बचाव अभियान शुरू करेंगे।' उसने मुस्कुराने की कोशिश की।

झिलमिलाती रौशनी में, सोमदत्त विवास्वन पुजारी के चेहरे का एक पहलू देख पा रहा था। देखने में वो भयानक था। वो चेहरा जो कभी प्रेम, ज्ञान और अच्छाई से दमकता था, अभी पसीने, रक्त, दर्द और नफरत से भरा था। होशियार अभियंता भांप गया था कि समग्र आर्यवर्त अब जल्द ही भयानक युद्ध की भेंट चढ़ने वाला था। देवता को मिटाना यूं आसान नहीं होने वाला था।

जैसे ही सोमदत्त जाने लगा और नशे में धुत्त पहरेदारों ने लकड़ी के भारी दरवाजे को बंद करने के लिए पटका, अभियंता ने ध्यान दिया कि दीवार पर रक्त से कुछ लिखा हुआ था। वो एक ही शब्द था। दरवाजा बंद होने से पल भर पहले सोमदत्त ने विवास्वन पुजारी की कोठरी में, पिछली दीवार पर लिखे उस शब्द की एक झलक देख ली थी।

देवता की कोठरी की दीवार, उसी के रक्त से रंगी थी, और वो एक शब्द था – प्रतिशोध।

बदला!

बनारस, 2017

अंतिम सप्तऋषि

‘आर्य शब्द संस्कृत से आया है, जिसका सामान्य अर्थ है कुलीन जन। प्राचीन समय में समग्र उत्तर भारत को आर्यवर्त कहा जाता था, मतलब कुलीन जनों की भूमि। इसका मतलब किसी खास संप्रदाय की भूमि नहीं था,’ द्वारका शास्त्री ने स्पष्ट किया।

‘तो तुम कह सकती हो कि जो लोग आर्यवर्त या प्राचीन उत्तर भारत के मूल निवासी थे, उन्हें आर्य कहा गया। उन्होंने बड़े-बड़े नगर, बंदरगाह बनाए, धातु की खोज की और व्यापार किया। लेकिन पश्चिम से आए पैनी नाक और नीली आंखों वाले घुड़सवारों की कहानी कल्पना की देन थी... एक झूठ को इतना प्रसारित किया गया कि वो सच बन गया,’ विद्युत ने जोड़ा।

दामिनी ने विचार करते हुए सिर हिलाया। वो अभी भी दुविधा में थी, लेकिन हड़प्पा के छिपे हुए राज को जानकार खुश थी।

‘यह आश्चर्यजनक है। पता है विद्युत, हम पर हमारे देश का, हमारे साथी भारतीयों का भार है। हमें यह बात सभी तक पहुंचानी चाहिए!’ दामिनी ने खुशी

और उमंग से भरते हुए कहा। वो विद्युत और ग्रैंडमास्टर को बहुत उम्मीद भरी नजरों से देख रही थी।

विद्युत और द्वारका शास्त्री ने एक-दूसरे को देखा। 'यह इतना आसान नहीं है, दामिनी,' विद्युत ने कहा। 'तुमने जो आज जाना और जो मैंने कल बाबा से सुना था वो तो महज एक छोटा सा सच है। वो षड्यंत्र सिर्फ ईस्ट इंडिया कंपनी और भारतीय पराधीनता तक ही सीमित नहीं है। यह इससे बहुत गहरा और भयावह है। इससे पूरी दुनिया, समग्र मानवजाति जुड़ी है।'

'हमारा वंश शापित है,' शक्तिशाली द्वारका शास्त्री ने कहा।

विद्युत और दामिनी के लिए यह प्रीतिकर नहीं था। ऐसा लग रहा था मानो वो किसी थ्रिलर फिल्म का हिस्सा हों। बस ये कहानी किसी पर्दे पर नहीं जिंदगी में चल रही थी, और वो दोनों ये जानते थे।

'विद्युत तुम्हें दामिनी को वो सब बताना चाहिए जो हमारे पूर्वजों, देवता विवास्वन पुजारी के बारे में तुम अब तक जानते हो,' द्वारका शास्त्री ने कहा। 'लेकिन इस मोड़ पर तुम दोनों का ये जानना जरूरी है कि सप्तऋषि का अभिशाप क्या था।'

दोनों श्रोता अपना मुंह खोले ग्रैंडमास्टर की बात सुन रहे थे।

'विवास्वन पुजारी, पंडित चंद्रधर, प्रियम्वदा, संजना, सारा मां, मनु और हड़प्पा के पतन की पूरी कहानी सुनाने में मुझे अभी कुछ और दिन लगेंगे। मैं तुम्हें सरस्वती नदी की प्रलयकारी बाढ़ के तुरंत बाद हुई घटनाएं भी बताऊंगा, और कैसे उन घटनाओं ने हमेशा के लिए मानवजाति की नियति बदल दी। लेकिन आज हमारे पास उतना समय नहीं है। शत्रु हम पर बहुत करीब से दांव लगाए बैठा है,' द्वारका शास्त्री ने कहा। विद्युत और दामिनी को लगा कि वो आज रोमी के साथ होने वाली मुठभेड़ की बात कर रहे थे, जिसमें अब कुछ ही घंटे बाकी रह गए थे।

द्वारका शास्त्री ने अभी जो कुछ कहा, उसमें से दामिनी का ध्यान संजना नाम ने खींचा। यही नाम लेकर ग्रैंडमास्टर ने उसका स्वागत भी किया था, जब उसने उनके कक्ष में प्रवेश किया था। उसने उसे तब बुजुर्ग की ढलती उम्र का असर माना था। लेकिन अभी उन्होंने दोबारा वही नाम लिया था, और वो भी एक निर्मम कहानी के सिलसिले में।

जबकि दामिनी उसी नाम में उलझी हुई थी, विद्युत का दिमाग बिजली की सी तेजी से भाग रहा था। वो दो और दो को साथ रख रहा था। उसके दिमाग में बिजली की तरह कौंध गया था कि उसके परदादा ने दामिनी को संजना के रूप में सिर्फ एक ही वजह से संबोधित किया था। देव-राक्षस मठ का वंशज और आखरी देवता, विद्युत ने सब साफ-साफ समझ लिया था। वह यह भी जान गया था कि क्यों द्वारका शास्त्री ने हड़प्पा के दाढ़ी वाले पुजारी-राजा को विद्युत बताया था।

अपने परपोते का गंभीर चेहरा देखते हुए मठाधीश पूरी तरह शांत थे। वह जानते थे कि विद्युत जान गया था। ग्रैंडमास्टर ने भगवद्गीता से यह दोहा पढ़ा।

॥ वासांसि जीर्णानि यथा विहाय
नवानि गृह्णाति नरोऽपराणि।
तथा शरीराणि विहाय जीर्णा
न्यन्यानि संयाति नवानि देही॥

विद्युत ने बिना दामिनी को देखे, उसके लिए इसका अनुवाद किया—

'मनुष्य जैसे पुराने कपड़ों को छोड़कर दूसरे नए कपड़े धारण कर लेता है ऐसे ही आत्मा पुराने शरीर को छोड़कर दूसरे नए शरीर में चली जाती है।'

दामिनी नहीं समझ पा रही थी कि वहां क्या हो रहा था। लेकिन विद्युत पूरी तरह से समझ गया था।

पुनर्जन्म, उसने सोचा।

विद्युत ने धीमे से अपने परदादा की तरफ ना में सिर हिलाया, वो तुरंत समझ गए कि विद्युत क्या कहने की कोशिश कर रहा था। दामिनी अभी सब कुछ के लिए तैयार नहीं थी। कि वो तीनों पहले भी मिल चुके थे, सदियों पहले, कहीं दूर, हिंसक पृष्ठभूमि में, ये सब वो एक साथ संभाल नहीं पाएगी।

'बाबा, प्लीज हमें सप्तऋषि के अभिशाप और इस सारे षड्यंत्र के बारे में बताइए,' विद्युत ने कहा। 'हमें बताइए कि कांस्टेंटिनोपल में क्या हुआ था।' अपने दिव्य वंश

और समग्र मानवजाति के बारे में जानने को इच्छुक होते हुए भी विद्युत ने संजना और दामिनी से उसके संबंध के विषय को अभी के लिए दबाना ही ठीक समझा। वो उसे एक दिन जरूर बताएगा। लेकिन आज नहीं।

इससे पहले कि मठाधीश कुछ जवाब दे पाते, दरवाजे पर दस्तक हुई। बलवंत था। ग्रैंडमास्टर के सम्मान में उसने हाथ जोड़कर, सिर झुकाया।

'क्या हुआ, बलवंत?' द्वारका शास्त्री ने पूछा।

'गुरुदेव, दखल देने के लिए क्षमा चाहता हूं लेकिन दोपहर गुजर रही है। विद्युत को अब मेरे साथ आकर शाम के मुकाबले की तैयारी देखनी चाहिए। कुछ ही घंटे रह गए हैं। इस मुश्किल को हल्के में नहीं लेना चाहिए,' बलवंत ने जवाब दिया, उसके हाथ अभी भी जुड़े हुए थे। वो द्वारका शास्त्री को भगवान की तरह पूजता था। और अब जब वो हत्यारा, रोमी वाराणसी में था, तो बलवंत इसे अपनी लड़ाई मानकर चल रहा था। सदियों से उसके पूर्वजों ने शास्त्री वंश की रक्षा की थी। वो उन सबका सिर नहीं झुकने देने वाला था।

'धन्यवाद, बलवंत दादा। प्लीज हमें थोड़ा समय और दे दीजिए। बाबा बस राज से पर्दा उठाने ही वाले हैं, जिससे हमें इस रोमी के बारे में और कुछ पता चल सकता है,' द्वारका शास्त्री के बजाय विद्युत ने जवाब दिया। अब वो अपने परदादा के और अधिक करीब आ गया था, और उनसे थोड़ी-बहुत छूट ले लेता था।

'लेकिन, विद्युत...'

'बस एक घंटा और दादा, फिर हम तैयारियां शुरू कर देंगे,' विद्युत ने जोर दिया।

'जैसा आप कहें, विद्युत। लेकिन सिर्फ एक घंटा।'

बलवंत मठाधीश को सिर झुकाकर चला गया।

'312 ईसवी में रोम के राजा कांस्टेंटाइन ने ईसाई धर्म अपना लिया था। कहा नहीं जा सकता कि वो धर्म की लोकप्रियता थी कि जिसने उसे अपनी तरफ आने को प्रोत्साहित किया, या फिर वो राजा का व्यक्तित्व था कि जिससे धर्म की दूर-दूर तक चर्चा होने लगी। लेकिन एक बात निश्चित थी; कांस्टेंटाइन ने ईसाइयत के लिए वही किया, जो महान अशोक ने बौद्ध धर्म के लिए किया था। उसने पुजारी शब्द के पीछे राजा की शक्ति खड़ी

कर दी,' ग्रैंडमास्टर ने बताया। 'ये सब वैसे ही हो रहा था, जैसे कि अभिशाप में कहा गया था।'

दामिनी और विद्युत, द्वारका शास्त्री की बात से हैरान थे, जो वो रोम के राजा, ईसाइयत के प्रसार और उन घटनाओं के बारे में बता रहे थे जिनका हड़प्पा से कोई संबंध नहीं था!

या ऐसा सिर्फ वो मानते थे।

'वैसे भी, कांस्टेंटाइन के समय तक सब नियंत्रित रहा, लेकिन फिर 445 ईसवीं में सम्राट वलेंटिनियन के शासन ने औपचारिक रूप से साम्राज्य का एक धर्म घोषित कर दिया। ये राजनीतिक पैंतरे, छल और परिणामस्वरूप ईश्वर के नाम पर होने वाला खून-खराबा उसी अभिशाप की तरह मानवजाति का सफाया कर रहा था।'

विद्युत और दामिनी सुन्न थे। उन्हें कुछ समझ नहीं आ रहा था कि द्वारका शास्त्री कांस्टेंटाइन और वलेंटिनियन के बारे में क्यों बता रहे थे, जबकि उनकी चिंता और सवाल तो हड़प्पा और उस संभावित कातिल के बारे में थे।

'मैं जानता हूं कि तुम्हारे सवाल और चिंताएं हड़प्पा और उस कातिल के बारे में हैं, जो हम पर नजर रखे हुए है,' द्वारका शास्त्री ने कहा, मानो वो उनका मन पढ़ रहे थे। शायद वो सच में उनका मन पढ़ रहे थे। 'लेकिन जो मैं तुम्हें बता रहा हूं वो भी उस बड़े रहस्य का ही हिस्सा है, जिसने सदियों से अपनी ताकत और नफरत फैला रखी है।'

'आप अपनी बात पूरी कीजिए, बाबा,' विद्युत ने कहा। वह मठाधीश के साथ जल्दबाजी नहीं करना चाहता था।

'ईस्ट इंडिया कंपनी के अधिकारियों द्वारा हड़प्पा के सच और शान को दबा देना तो उस बड़ी बीमारी की तुलना में बहुत छोटा है—वो बीमारी जो एक बार फिर से निरंकुश हो अबाध खून-खराबा करेगी, सिर्फ किसी एक की दूसरे पर राजनीतिक श्रेष्ठता बनाए रखने के लिए। और इस बीमारी का ईसाइयत से कुछ लेना-देना नहीं है, वो तो शांति और प्रेम का एक महान धर्म है। वह जीसस का धर्म है, ईश्वर का नेक और प्यारा बेटा, जिसने सिवाय प्यार के और कुछ बात नहीं की। यहां मैं इंसान के स्याह भ्रष्टाचार की बात कर रहा हूं, किसी एक धर्म की नहीं। बदमाशों का कोई एक धर्म नहीं होता है। वो हर धर्म में पनपते हैं, हर प्रजाति में। अगर ईसाइयत में क्रूसयुद्ध के दौरान धर्म के नाम पर जंग छिड़ी थी, तो अब ऐसा किसी दूसरे धर्म में हो रहा है। कल किसी और धर्म में होगा। इन कातिलों की भूख एक धर्म से दूसरे धर्म में फैलेगी—और

हर कोई अपने साथियों की मौत पर भगवान के नाम की दुहाई देगा। ये आदमी अपने मतलब से धर्म और भगवान की व्याख्याएं करेंगे और अविश्वसनीय कृत्यों को अंजाम देंगे। और यही वो नियति थी, जिसका अभिशाप सप्तऋषि ने मानवजाति को दिया था।'

विद्युत और दामिनी के मुंह सूख गए, जब उन्होंने द्वारका शास्त्री से सुने इस नए रहस्य को पचाने की कोशिश की। वास्तव में दामिनी को तो अपना सिर फटता हुआ महसूस होने लगा, और वो तुरंत मठाधीश के उस विशाल कक्ष से भाग जाना चाहती थी।

द्वारका शास्त्री समझ सकते थे कि उनके प्यारे बच्चे अब सूचनाओं के भार से दबे जा रहे थे। लेकिन उनके पास अधिक विकल्प नहीं थे। विद्युत ही वो चयनित रक्षक था और उसे ये बोझ उठाना ही था।

'प्यारे विद्युत और दामिनी, अब हम इस बारे में बाकी बात कल करेंगे। अभी के लिए बस एक और चीज है, जो मैं तुम्हें बताना चाहता हूं।'

'बताइए, बाबा,' विद्युत ने कहा। वो कई दिनों तक लगातार इस कमरे में बैठे रह सकता था। लेकिन वो जानता था कि इन नए-नए राजों के बीच दामिनी दबी जा रही होगी। उसे दामिनी को यहां से बाहर निकालना होगा।

'वास्तव में दो अभिशाप थे, विद्युत,' ग्रैंडमास्टर ने आगे कहा, 'दो मरते हुए ऋषियों का एक-एक। वो पांचवें और छठे सप्तऋषि थे। एक ने पुजारी के वंशजों को अभिशाप दिया था और एक ने मानवजाति को, जैसा कि मैंने पहले भी बताया,' ग्रैंडमास्टर ने कहा।

अब तो सब विद्युत के भी सिर पर से निकल रहा था। *सप्तऋषि कौन थे? वो मर क्यों रहे थे? उन्होंने ऐसे अभिशाप क्यों दिए? और सब आपस में कैसे जुड़ा था?*

दरवाजे पर दोबारा दस्तक हुई। इस बार जरा लंबी और तात्कालिक। द्वारका शास्त्री की आज्ञा से बलवंत ने कक्ष में फिर से प्रवेश किया। अब वह नाराज था।

'विद्युत अब हमें चलना होगा... अभी,' बलवंत ने कहा। वो अब किसी तरह की देरी के मूड में नहीं था। एक जंग उनका इंतजार कर रही थी। और युद्ध प्रमुख बिना तैयारी के नहीं जाना चाहता था।

दामिनी ने द्वारका शास्त्री के सामने सिर झुकाया, वो उसे पितृ स्नेह से देख रहे थे। उन दोनों की ही आंखें नम थीं। विद्युत बेचैन था, उसे अभी और जानना था। उसने एक आखरी सवाल उछालने का निर्णय लिया।

'बाबा, बाकी की कहानी अब मैं वापसी पर सुनूंगा। अभी के लिए बस मेरा एक ही सवाल है—रोमी परेरा कौन है और वो मुझे मारना क्यों चाहता है?'

द्वारका शास्त्री ने सिर हिलाकर, जवाब दिया, 'याद रखो विद्युत, एक बहुत काली शक्ति इसके पीछे काम कर रही है, जो किसी भी तरह इस अभिशाप को खत्म होने देना नहीं चाहती। खून-खराबा और पागलपन इनकी काली और घिनौनी सोच के अनुरूप हैं। इन राक्षसों से लड़ते हुए हम सदियों से हर जगह उस राज की रक्षा कर रहे हैं, हड़प्पा से काशी, फिर गोवा, कलकत्ता, दिल्ली, रोम, वैटिकन, सीरिया और उसके भी आगे। सत्ता के लिए लालची इस शक्ति ने सारे लोभियों को अपने साथ मिला लिया है और वो अपने नए ऑर्डर की स्थापना में भगवान के नाम का इस्तेमाल करना चाहते हैं।'

विद्युत खामोशी से सुन रहा था।

'उन्होंने ही उसे भेजा है,' बूढ़े मठाधीश ने कहा। 'रोमी परेरा उन राक्षसों की सेना का बस प्यादा है, तुम्हें तो पूरी सेना का अंत करना है, विद्युत।'

उन्होंने बुजुर्ग के पैर छुए और कमरे से बाहर निकल गए। दामिनी के मन में मिले-जुले भाव थे। एक तरफ तो उसके मन में विद्युत के परदादा से मिलने और उनका प्यार पाने की खुशी थी, तो दूसरी तरफ वो उसे लेकर डरी हुई थी, जो उसने अभी-अभी सुना था। रोमी परेरा का नाम उसे पागल किए जा रहा था। विद्युत उसकी जिंदगी था और उसका खोना वो बर्दाश्त नहीं कर सकती थी।

विद्युत दामिनी की बेचैनी महसूस कर सकता था, उसने अपनी बांह दामिनी के कंधे पर रखी। 'मैं तुम्हें कल सारनाथ लेकर चलूंगा, दामिनी,' उसने मुस्कुराते हुए कहा। 'मैं तुम्हें वो जगह दिखाऊंगा जहां बुद्ध ने अपना पहला उपदेश दिया था।'

दामिनी रुकी और अपनी जिंदगी की तरफ मुड़ी। 'तुम जानते हो ना विद्युत, मैं तुम्हारे बिना नहीं जी सकती। मुझसे वादा करो कि तुम खुद को कुछ नहीं होने दोगे,' उसने जल्दी से कहा, उसकी आंखें भरी हुई थीं।

विद्युत ने अपने हाथ उसके गालों पर रखे, और प्यार से उसकी आंखों में देखते हुए कहा, 'मैं वादा करता हूं, दामिनी। मुझे कोई नुकसान नहीं होगा। तुम मत भूलो, *मैं आधा-इंसान, आधा-भगवान हूं।*'

दामिनी वापस अपने कमरे में चली गई थी और बलवंत मठ की शस्त्रशाला में योद्धाओं को बुलाने के लिए गया। विद्युत एक पल चुराकर वापस से द्वारका शास्त्री के कक्ष की ओर भागा।

ग्रैंडमास्टर इंतजार कर ही रहे थे, वो अपनी जगह से जरा भी नहीं हिले थे।

'प्रणाम, बाबा। माफी चाहता हूं कि मैं बिना बताए यूं चला आया, लेकिन मुझे लगा कि आप मुझसे कुछ कहना चाहते थे।'

'हां, विद्युत,' ग्रैंडमास्टर ने गंभीरता से कहा। 'और वो बात है, आज कोई तुम्हें धोखा देने वाला है, मेरे बच्चे।'

'मैं तुम्हारे आसपास एक और काली आत्मा को महसूस कर रहा हूं,' द्वारका शास्त्री ने बताया। 'रोमी अकेला नहीं है।'

विद्युत ने अपने दांत भींचे। उसे अनायास ही नैना के हाथों के उस सेटेलाइट फोन की याद आई। वो किससे बात कर रही थी? हालांकि वो ग्रैंडमास्टर से इस बारे में कुछ नहीं कहना चाहता था। नैना का पालन-पोषण बचपन से ही देव-राक्षस मठ में हुआ था, और वो द्वारका शास्त्री के लिए परिवार की तरह ही थी।

'मैं ध्यान रखूंगा, बाबा। जब तक आपका आशीर्वाद मेरे साथ है, मुझे कोई नुकसान नहीं पहुंचा सकता,' विद्युत ने कहा।

उसने फिर से अपने परदादा के पैर छुए और जाने की आज्ञा ली। जैसे ही वो दरवाजे के पास पहुंचा, उसने बाबा से एक आखरी सवाल पूछा।

'बाबा, मैं अब समझ गया हूं उस दिन आपने उस पुजारी-राजा की मूर्ति को मेरी मूर्ति क्यों बताया था। यकीनन मूल रूप से वह मूर्ति विवास्वन पुजारी की ही थी। तीन हज़ार सात सौ साल बाद उस महान देवता की आत्मा ने मेरे, आपके विद्युत के रूप में जन्म लिया है। ऐसा ही दामिनी के साथ भी हुआ है। वो पावन संजना का पुनर्जन्म है। मैं देख सकता हूं कि किस तरह से हज़ारों सालों से कर्मों का ऋण और बंधन जुड़ा हुआ है। और मैं खुशनसीब हूं कि मुझे इसके लिए चुना गया।'

द्वारका शास्त्री अपने आंसू रोककर, अपने परपोते पर मुस्कुराए। उन्होंने पूरी जिंदगी काले मंदिर के राज की रक्षा करने के लिए संघर्ष किया, और लगभग तीन दशकों से विद्युत का इंतजार किया कि वो आकर अपनी जगह संभाल ले। वो दिन आज आखिर आ गया था।

'लेकिन बाबा, अगर मैं विवास्वन पुजारी हूं और दामिनी संजना, तो आप कौन हैं?' आंखों में चमक लिए विद्युत ने पूछा।

द्वारका शास्त्री मुस्कुराए। एक पल बाद उन्होंने जवाब दिया।

'मैं अंतिम सप्तऋषि हूं।'

हड़प्पा, 1700 ईसापूर्व

आधी रात का आक्रमण

‘हमें आज रात ही कारावास पर हमला करना चाहिए!’ मनु ने कहा, जो उस रात उनके शिविर के मध्य में जली अग्नि में कंकड़ फेंक रहा था। वो लोग हड़प्पा नगर के द्वारों से बीस मील की दूरी पर थे। सूर्य के प्रतीक वाली पताका, जो विवास्वन पुजारी का प्रतिनिधित्व करती थी, अग्नि के मद्धम प्रकाश में फड़फड़ाती दिख रही थी।

मृत कारावास से वापस आकर, सोमदत्त और उसके भरोसे के आदमियों ने मनु, संजना और उनके मुट्ठी भर साथियों के ठिकाने का पता लगा लिया था। अभियंता के अपने विश्वस्त साथी, मनु, उसके नौ साथी और स्वयं अभियंता को मिलाकर, वो लोग छत्तीस योद्धा थे। वैसे तो वो विवास्वन पुजारी से अगली सुबह बचाने का वादा करके आया था, लेकिन सोमदत्त निश्चित नहीं था कि सब कैसे हो पाएगा। हड़प्पा के सिपाही, पुजारी और सब लोग अब तो पहले से भी अधिक उत्तेजित हो चुके थे। शाकाहारी लोग घोड़ों को काटकर, कच्चा मांस खा रहे थे। माताएं स्वयं अपने बच्चों को सोमरस का नशा करा रही थीं। मंदिरों में जुआ और वेश्यावृति चल रही थी। अनाज गोदाम लूट

लिए गए थे और हवन-कुंडों को अशुद्ध कर दिया गया था। लेकिन इससे भी बदतर था कि दिव्य दुग्ध के रूप में पोषण देने वाली गाय, जिन्हें हड़प्पा में पूजा जाता था, उन्हें भी वहां काटा जा रहा था। सोमदत्त और मनु, दोनों को भरोसा था कि अब इस महानगर का अंत नजदीक ही था।

'मूर्ख मत बनो, मनु,' सोमदत्त ने धर्म-पिता के अधिकार से डांटा। वो उस लड़के की बहादुरी की प्रशंसा करता था, लेकिन अभी उसकी जान जोखिम में नहीं डाल सकता था। वो उसी शाम मनु के दिव्य पिता से मिलकर आया था और जो पीड़ा और अधोगति उसने देखी थी, उसका वो वर्णन भी नहीं कर सकता था। उसने संजना और मनु की सुरक्षा का वचन लिया था, भले इसके लिए उसे अपने प्राणों की आहुति ही क्यों न देनी पड़े। वैसे भी कितने लोगों को यूं जीते-जागते ईश्वर की सेवा करने का मौका मिलता होगा?

'हम उन्हें निकाल सकते हैं, काका,' मनु ने जवाब दिया। 'कारावास पर तीन सौ पहरेदार नियुक्त हैं। वो सब नशे में हैं। रात के अंधेरे में होने वाले हमले में उनके पास बचने के अधिक अवसर नहीं होंगे। हमारे हाथ में बहुत कम समय बचा है काका। हमें हमले की आज्ञा दीजिए!' मनु ने जोर दिया।

सोमदत्त अपनी तांबे की लंबी तलवार को पत्थर पर घिसकर धार देने की कोशिश कर रहा था। उसने रुककर, धार जांची और फिर उसे बाद के लिए उठाकर रख दिया। उसमें अभी और काम की जरूरत थी।

'कारावास की सुरक्षा उससे अधिक अभेद्य है, जितनी दिखाई देती है। मैं मानता हूं कि सिपाही उस चीज के नशे में हैं, जिसने पूरे नगर को विक्षिप्त बना रखा है, लेकिन आज शाम मैंने उन्हें करीब से देखा। नशे में धुत्त उन सिपाहियों की जानवरों के समान उत्तेजना ने उन्हें और खतरनाक बना दिया है। भले ही आज रात वो कुछ ढीले प्रतीत हों, लेकिन उनमें किसी तरह के डर या दर्द का अहसास नहीं है। तुम ऐसे दल को नहीं हरा सकते मनु। वो अभी इंसान नहीं हैं। वो सब अब राक्षस बन चुके हैं।'

'लेकिन, काका...' मनु ने विरोध करने की कोशिश की।

'बस, मनु,' महिला की एक कड़क किंतु शिष्ट आवाज़ सुनाई दी। शिविर के कोने से संजना बोल रही थी। उसने पूरी बात सुनी थी और अपने पति के भरोसेमंद मित्र की

सलाह पर अमल करने का निर्णय लिया था। सोमदत्त ने ही उसे आखरी बार उसके पति का हाल-चाल सुनाया था। किसी और चीज से अधिक उसके लिए वो महत्वपूर्ण था।

'अगर सोमदत्त भैया को लगता है कि हमें कल हमला करना चाहिए, तो हमें उनकी सूझ पर चलना चाहिए,' संजना ने कहा।

संजना की कही बात को देवता की बात की ही तरह महत्वपूर्ण समझा जाता था, और कभी-कभी तो देवता की बात से भी अधिक महत्वपूर्ण। उसका दिल सोने का था। बदकिस्मती से, उसकी शुद्धता और नेकी का उस समय हड़प्पा में जागृत काली ताकतों से कोई मुकाबला नहीं था।

मनु हाथ में चावल की पत्तल लिए बैठा था। वो बहुत थका हुआ था और पिछले बीस घंटों से घोड़े पर सवार हो सफर ही कर रहा था। अगली सुबह जंग के लिए तैयार होने से पहले उसे इस भोजन और कुछ देर आराम करने की आवश्यकता थी। उसे अपने प्रिय पिता को हड़प्पा के शैतान सिपाहियों के पंजों से छुड़ाना था।

ताजा पके चावल का एक निवाला मुंह में डाल, मनु अग्नि के गिर्द, सोमदत्त के पास बैठे सैनिक को देख मासूमियत से मुस्कुराया। सिपाही भी वापस से मुस्कुराया, वो खुश था कि स्वयं देवता के वंशज ने उसका अभिवादन किया। इससे पहले कि मनु उससे अपनी आंखें हटा पाता, एक घातक तीर उस मुस्कुराते सिपाही के दाहिनी ओर से उसके सिर में जा धंसा। तभी पल भर में वहां धातु के बाणों की वर्षा होने लगी। रंगा अपने चार सौ पागल योद्धाओं के साथ वहां आ पहुंचा था और वहां शैतानी तांडव होने लगा। मनु और सोमदत्त के शिविर को चारों तरफ से उन सैनिकों ने घेर लिया था।

जब तक सोमदत्त के आदमी परास्त हो रहे थे, मनु और उसके नौ साथी, शिविर के मध्य में युद्ध की अपनी संरचना ले चुके थे। उनकी पीठ एक-दूसरे की ओर थी, और उन्होंने सामने से ढाल और धनुष को तैयार रखा था। उन दस लोगों का मुंह दसों दिशाओं में था, जिनके बारे में वैदिक ग्रंथों में बताया गया था।

उनमें से पांच लड़कियां सामने वालों पर तीरों से प्रहार कर रही थीं, जबकि पांचों लड़के अपनी ढाल से उनकी तरफ आते हर भाले और तीर को रोक रहे थे। पांचों धनुर्धर में से प्रत्येक एक समय पर चार-चार तीर छोड़ रहा था, जो सभी अपने निशाने

पर लग रहे थे। वो दसों योद्धा एक ही शरीर जान पड़ रहे थे, उनका रण-कौशल श्रेष्ठ था। जबरदस्त पलटवार में रंगा के आदमी दर्जनों के भाव से गिर रहे थे। इससे सोमदत्त और उसके आदमियों को भी युद्ध में अपनी उपयुक्त जगह लेने का मौका मिल गया।

मनु और सोमदत्त जानते थे कि धनुष बाण की यह लड़ाई जल्द ही, शत्रु के साथ आमने-सामने की लड़ाई में बदल जाएगी। इतने आदमी मरने पर भी रंगा के आदमी हर दिशा से उन्हें घेरते हुए आगे बढ़ते आ रहे थे, अब भी वो संख्या में एक के मुकाबले दस थे।

मनु घेरे से बाहर निकलकर पत्थरों के उस झुंड की ओर बढ़ा, जहां उसकी मां छिपी हुई थी। आसपास गिरते तीरों और भालों से बचते हुए, उसने उस कोने में छलांग लगाई, जहां संजना दुबकी बैठी थी।

'मैं सही हूं... मैं सही हूं... वहां जाओ और लड़ो,' संजना ने मनु को उकसाया, जब वो उसके पास आया।

'मैं आपको यहां छोड़कर नहीं जा सकता, मां,' मनु ने जवाब दिया। 'मैं आपको कुछ नहीं होने दूंगा!'

'हम सभी घायल हो जाएंगे, मनु, अगर आज तुमने अपनी वीरता नहीं दिखाई। याद रखो, पुत्र, तुम कौन हो! अपने विख्यात पिता को याद रखो पुत्र!' संजना ने जोर दिया, गर्व से मुस्कुराकर, सीधे अपने बेटे की आंखों में देखते हुए।

'लेकिन वो संख्या में बहुत अधिक हैं, मां। हम शायद उन्हें हरा नहीं पाएंगे!' मनु ने तर्क दिया।

'क्या हमारे पास कोई विकल्प है, पुत्र?' संजना ने शांति से पूछा। उसने आगे झुककर अपने पुत्र में माथे को चूमा। 'अब जाओ। और वो करो जो तुम्हारा कर्तव्य है। यह मेरा आदेश है।'

'मैं वही करूंगा, मां, जो आपने कहा। मेरी चिंता मत करना और यहीं रहना। मैं आपके पास वापस आऊंगा मां, ये मेरा वचन है... मैं वापस आऊंगा,' मनु ने कहकर अपनी तलवार खींच ली, और वापस जाकर युद्ध में शामिल हो गया।

उसने अपनी मां से एक वादा किया था। ऐसा वादा जिसे पूरा करने के लिए वो रास्ते में आने वाली किसी भी मुश्किल से भिड़ जाता।

बनारस, 2017

संकट मोचन

मोटर साइकिल दहाड़ी। विद्युत सोनू के साथ पिछली सीट पर बैठा था। नैना बाला के पीछे बैठी थी। योद्धा बलवंत अपनी बाइक पर अकेला था। वो पांचों देव-राक्षस मठ से शाम के लगभग 6 बजे, अपनी ताकतवर एनफील्ड बुलेट पर निकले थे। मठ के आठ बेहतरीन योद्धा एक घंटे पहले ही घाट के लिए निकल चुके थे।

गुप्तचर सेना पिछले अड़तालीस घंटों से सक्रीय थी, लेकिन उन्हें रोमी का कोई सुराग नहीं मिल पाया था। हालांकि उन्होंने कुछ असामान्य जरूर भांप लिया था। लगभग पंद्रह विदेशियों ने, सभी अच्छी कद-काठी के, सैन्य गठन और असामान्य रूप से भारी बैग के साथ, शहर के सात अलग-अलग होटलों में चैक-इन किया था। कोई भी सामान्य निरीक्षक इन भारी-भरकम टूरिस्टों को भांप नहीं सकता था, क्योंकि वो सभी शहर में अलग-अलग समय पर और अलग तरह के होटलों में ठहरे थे—जिनमें सस्ते लॉज से लेकर आलीशान फाइव स्टार होटल तक शामिल थे। लेकिन गुप्तचर सेना भी किसी मायने में साधारण नहीं थी। उन्होंने न सिर्फ इन असामान्य मेहमानों को

देख लिया था, बल्कि मठ में इनके बारे में सूचना भी पहुंचा दी थी कि वो सब अलग-अलग वाहनों के विकल्प लेकर होटल से निकल चुके थे। वो अलग-अलग सफर कर रहे थे, लेकिन उन सबकी मंजिल एक थी—दशाश्वमेध घाट।

जैसे ही समूह मठ के द्वार से निकला, पुरोहित जी ने ध्यान दिया कि उनके गुरु द्वारका शास्त्री विद्युत को नदी के किनारे भेजते समय निश्चिंत थे। अपने परपोते की सुरक्षा के लिए कुछ चिंता के साथ ही, उन्हें अपने वंशज पर पूरा भरोसा था। उन्होंने दो शाम पहले, विद्युत को बोलते हुए सुना था। द्वारका शास्त्री इंसान की काबिलियत पहचानने की अटूट शक्ति रखते थे। शैतान को विद्युत का एक बाल भी बांका करने के लिए असाधारण रूप से योग्य होना होगा।

पुरोहित जी के निर्देश पर, वो समूह संकट मोचन के मंदिर पर माथा टेकने के लिए रुका। संकट को हरने वाले हनुमान बाबा का वो मंदिर, अस्सी घाट के बिलकुल नजदीक था। ऐसा माना जाता था कि उसकी स्थापना महान कवि-संत तुलसीदास ने की थी, जहां उन्होंने अपने ईश्वर के साक्षात दर्शन किए थे। ईश्वर के सर्वशक्तिमान स्वरूप, जिनकी मूर्ति अमेरिका के भूतपूर्व राष्ट्रपति, बराक ओबामा भी हमेशा अपने साथ रखते हैं, यह मंदिर उन्हीं सर्वशक्तिशाली हनुमान बाबा का था।

विद्युत एक चमकदार केसरी रंग की अजीब सी आकृति वाली, प्रभु हनुमान की प्रतिमा के सामने खड़ा था। दिव्य मंदिर का आंगन भक्तों से भरा हुआ था। मशहूर बेसन का लड्डू हनुमान बाबा का प्रिय प्रसाद था। वहां हर जाति, वर्ग और लिंग के लोग श्रद्धा से आए थे। वहां मध्यवर्गीय गृहणियां निम्न वर्गीय भक्तों के साथ चल रही थीं। आलीशान गाड़ियों से उतरी, तड़क-भड़क पसंद युवा लड़कियां भी दिव्यांगों और निराश्रितों के साथ कंधे से कंधा मिलाकर चल रही थीं। नब्बे साल के वृद्ध किशोरों के साथ मंदिर की सीढ़ियां चढ़ रहे थे। वहां उस मंदिर परिसर में न कोई अमीर था और ना ही कोई गरीब। कोई बहुत सुंदर नहीं था, कोई बदसूरत नहीं। संकट मोचन सभी से प्यार करते हैं। वहां हर कोई कुछ मांगने आया था।

मंदिर में एक तरफ तो हनुमान की मुड़ी हुई लेकिन प्रीतिकर प्रतिमा लगी हुई थी, तो दूसरी तरफ भगवान राम की आकर्षक प्रतिमा, जो इस धरती पर करोड़ों हिंदुओं

के इष्ट हैं। विद्युत हनुमान की प्रतिमा के सामने सम्मोहित सा खड़ा था। कुछ था जो उसे महान देवता की ओर खींच रहा था। सैकड़ों, हज़ारों लोगों से घिरे खड़े विद्युत को अचानक ही अपने में एक अद्भुत ऊर्जा का संचार महसूस हुआ। वह हनुमान के सामने बिना हिले खड़ा हुआ था, लेकिन हर भक्त मानो उसके अंदरूनी प्रकाश को और बढ़ा रहा था। वो एक अलौकिक अनुभव था। कई पलों तक विद्युत उस ऊर्जा को आत्मसात करता रहा, और फिर हनुमान के सामने पूर्ण समर्पण हेतु अपने घुटनों के बल गिर पड़ा। भगवान विद्युत से बात कर रहे थे, या आखरी देवता को ऐसा महसूस हो रहा था।

·||卐||·

विद्युत अब राम दरबार के सम्मुख उपस्थित हुआ, भगवान राम, उनकी प्रिय पत्नी सीता, लाड़ले भाई लक्ष्मण, भरत और शत्रुघ्न और चरणों में परम भक्त हनुमान। जो लोग भगवान राम के प्रति समर्पित नहीं हैं, उनके लिए इसके अधिक मायने नहीं हैं। लेकिन राम के करोड़ों भक्तों के लिए यह राम दरबार अच्छाई, प्रेम और आशा का प्रतीक है।

विद्युत ने राम-दरबार की चौखट पर माथा टिकाया। उसने कुछ नहीं मांगा। वो कभी नहीं मांगता था। वो जानता था कि भगवान हर कदम पर उसे देख रहे हैं। उसने बस अपने मन में यही प्रार्थना की, 'मेरी मदद करना राम। मुझे वही वीरता और शिष्टता देना जो आपने राक्षस रावण के दमन पर दुनिया को सिखाई थी।'

विद्युत अपनी आंखें खोलकर खड़ा हुआ, और तब उसका ध्यान उस पुराने मंदिर के पुजारी पर गया, जो भगवा वस्त्र पहने हैरानी से उसे देख रहा था। विद्युत पुजारी की तरफ मुड़ा और हाथ जोड़कर प्रणाम किया। पुजारी ने अपना दाहिना हाथ उठाकर विद्युत को आशीर्वाद दिया और एक ही शब्द कहा।

'उत्थिष्ठा!'

उठो।

·||卐||·

योजना आसान थी। विद्युत घाट से कुछ सौ मीटर पहले ग्रुप से अलग हो जाएगा। वो नदी

किनारे घूमेगा, स्मोक करेगा, अपने मोबाइल पर बात करते हुए रोमी का इंतजार करेगा। इस पूरे समय उसकी योद्धा टीम उस पर नजर रखेगी, उनमें से हरेक उससे कुछ पल के फासले पर होगा। अगर रोमी विद्युत को देख रहा होगा, तो वो विद्युत के पास आएगा।

विद्युत सच में नहीं चाहता था कि सोनू, नैना, बाला, बलवंत और उनके साथी उसके साथ आएं। वो उनमें से किसी को भी यूं नुकसान पहुंचने नहीं देना चाहता था, और वो रोमी का सामना अकेले ही कर सकता था। लेकिन इस सुझाव को उसके साथियों ने तुरंत ही ठुकरा दिया, और अब वो अपने देवता के साथ जंग के मैदान में थे।

दशाश्वमेध घाट की विशाल सीढ़ियों पर खड़ा विद्युत आसपास जमा होती भीड़ को देख रहा था, तभी उसने बाला को फोन लगाया। बाला उससे महज बीस कदम की दूरी पर था, लेकिन वो समझ सकता था कि विद्युत दूर से ही कुछ बात करना चाह रहा होगा।

'हां, विडियो?' बाला ने जवाब दिया।

'एक बात कहनी थी, बाला,' विद्युत ने कहा। 'मैं जानता हूं, ये सुनने में अजीब लगेगा, लेकिन नैना पर नजर रखना, ठीक है?'

एक पल को बाला हैरान रह गया। 'क्या? नैना? तुम मुझसे मजाक कर रहे हो न!'

'जैसा मैंने कहा करो, बाला,' विद्युत ने फोन काटने से पहले विनती की।

घाट पर लोगों की संख्या तेजी से बढ़ रही थी और सारी लाइट्स जल चुकी थीं। घाट के ऊपर फूल बेचने वालों, गेंदे के फूलों की माला, दीये, मिठाइयां और अगरबत्ती बेचने वालों की दुकानें एक पंक्ति में सजी थीं। युवा और बुजुर्ग पुजारियों का दल गंगा आरती की तैयारी में व्यस्त था। प्यारी गंगा नदी में लाइट का प्रतिबिंब यूं लग रहा था मानो काला आईना झिलमिला रहा हो, जो जमीन पर खड़े और नदी में नौका विहार करते लोगों का मन मोह रहा था। लोग आरती का आनंद घाट पर खड़े होकर भी लेते थे और नदी में नाव में बैठकर भी। वो जगह रंगों और शोरगुल का कार्निवल लग रही थी।

और वहां घाट पर उतरते-चढ़ते सैकड़ों लोगों के बीच, विद्युत को वो आकर्षक, बच्चों सा चेहरा नजर आया।

रोमी दूरी पर खड़ा, विद्युत को देख मुस्कुरा रहा था।

हड़प्पा, 1700 ईसापूर्व

मनु

सोमदत्त सही कह रहा था। हड़प्पा के नशे में धुत्त सिपाही वास्तव में भय और दर्द से मुक्त थे। उनमें से कई सिपाही अनेकों तीर लग जाने के बावजूद भी ज़िंदा लाशों की तरह युद्ध किए जा रहे थे। सोमदत्त और मनु को एक बात तो समझ आ गई थी—ये राक्षस अब सुधर नहीं सकते थे। मनु को एक-एक सिपाही को मारना ही होगा। *लेकिन कैसे?* वो संख्या में बहुत अधिक थे।

संग्राम प्रचंड हो चला था, छोटी टुकड़ी ने विपक्षी के काफी सैनिकों को मार गिराया था। अब क्रूरता की सारी हदें पार की जा रही थीं। तलवारें गला काट रही थीं, कृपाण चेहरे फाड़ रही थीं, आंखें बाहर लटक रही थीं और कलेजे चीरे जा रहे थे।

जल्द ही आसमान पर छाये काले और बैंगनी बादल घनघोर गर्जना के साथ बरसने लगे और आधी रात का वो हमला अब भारी बरसात और तेज हवाओं से तितर-बितर होने लगा। इस सब हलचल में लड़ते हुए मनु ने अचानक कुछ दूरी पर, शत्रुओं के पंद्रह-बीस सिपाहियों से घिरे हुए अकेले सोमदत्त को देखा। अपने पिता

के अंतिम, वास्तविक मित्र को मनु सकुशल देखना चाहता था। रास्ते में आने वाले विरोधियों को चीरता हुआ मनु सोमदत्त की तरफ बढ़ा। जोर से चिल्लाते हुए वह सोमदत्त को घेरे खड़े सैनिकों पर झपटा। पल भर में उसने सारे सिपाहियों का ध्यान अपनी ओर आकर्षित कर लिया और बिजली की सी तेजी से अपनी तलवार घुमाने लगा। जब मनु पंक्ति से खड़े अपने दुश्मन का संहार कर रहा था, तो रक्त की धारा फट पड़ी, ऐसा लग रहा था मानो भेड़ों के झुंड में शेर शिकार के लिए घुस आया हो।

'बस, बहुत हो गया!' कोई जोर से चिल्लाया। रंगा खड़ा होकर मनु को घूर रहा था।

'ओ देवता की संतान, अपनी बराबरी वाले से मुकाबला कर!' रंगा ने जोर से चुनौती दी, जिससे हर कोई सुन सके। उसने एक भारी भाला पकड़ा हुआ था, जिसके दोनों छोरों पर नुकीला मुंह बना था। इस हथियार को वो बड़े सधे हाथों से अपने कंधों के गिर्द घुमा रहा था। लगभग सात हाथ ऊंचा और सुदूर पूर्व के एक-सींग वाले गेंडे के जितना चौड़ा, रंगा रक्त के प्यासे दैत्य के समान लग रहा था।

'मैं तेरा ही इंतजार कर रहा था, द्रोही सेनाध्यक्ष!' मनु ने उसे ललकारते हुए कहा। 'मैंने सुना कि तूने न्यायालय में शक्तिशाली विवास्वन पुजारी पर, कायरों की तरह पीछे से वार किया। आज तेरे फैसले का दिन है, रंगा!'

अब तक रंगा और मनु नजदीक आ गए थे, सावधानी से चलते हुए, उस भयंकर लड़ाई के लिए तैयार होते हुए। उन दोनों के लिए वो जिंदगी और मौत की जंग होने वाली थी।

सारी जंग थम गई और दोनों तरफ के योद्धा बेरहम दैत्य रंगा और युवा योगी मनु के बीच होने वाले भीषण संग्राम को देखने के लिए जुट आए। दुष्ट सेनाध्यक्ष और प्रियम्वदा के प्यादे ने अपने हथियार के रूप में दो मुंह वाले भाले को उठा रखा था। दूसरी तरफ मनु ने दो भारी छोटी-तलवारें उठा रखी थीं, जिन्हें वो तिनके के भांति हवा में लहरा रहा था। दोनों योद्धा अब एक घेरे में घूम रहे थे, दूसरे पर छलांग लगाने के उचित अवसर की तलाश में। तेज बारिश के बीच लगातार बिजली कड़क रही थी।

रंगा ने पहली चाल चली। मनु को चकमा देने के लिए वो एक तरफ झुका, लेकिन

तभी अचानक दूसरी तरफ से मनु पर अपने भाले का जोरदार वार किया। युवा संत ने तेजी से अपने शरीर को घुमाया और भाले के वार से पूरी तरह बच निकला। उसी पल उसने रंगा की कमर, उसकी बाजुओं से ठीक नीचे, चीर दी। सेनाध्यक्ष दर्द से बिलबिलाता हुआ रह गया। मुकाबला शुरू होने के कुछ ही पलों में मनु ने उस दैत्य पर अपनी श्रेष्ठता साबित कर दी थी। अब उसे अपने पापों की कीमत चुकानी थी। मनु इस आदमी द्वारा अपने देवता पिता पर हुए निर्मम हमले की तस्वीर अपने मन से नहीं निकाल पा रहा था, और वो उसे तड़पा-तड़पाकर मारने वाला था।

रंगा ने फिर से हमला किया, इस बार अपने घातक भाले को गोल-गोल घुमाते हुए। मनु उस आगे बढ़ते हुए दैत्य की तरफ दौड़ा और उसके पास पहुंचने से ठीक पहले दलदली जमीन पर घुटनों के बल बैठ, रपटते हुए रंगा के पास पहुंचा और उसकी जांघ में गहरा घाव कर दिया। वो बदमाश दर्द से चिल्ला उठा। अपने घुटने के बल गिरते हुए, रंगा ने अपने काले दिल में मान लिया कि उसने युवा योद्धा-पुजारी की ताकत को कम आंक लिया था।

अब मनु की बारी थी। गरजते बादलों और तेज बारिश के बीच, वो दोनों हाथों में तलवार लिए, रंगा की छाती चीरने के लिए आगे बढ़ा। विशाल सेनाध्यक्ष अब पूरी तरह से पस्त था। उसकी छाती से रक्त का फव्वारा फूट पड़ा था।

मनु अब रंगा के गिर्द यूं चक्कर लगा रहा था जैसे चील अपने शिकार पर अंतिम बार झपटने से पहले उसके आसपास उड़कर अपना अधिकार घोषित करती है। वो चाह रहा था कि उसके माता-पिता इस नजारे को देख पाते। वो चाह रहा था कि वो देखते कि कैसे उसने इस अयोग्य शत्रु का विनाश कर दिया था। कुछ पल रुकने के बाद, मनु ने अंतिम प्रहार करने का निर्णय लिया। वो आगे बढ़ा और रंगा की लाल पगड़ी खींच ली। उसने उस दुष्ट के बाल पकड़े, और उसे पीछे की तरफ खींचने लगा। मनु आसपास के लोगों के सामने अपनी शान का प्रदर्शन कर रहा था। वो चाहता था कि हर कोई इसे देखे। वो ऐसे परिवार से आता था, जिसने हिंसा को छोड़कर प्यार को अपनाया था। लेकिन अब वो समय नहीं था। रंगा ने धरती के आखरी देवता के प्रति अपराध किया था। और मनु उसे माफ नहीं करने वाला था।

जैसे ही मनु उस जानवर का गला काटने वाला था, रंगा ने अपने दोनों हाथ उठाकर, उससे माफी की भीख मांगी।

घायल सेनाध्यक्ष के मुंह पर बारिश की बूंदें गिर रही थीं। हालांकि रंगा बमुश्किल ही अपनी आंखें खुली रख पा रहा था, मनु देख सकता था कि वो आंखें भी दया की भीख मांग रही थीं।

'दया!' कभी गरजने वाला रंगा अब रिरियाया। वह डर से कांप रहा था।

'दया, शक्तिशाली मनु पुजारी!' उसने दोहराया।

मनु को उसे माफ करने की कोई इच्छा नहीं थी। वो उस आदमी को सजा देने को उत्सुक था, जिसने उसके पिता विवास्वन पुजारी पर हमला किया था और उन्हें मृत कारावास में भेजने का षड्यंत्र रचा था। उसने दया की अपील ठुकराने का फैसला किया और रंगा के गले पर अपनी तलवार की धार रखने ही वाला था।

'दया, देवता विवास्वन पुजारी के पुत्र! निहत्थे पर वार करके अपने नेक पिता का नाम कलंकित मत करो,' उसने और गिड़गिड़ाते हुए कहा।

अपने पिता का नाम सुनकर मनु चौंका। *क्या उसके पिता एक निहत्थे और पराजित आदमी को मारते, भले ही उसका जो भी अपराध रहा हो?*

नहीं।

मनु ने सोमदत्त को देखा। मुख्य अभियंता भी ऊंचे आदर्शों और नेक नीयत वाला इंसान था। उसने सिर हिलाकर मनु का समर्थन किया। एक महत्वाकांक्षी महिला की वासना की भेंट चढ़ने से पहले, पूरा हड़प्पा समाज इसी आदर्श पर आधारित था। प्यार, करुणा और क्षमा हड़प्पा निवासियों का आधार थे।

मनु ने सेनाध्यक्ष के बाल छोड़ दिए। उसने स्वयं को सीधा किया, अपना सिर पीछे झटककर बारिश की बूंदों को अपने चेहरे पर पड़ने दिया। वो देख सकता था कि अभी भी हड़प्पा के सैनिक नफरत और पागलपन से गुर्रा रहे थे, लेकिन उसने अपनी तलवार गीली जमीन पर गिरा दी। विक्षिप्त दल से अपनी उदारता पर सराहना की उम्मीद करते हुए मनु सोमदत्त की तरफ चलने लगा। वो अपनी मां को साथ लेकर इस ताजे बने श्मशान घाट से निकल जाना चाहता था। वो सोमदत्त के काफी करीब था और अपने पिता के मित्र को अपनी उदारता पर मुस्कुराते हुए देख सकता था। हालांकि, जैसे ही वो कुछ कदम और सोमदत्त के करीब आया, उसने देखा कि अभियंता के चेहरे के भाव अब भयानक डर में बदल गए थे। एक पल से भी कम के समय में सोमदत्त बस मनु को देख अपनी एक उंगली उठा पाया। लेकिन देवता का पुत्र कोई सामान्य योद्धा नहीं था। इतने कम समय में भी मनु ने भांप लिया था कि सोमदत्त उसे नहीं देख रहा था। उसकी नजरें उसके पीछे किसी पर टिकी थीं।

अपने दोनों पैर पूरे फैलाते हुए, मनु ने अपना कद आधे से भी कम कर लिया। लेकिन तब तक देर हो चुकी थी। अपने मोटे चाकू से रंगा ने उसकी कमर पर गहरा घाव कर दिया था। मनु दर्द से तड़प उठा। उसने अपने पैरों पर खड़े होने की कोशिश की इससे पहले कि वो दैत्य हमलावर फिर से वार कर सके। रंगा अब नए पागलपन से आगे बढ़ रहा था।

उस पागल आदमी के वार से बचने के लिए मनु सधे कदमों से एक तरफ हटा। और कलारिपयाट्टू के एक अभ्यस्त वार से उसने अपनी मुट्ठी को पंजों के आकार में बना, प्रियम्वदा के कुत्ते के पेट में वार किया। मनु की उंगलियों में बाघ के घातक पंजे थे, जो एक दिन उसके योग्य उत्तराधिकारी को मिलने वाले थे। पल भर में उसने रंगा की अंतड़ियां बाहर निकाल दीं, साथ ही उसका दिल और आंतें भी।

वो मुकाबला बराबरी का नहीं था।

·||卐||·

हड़प्पा के उन्मादी सिपाही अब अपने क्रूर नेता के बगैर बिखरे हुए जान पड़ रहे थे। अब जबकि कोई उनके उन्माद या खून की प्यास को नहीं बढ़ा रहा था, वो शायद धीरे-धीरे शांत पड़ने वाले थे। मनु और सोमदत्त के साथ उपस्थित मुट्ठी भर योद्धा खुशी से झूम उठे। मनु ने एक योद्धा और संन्यासी से अपेक्षित हर योग्यता का प्रदर्शन किया था—वीरता, दक्षता, निडरता, धैर्य, लेकिन इस सबसे भी बढ़कर... करुणा।

लेकिन खुशी क्षणिक होती है। जब मनु, सोमदत्त और उनके साथियों को लगा कि खतरा टल गया था, तभी उन्हें दूरी से हड़प्पा फौज का डरावना, युद्ध बिगुल सुनाई दिया। वो सुन सकते थे कि भारी संख्या में सैनिक उनकी ओर बढ़े आ रहे थे। रंगा और उसके साथियों की मदद के लिए तैयार टुकड़ी आ पहुंची थी। उन्होंने एक-दूसरे से नजरें मिलाईं। *वो पच्चीस योद्धा हड़प्पा सेना के हज़ारों सैनिकों का मुकाबला कैसे कर सकते थे?*

इससे पहले कि मनु उनकी संभावित प्रतिक्रिया के बारे में सोच पाता, उसने तारा को अपना नाम पुकारते सुना। तारा उसके नौ बेमिसाल योद्धाओं में से एक थी, और

अपने साहसी और संतुलित व्यवहार के विपरीत डर से कांप रही थी। मनु ने उसे देखा, तो उसका भी रक्त जम गया। तारा पत्थरों के उसी झुंड के पास थी, जहां संजना ने शरण ली थी।

इस हिंसक लड़ाई में मनु अपना वचन भूल गया था!

बनारस, 2017

देवता का अभ्युदय

जैसे ही वह रोमी के पीछे जाने वाला था, विद्युत ने एक रक्त जमा देने वाली चीख सुनी। वो युद्ध घोष था। अब भीड़ से खचाखच भरे घाट पर विद्युत बलवंत और सोनू को अपनी तलवारें बाहर निकाले, भीड़ की तरफ भागता देख रहा था। उन्होंने यकीनन कुछ देखा था। वो रोमी का पीछा करे या उनकी मदद को जाए, इसी उधेड़बुन में जब वो दोबारा रोमी को देखने के लिए मुड़ा तो वो जा चुका था।

अपनी टीम के भागने की दिशा में दौड़ते हुए, उसे वो दिखाई दे गया जिसकी वजह से उसकी टीम हरकत में आई थी। काले कपड़े पहने, भयानक से दिखने वाला आदमियों का एक ग्रुप सीधा विद्युत की तरफ बढ़ रहा था। पल भर में देवता ने जान लिया कि यह वही टीम थी, जिसके बारे में गुप्तचर सेना ने चेतावनी दी थी। साफ़ था, ये आदमी कोई साधारण गली के फाइटर नहीं थे। उनकी कद काठी अच्छी थी, वे प्रशिक्षित और अनुशासित थे, और एक कमांडो संरचना में उसकी तरफ बढ़ रहे थे। उनकी एक ही झलक से विद्युत ने उन्हें पकड़ लिया था, वो मिलिट्री की भूतपूर्व सैनिक

थे, शायद ईरान, रूस से—कहां से, ये नहीं कहा जा सकता था। लेकिन एक बात तो पक्की थी—उसने अपने दुश्मन को हल्के में ले लिया था। अब विद्युत देख सकता था कि वो वास्तव में क्या थे। किराए के सैनिक!

विद्युत को अचानक सोनू की चिंता हुई। जबकि बलवंत एक पारंगत योद्धा था, लेकिन ये किराए के सैनिक सोनू के बस की बात नहीं थे। विद्युत भीड़ में से तेजी से जगह बनाते हुए उन आदमियों की तरफ बढ़ने लगा। उसे उनके पास सोनू या मठ में से किसी और के घायल होने से पहले पहुंचना था। बाला को उनकी तरफ बढ़ता देख उसे राहत महसूस हुई। अगर उसके अलावा कोई था, जो इन प्रशिक्षित फाइटर्स से मुकाबला कर सकता था, तो वो बाला और बलवंत ही थे। और पीछे जो उसने मठ में देखा था, उसके हिसाब से शायद नैना।

पृष्ठभूमि में गंगा आरती शुरू हो चुकी थी, जिसमें तलवारों और आपस में भिड़ने का शोर दब गया। दोनों ही पक्षों के लोग जानते थे कि गोलियों की आवाज से बेवजह का ध्यान आकर्षित होगा, और कम से कम अभी के लिए तो वो तलवारों, कृपाण और मिलिट्री में इस्तेमाल होने वाले चाकुओं से ही काम चला रहे थे। बहुत से पंडितों के संयुक्त मंत्रोच्चारण, मंजीरे और शंखों के नाद से पूरा घाट गूंज रहा था। दशाश्वमेध घाट पर उस समय हज़ारों श्रद्धालु जमा थे, जो अपने हाथ जोड़े और आंखें बंद किए भक्ति में सराबोर थे। पुजारियों के हाथों में पकड़े विशाल दीयों का प्रतिबिंब पवित्र नदी में दिखाई दे रहा था। ऐसा लग रहा था मानो समग्र घाट, पवित्र नदी, हज़ारों तीर्थयात्री और पुजारियों के मंत्र सब साथ मिलकर उस रात बुराई का विनाश करने पर तुले थे।

वो पंद्रह थे। उनकी तरफ भागते हुए ही विद्युत ने अपने दुश्मनों की गिनती कर ली थी। सोनू एक हत्यारे की पसलियों के पास घाव देने में सफल हो गया था और बलवंत ने दूसरे को निशाना बना लिया था। अब तक नैना भी एक ही साथ दो हत्यारों से भिड़ चुकी थी, और योद्धा-राजकुमारी की तरह उनका मुकाबला कर रही थी। *वो किसकी तरफ थी?* विद्युत अब बिजली की सी तेजी से भीड़ को चीरते हुए आगे बढ़ रहा था और उसने ठीक उन हत्यारों के बीच में छलांग लगा दी, दो हत्यारों के गले पकड़ते हुए। उसने ध्यान दिया कि हत्यारों के भारी चाकू की वजह से मठ के दो योद्धा बुरी तरह

घायल हो चुके थे, और सोनू के मुंह पर पिस्टल का मूठ बहुत तेजी से पड़ा था, जिससे उसका निचला होंठ कट गया था। बाला भी लड़ाई की जगह तक पहुंच गया था।

'बाला... हमारे फाइटर्स और सोनू को यहां से दूर ले जाओ,' विद्युत ने निर्देश दिए, वो धीरे-धीरे पंद्रह में से बारह बचे हत्यारों से घिर रहा था।

'हम आपकी तरफ से लड़ेंगे, विद्युत,' बलवंत ने कड़ा विरोध करते हुए कहा। वो बिलकुल खुले सांड की तरह उत्तेजित था, जो अकेले ही पूरी फौज से लड़ने के लिए तैयार था। बलवंत विद्युत को अकेले नहीं जाने देने वाला था। काले कपड़ों में ये आदमी उसके अब तक के दुश्मनों से अधिक दक्ष थे, और वो भी संख्या में अधिक थे। विद्युत अकेले उनका मुकाबला नहीं कर पाएगा।

'जैसा मैंने कहा है, करो!' विद्युत ने आदेश दिया। उसकी आवाज में अचानक से मठाधीश का अधिकार आ गया था। वो उनसे विनती नहीं कर रहा था। शास्त्री रक्त के वंशज के तौर पर, वो अपनी कमान संभाल रहा था।

बाला सोनू और दोनों घायल योद्धाओं को साइड में ले गया। बलवंत और नैना अपने घायल साथियों के पास खड़े थे, विद्युत और बारह खतरनाक दुश्मनों के बीच होने वाले मुकाबले का साक्षी बनने के लिए। हालात किसी भी तरह विद्युत के पक्ष में नहीं थे।

हर तरफ से हत्यारों से घिरे होने पर, विद्युत पूरी तरह सजग था, ऐसा लग रहा था मानो वो खुली आंखों से मेडिटेशन कर रहा था। उन बारह एक्स-कमांडो ने छोटी तलवारें और मिलिट्री के घातक चाकू बाहर निकाल लिए थे। विद्युत के पास कोई हथियार नहीं था। बारह आदमी किसी तरह की उत्तेजना या जल्दबाजी नहीं दिखा रहे थे। वो प्रशिक्षित सिपाही की रूखी दृढ़ता से उसके गिर्द चक्कर लगा रहे थे।

उनमें से एक अपनी तलवार के साथ विद्युत के करीब बढ़ा। विद्युत ने हवा में उछलते हुए अपने हमलावर के जबड़े पर जोरदार किक लगाई। वार इतना जोरदार था कि हत्यारा तुरंत कराहते हुए जमीन पर ढह गया। एक पल के लिए बचे हुए दुश्मन सुन्न हो गए। उन्होंने कभी अपने साथी को यूं आसानी से काबू में आते नहीं देखा था। उनमें से दो और विद्युत पर हमले के लिए बढ़े, इस बार एक साथ, एक ही समय में अपने शिकार पर दो भिन्न दिशाओं से झपटते हुए। एक सधे हुए पलटवार में विद्युत

ने अपने हमलावर में से एक की हमला करने वाली बांह पकड़ी, झटके से मोड़ी और अपनी कोहनी के एक हल्के वार से उसकी बांह के दो टुकड़े कर दिए। इस दौरान दूसरे हमलावर की टांगों के बीच एक जोरदार किक से, उसके फेफड़ों से आखरी सांस बाहर आ गई थी। काले कपड़े वाले लोगों की टीम के तीन सदस्य अब जमीन पर पड़े, दर्द से बिलबिला रहे थे। अभी लड़ाई शुरू हुए आधा मिनट ही गुजरा था। अनेकों भयंकर लड़ाइयों और कड़े मुकाबले झेल चुके हत्यारों के सामने अभी तक विद्युत जैसा कोई योद्धा नहीं आया था।

उसकी टीम भी इस मुकाबले को खुले मुंह से देख रही थी। कुछ पल में ही विद्युत ने बारह लोगों के खतरनाक दल में से तीन दुश्मनों का सफाया कर दिया था। बलवंत इस एक-तरफा मुकाबले को देखकर खुश था। नैना का दिल एक्सप्रेस ट्रेन से भी अधिक तेज गति से धड़क रहा था। एक तरफ तो उसे विद्युत की चिंता थी, दूसरी तरफ वो उसकी बहादुरी के प्रति आकर्षित थी। सोनू तो उत्साह से लगभग उछल रहा था। मठ के योद्धा भी उमंग से भरे हुए थे। तीर्थयात्री और श्रद्धालु भी अब धीरे-धीरे वहां जमा होने लगे थे। विद्युत जानता था कि उसे आसपास पुलिस या प्रशासन की जरूरत नहीं थी। उसे ये सब जल्दी खत्म करना होगा।

जब वो कलारिपयाट्टू की मुद्रा में जमीन पर फिसला, तो विद्युत ने अपने लंबे भूरे बालों की छोटी सी पोनिटेल बना ली। वो अपने बाएं घुटने पर नीचे झुका, उसका दाहिना पैर उसकी साइड में सीधा था। और तभी उसने ब्लैक टीम पर तेंदुए की तरह छलांग लगाई, और तेज गति से मारी गई उसकी किक सामने वाले के लिए घातक साबित हुई। बलवंत और नैना ने तुरंत ध्यान दिया कि वैसे तो विद्युत ने शुरुआत कलारिपयाट्टू की मुद्रा से की थी, लेकिन फिर उसने इसमें जापानी *ज्यू जित्सू* और इजराइल के *क्राव मागा* का भी संयोजन कर लिया था। जिस मार्शल आर्ट का नमूना अभी विद्युत पेश कर रहा था उसे न तो किसी ने सुना था, न उसके बारे में सोचा ही जा सकता था। वो बेहतरीन तकनीक से लड़ रहा था, जिसे किसी भी तरह मात नहीं दी जा सकती थी।

सीने पर चाकू के हल्के वार के अलावा, विद्युत को न तो कोई चोट लगी थी, ना ही कोई प्रहार। ब्लैक टीम के लिए तो मानो प्रलय ही आ गई थी। जब विद्युत अपने आसपास कठपुतली की तरह बिखरे हत्यारों की कराह सुन रहा था, तभी एक हत्यारा उठा और उसने अपनी बेरेत्ता 92 पिस्टल निकाली। इससे पहले कि वो ट्रिगर खींच

पाता, बलवंत ने बैल की तरह उसकी पसलियां तोड़ दीं। लड़ाई तीन मिनट से भी कम समय में खत्म हो गई थी। देवता की श्रेष्ठता प्रत्यक्ष थी। उसने युद्ध-प्रमुख की समय पर की गई मदद के लिए सिर हिलाकर आभार प्रकट किया। विद्युत ने सांस ली और धीरे से अपने बालों को खोला। अपने बालों में उंगलियां फिराते हुए उसने आकाश की ओर देखा और एक छोटी से प्रार्थना बुदबुदाई। फिर उसने बाला की तरफ, घायल हत्यारों के लिए, एम्बुलेंस बुलाने का इशारा किया। सिर्फ विद्युत का ही दिल था जो अपने दुश्मन के भले की सोच सकता था। नदी से रात की तेज हवा आ रही थी और मंत्रोच्चारण और शंखनाद अपनी परिणति पर पहुंच रहे थे।

देव-राक्षस मठ के सदस्य जब आज इस असाधारण इंसान, महावीर योद्धा और उस शानदार नेता की बहादुरी के साक्षी बने थे, जो अभी अपने गिरे हुए शत्रुओं के बीच खड़ा था, वो तो उसकी उपस्थिति मात्र से मोहित थे। दशाश्वमेध घाट की सुनहरी रौशनी में विद्युत का चमकता चेहरा, चांद की रौशनी में, हवा से उड़ते उसके बाल, बार-बार सबको एक ही बात याद दिला रहे थे।

बेशक विद्युत वही रक्षक था, जिसका इंतजार वो लोग सदियों से कर रहे थे।

वो ही आखरी देवता था।

बलवंत विद्युत की तरफ दौड़ा आया और खुशी से उसे बाहों में उठा लिया। विद्युत भी खिलखिलाकर हंस रहा था, उसके सीने से निकला रक्त अब उसकी चैक शर्ट पर उभर आया था। सोनू अपनी जगह पर ही लेटा हुआ ताली बजा रहा था, उसके कटे होंठ से काफी रक्त बह रहा था। नैना दौड़कर विद्युत के सीने से लग गई। उसे कोई प्रतिक्रिया नहीं मिली। विद्युत बलवंत की तरफ देख रहा था। इससे कोई फर्क नहीं पड़ता था। नैना इसी बात से खुश थी कि विद्युत ठीक था।

'हमें अभी सचेत रहना होगा बलवंत दादा, और जितना जल्दी हो सके इस जगह से निकल जाना होगा। चलिए निचले घाट पर चलते हैं, इन घायल हत्यारों से दूर,' विद्युत ने बलवंत से कहा। 'रोमी अभी भी वहां है। और वो कायर सामने से हमला नहीं करेगा।'

'हां,' बलवंत ने सहमती जताई, 'हां हमें चलना चाहिए। सोनू और दूसरे घायल योद्धाओं को वापस मठ में भेज देते हैं।'

'यह सही...'

इससे पहले की विद्युत अपनी बात पूरी कर पाता, उन्होंने एक तेज चीख सुनी। उन्होंने मुड़कर देखा नैना सोनू के ऊपर झुकी हुई थी, जो अपने ही रक्त के गरारे कर रहा था। भीड़ के शोरगुल में एक शातिर कातिल ने उसके गले पर एक सेंटीमीटर लंबा घाव छोड़ दिया था। लेकिन वो घाव इंसान को दर्द भरी, धीमी मौत देने के लिए काफी था।

बलवंत और विद्युत संघर्ष करते हुए सोनू की तरफ दौड़े। उस युवक को यूं दर्द में तड़पता देख वो सुन्न हो गए, वो सांस तक नहीं ले पा रहा था। *वो लोग पुरोहित जी का सामना कैसे करेंगे?* नैना तेजी से सुबक रही थी, उसकी आंखें आतंक से फैली हुई थीं। बस अब बहुत हो गया था। विद्युत इससे अधिक स्वयं को नहीं रोक सकता था। उसने नैना के बाल पकड़कर गुस्से से खींच दिए। देवता ने जिंदगी में कभी किसी औरत पर हाथ नहीं उठाया था। *लेकिन फिर कभी उसका सामना नैना जैसे कातिल से भी तो नहीं हुआ था।* उसके परदादा ने उसे किसी के धोखे के बारे में सचेत किया था। उसे पक्का यकीन था कि नैना ही उसे धोखा दे रही थी। उसने पूरे मठ को धोखा दिया था।

'तुमने ऐसा क्यों किया, नैना?' विद्युत फुफकारा, वो अपने आप में था ही नहीं।

'तुम क्या कर रहे हो, विद्युत?' नैना ने विरोध किया। 'तुम पागल हो गए हो? सोनू मेरे भाई जैसा है!'

बलवंत समझ गया था कि विद्युत क्या कह रहा था। 'नहीं विद्युत, नैना कभी हमें धोखा नहीं देगी। वो हममें से ही एक है, ताकतवर देवता!' उसने कहा, और नरमी से नैना को विद्युत की पकड़ से छुड़वाने की कोशिश की।

'आप कुछ नहीं जानते हैं, बलवंत दादा! ये दामिनी से नफरत करती है। ये हमें नुकसान पहुंचाना चाहती है। अगर ये हमारे दुश्मनों के लिए काम नहीं कर रही थी, तो उस दिन आधी रात को इसके पास सेटेलाइट फोन क्या कर रहा था? यही है जो दुश्मन को हमारी हर योजना की खबर दे रही थी!' विद्युत ने जवाब दिया, उसका चेहरा गुस्से और नफरत से भरा हुआ था।

अब तक नैना ने संघर्ष करना बंद कर दिया था। उसने बस विद्युत का हाथ पकड़ा हुआ था, उसकी पकड़ को ढीला कर, अपने बालों के दर्द को कम करने के लिए। वो लाचारगी भरी नजरों से विद्युत को घूर रही थी और उसका दिल बेतरह टूट चुका था।

'पागल मत बनो, विद्युत। मैंने उसे इरीडियम 9555 फोन दिया था। इसी तरह से हम काले मंदिर के रक्षक एक दूसरे के संपर्क में रहते हैं!' बलवंत चिल्लाया।

बलवंत के शब्द बिलकुल निशाने पर लगे थे। विद्युत को अचानक गहरा पछतावा हुआ और उसने नैना के रेशमी भूरे बालों को अपने हाथों से जाने दिया। वो बिलकुल नहीं हिली। कुछ था जो हमेशा के लिए खो गया था।

विद्युत को अहसास हुआ कि उसने बहुत बड़ी गलती कर दी थी। 'मुझे माफ कर दो नैना...' उसने कहना शुरू किया, लेकिन तभी एक जोर की आवाज आई।

तुरंत ही विद्युत को अपने बाएं कंधे में एक जोरदार लहर महसूस हुई। उसने मुड़कर कुछ फीट की दूरी पर, एक वेबले स्कॉट रिवॉल्वर से धुआं निकलते देखा।

उसके सबसे विश्वस्त मित्र बाला ने विद्युत पर पॉइंट ब्लैंक रेंज से गोली चलाई थी।

हड़प्पा, 1700 ईसापूर्व

देवता का वंशज

मनु वो देखकर जड़ रह गया जो तारा उसे दिखाने की कोशिश कर रही थी। उसका मुंह खुला रह गया, वो सांस लेने की कोशिश करने लगा और पूरी तरह पसीने में तर हो गया। वो उस दर्द को भूल चुका था जो उसकी कमर में तलवार का घाव लगने से हो रहा था। यह वो भयानक दिन था, जो उसने पैदा होने के बाद से पहली बार देखा था।

संजना उसके सामने लेटी थी, उसकी छाती में तांबे का तीर गहरा धंसा हुआ था। उसके कपड़े और त्वचा रक्त में लथपथ होने के बावजूद, वो बिलकुल शांत और स्थिर नजर आ रही थी। देवता विवास्वन पुजारी की पत्नी उसकी दिव्यता का आधार थी। उसकी कांपती उंगलियां मनु की तरफ इशारा कर रही थीं। उसकी आंखें रो रही थीं, लेकिन उनमें प्यार भरा था। अभी भी, उसके चेहरे पर मधुर मुस्कान बनी हुई थी।

'मां...!' दलदली जमीन पर अपनी मरती मां को थामने के लिए मनु लपका।

'मां मुझे माफ कर दो... मुझे माफ कर दो... मां मुझे माफ कर दो..' मनु ने सुबकते हुए कहा, उसने अपनी मां को यूं बांहों में भर लिया था, मानो इससे वो उसकी देह त्यागती आत्मा को रोक सकता हो।

संजना अपने लगभग बेजान हो चुके हाथ से अपने बेटे का गाल सहला रही थी। 'मेरा समय पूरा हो चुका है, पुत्र। लेकिन मैं यह देह इस संतुष्टि से त्याग रही हूं कि मुझे इस धरती के सबसे महान आदमी की पत्नी और दुनिया के सबसे अच्छे पुत्र की मां बनने का अवसर प्राप्त हुआ। इतिहास कभी मुझे भुला नहीं सकेगा।' अपनी बात पूरी करते-करते उसे रक्त भरी खांसी हुई।

'नहीं मां... हम यह जगह अभी छोड़ देंगे और मैं तुम्हें आयुर्वेदाचार्य के पास लेकर चलूंगा। तुम ठीक हो जाओगी मां। तुम मुझे छोड़कर नहीं जा सकतीं, मां!' अब तक घायल और लहूलुहान मनु जोर-जोर से रोने लगा था। 'मैं पिताजी को क्या मुंह दिखाऊंगा, मां? मैं उन्हें क्या बताऊंगा? मैं तुम्हारे बिना नहीं जी सकता मां...' मनु पूरी तरह टूट चुका था। बहुत से बच्चे अपनी मां को बहुत प्यार करते हैं लेकिन मनु मानता था कि संजना के प्रति उसका प्यार असीमित था। उसकी मां ही उसका अस्तित्व थी। उसकी मां ही उसका ईश्वर थी।

'याद रखना, मेरे बच्चे... तुम धरती के आखरी देवता का वंश हो। तुम्हारा जन्म एक बड़े लक्ष्य के लिए हुआ है। उसे पूरा करो। चाहे जो हो जाए... अपनी नियति तलाशो।' अपने आखरी शब्द बोलते हुए संजना की दुनिया अंधकारमय होने लगी।

'अपने पिता से कहना, मेरे विवास्वन से कहना... मैं उन्हें दूसरी दुनिया में मिलूंगी।'

वो अपने पुत्र की बांहों में ढह गई।

मनु की जिंदगी की रौशनी हमेशा के लिए अंधेरे में बदल गई।

'अब तुम्हें निकलना चाहिए, मनु!' तारा चिल्लाई। वो और नवरत्न के दो और योद्धा मनु और संजना को, शिविर पर बरसते तीरों के वार से बचाने के लिए, तीन बड़ी ढालों के पीछे छिपाने की कोशिश कर रहे थे। लेकिन अब साफ हो चुका था। किसी भी समय वो हड़प्पा के दरिंदों के हाथों पड़ जाने वाले थे।

मनु ने हिलने से मना कर दिया। वो पत्थर के बुत की तरह बैठा था, अपनी मृत मां का सिर अपनी गोद में रखे हुए।

तारा और इंतजार नहीं कर सकती थी। वो जानती थी कि देवता के वंश को बचाए रखने का एकमात्र रास्ता था इस भयावह जगह से मनु को निकाल देना। उसने ढाल के अंदर सिर छिपाया और मनु को झकझोरा।

'उठो, ओ देवता पुत्र! आज तुम मर नहीं सकते!'

मनु धीरे से उसकी तरफ मुड़ा। वो गहरे सदमे में था। *उसने उससे वादा किया था कि वो उसके लिए वापस आएगा। उसकी मां ने जरूर इंतजार किया होगा। उसने उससे वादा किया था!* मनु कभी स्वयं को माफ नहीं करने वाला था। दरअसल, अगर आज उसका सिर धड़ से अलग हो जाए, तो उसे कोई दुख नहीं होगा। उसकी मां के बिना यह दुनिया रहने के लायक नहीं थी।

तारा ने मनु को वापस से होश में लाने की कोशिश की। जैसे ही वह आगे को झुकी, एक तीर ढाल से पार होते हुए तारा के कंधे में जा धंसा। वो दर्द से चिल्लाई और मनु के सामने जमीन पर गिर पड़ी। तारा के गिरने और दर्द से तड़पने का दृश्य मनु को उसकी मृत मां के सदमे से बाहर लाने के लिए जरूरी था।

'भागो, मनु... भागो जब तक स्वयं को बचा सको...' तारा ने उठकर अपना तीर खींचने की कोशिश करते हुए जोर दिया। 'तुम देवता के इकलौते पुत्र हो मनु। तुम्हारा बचना मानवजाति के लिए बहुत जरूरी है।'

इससे पहले कि मनु कुछ जवाब दे पाता, सोमदत्त भी भागकर इस जुगाड़ू शरण तक आया। वो थकान और घबराहट से हांफ रहा था।

'तुम्हें अभी निकलना होगा, मनु!' उसने देवता के पुत्र को अपने पुत्र के समान ही आदेश दिया। 'हम उन्हें अधिक देर तक रोक पाने में कामयाब नहीं हो पाएंगे।'

मनु अपने दोस्तों को इस युद्ध के मैदान में अकेले छोड़कर नहीं जाने वाला था, जो निश्चित रूप से उनके लिए श्मशान बनने वाला था। उसने प्यार से अपनी मां का सिर जमीन पर रखा। आंसू उसकी आंखों से बह रहे थे, उसने झुककर अपनी मां के गाल को चूमा। फिर उसने धीरे से उठकर, तलवार उठा ली।

'काका, मैं आप सबको यहां छोड़कर नहीं जाऊंगा,' उसने कहा, 'हम साथ में लड़ेंगे और साथ ही मरेंगे।'

'लेकिन तुम्हारे पिता का क्या, मनु? क्या तुम उन्हें उस भूतिया कैद में यूं ही सड़ने दोगे?' सोमदत्त ने गुस्से से पूछा। 'और क्या तुम्हें समझ आ रहा है, अगर तुम आज रात यहीं मर गए तो, ये राक्षस तुम्हारी मां का अंतिम संस्कार भी नहीं होने देंगे। ये तुम पर उसका ऋण है, मनु... तुम पर तुम्हारे अभिभावकों का ऋण है!'

मनु को समझ नहीं आ रहा था की क्या करे, लेकिन अपने जीवित पिता और मृत मां के प्रति उसका कर्तव्य दूसरी किसी भी चीज से बढ़कर था।

हड़प्पा के सिपाही अब सोमदत्त के बचे हुए आदमियों से लड़ रहे थे, उनकी गति को बस मनु के योद्धाओं के बाणों से कुछ देर के लिए कम किया जा सकता था। लेकिन यह पर्याप्त नहीं होने वाला था। पल भर में ही सोमदत्त, मनु, तारा और उनके बचे हुए साथियों को हड़प्पा की बेरहम सेना का स्वयं सामना करना होगा।

'जाओ, मनु! अपनी मां को अपने साथ ले जाओ। पूर्व की तरफ जाओ और काले मंदिर की तलाश करो। तुम्हें वहां जरूर मदद मिल जाएगी,' हड़प्पा के विक्षिप्त सैनिक की तलवार के तेज वार से बचते हुए सोमदत्त ने कहा।

तारा ने मनु के लिए घोड़ा तैयार कर दिया, और दो साथियों ने संजना की मृत देह को सम्मान और कोमलता से उठा लिया।

मनु ने अपने समर्पित साथियों को देखा और घोड़े पर सवार होने से पहले अपने आखरी शब्द कहे, 'प्यारे साथियो, मैं वापस आऊंगा। और इस बार मैं अपना वादा नहीं तोडूंगा। लेकिन इससे पहले कि मैं जाऊं, मैं तुम्हारा मित्र और देवता पुत्र होने के नाते, क्या एक आखरी आदेश तुम्हें दे सकता हूं?'

साथियों ने एक साथ सहमती में सिर हिलाया। 'ओ शूरवीर मनु, वो आदेश क्या है?' सोमदत्त ने पूछा।

मनु ने स्वयं के आंसू रोके। फिर उसने सेना अध्यक्ष की तरह चिल्लाकर कहा, मानो अपनी टुकड़ी को आदेश दे रहा हो। उसकी आवाज भावनाओं से भारी हो रही थी, 'मैं तुममें से हरेक को आदेश देता हूं कि इस लड़ाई से जीवित निकलना। आज रात, मैं तुम सब को जीवित रहने का आदेश देता हूं!'

उसके योद्धाओं की आंखें भर आईं, उन्होंने अपने दांत भींचकर फिर से हां में सिर हिलाया। फिर उन्होंने युद्ध में अपनी जगह संभाल ली। मनु के शब्दों ने उन्हें इस युद्ध में स्वयं को बचाए रखने की एक नई ऊर्जा दी थी।

जैसे ही मनु ने घोड़े पर सवार होकर, अपनी प्यारी मां के शरीर को अपनी गोद में रखा, सोमदत्त ने उसे आखरी निर्देश दिए, 'अगर इस दुनिया में कोई जगह तुम्हें बचा सकती है, तो वो काला मंदिर ही है मनु। अगर हम आज रात और कल के बचाव अभियान में बच जाते हैं, तो हम परसों रात तुम्हें सप्तऋषि के पर्वत पर मिलेंगे...आशा है कि उस समय देवता भी हमारे साथ होंगे!'

'हां काका, और आपकी हर मदद के लिए बहुत-बहुत धन्यवाद,' मनु ने अपना घोड़ा दुश्मन से विपरीत दिशा में दौड़ाने से पहले कहा।

लेकिन उस रात कुछ भी देवता के उस भले परिवार के पक्ष में नहीं था। मनु का घोड़ा अभी अधिक दूर नहीं गया था कि हड़प्पा के विक्षिप्त सेनाध्यक्ष ने उसे देख लिया।

'वो जा रहा विवास्वन पुजारी का बेटा!' वह चिल्लाया। मनु की तरफ इशारा करके अपने दल को हमले का आदेश देते हुए, 'धनुर्धर... उसे धराशायी कर दो!'

सोमदत्त, तारा और बचे हुए योद्धा हड़प्पा के धनुर्धरों की ओर बढ़े। उन्हें उनको बाण चलाने से रोकना था। लेकिन वो धनुर्धर बहुत दूर थे। यहां तक कि तारा ने गुस्साई नागिन की तरह उन पर छलांग भी लगाई, लेकिन देर हो चुकी थी। बाणों की बड़ी संख्या धनुष से निकल पड़ी थी।

और उनमें से तीन निशाने पर भी लगे थे।

घायल तारा और सोमदत्त ने जो आखरी चीज देखी, वो थी मनु बरसाती रात में, अपनी मां का मृत शरीर अपनी गोद में रखे जा रहा था। तीन तीर उसकी कमर और गर्दन में धंसे थे, और तलवार से लगे घाव से तेजी से रक्त बह रहा था। तारा की आंखें भर आई थीं। कोई भी आदमी ऐसे घातक वारों से बच नहीं सकता था। सोमदत्त ने दुख से आंखें बंद कीं और आखरी देवता के वंशज को विदाई दी।

'यह विवास्वन पुजारी के वंश का अंत था। इस धरती पर दोबारा कोई देवता जन्म नहीं लेगा,' सोमदत्त ने स्वयं से कहा।

वह गलत था।

बनारस, 2017

तांत्रिक की अंत्येष्टि

इससे पहले कि वो दूसरी बार ट्रिगर दबा पाता, नैना ने बाला पर छलांग लगाई और उसका बैलेंस बिगाड़ दिया। चमकती हुई वेबले स्कॉट रिवॉल्वर बाला के हाथ से गिर गई। अब मुकाबला एक ऐसे आदमी, जिसने देवता को धोखा दिया था, और उस महिला के बीच था, जिसने जिंदगी भर देवता को चाहा था। और इस बार ये मुकाबला रुकने नहीं वाला था। अब लड़ाई आर-पार की थी।

बलवंत ने विद्युत को अपनी बाहों में थामा, वो अचानक यूं हालात बिगड़ने से सकते में था। देवता का बहुत रक्त बह चुका था, गोली उसके कंधे में गहरी धंसी थी। देव-राक्षस मठ के योद्धा प्रमुख को अब सोनू और द्वारका शास्त्री के परपोते, दोनों की जान बचानी थी। *उसे आखरी देवता की जान किसी भी कीमत पर बचानी होगी।* उसे उन्हें जल्दी से हॉस्पिटल ले जाना होगा। उसे नैना की चिंता नहीं थी। उसने ही उसे ट्रेनिंग दी थी। वो जानता था कि यह बाला का अंत था, वो आदमी जिसने सोचा था कि वो देवता को धोखा देकर यूं ही निकल जाएगा।

विद्युत बहुत तकलीफ में था, रक्त बह जाने की वजह से लगभग बेहोशी की कगार पर था। उसकी तकलीफ शारीरिक से अधिक मानसिक थी। अपने सबसे भरोसे के आदमी के हाथों गोली खाना उसके लिए बहुत बड़ा सदमा था। अब वो अच्छी तरह समझ गया था। उस दोपहर उसके परदादा उसे किस बुरी आत्मा के बारे में चेतावनी दे रहे थे। *वो नैना कैसे हो सकती थी?* नैना अपने जन्म से ही मठ में रहती थी। अगर वो धोखेबाज़ होती, तो महान द्वारका शास्त्री को यह बात सालों पहले ही पता चल चुकी होती। उन्हें अभी ही क्यों किसी बुरी शक्ति का अहसास होता? वो बुरी आत्मा बाला था!

वो बुराई जिसके मठ में आगमन का अहसास मठाधीश को हुआ था, वो बुराई तो बालाकृष्णन के दिल में थी। ऑर्डर द्वारा भेजा गया एकमात्र सिपाही रोमी ही नहीं था।

'विद्युत, मुझे आपको और सोनू को तुरंत गोवर्धन के पास ले जाना होगा,' बलवंत ने कहा, जब वो और मठ के अन्य योद्धा सोनू को उठा रहे थे। विद्युत ने उससे अपना घाव बांधने का इशारा किया। 'नहीं विद्युत,' बलवंत ने विरोध किया, 'आपको डॉक्टर से मिलना ही होगा। आपको गोली लगी है, भगवान के लिए!'

बाला ने अपनी कोरड्रॉय पेंट के नीचे से, बाएं पैर की जुराब में छिपा एक मूंठ वाला चाकू निकाला। उसने उसे अपनी दाहिनी मुट्ठी की तर्जनी और मध्यमा के बीच रखा। अब इस हाथ से होने वाला हर प्रहार घातक साबित होगा। नैना इससे जरा भी नहीं हिचकी और सामने से आ उस पर वार किया। वो बाला के गिर्द चक्कर काटने लगी और उसके जबड़े पर जबरदस्त मुक्का मारा। बाला ने अपनी मुट्ठी में पकड़े घातक ब्लेड से उस पर वार किया, लेकिन नैना उससे सकुशल बच गई। अब तक नैना ने उसकी रीढ़ पर अपनी कोहनी से वार कर, उसे धूल चटा दी। बाला के लिए खराब शुरुआत हुई थी, लेकिन भूतपूर्व योद्धा यूं आसानी से हार नहीं मानने वाला था।

बाला अपने हाथों के सहारे उठा और बिजली की सी तेजी से नैना के दाहिने पैर में, घुटने से ठीक ऊपर वार किया। मूंठ वाले चाकू से लगा वो गहरा कट था, और इससे

आकर्षक और खतरनाक नैना का हमले के लिए सबसे पसंदीदा अंग घायल हो गया। बाला ने फिर नैना की पसलियों में अपने शक्तिशाली सिर से वार किया और वो पीछे की तरफ उड़ते हुए घाट की पक्की जमीन पर गिरी। बस तभी जब बाला को लगा कि वो बस आगे बढ़कर नैना को खत्म कर देगा, नैना अपनी दोनों टांगें हवा में उछालकर, एक जिमनास्ट की तरह पीछे की तरफ पलटकर खड़ी हो गई। उसी प्रवाह में उसने बाला के गले के नीचे एक जोरदार मुक्का मारा। वो भयानक वार था। बाला सांस नहीं ले पा रहा था और उसने दर्द की वजह से अपना गला पकड़ लिया। उसी झटके में नैना ने बाला की ठोड़ी पर एक घातक वार किया, जिससे उसका सिर झटके से पीछे हुआ और वो घुटनों के बल ढह गया। जंग खत्म हो चुकी थी।

लेकिन देव-राक्षस मठ की योद्धा-राजकुमारी का गुस्सा अभी शांत नहीं हुआ था। वो घायल शेरनी की तरह गुस्साई हुई थी। नैना ने एक तरफ हटते हुए अपनी घायल टांग में बाला की गर्दन डैथ-लॉक की तरह फंसा दी। वो उसकी गर्दन तोड़ने वाली थी।

'बहुत हो गया, नैना!' विद्युत चिल्लाया।

नैना ने नहीं सुना। बाला की गर्दन पर उसकी पकड़ मजबूत होती जा रही थी और बाला की आंखें उछलकर बाहर गिरने को तैयार थीं।

विद्युत नैना की तरफ दौड़ा और उसकी बांह पकड़कर खींचा। 'नहीं नैना, हम कातिल नहीं हैं। वैसे भी, रोमी का हिसाब चुकता करने के बाद मुझे अपने इस विश्वस्त मित्र से कुछ सवाल पूछने हैं,' कहते हुए विद्युत ने उस धोखेबाज़ को देखा, जो कभी उसका विश्वसनीय मित्र हुआ करता था।

नैना ने अपनी पकड़ जरा ढीली की।

'इसे मठ में ले जाइए, बलवंत दादा,' विद्युत ने निर्देश दिए। नैना ने अपनी टांग उसकी गर्दन से हटाई और बाला के कंधे पर पैर से मारकर उसे जमीन पर गिरा दिया। विद्युत अपने एक घुटने पर झुका और बाला के फूटे चेहरे को देखा। अविश्वास से अपने सिर को हिलाते हुए विद्युत ने बाला से वो सवाल पूछा, जो उसे अंदर ही अंदर से खाए जा रहा था, 'क्यों बाला?' विद्युत ने पूछा। 'हम तो भाइयों की तरह थे। क्यों?'

'क्योंकि प्यार और जंग में सब जायज है, विद्युत,' बाला ने जवाब दिया, उसके मुंह से रक्त टपक रहा था लेकिन आंखों में नफरत भरी थी। 'तुम्हें कोई अंदाजा नहीं है... जंग तो अभी शुरू ही हुई है। वर्ल्ड का नया ऑर्डर यहां है, ओ देवता, और तुम भी उसे रोक नहीं सकते!'

विद्युत अब घाट पर अकेला था, जहां भीड़ धीरे-धीरे छंट गई थी। पत्रकार और जांचकर्ता उस जगह पहुंच गए थे जहां ब्लैक टीम के मेंबर पड़े हुए संघर्ष कर रहे थे, हालांकि विद्युत और उसके साथी तब तक वहां से हट चुके थे। पुलिस और शहर की एम्बुलेंस घायलों को लेकर जा चुकी थी और विद्युत को सुनकर राहत मिली थी कि सोनू की हालत स्थिर थी। देवता ने जोर दिया था कि मठ का हरेक योद्धा आश्रम की सुरक्षा के लिए निकल जाए। बाला को सवाल-जवाब के लिए ले जाया जा चुका था। उसे मठ की हिरासत में रखा जाना जरूरी था। अभी के लिए वो उन लोगों तक पहुंचने की आखरी कड़ी था, जिन्होंने उस पर यूं प्रत्यक्ष और अप्रत्यक्ष हमले कराए थे।

किराए के सैनिकों का सामने से किया गया भीषण हमला अपने आप में काफी गंभीर था, लेकिन फिर भी उसकी तुलना बाला के रूप में छिपे हुए खतरे से नहीं की जा सकती थी। इससे पता चल रहा था कि दुश्मन किस तरह विद्युत के काम, घर और जिंदगी में दखल दिए हुए था। इतने बड़े धोखे से वो अंदर तक हिल चुका था, और उसे समझ नहीं आ रहा था कि किस पर भरोसा करे, किस पर नहीं। *बाला कब से उसके विरुद्ध काम कर रहा था? क्या उसे जानबूझकर उसके ऑर्डर ने ही विद्युत के पास भेजा था? क्या वो लोग इतने सालों से उसके काम पर नजर रखे हुए थे? और अगर हां, तो उन्होंने पहले ही उसे मारने की कोशिश क्यों नहीं की?* विद्युत समझ चुका था, जैसा कि उसे द्वारका शास्त्री ने भी बताया था, कि उनके विरोध में बहुत शक्तिशाली ताकत काम कर रही थी।

इस मानसिक कशमकश और हताशा के समय में भी, विद्युत की आंखें इधर-उधर दौड़कर, दशाश्वमेध घाट के हर कोने को छान रही थीं। वह जानता था कि रोमी उसे देख रहा होगा, और विद्युत उस हत्यारे की कहानी खत्म किए बिना आज उस घाट को छोड़कर नहीं जाने वाला था।

उनकी नजरें मिलीं। ऐसा लग रहा था मानो शिकारी और शिकार दोनों एक-दूसरे को ढूंढ़ रहे थे, बस अभी उनकी भूमिका अस्पष्ट थी। *शिकारी कौन था और शिकार कौन?* एक पुराने मंदिर के कोने से रोमी सब देख रहा था, वह बड़े आराम से अपने हाथ अपनी जींस की पॉकेट में डाले खड़ा था। बस इस बार उसके चेहरे पर मुस्कान नहीं थी।

बच्चों जैसी मासूम उसकी आंखें अब डर और गुस्से से दमक रही थीं।

विद्युत घाट के वीरान पड़े कोने की तरफ भागा, जहां रोमी पुराने मंदिर के स्तंभ के पीछे छिपा हुआ था। एक बार फिर से, हत्यारा गायब हो चुका था। विद्युत ने भाग-भागकर मंदिर के चारों कोने छान मारे लेकिन रोमी कहीं भी नजर नहीं आया। घाट के इस कोने में बाकी जगहों से अधिक अंधेरा था। गंगा अब महज बीस फूट दूर थी। दूरी पर, मणिकर्णिका घाट पर निरंतर जलती चिताओं की अग्नि नजर आ रही थी, जो अहसास करा रही थी कि इंसानी जिंदगी कितनी क्षण-भंगुर थी। नदी किनारे तांत्रिकों और अघोरियों के कई समूह बैठे हुए साधना कर रहे थे। धीमी और उतार-चढ़ाव भरी आवाज में उनका मंत्रोच्चारण वहां के माहौल को रहस्यमयी और भयावह बना रहा था।

विद्युत ने पूरे क्षेत्र को छान मारने का निर्णय लिया। वह जानता था कि रोमी उसे ही देख रहा होगा और उसे छिपकर वार करने वाले हत्यारे से किसी प्रकार के गर्व या बहादुरी की उम्मीद नहीं थी। हर गुजरते पल के साथ देवता के घाव उसे कमजोर बना रहे थे, जब वो पवित्र नदी के सामानांतर पुराने मंदिर में भाग-दौड़ कर रहा था। अब वो दशाश्वमेध घाट पीछे छोड़ चुका था, और गंगा के पास बने किले की दीवार के साथ-साथ चल रहा था, वहां पीले बल्ब की मद्धम रौशनी थी।

'हैलो, विद्युत,' किले की अंधेरी दीवार के कोने से एक आवाज आई। वहां रोमी था।

जैसे ही विद्युत ने हत्यारे की परछाईं देखी और वो उसकी तरफ बढ़ा, तभी दो चिंगारियों ने उसका स्वागत किया।

एक मंझे हुए खिलाड़ी की तरह, रोमी ने विद्युत पर वाल्थेर पीपीके रिवॉल्वर से दो गोलियां चलाई थीं, गोलियों की आवाज को दबाने के लिए उसने रिवॉल्वर पर साइलेंसर लगाया हुआ था।

लेकिन फिर भी देवता को आगे बढ़ता देख, रोमी डर गया। विद्युत के तेजी से हट जाने की वजह से एक गोली से वो बच गया था। लेकिन दूसरी गोली सीधे निशाने पर पहुंचते

हुए उसकी पसलियों में जाकर लगी थी। उस रात उसे ये दूसरी गोली लगी थी, सीने पर लगे चाकू के एक वार के अलावा। इतने घाव और रक्त का अधिक बह जाना देवता के लिए भी घातक हो सकता था, जो इस समय किसी तरह स्वयं को खड़े रख पाने का संघर्ष कर रहा था।

इससे पहले कि रोमी और गोली चला पाता, विद्युत ने अपना सिर उस माहिर लेकिन कमजोर हत्यारे के सिर में मारा। विस्फोट, डेटोनेटर, किराए के सैनिकों, घुसपैठियों और साइलेंसर वाली पिस्टल के बिना रोमी एक डरपोक, छिछोरे बदमाश के अलावा कुछ नहीं था। विद्युत ने उसके चेहरे पर इतना तेज मुक्का मारा कि रोमी के गाल पर एक गहरा कट लगा और उसका चश्मा काले अंधेरे में कहीं उड़ गया। देवता ने फिर अपना ताकतवर मुक्का हत्यारे के पेट में मारा, जिससे वो तुरंत ही रक्त की उल्टी करने लगा। यह एकतरफा सजा थी और विद्युत उस पर कोई दया नहीं दिखाने वाला था।

'रुको!' रोमी चिल्लाया। 'रुको, प्लीज विद्युत... प्लीज...' उसने विनती की।

विद्युत परेशान था, वो किसी भी पल बेहोश हो सकता था। रोमी के द्वारा चलाई हुई आखरी गोली ने उसके पेट को चीर दिया था, और वहां से बहुत रक्त बह रहा था। देवता एक पल को उस निर्मम हत्यारे की बात सुनने को रुका कि वो क्या कहना चाहता था।

'मुझे मारने से आपका क्या भला होगा, ओ महान देवता?' रोमी गिड़गिड़ाया, उसके हाथ दया में जुड़े हुए थे। 'मैं तुम्हें वो सब बता सकता हूं जो तुम जानना चाहते हो।'

विद्युत सुन रहा था, अपने दाएं हाथ की मजबूत पकड़ में उसने रोमी का कॉलर लिया हुआ था।

'मैं बहुत कमजोर हूं, विद्युत। मुझे हीमोफिलिया है... मेरा... मेरा खून... बहना बंद नहीं होगा। प्लीज मुझे मत मारना,' रोमी ने भीख मांगी। विद्युत को अपने कानों पर भरोसा नहीं हो रहा था। यह सख्त और निर्मम हत्यारा भीगे पिल्ले की तरह गिड़गिड़ाकर भीख मांग रहा था। रोमी का मुंह उसके अपने रक्त में भीगा हुआ था, और वो बार-बार खांसते हुए भी रक्त उगल रहा था। विद्युत का मुक्का इस नाज़ुक हत्यारे के लिए कुछ अधिक ही तेज था।

विद्युत ने अपनी पकड़ ढीली कर दी। वो स्वयं बेचैन हो रहा था और जल्द से

जल्द गोवर्धन तक पहुंचना चाहता था। बिना तुरंत मेडिकल हेल्प के, देवता जानता था कि वो अधिक देर ज़िंदा नहीं रह पाएगा।

'थैंक यू, थैंक यू, विद्युत...' रोमी बुदबुदाया, जो उसी बच्चे की तरह सुबक रहा था, जिसे एग्जाम में फेल हो जाने पर उसके पिता ने पीटा हो। उसे देखकर बहुत दया आ रही थी। विद्युत को भी उस बदमाश पर तरस आ गया।

जैसे ही विद्युत ने रोमी को कुछ समय देकर, थोड़ी सांस लेने की कोशिश की तो माहिर हत्यारे ने जंगली बिल्ली की सी तेजी से पलटी खाई। इससे पहले कि थका और घायल विद्युत कोई प्रतिक्रिया दे पाता, रोमी ने न जाने कहां से वही सर्जरी वाला ब्लेड निकाल लिया और बिजली की सी तेजी से विद्युत के गले की तरफ बढ़ा। लेकिन इस बार शिकार ट्रेन का मोटा आदमी या युवा सोनू नहीं था। इस बार सामने देवता था। विद्युत ने भी बिजली की सी गति से हमला रोका, वो ब्लेड विद्युत के गले से बाल बराबर की दूरी पर था। रोमी के चेहरे के भाव बदल चुके थे। वो त्योरी चढ़ा रहा था और उसके नैन नक्श यूं बिगड़ रहे थे मानो उस पर किसी बुरी आत्मा का साया पड़ गया हो। यह उसका असली चेहरा था। विद्युत ने रोमी की कलाई जोर से मोड़ दी, जिससे उसका ब्लेड गिर गया और उसका शरीर दर्द से दोहरा हो गया।

'यह सोनू के लिए,' अपने दांत भींचकर, पकड़ को मजबूत करते हुए विद्युत फुसफुसाया। अपने खुले हाथ से विद्युत ने रोमी की मुड़ी हुई बांह पर जोर से वार किया और उसका कंधा तोड़ दिया। रोमी का हाथ टूट गया था और वो दर्द से चिल्लाता हुआ घाट की सीढ़ियों पर गिर पड़ा।

卐

कॉलर से पकड़कर, विद्युत अब तड़पते हुए रोमी को वापस से दशाश्वमेध घाट की तरफ खींच रहा था। वो इस बेरहम और बेशरम हत्यारे को मारना चाहता था, लेकिन उसने कुछ और करने का फैसला किया। अच्छाई और बुराई में हमेशा एक अंतर होता है। हमेशा। इसी बात ने दुनिया को एक कर रखा है।

'क्या... ओ महान देवता, तुम मेरे साथ क्या करने वाले हो?' रोमी ने लड़खड़ाती आवाज में पूछा। विद्युत ने जवाब नहीं दिया।

'क्या तुम जानते हो कि मास्केरा बिआंका तुम्हें क्यों मारना चाहता है, विद्युत?'

हत्यारे ने प्रस्ताव दिया। 'क्योंकि तुम्हें पंद्रह सौ साल पहले दफन हुए राज को सामने लाने का कोई हक नहीं है!'

रोमी को खींचते हुए, विद्युत चलता रहा। उसने कोई जवाब नहीं दिया, लेकिन वो ध्यान से उसकी बात सुन रहा था।

'क्या तुम जानते हो कि तीन दशक के बाद तुम यहां बनारस में क्यों आए हो? उन्होंने तुम्हें सालों पहले क्यों नहीं मारा? क्योंकि अब से ग्यारह दिन बाद एक प्राचीन भविष्यवाणी सच हो जाएगी, ओ महान देवता—ग्रहों का ऐसा संयोजन, जिसका इंतजार 1700 ईसापूर्व से किया जा रहा था। तुम्हें एक खास कारण से ज़िंदा रखा गया है, विद्युत, और तुम्हें वो कारण पता तक नहीं है!' रोमी ने हंसने की कोशिश करते हुए कहा। गुस्से से उसने कराहते हुए रक्त थूका।

'मैंने आज तुम्हें लड़ते हुए देखा। तुम सच में वही देवता हो, जिसका उन्हें इंतजार था। लेकिन तुम भी उनसे नहीं लड़ सकते हो, ओ शक्तिशाली देवता। उनकी ताकत और पहुंच तुम्हारी कल्पना से परे है। ऑर्डर इस दुनिया को बदल देगा। तुम उन्हें नहीं रोक सकते!' दर्द से बेसुध होते हुए रोमी ने कहा।

विद्युत को रुकना पड़ा। उसके जख्मों से उठता दर्द अब उसकी बर्दाश्त के बाहर था। उसने अपना मोबाइल बाहर निकाला और बलवंत का नंबर मिलाया। युद्ध-प्रमुख को विद्युत की आवाज सुनकर चैन मिला। विद्युत ने बलवंत से विनती की कि उसे उस घाट से आकर ले जाए, जहां अघोरी तांत्रिक अपनी साधना कर रहे थे। वह जगह बस कुछ ही कदम दूर थी और विद्युत अपने कैदी को लेकर वहीं पहुंचने वाला था।

'वो तुम्हारे लिए आ रहे हैं, विद्युत। वो ब्लैक टेंपल के लिए आ रहे हैं,' रोमी फुसफुसाया।

विद्युत ने फिर से रोमी को तांत्रिक के घाट की तरफ खींचना शुरू किया। उसे अचानक महसूस हुआ कि रोमी अजीब तरह से ऐंठने लगा था। उसका बदन बुरी तरह से अकड़ रहा था और वो बेचैनी से छटपटा रहा था। विद्युत ने मुड़कर देखा कि रोमी के मुंह से पीले झाग निकल रहे थे। उसकी आंखें पूरी तरह पलट गई थीं।

यह रोमी का अंत था। उसने पोटेशियम सायनाईट का एक कैप्सूल खाकर उस तांत्रिक घाट पर अपनी बुरी आत्मा को आजाद कर दिया था। यह हत्यारे का अंतिम संस्कार था।

विद्युत घाट की सीढ़ी पर बैठ गया, रोमी का मुड़ा हुआ शरीर उससे कुछ ही फासले पर पड़ा था। दो अघोरी इसमें बहुत दिलचस्पी ले रहे थे। बलवंत ने फिर से फोन किया था, विद्युत को भरोसा दिलाने के लिए कि वो कुछ ही पलों में वहां पहुंच रहे थे, और उनके पास मेडिकल सुविधा भी थी।

रात अब पहले से भी अधिक गहरा गई थी और घाट पर रौशनी, नाव, दुकानें सब कम रह गई थीं। गेंदे के फूलों और साधना के समय जलाई गई धूपबत्ती की गंध से युक्त हवा विद्युत के चेहरे और बालों को सहला रही थी। गंगा प्राचीन घाटों को चूमते हुए बहुत प्यार से अपने पवित्र रास्ते पर बह रही थी। आज रात गंगा आरती ने वास्तव में देवता को बुराई के विरुद्ध विजयी होने का आशीर्वाद दिया था।

विद्युत रात और गंगा को देख रहा था, और हवा उसके मन को सहला रही थी। उसे कोई अंदाजा नहीं था कि न्यू वर्ल्ड ऑर्डर क्या था और उसका अशुभ लक्ष्य क्या था। ना ही वो मास्केरा बिआंका को जानता था, जिसका जिक्र रोमी ने किया था। ये काले मंदिर का राज क्या था? उसका मन उससे कह रहा था कि अभी आने वाले दिनों में उसे कई और मुश्किल लड़ाइयों का सामना करना था। लेकिन एक बात का तो देवता को विश्वास था। भले ही बुराई कितनी भी ताकतवर या सक्षम क्यों न हो, पर वो सच की शक्ति और अच्छाई की श्रेष्ठता से नहीं जीत सकती थी।

आखिरकार काशी भगवान शिव की अपनी नगरी जो थी।

हड़प्पा, 1700 ईसापूर्व

भयानक रक्तरंजित स्नान

कारावास के दस भीमकाय सुरक्षाकर्मियों ने विवास्वन पुजारी को हड़प्पा के विशाल स्नानागार की सख्त जमीन पर घसीटा, वो उसे हड़प्पा के मृत कारावास से खींचते हुए यहां लाए थे। हड़प्पा के स्नानागार की परिकल्पना नगर योजना के समय ही की गई थी। मोहन जोदड़ो भी वहां का एक शक्तिशाली क्षेत्र और चंद्रधर से विवाह से पूर्व प्रियम्वदा का गृह नगर होने के बावजूद हड़प्पा का स्नानागार समग्र आर्यवर्त का सबसे महत्वपूर्ण संयोजन स्थल था। मोहन जोदड़ो के स्नानागार से यह आकार में बीस गुना बड़ा था।

बस आज उस सुंदर और दुष्ट प्रियम्वदा ने इस जन संयोजन स्थल को यातना क्षेत्र में बदल दिया था। और पूरे हड़प्पा को उसका साक्षी बनने के लिए निमंत्रित किया गया था।

आखरी देवता अब पसीने, रक्त और आंसू की मोटी परत में भीगा हुआ था। उसने ऐसी निर्दयता की कभी कल्पना तक नहीं की थी। विवास्वन लगातार भीख मांग रहा था, विनती कर रहा था और आम व्यक्तियों के पास से गुजरते हुए भी अपने हाथ

जोड़े हुए था। अपनी प्यारी संजना और मनु की सुरक्षा के लिए वो कुछ भी कर सकता था। लकड़ी का एक मोटा लठ उसे अपने वजन तले दबाए जा रहा था, और उसके कमरतोड़ भार को खींचने के लिए उस पर कोड़े भी बरसाए जा रहे थे। जब उसे लगभग दर्जन भर लोहे की मोटी कड़ियों और रस्सियों से खींचा जा रहा था, तो ये कोड़े उसे सिर से लेकर पैर तक ऐसे जकड़ डालते जैसे सैकड़ों अजगर उस पर लिपट गए हों। लेकिन फिर भी किसी ने मुंह नहीं खोला। विवास्वन पुजारी अपनी पीड़ा में अकेला नहीं था। वो हड़प्पा निवासियों के परपीड़क मनोरंजन का साधन बना हुआ था।

घंटों की यातना, पत्थरबाजी, थूक फेंकने और गालियों के बाद विवास्वन पुजारी को अपने लाचारगी भरे हालात का अंदाजा हो रहा था। लातों के एक के बाद एक प्रहार और खूब पत्थर खाने के बाद उसकी मनोस्थिति तेजी से बदलते हुए अविश्वास से हताशा, फिर विनती और फिर दानवीय नफरत तक पहुंच गई थी। विवास्वन ने भीख मांगना बंद कर दिया। उसके जुड़े हुए हाथ धीरे-धीरे खुल गए और उसने उन हाथों से कांटेदार रस्सी को पकड़ लिया। उसने अपनी घायल एड़ियों को जमीन में गढ़ाना शुरू किया और दस विशालकाय सुरक्षाकर्मियों के विरुद्ध जोर लगाया, जो अब तक उसे मृत जानवर के समान यहां से वहां खींच रहे थे।

विवास्वन पुजारी अब उन सबको अपनी तरफ खींचने लगा। और उनके पैरों तले की जमीन निकलने लगी, उनकी पट्टी वाली पादुका सूखी मिट्टी पर रगड़ रही थी। अचानक, वो पूरा अखाड़ा भौचक रह गया।

देवता ने आखिरकार प्रतिरोध किया।

दसों रक्षक उस आदमी की ताकत देखकर हैरान थे, जिसे अभी कुछ ही घंटों पहले वो आसानी से खदेड़ रहे थे। विवास्वन पुजारी बीस घोड़ों की सी ताकत से उन कड़ियों और रस्सियों को खींच रहा था। रक्षकों ने भी दोगुनी ताकत लगाई और अपने बचाव में दूसरे सिपाहियों को भी बुला लिया। कुछ नए प्रवेशकों ने भी रस्सी खींचने में मदद की, जबकि कई लोग एक साथ चाबुक और छड़ी से विवास्वन के घुटनों पर तड़ातड़ वार करने लगे। हालांकि इससे कोई फर्क नहीं पड़ा। अब तक गंभीर रूप से चोटिल और सांस रहित पुजारी विद्रोह के चरम पर था। अब वह सौ घोड़ों का बल लगा रहा था। उसे रोका नहीं जा सकता था।

आखिरकार एक रक्षक की लाठी चाकू के समान पीछे से उसके सिर पर पड़ी, और उसने उसके पहले से ही लहूलुहान सिर को दो फांक कर दिया। विवास्वन पुजारी

दर्द से तड़पकर गिरा। फिर वो उस पर भेड़ियों के समान टूट पड़े और उस पर लाठियों और लातों की बरसात कर दी।

चंद्रधर स्वयं को और नहीं रोक सका। वह जानता था कि वो इस सूर्य के नीचे होने वाले सबसे जघन्य अपराधों में से एक का भागीदार बना था। वह जानता था कि इस भयानक पाप के लिए ईश्वर उसे कभी माफ नहीं करेगा। लेकिन फिर भी, अब वो इसे और नहीं चलने दे सकता था। प्रियम्वदा को देखे बिना, चंद्रधर परिषद विभाग से निकलकर अपने सबसे प्रिय मित्र और अजीज जीजा की तरफ दौड़ पड़ा। उसने छलांग लगाकर देवता के शरीर को अपने बदन से ढंक लिया, बरसती लाठियों और चाबुकों से बेखबर। विक्षिप्त सिपाहियों ने जब हड़प्पा के पहले राजा को अपनी लाठियों के नीचे पड़ा देखा तो तुरंत प्रहार करना बंद कर दिया।

विवास्वन पुजारी बेजान लग रहा था। चंद्रधर अपने आंसू नहीं रोक पा रहा था। उसने अपने मित्र का लहूलुहान सिर अपनी गोद में रखा और सुबकते हुए कुछ अंतिम शब्द मरते हुए देवता के कानों में डाले।

'मुझे माफ कर दो, विवास्वन...'

चंद्रधर ने अपने वस्त्रों के भीतर से चमड़े की एक छोटी सी थैली निकाली। उसमें औषधि युक्त सिरका था। उसने थैली की गांठ खोलकर वो थैली देवता के होंठों से लगाई। 'इसे पी लो, विवास्वन,' चंद्रधर फुसफुसाया। 'आज के इस अभिशप्त दिन में मैं तुम्हारी यही मदद कर सकता हूं। इस सिरके को पी लो और फिर सब खत्म हो जाएगा। तुम्हें बचाने के लिए मेरे आदमी पालकी में आयुर्वेदिक कृमिज और लोबान लेकर तैयार खड़े हैं। इस जगह के पास ही छिपी हुई एक गुफा में तुम्हारा फिर से उदय होगा, देवता।'

विवास्वन पुजारी ने अचानक अपनी आंखें खोल दीं, किसी भूतग्रस्त इंसान की तरह। वो साफ नहीं बोल पा रहा था क्योंकि उसके मुंह में उसके टूटे दातों की वजह से हड्डी, रक्त और मवाद भरा हुआ था। लेकिन आंसू और दर्द से भरी उसकी आंखें किसी सर्प की तरह जहरीली थीं।

'चले जाओ, पंडित चंद्रधर। अपने प्रिय जनों और इस भूतिया नगर से विदा लेने का मैं तुम्हें आखरी मौका दे रहा हूं...'

अगर आर्यवर्त में कोई था जो विवास्वन पुजारी की वास्तविक ताकत जानता था, तो वो चंद्रधर ही था। उसने कभी विवास्वन की आंखों में ऐसा पागलपन नहीं देखा था, और जान गया था कि हड़प्पा के लोगों का अंत अब नजदीक था। वो हिम्मत कर बस इतना ही कह पाया, 'ऐसा मत करना, विवास्वन। मुझे सजा दो। प्रियम्वदा को सजा दो। लेकिन बाकियों को छोड़ दो।'

विवास्वन पुजारी ने चंद्रधर की विनती पर कोई ध्यान नहीं दिया। उसने उठने की कोशिश की, और उसके चेहरे और गर्दन पर और वार हुए। वो अपने गले की हड्डी टूटने की आवाज सुन सकता था। और फिर एक कर्मी ने अपने भाले से उसकी पसलियों पर वार किया। विवास्वन पुजारी दर्द से चिल्लाया, लेकिन अब उसके शरीर से और रक्त ने निकलने से मना कर दिया था। जो निकला वो बस सरस्वती नदी के आंसू थे... गाढ़े और रंगहीन। दर्द बहुत बढ़ गया था। विवास्वन फिर भी उठा। समय आ गया था। चंद्रधर ने चिल्लाकर रक्षकों को निर्दयता बंद करने का आदेश दिया। फिर वहां पूरी तरह सन्नाटा छा गया।

देवता ने स्वयं को कड़े संघर्ष से उठाया, उसके आसपास की मिट्टी उसके रिसते रक्त से लाल हो चली थी। इससे पहले की वो पूरी तरह खड़ा हो पाता, उसके शरीर ने कांपना शुरू कर दिया। विवास्वन पुजारी के विक्षिप्तों की तरह हंसने पर वहां मौजूद दर्शक भी विश्वास नहीं कर पा रहे थे। वह खड़ा हुआ और पूरे स्नानागार परिसर पर नजरें दौड़ाईं, और एक पल को उसकी नजरें प्रियम्वदा की नजरों से मिलीं। लकड़ी का भारी लठ अभी भी उसके कंधों से बंधा था, और उसकी बांहें दोनों ओर फैली हुई थीं, उसने चिल्लाते हुए घोषणा की—

'सभी लोग मेरी बात सुनो! पापियों की नगरी में दूर तलक मेरी बात पहुंचाई जाए! मैं, विवास्वन पुजारी, सूर्य, हड़प्पा के तुम नीच निवासियों से अपना भयंकर बदला लेने वापस आऊंगा। मैंने अपना पूरा जीवन इस नगर की सेवा को समर्पित किया। और आज तुमने एक सड़े हुए जानवर की तरह मुझ पर पत्थर बरसाए!'

विवास्वन को अब तेज और अनियंत्रित सुबकियां आने लगीं। उसे यकीन नहीं हो रहा था कि यह सब उसके साथ हुआ था। जब उसने अपने आखरी शब्द कहे, एक तेज

पत्थर उसकी बाईं आंख में आकर लगा, जिससे भारी मात्रा में गाढ़ा, गहरा-लाल रक्त बह निकला।

'आआआर्ररग्ग्गह्ह्ह्ह...' विवास्वन फिर से चिल्लाया, तेज दर्द से रोते हुए वो बस गिर ही जाने वाला था। सिर्फ संजना और मनु का ख्याल ही उसे इतनी भयंकर यातना के बाद भी जीवित रखे हुए था। और पूरा बदन टूट जाने के बाद भी अपनी जिंदगी पर देवता का पूरी तरह से नियंत्रण था।

दस हज़ार लोग एक साथ खुशी से चिल्लाने लगे। उस रक्तरंजित सुबह में नेक और ईमानदार हड़प्पावासियों का यह नया और घिनौना रूप देखने को मिला था। निजी रूप से शांत और पवित्र नागरिक आज हिंसक प्रवृति पेश कर रहे थे। उन सभी में छिपा हुआ जानवर, ईर्ष्या, राक्षस अपना घिनौना सिर उठा रहा था, और वो सब एक साथ हड़प्पा के इतिहास की सबसे अमानवीय यातना के साक्षी बन रहे थे।

देवता के बदन पर बंधी रस्सियां जब उसे खींचकर परिसर की धूल भरी जमीन पर गिरा रही थीं, तो विवास्वन पुजारी अपना सारा दम लगाकर एक आखरी चेतावनी देने के लिए उठा।

'मेरे शब्दों को याद रखना, बेरहम हड़प्पावासियो! मेरा बदला भी इतना ही कठोर और निर्मम होगा, जितना आज तुम सबकी संयुक्त चेतना। तुम में से कोई स्नेहमयी मां आज मुझे बचाने नहीं आई। किसी बेटे ने मेरे बचाव में अपने हाथ नहीं उठाए। कोई दयालु भाई मेरी मदद को आगे नहीं आया। एक बच्चे तक ने मेरी हालत पर आंसू नहीं बहाए। तो फिर ऐसा ही सही। ऐसा ही होने दो! हड़प्पा का हर बेटा, हर मां और हर बच्चा उसी तरह दुख झेलेगा, जैसा दुख आज मेरी प्रिय पत्नी और बेटे ने उठाया है। तुम सब ऐसे ही बेरहमी से तबाह हो जाओगे, तुम सरस्वती की नकारा संतान हो, सप्तऋषियों की घिनौनी प्रजाति!'

विवास्वन पुजारी अब लकड़ी के लठ के भार के विरुद्ध खड़ा हुआ, रस्सी और कड़ी के हर उस बंधन के विपरीत जिसने उसे सिर से पैर तक बांध रखा था। उसकी आंख से अभी भी रक्त और मांस का मिश्रण निकल रहा था, उसके धड़ पर मांस के अतिरिक्त सब दिखाई दे रहा था, वह अपने सीने के बहते रक्त से तर था और वो अपने ही पसीने और रक्त की कीचड़ में सना था। दसों रक्षकों से विपरीत दिशा में उसने अपनी बांहें फैलाईं और उसकी मांसपेशियां इतनी फूल रही थीं, मानो फट जाएंगी। उसके सीने की मांसपेशियां

लोहे के तार की तरह खिंचकर मानो उसके सारे शारीरिक और मानसिक ताकत के स्रोत को दिखा रही थीं। एक आदमी जो कभी अपने आभायुक्त और ईश्वरीय छवि के लिए पहचाना जाता था, आज शैतान से भी अधिक घिनौना नजर आ रहा था। उसने ऊपर आसमान की तरफ देखकर, हड़प्पा वालों को अपना आखरी संदेश दिया—

'पहले से ही मृत लोगों सुनो। मुर्दों की सभा, मेरी बात सुनो। मूर्खों सुन लो।

मैं आधा-इंसान, आधा भगवान हूं!'

क्रमशः...

क्रमशः...

सभी प्रमुख स्टोर्स एवं ऑनलाइन प्लेटफार्म पर उपलब्ध।

लेखक के बारे में

विनीत युवा उद्यमी हैं। महज 22 साल की उम्र में ही उन्होंने छोटे स्तर पर अपनी कम्पनी Magnon की शुरुआत की। आज Magnon उपमहाद्वीप की सबसे बड़ी डिजिटल एजेंसियों में से एक है, और फोर्च्यून 500 ओमनिकोम ग्रुप का हिस्सा है।

आप विश्व की टॉप-10 एडवर्टाइजिंग एजेंसी TBWA का नेतृत्व इसके भारत के CEO के रूप में करते हैं। आप देश की मल्टीनेशनल एडवरटाइजिंग नेटवर्क कम्पनी के सबसे युवा सीईओ हैं।

आपने उद्यमिता और कॉर्पोरेट दक्षता में अनेकों अवार्ड हासिल किये, जिनमें *आंत्रप्रेन्योर ऑफ़ द ईयर 2016* भी शामिल है। आपको अभी हाल में *इंडिया'स डिजिटल इकोसिस्टम* के 100 सबसे प्रभावशाली व्यक्तियों में भी शामिल किया गया।

विनीत की दूसरी कम्पनी टेलेंटट्रेक इंडिया में मीडिया, मनोरंजन और क्रिएटिव इंडस्ट्री के लिए प्रतिभा की पहचान करती है। यह इस क्षेत्र का तेजी से बढ़ता हुआ हायरिंग और नेटवर्किंग प्लेटफार्म है।

वह प्रबंधन और प्रेरक विषयों पर तीन बेस्टसेलिंग किताबें लिख चुके हैं—*बिल्ड फ्रॉम स्क्रेच, द स्ट्रीट टू द हाईवे* और *द 30 समथिंग सीईओ*।

तैराकी और गेमिंग उनका जूनून है और गिटार बजाना और रोड-ट्रिप पर निकल जाना उनका शौक। आप 39 साल के हैं।

www.VineetBajpai.com

facebook.com/vineet.bajpai

twitter/Vineet_Bajpai

instagram/vineet.bajpai

विनीत को मेल लिखने के लिए vb@vineetbajpai.com